和歌三神奉納和歌の研究

神道宗紀　著

和泉書院

第二章 明石柿本社と高津柿本社への古今伝授後御法楽

序　論　本書の目的および和歌三神と御所伝授について

はじめに

我が国の各神社が所蔵する奉納和歌の調査を、平成十九年度から二十年度にかけて皇學館大学「神社奉納和歌研究会」（代表深津睦夫教授）が行い、平成二十一年三月には報告書『全国神社奉納和歌のデータベース化と研究のための予備的研究』が出された。全国二千二百十五社にアンケート調査を行い三百四十五社から回答を得ているが、江戸時代の奉納和歌を百点以上所蔵する神社が十八社あるという。アンケートには、一度に複数の和歌が奉納されている場合には一括し一点と数える旨を明記してあるものの、神社側の誤解から正確に数えられなかった可能性もないとは言えない。例えば〈御法楽五十首和歌短冊〉などの場合、その短冊がバラバラに保管されれば別種のものと把握され、一点扱いにはならないことになる。ともすれば、百点以上所蔵する神社の数は減るかも知れない。

また、同報告書の玉津島神社（和歌山市）十八点と住吉大社（大阪市）三十点は、平均から見れば多い方だと判断してよい。明石柿本神社(1)（月照寺〈明石市〉）と高津柿本神社（益田市）については同報告書に載っていないので、両社からの回答はなかったものと思われる。しかし、我々の調査では(2)、前者三十七点（和歌関連の文書や記録を含む）、後者九十点（和歌関連の文書や記録を含む）の所蔵である。

このように、玉津島神社・住吉大社・明石柿本神社・高津柿本神社への和歌や関連文書奉納が他神社に比べて多いのは、この四社の神が和歌三神[3]として敬われていたことによる。つまり、一面的ではあるものの〈近世奉納和歌〉と言った時、和歌三神としての信仰を集めていた玉津島社・住吉社・柿本人麻呂（明石柿本社・高津柿本社）の計四社に奉納された和歌とその関連文書を指す、と見ても過言ではないだろう。

本稿では、筆者が実際に目にしてきた、この四神社の所蔵する江戸時代の和歌や関連資料（ただし一部明治期・大正期を含む）を紹介するとともに、それ等が、どのような背景のもとに奉納されたのか、各作品にはどのような特徴が見られるのか、などについて私見を述べてみたい。便宜の上から、

第一章　玉津島社と住吉社への古今伝授後御法楽および月次和歌御法楽

第二章　明石柿本社と高津柿本社への古今伝授後御法楽

第三章　人麻呂千年忌に関する霊元法皇の御法楽和歌

第四章　冷泉為村の奉納和歌

第五章　その他の奉納和歌

第六章　高津柿本社奉納和歌の書誌的考察

の六つに大別して考えていく。

なお、和歌三神四社の内、玉津島神社・住吉神社・明石柿本神社についての調査と研究の成果は、既に、

・『紀州玉津島神社奉納和歌集』（鶴﨑裕雄・佐貫新造・神道宗紀編著　平成四年一二月　玉津島神社）
・『住吉大社奉納和歌集』（神道宗紀・鶴﨑裕雄編著　平成一一年三月　東方出版）
・『月照寺明石柿本社奉納和歌集』（鶴﨑裕雄・神道宗紀・小倉嘉夫編著　平成二三年八月　和泉書院）

としてまとめた。高津柿本神社についての調査も終了し、現在は同社奉納和歌研究の続行中である。右三社所蔵の和歌と関連文書および記録の解説は、各々の奉納和歌集「解題」に施したので参考にしていただきたい。

さて、各奉納和歌や関連文書等を検討する前に、先ず和歌三神および御所伝授のおおよそについて見ておこう。

一、和歌三神の概要

1　柿本人麻呂

天武・持統・文武朝に活躍した万葉の歌人柿本人麻呂が、「古今和歌集」の仮名序で〈歌の聖なり〉と評されているのは周知のことである。彼は歌の上手として、同じ万葉の歌人たちにより既に意識され目標とされていた。

例えば、聖武朝に越中守として下向していた大伴家持は、「万葉集」（『新編日本古典文学全集』小学館、下同）⑰三九六九番歌の題詞に「幼年に未だ山柿の門に逕《いた》らず」（以下、引用文中の傍点は筆者による）と言い、傍点部のような語を用いている。これは、山上憶良(4)や柿本人麻呂を意識しての用語である。

また、同じく越中守時代に詠んだ万葉歌に次のようなものがある。

夜ぐたちに　寝覚めて居れば　川瀬尋め　心もしのに　鳴く千鳥かも　（⑲四一四六）

傍点部の「心もしのに」「千鳥」は、人麻呂の歌にも詠まれた表現であった。

近江の海　夕波千鳥　汝が鳴けば　心もしのに　古思ほゆ　（③二六六）

ちなみに、「心もしのに」という語は「万葉集」中九例を数えるが、その内「千鳥」と共に用いられるのは、人麻呂と家持の二例だけである。すなわち、奈良時代の万葉歌人家持が、いかに人麻呂を敬慕し目標としていたかの一端を知ることができる。

さらに、室町時代後期の歌人三条西実隆の日記、「実隆公記」（『続群書類従』同完成会）には正月一日における自宅

の恒例行事として、例えば、

　朝膳之後於柿本影前詠二首和歌矣　　（明応六年正月一日条）

などと、人麻呂の肖像画の前で和歌の上達を願いつつ歌を詠んだ旨の記事がよく見られる。

　このように柿本人麻呂は、同じ万葉歌人たちの目標とされ、後には歌聖と謳われ、さらに歌神と評されるようになって行く。

　神代の昔から我々の祖先は、霊験あらたかな大木や巨石などを前にして、神が坐すと感じてきた。また、菅原道真の御霊を恐れ神として祀り祟りを封じた。つまり、人間をも神格化してきたのである。和歌三神の各々が歌の神になって行くのにも、同様の背景があったと考える。

2　玉津島明神

　玉津島明神は、古くから「万葉集」にも詠まれる風光明媚な地に祀られる。聖武天皇の行幸もあり、従駕した山部赤人の長歌と短歌に、

　やすみしし　わご大君の　常宮と　仕へ奉れる　雑賀野《さひかの》ゆ　そがひに見ゆる　沖つ島　清き渚に　風吹けば　白波騒き　潮干れば　玉藻刈りつつ　神代より　然そ貴き　玉津島山　（⑥九一七）

　沖つ島　荒磯の玉藻　潮干満ち　い隠り行かば　思ほえむかも　（⑥九一八）

　若の浦に　潮満ち来れば　潟をなみ　葦辺をさして　鶴鳴き渡る　（⑥九一九）

のごとく詠まれている。

　祭神は稚日女命《わかひるめのみこと》および神功皇后、そして允恭天皇の寵愛を受けた衣通姫《そとおりひめ》である。

衣通姫は「日本書紀」では、天皇の寵愛を受けつつも嫉妬深い姉皇后の心情を思い、天皇が姫のために設けた離宮

「茅渟宮」（大阪府泉佐野市）に退き住んだという。一方、「古事記」によれば允恭天皇の皇女軽大郎女の別名とされる。同母の兄木梨之軽皇子と婚姻関係を結んだことにより、兄は伊予の湯（道後温泉）に流される。妹も兄を追って行き、二人は心中する。この物語を背景にした和歌は「古事記」や「万葉集」などに残るが、前者において、流される時に兄木梨之軽皇子と妹軽大郎女は、次のように歌い交わす（「古事記」〈『新編日本古典文学全集』小学館〉）。

大君を島に放《はぶ》らば　船余《ふなあま》りい帰り来むぞ　我が畳ゆめ　言をこそ畳と言はめ　我が妻はゆめ

（允恭天皇　軽太子と軽大郎女条）

夏草の　阿比泥《あひね》の浜の　搔き貝に　足踏ますな　明して通れ

（右同条）

さて、允恭天皇寵妃衣通姫の、帝の訪問を待って詠んだ歌に次がある（「日本書紀」〈『新編日本古典文学全集』小学館〉）。

我が背子が　来べき夕《よひ》なり　ささがねの　蜘蛛の行ひ　今夕《こよひ》著《しる》しも

（允恭紀　八年二月条）

私の愛しいあの方が、きっと来てくださるに違いない宵だよ。それにしても、夫の訪れる前兆だという蜘蛛の巣作りが今宵は特に激しいよ。（口訳筆者）

というのだ。この姫もまた和歌の上手であった。その後には、「古今和歌集」（『新編日本古典文学全集』小学館）に、

小野小町は、古の衣通姫の流なり

（仮名序）

などと見えて、平安時代前期の人たちが姫を女流歌人の源流と考え、誉め称えたことがわかる。

衣通姫もまた歌神となるに十分な背景を有していたのである。

3　住吉明神

住吉社の祭神は、住吉大神つまり底筒男命・中筒男命・表筒男命の住吉三神と神功皇后である。住吉三神は、黄泉

国から戻った伊邪那岐命が、筑紫の日向の橘の小戸の檍原《あわぎはら》で、禊を行った時に生まれた。神功皇后の三韓出兵の時には海上守護を任されたという。そのようなわけで、住吉明神は古くから禊祓および海路平安の神として崇敬され、遣唐使の出発にあたっては住吉社に平安を祈願するのが習わしであった。

では、住吉社が和歌神として見られるようになったのは何故なのだろう。住吉は「万葉集」以降、多くの歌集そして「源氏物語」や「土佐日記」などの和歌にも詠まれていて、ここが和歌に縁のある地であることは容易に知られる。しかし、大きな影響を与えたのは、平安時代後期の歌人で、住吉社神主でもあった津守国基である。国基は歌人としても有名で、「後拾遺和歌集」に三首が入集して以降、他の勅撰和歌集にも多くの歌が採録された。「後拾遺和歌集」(『新日本古典文学大系』岩波書店)中には次の一首がある。

薄墨に　かく玉梓と　見ゆるかな　霞める空に　帰るかりがね　(①七一)

国基は歌人として活躍すると同時に、住吉社神主として玉津島社祭神衣通姫を住吉社に勧請した。衣通姫と国基に係わる資料として「国基集」と「奥義抄」を引用しよう。先ず「国基集」(『新編国歌大観』角川書店)だが、

としふ(経)れど　お(老)いもせずして　わかのうら(和歌浦)に　いくよ(幾代)になりぬ　たまつしまひめ(玉津島姫)　(一五三〈(　)内筆者〉)

という歌があり、この一首には詞書と左注が付いている。そこには、

住吉社の壇の葛石《かずらいし》を探しに紀国へ行った時に玉津島社を訪れた。衣通姫がこの地に心をひかれ、ここに止どまり祀られていると聞いて、この歌を奉納した(以上詞書)。和歌を奉納した夜の夢に女房が出て、歌のお礼に、どの石を採ったらいいか教えてくれた。お告げどおりの石があって、壇のよい葛石になった(以上左注)。

との旨が記されている。国基の衣通姫への敬愛と感謝が窺える。

続いて「奥義抄」は、衣通姫の項目において、次のような注釈を施している(「奥義抄」〈『日本歌学大系』風間書

房〉）。

住吉の社は四社おはします。南社は此衣通姫也。玉津島明神と申す也とぞ津守国基は将作に語り申しける。（衣通姫の条）

傍点部「南社」が、四社の内の一社を指すのか、別の社を指すのかはよくわからない。しかし、ここに見る、津守国基が「奥義抄」の作者藤原清輔の祖父顕季に（「将作」は顕季のこと）、住吉の南社に衣通姫を勧請したと語ったという話は、当時これが万人周知の事実であったことに外ならない。だからこそ「奥義抄」にもこのように注釈されたのである。

神主津守国基のとった和歌神衣通姫勧請の方策が、世の人たちに〈和歌神住吉〉をより印象づけることとなり、歌神としての信仰をさらに集めることになったと考える。

二、御所伝授の概要

江戸時代の禁裏御所や仙洞御所では、古今伝授をはじめ天爾遠波伝授・三部抄伝授・伊勢物語伝授・源氏物語伝授など、様々な御伝授が盛んに催された。これら御伝授事の背景には、元和元年（一六一五）に、前将軍徳川家康や将軍徳川秀忠らが制定し公布した、天皇と公家の守るべき法「禁中並公家諸法度」の第一条に「天子御芸能の事、第一御学問也」と謳ったことがある。つまり、天皇は和歌等の学問を第一とすべきことがこの時代の流れとなったのである。

古今伝授は「古今和歌集」の難解な歌や語句の解釈を秘伝として、師から弟子へと伝え授けることを言う。「古今和歌集」の歌の解釈は、同歌集が和歌の規範であったこともあり、平安時代末頃から、各歌道の家々で独自のものが伝えられていた。しかし一般的には、室町時代後期に二条宗祇流と二条堯恵流が成立し、口伝・切紙・抄物による伝授形式が定まってからを言う。二条堯恵流は後に断絶するが、二条宗祇流は三条西実隆、細川幽斎、八条宮智仁親王などを経て、後水尾天皇へと相伝される。さらには、歴代天皇・公家へと継承されて、いわゆる〈御所伝授〉として確立するのである。

天爾遠波伝授は、和歌における仮名遣の伝授（定家仮名遣など）を言い、三部抄伝授は、藤原定家の著作とされる「詠歌大概・秀歌之体大略」「百人一首」「未来記・雨中吟」の読み癖や注釈の秘伝を伝えるものである。ともに古今伝授と並んで江戸時代の禁裏御所においては重要な御伝授事となっていた。明石柿本社の別当月照寺は、禁裏御所から永代勅願所の勅命を賜っているが、同寺所蔵の「御祈禱記録写」や「書状綴」には、禁裏御所から古今伝授の折の御祈禱、天爾遠波伝授・三部抄伝授・歌道繁栄などの御祈禱を命じられた旨の記載が頻出する。例えば、

・禁中様江、仙洞様より、天仁遠波の御てんしゆあそはされ候ニ付、御祈禱仰付られ候、（書状綴）

・桜町院御在位延享元年子四月、古今御伝受ニ付、従禁裏御所（略）三七日御祈禱被仰付、（御祈禱記録写）

・此度、禁裏御所江、従仙洞御所、三部抄御伝授ニ付、臨時御祈禱被仰付、（書状綴）

・まん〳〵年、御寿命御長久様ニて、歌道はんゑひの御事にあらせられ候やうニ、来ル十四日より一七ヶ日よく〳〵　御きとう候へとめうやうに申とて候、禁中様御撫物、白かね二枚、仙洞様、御撫物、白かね二枚、めて度つかわされ候、（書状綴）

などの記載があり、これらの御伝授事や歌道繁栄が重要視されていたことがわかる。

このようなことから、禁裏御所で行われた御伝授事や和歌会は、「禁中並公家諸法度」に定められたという理由からだけではなく、和歌の上達を真剣に願い研鑽を積んで催されていたことが知られる。前述、「実隆公記」の筆者三条西実隆が恒例の行事として、正月一日に柿本人麻呂の肖像画の前で上達を期して和歌を詠んでいたように、江戸時

代の堂上衆や皇族方も和歌の研究に余念が無かったのである。

さて、禁裏御所で古今伝授が行われた時には、伝授を受けた天皇が堂上衆とともに、いわゆる〈古今伝授後　御法楽五十首和歌〉を和歌三神各社に奉納するのが習わしであった。玉津島社をはじめ、住吉社、明石柿本社、高津柿本社には、歌題も詠者も異なった五十枚の兼題和歌短冊一式が各々奉納されている。

注

（1）明石柿本社への奉納和歌や関連文書等は、そのほとんどを別当寺であった月照寺が所蔵している。

（2）和歌三神（注3参照）である玉津島・住吉・柿本人麻呂への奉納和歌の調査研究は、帝塚山学院大学「奉納和歌研究会」（代表鶴﨑裕雄名誉教授）が平成四年の頃から行ってきた。

（3）近世、一般的には玉津島明神・住吉明神・柿本人麻呂を指す。ただし、玉津島明神・住吉明神・天満天神、柿本人麻呂・山部赤人・衣通姫とする説もある。

（4）「山」に関しては、山上憶良ではなく山部赤人を指すという説もある。

第一章　玉津島社と住吉社への古今伝授後御法楽および月次和歌御法楽

一、両社に奉納された御法楽五十首和歌

前述のごとく、江戸時代の禁裏御所や院御所では様々な御伝授事が頻繁に催された。続いて、天皇が古今伝授を受けられる様子や、その後に公家衆と共に詠む〈古今伝授後　御法楽五十首和歌〉（以下「御法楽五十首和歌」と略す）が成され、玉津島社と住吉社に奉納される時の様子、および仙洞御所から玉津島と住吉の両社に奉納された〈月次御法楽和歌〉について見てみよう。

なお、本章中に出て来る和歌作品は、〈資料Ⅳ〉に「和歌三神各社蔵書（分野別）一覧」としてまとめてあるので、参考にしていただきたい。

1　御法楽五十首和歌の概要

玉津島社と住吉社に残る各七点の「御法楽五十首和歌」は、天皇や上皇が古今伝授を受けられた後に、公家衆と共に詠んで奉納したものである。両社に奉納された、歌題と詠者の異なる（但し重複する歌題も詠者も一部ある）各「御法楽五十首和歌」は、次の七点である。

①　寛文四年（一六六四）六月一日奉納

五月、後西上皇・日野弘資・烏丸資慶・中院通茂が後水尾法皇より古今伝授を受ける
六月、後西上皇他、「御法楽五十首和歌」を玉津島社・住吉社に奉納

②天和三年（一六八三）六月一日奉納
四月、霊元天皇が後西上皇より古今伝授を受ける
六月、霊元天皇他、「御法楽五十首和歌」を玉津島社・住吉社に奉納

③延享元年（一七四四）六月一日奉納
五月、桜町天皇が烏丸光栄より古今伝授を受ける
六月、桜町天皇他、「御法楽五十首和歌」を玉津島社・住吉社に奉納

④宝暦十年（一七六〇）三月二十四日奉納
二月、桃園天皇が有栖川宮職仁親王より古今伝授を受ける
三月、桃園天皇他、「御法楽五十首和歌」を玉津島社・住吉社に奉納

⑤明和四年（一七六七）三月十四日奉納
二月、後桜町天皇が有栖川宮職仁親王より古今伝授を受ける
三月、後桜町天皇他、「御法楽五十首和歌」を玉津島社・住吉社に奉納

⑥寛政九年（一七九七）十一月二十六日奉納
九月、光格天皇が後桜町上皇より古今伝授を受ける
十一月、光格天皇他、「御法楽五十首和歌」を玉津島社・住吉社に奉納

⑦天保十三年（一八四二）十二月十三日奉納
五月、仁孝天皇が光格上皇より古今伝授を受ける

十二月、仁孝天皇他、「御法楽五十首和歌」を玉津島社・住吉社に奉納

今、右の七点中第二例、②天和三年六月一日の「御法楽五十首和歌」が奉納された時の様子、またその背景にある古今伝授が行われた時の様子を「御湯殿の上の日記」（『続群書類従　補遺三「お湯殿の上の日記（十）」』同完成会、下同）によって見ておこう。ここからは、同年四月に霊元天皇が後西上皇より古今伝授を受けられたこと、そして同年六月の玉津島社と住吉社両社御法楽のことなどを窺うことができる。「御湯殿の上の日記」天和三年四月二日条、および三日条には、

• 二日。はるゝ。雨ふる。けふより古今の御かうしやくはしめさせられ候。新院の御かた御幸。こんゑとの。中院大なこんもしこう候。品の宮ノ御方もなる。ふしみ殿よりほたんの花まいる。
三日。雨ふる。けふも御かうしやくにて御幸なる。ほたんまいる。左大臣殿。中院大なこんもしこう也。（四月条）

とあって、この時の古今伝授が四月二日から開始されたこと、「新院の御かた」（後西上皇）が霊元天皇への御講釈のために、仙洞御所から禁裏御所へ来られたこと等がわかる。後西上皇御幸の記事は、四月十四日まで毎日続く。そして、一日飛んだ四月十六日条に、

• 十六日。はるゝ。古今御てんしゆにて新院の御かた御幸。御かくもん所にて御てんしゆあそはされ候。其後つねの御所にて初こんまん。（四月条）

のように見えている。その後の関連記事は、次のごとくである。

• 十九日。はるゝ。新院の御かたへ御歌題まいらせる。兵部卿宮へもまいる。（四月条）
• 廿八日。はるゝ。ちきやう院殿よりふりまいる。夕かた玉津島。住吉御ほうらく御神事。（閏五月条）

そして、御法楽和歌奉納の当日、天和三年六月一日条には次のごとく記される。

・一日。はるゝ。朝御さか月まいる。内侍所より御くままいる。中宮の御かた。大納言のすけ殿。長はし。大御ちより御くままいる。五れうより巻数しん上。すみよし。玉つしまの御ほうらくの御よみあけつねの御所上たんにて。く御御引なをし御かさねにてあそはさるゝ。御なて物。御たんれうわうこん廿両両社へまいる。八日より一七ケ日御きたう仰付られ候。御たんさく両社へまいらせらる。勧修大納言。日野中納言奉行也。あさかれいしんすけ殿。新内侍殿。小弁也。けふの御しうきいつものことくまいらせらる。あなたよりもまいる。外宮の長くわん位かゐの御礼に御はらへ。のししん上。夕かた三こんの御いわゐいつもとおなし。こほりかちんも出ル。女中。おとこたち御とをり有。

（六月条）

このような流れで古今伝授が行われ、さらに住吉社と玉津島社への御法楽が行われたのである。

以上、天和三年六月一日の「御法楽五十首和歌」奉納と、その背景にある古今伝授の様子を見てきた。他の「御法楽五十首和歌」の様子に関しては、次の〈2項〉で扱うものを併せて除き、〈資料Ⅰ〉の「古今伝授後　玉津島社　住吉社　御法楽五十首和歌　資料」にまとめておく。

2　御法楽五十首和歌成立の背景

前項に引用した「御湯殿の上の日記」の記載のごとく古今伝授が行われた後、天皇や上皇は公家衆と「御法楽五十首和歌」を成す。そして、この五十枚の和歌短冊は玉津島社や住吉社などに奉納されることとなる。次に、その様子を見てみよう。

初めに、前項①寛文四年六月一日に奉納された「御法楽五十首和歌」の場合を考えてみる。これは、同年五月に後西上皇が後水尾法皇から古今伝授された折のもので、同じ時に烏丸資慶・中院通茂・日野弘資も古今伝授を受けている。この時の「御法楽五十首和歌」の奉納について「近代御会和歌集（十二）」（内閣文庫蔵　写真複製）には、

・寛文四年六月朔日　水無瀬御法楽詠廿首和歌　新院御奉納、題者　飛鳥井大納言　奉行　烏丸大納言。

・寛文四年六月朔日　住吉御法楽詠五十首和歌　新院御奉納、題者　飛鳥井大納言　奉行　烏丸大納言。

・寛文四年六月朔日　玉津島御法楽五十首　新院御奉納、題者　飛鳥井大納言　奉行　烏丸大納言。

のごとく記されていて、三社への「御法楽五十首和歌」における題者や奉行が知られる。題者は歌題の提出者、奉行は歌会のまとめ役と、文字どおりに捉えてよいだろう。

ところで、住吉社・玉津島社両社に奉納された計百枚の短冊は、歌題がいずれも同じ書体によっている。そしてその筆は、題者である飛鳥井大納言（飛鳥井雅章）の自筆短冊との比較において、雅章の字体と判断される。つまり題者は、あらかじめ五十首和歌の歌題を考え、それを各短冊に記しておくのである。各々の短冊において、歌題と和歌との字体が異なっているのはこのことによる。題者飛鳥井雅章はこの時に、三社で三組、百二十の歌題を用意し、それを百二十枚の短冊に書き留めたことになる。これ等の「御法楽五十首和歌」は兼題（兼日題）で詠まれた。

また、住吉社・玉津島社両社に奉納された各「御法楽五十首和歌」は、水引で綴じられた最終短冊の裏面に、奉納年月日が明記されているが、この年に両社に奉納されたものには、同一の筆で「寛文四年六月朔日　住吉社御法楽」「寛文四年六月朔日　玉津島社御法楽」と書かれている。そしてこれも、奉行である烏丸資慶の自筆短冊との比較において、資慶の筆によったのではないかと思われる。すなわち、奉行が最終短冊の裏面に、奉納の次第を記したものと推察される。

ちなみに、奉行烏丸大納言（烏丸資慶）の、この時の兼題和歌は、玉津島神社に「夏月」「田家水」「祝言」の三首、住吉大社に「夜梅」「落葉」「後朝恋」三首が現存する。(1) 題者である飛鳥井雅章の和歌も、玉津島神社に「暁蛍」「梅」「嶺月」の三首、住吉大社に「盛花」「躑躅」「名所松」の三首が残っている。(2)

次に前項②、天和三年六月一日奉納「御法楽五十首和歌」を見てみよう。両社への奉納の様子は、前に引用した「御湯殿の上の日記」同年閏五月二十八日条と六月一日条に記される。重複するが引用しておく。

・廿八日。はるゝ。ちきやう院殿よりふりまいる。夕かた玉津島。住吉御ほうらく御神事。　(閏五月条)

・一日。はるゝ。(略) すみよし。玉つしまの御ほうらくの御よみあけつねの御所上たんにて。く御御引なをし御かさねにてあそはさるゝ。御なて物。御たんれうわうこん廿両両社へまいる。八日より一七ケ日御きたう仰付られ候。御たんさく両社へまいらせらる。勧修大納言。日野中納言奉行也。　(六月条)

閏五月二十八日の記載から、住吉社と玉津島社の御法楽神事が夕刻より御所で催されたことがわかる。また、六月一日の記載によって、御所の上段の間で、「御法楽五十首和歌」短冊の読み上げが行われたことを知るのである。読み上げが終了すると、食事や引出物などのもてなしがあり、両社へ〈御なて物〉、〈御壇料〉の〈黄金廿両〉を遣わすこと、六月八日から七日間のご祈禱を仰せ付けることも確認される。

なお、六月一日条に見られる勧修寺大納言(勧修寺経慶)は住吉社奉行で、玉津島社「水郷月」、住吉社に「新樹」の二首をこの時に詠んでいる。(3) また、同条の日野中納言(日野資茂)は玉津島奉行だが、玉津島社「橋上霜」と住吉社「廬橘」の二首を詠んでいる。(4)

さらに前項③、延享元年六月一日に奉納された「御法楽五十首和歌」の場合である。久我通兄「通兄公記」(『史料纂集(七)』続群書類従完成会)の、同年五月二十七日条・五月二十九日条・六月五日条に、両社への奉納の様子が見られる。

・住吉社・玉津嶋社御法楽短冊御奉納云々、勅題到来、付札云、六月一日題云、旅行友住吉、奉行民部卿(飛鳥井雅香)、・初秋露、玉津嶋、奉行宰相中将(庭田重熙)、則中承

之由、（五月二七日条）

・自今夜公家御神事、明日依披講両社御法楽也、（五月二九日条）

・住吉・玉津島両社御法楽御奉納、今日召左大弁宰相顕道（勧修寺）住吉執奏、但依所労、左少弁俊逸（坊城）為代参上云々、・侍従三位兼雄（吉田）玉津嶋執奏、等各賜御法楽御短冊、被納柳筥歟、御檀料・御撫物同被出云々、来八日可奉納、且自八日一七箇日可勤御祈之由、被仰下云々、議奏被伝之云々、即両卿召両社神主先日有御沙汰、自執奏家召上也、於私第授御短冊、仰奉納御祈等之事云々。（六月五日条）

引用の第一例によって、「御法楽五十首和歌」の短冊は歌題の記された状態で、前以て詠み人の許に届けられた、つまり兼題和歌であったことがわかる。また第二例からは、公家方御神事の行われたこと、御所で和歌短冊を読み上げる（披講）日のことなども窺える。さらに第三例により、御所で和歌短冊が披講された数日後に、二名の執奏を召して、柳筥に納めた各「御法楽五十首和歌」を、住吉社・玉津島社両社に献納する「御檀料」「御撫物」と一緒に授けたこともわかる。両執奏は、あらかじめ沙汰をしておいた両社の神主を呼んで、奉納は六月八日とし、八日から七日間の御祈禱を行うべき旨を伝えている。この時の執奏は、住吉社が左大弁宰相顕道（勧修寺顕道）であったが、病気のため左少弁俊逸（坊城俊逸）に代わっている。玉津島社執奏は侍従三位兼雄（吉田兼雄）であった。

ところで、玉津島神社・住吉大社に現存する、この時の久我通兄の和歌短冊は各々一首であるが、歌題は次のとおり前者「初秋露」後者「旅行友」で、「通兄公記」引用第一例の記述と一致している。

・初秋露　秋のきて　おつる一葉の　はつ風に　これもみたるゝ　木々のあさ露　（玉津島社）

・旅行友　いてゝこし　そのふる郷は　かはれとも　おなし旅なる　人そしたしき　（住吉社）

さて、以上のごとき「近代御会和歌集」「御湯殿の上の日記」「通兄公記」の記載事項を参考にして、「御法楽五十首和歌」が詠まれて玉津島社・住吉社両社に奉納されるまでの次第を簡単にまとめてみると、次のようになろう。

①　住吉社・玉津島社　御法楽の御神事が御所で行われる。

②題者が各歌題を施した短冊を、奉行は選出された公家衆の許に届ける。また、奉行が題者を兼ねる場合もあったようだ。
③両社御法楽の公家方御神事が行われる。
④御所で両社御法楽の御神事が行われた四・五日後、和歌短冊の披講（読み上げ）が御所にて行われる。
⑤披講の終了後、食事・引き出物などがくだされる。また、両社へ〈御撫物〉〈御壇料の黄金廿両〉などを下すこと、七日間の御祈禱を仰せ付けること等が申し合わされる。奉行は、最終短冊の裏面に、この日の日付と神社名を記す。
⑥和歌短冊読み上げの何日か後、両社への執奏二名が御所に召され、柳筥に納められた各「御法楽五十首和歌」を受け取る。その際に両社へ授けられる〈御なて物〉〈御壇料〉なども受け取る。
⑦両執奏は、両社の神主を呼んで奉納の日時と、奉納の日から七日間のご祈禱の旨を知らせる。両社へは、あらかじめ、御法楽五十首和歌の奉納があることを知らせておく。
⑧奉納の当日、両社に「御法楽五十首和歌」が奉納される。両社では七日間のご祈禱に入る。

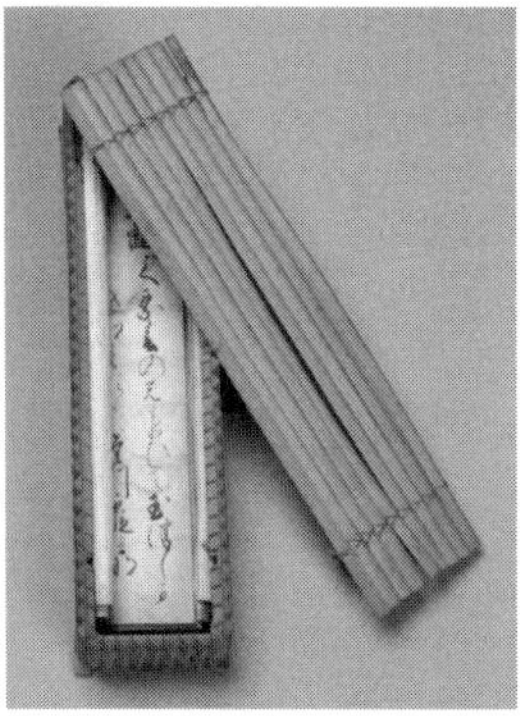
写真Ⅰ：柳筥と奉納和歌短冊
（玉津島神社蔵）

天皇や上皇が、古今伝授を受けられた後に公家衆と共に詠んだ、いわゆる「御法楽五十首和歌」は、右のような過程を経て、玉津島社と住吉社に奉納されたのである。ついでながら、両社に現存する同和歌短冊を見ると、五十枚の短冊は天皇の御製を上にして重ね、歌題の上部に孔をあけて水引で綴じ、懐紙に包んで柳筥（写真Ⅰ参照）に入れてある。ただし、天皇の御製と一部の公家の短冊を別々の懐紙に包んで、他の短冊と一緒に柳筥に入れているものもある。

なお、右に引用しなかった他の「御法楽五十首和歌」に関しての記載事項などについては、〈資料Ⅰ〉の「古今伝授後　玉津島社　住吉社　御法楽五十首和歌　資料」に掲げることとする。

3　御法楽五十首和歌に用いられた短冊

おおよそ、室町時代頃より和歌に用いられる短冊は、帝の用いるもので、

・縦　約三五・八cm（一尺一寸八分）～約三六・四cm（一尺二寸）ほど
・横　約五・五cm（一寸八分）～約六・一cm（二寸）ほど

諸家の用いるもので、

・縦　約三三・三cm（一尺一寸）ほど
・横　約五・五cm（一寸八分）ほど

に定まったという。

玉津島社と住吉社に奉納された短冊も、例に漏れず、ほぼこのサイズになっている。ただし、前〈1項〉①、寛文四年六月一日奉納の「御法楽五十首和歌」短冊だけは、両社共に諸家のサイズである。

・玉津島社　縦三三・七cm×横五・二cm（同神社調査）
・住吉社　縦三三・八cm×横五・一cm（筆者実測）

両社の間における各一ミリの差は、計測器や計測の仕方などによる誤差で、実際には同サイズの短冊であると判断される（これについては後述）。

さて、両社に奉納された各「御法楽五十首和歌」短冊は、各々同系統の紋様を有している。そして、これは同一年月日に奉納された両社の短冊に共通しているところでもある。今試みに、前〈1項〉⑦、天保十三年十二月十三日に

住吉社へ奉納された短冊を、紋様がつながるように並べてみると、いくつかのグループに分かれる。つまりこれは、同じようにして漉いた用紙から、これらの短冊が切り取られていることを意味している。[5]

しかし、興味深いことにこのグループに属さないものがある。例えば、住吉社の歌題「暁鶏」「増恋」の短冊は、同じ日に玉津島社へ奉納された短冊「岸柳」の、向って右に「増恋」、左に「暁鶏」が位置するようになる。つまり、次のように並べると短冊の紋様がつながるのである。

・住吉社短冊　歌題　増恋
・玉津島社短冊　歌題　岸柳
・住吉社短冊　歌題　暁鶏

同様の関係を探して、同じように右から左へ並べてみると、

a　玉津島社短冊　歌題　待恋　　b　住吉社短冊　歌題　久恋　　c　住吉社短冊　歌題　埋火
a　住吉社短冊　歌題　初鴈　　b　玉津島社短冊　歌題　島霧　　c　玉津島社短冊　歌題　河蛍
a　玉津島社短冊　歌題　紅葉

のごとくになる。aを例にすると、横並びの三枚は、住吉社「初鴈」の右に玉津島社「待恋」、左に玉津島社「紅葉」を置いて、短冊の紋様が一続きになる。bcのグループも同様である。

このことは、住吉社用と玉津島社用の短冊を別々に用意したのではなく、両社用として一括準備し、出来上がった短冊を無作為に五十枚ずつ分けたことを示唆している。また、両社に奉納された短冊のサイズも、このことを裏付けている。その短冊のサイズは、左に示したが（単位㎝）、住吉社の数値は筆者の実測であり、玉津島社の数値は同神社の調査に従った。

住吉社・玉津島社両短冊の間には、⑥の二ミリを最大として一ミリ程度の誤差があるが、前述のごとく、これは計

測器や計測の仕方などによる誤差と見るべきで、実際には、同じ時に同じ方法で漉かれ裁断された短冊であると判断してよいだろう。

各御法楽五十首和歌	住吉社	玉津島社
① 寛文四年六月一日奉納	縦三三・八×横五・一	縦三三・七×横五・二
② 天和三年六月一日奉納	縦三六・四×横五・九	縦三六・三×横五・八
③ 延享元年六月一日奉納	縦三六・七×横六・一	縦三六・八×横六・〇
④ 宝暦十年三月廿四日奉納	縦三六・七×横六・二	縦三六・八×横六・二
⑤ 明和四年三月十四日奉納	縦三六・四×横五・九	縦三六・五×横五・八
⑥ 寛政九年十一月廿六日奉納	縦三六・五×横五・五	縦三六・三×横五・五
⑦ 天保十三年十二月十三日奉納	縦三六・三×横五・五	縦三六・三×横五・五

なお、私的に奉納された諸家の和歌短冊、例えば住吉大社に残る、

- 正徳二年正月吉日　津守国教奉納五十首和歌
- 年月不記　中院通躬奉納二十首和歌
- 年月不記　中院通躬奉納三十首和歌
- 年月不記　冷泉為村ほか奉納堂上寄合二十首和歌

なども、各々同様の漉き方をした用紙を使っている。このように、五十首和歌・三十首和歌・二十首和歌など、まとまった和歌短冊を奉納する際には、そのために用紙を漉き、そこから切り取った同じ紋様の短冊を用いたのである。

これで、両社に奉納された和歌短冊が、どのようにして調達されたのか、部分的ではあるものの知ることができた。

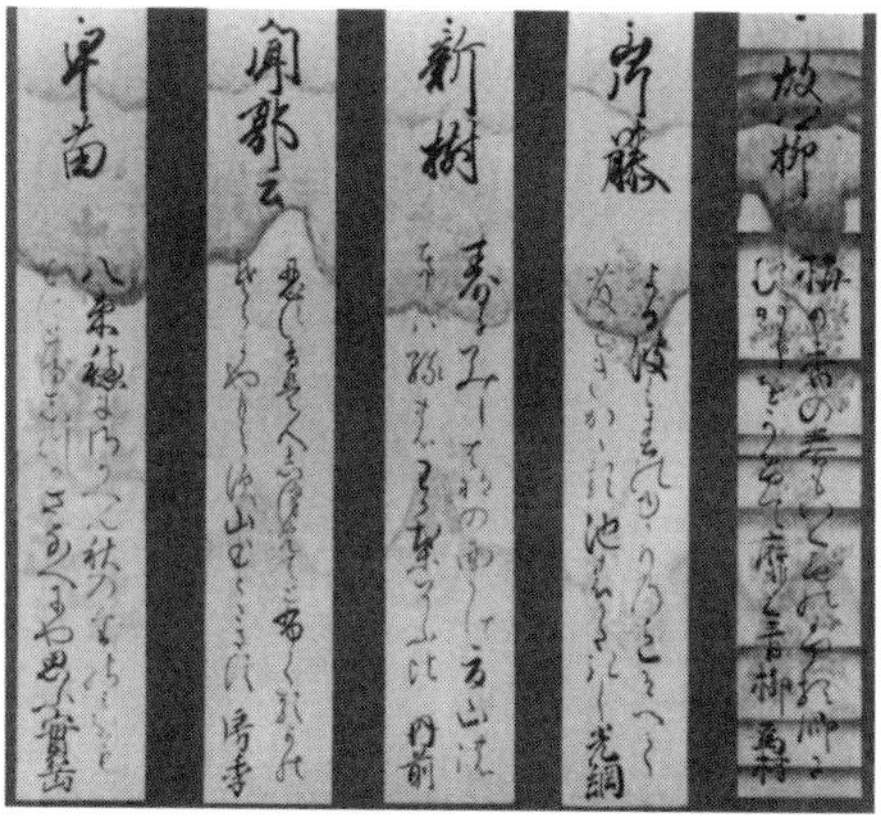

写真Ⅱ：宝暦十年　為村「故郷柳」短冊

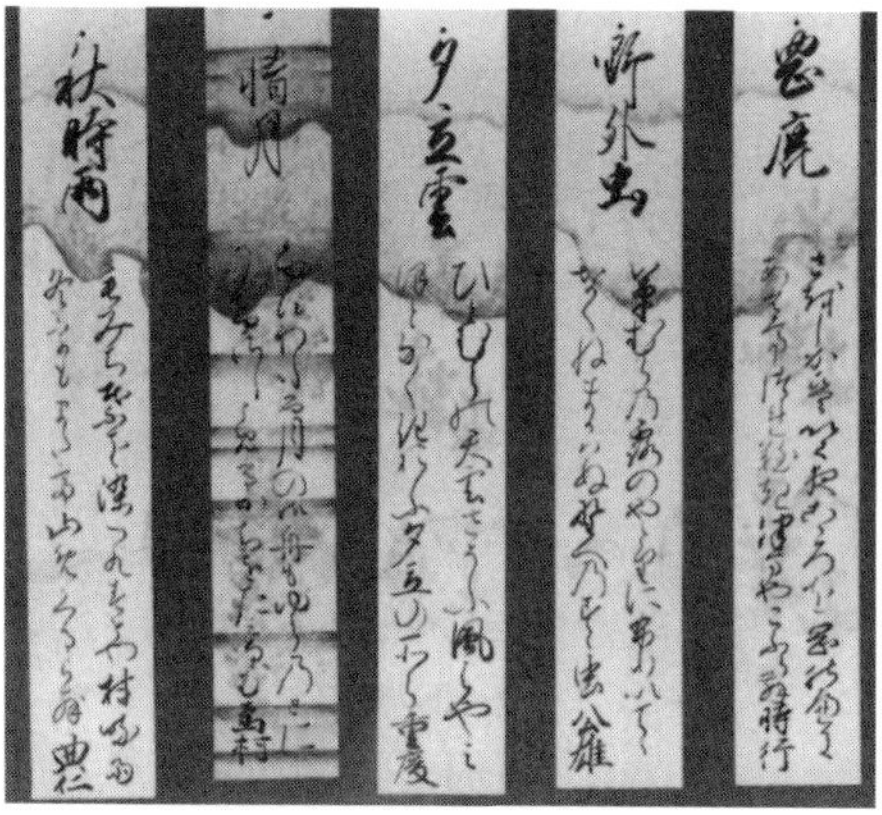

写真Ⅲ：宝暦十年　為村「惜月」短冊

二、玉津島社に奉納された御法楽五十首和歌の異種短冊

1　冷泉為村と為泰父子の短冊

前〈一節3項〉で検討したとおり、玉津島社・住吉社両社に奉納された各「御法楽五十首和歌」の短冊は、各々同じ時に漉かれた同一紋様のものを用いるのだが、実際には、他と紋様の明らかに異なった短冊が含まれている。それは、玉津島社に奉納された、〈一節1項〉④、宝暦十年三月二十四日御法楽中の冷泉為村短冊であり、同じく⑤、明和四年三月十四日御法楽中の為村・為泰父子短冊である。

先ず、玉津島社・住吉社両社に奉納された、前者宝暦十年の「御法楽五十首和歌」短冊中にある冷泉為村の短冊を見てみよう。この御法楽で冷泉家から短冊を奉納しているのは、為村（一五代当主・四九歳）と為泰（一六代当主・二六歳）の父子だけである。為村は、玉津島社に「故郷柳」「惜月」を、住吉社に「残菊匂」「述懐」の計四首を詠み、為泰は、玉津島社に「別恋」を、住吉社に「寄露恋」の計二首を詠んでいる。

宝暦十年の奉納では、内曇金銀泥下絵の短冊（写真Ⅱ・Ⅲ、為村短冊〈Ⅱの右1とⅢの左2〉を除く）が共通して用いられているが、玉津島社に奉納された為村の短冊二枚（「故郷柳」「惜月」）だけは、内曇金銀泥下絵に霞を施した短冊、すなわち異種短冊に書かれている。[6] 写真Ⅱの向って右から一枚目と写真Ⅲの左二枚目が為村のものである。この短冊が他の短冊と一緒に、予め配付されたものでないことは、為村短冊の歌題を見ればわかる。冷泉家がハレの場で用いる独特な書法、冷泉流書体を避けて、他の歌題の筆に似せて書かれているものの、写真Ⅲ「惜月」の書体は他と明らかに違う。これら「御法楽五十首和歌」の奉納短冊は、歌題が題者の筆により統一して書かれ、予め詠者に渡されること、前〈一節2項〉にも述べたとおりである。

なお、玉津島社に奉納された和歌短冊五十枚の最終短冊「祝言」の裏面に、為村の作り上げた独特な筆法、冷泉流書体で「御奉納　宝暦十年三月廿四日　玉津島社御法楽」と記されていることから、また、子の為泰よりも歌数が多いことから、宝暦十年の玉津島社奉行は父冷泉為村であったことが推察される。

続いて後者、明和四年に奉納された「御法楽五十首和歌」の場合である。冷泉家からは、為村（五六歳）と為泰（三三歳）そして為章（一七代当主・一六歳）の三代が、次の歌題のもとに詠んでいる。

- 父為村
  - 玉津島社…「a尋残花」「b山館竹」「c織女別」「d雪」「e逢夢恋」
  - 住　吉　社…「雨夜虫」「春名月」「鷹狩」「寄門恋」「浦船」
  - 計十首
- 子為泰
  - 玉津島社…「f関春月」「g夜虫」
  - 住　吉　社…「花埋路」「寄雲恋」
  - 計四首
- 孫為章
  - 玉津島社…「早苗」
  - 住　吉　社…「水辺蛍」
  - 計二首

特に、為村短冊の両社で合計十枚という数は、他の歌人の短冊数に比べて極めて多い。さて、明和四年の奉納には内曇に霞を施した短冊が用いられているが、中に七枚の異種短冊が含まれる。[7] それが為村・為泰父子の和歌短冊である。写真Ⅳ・Ⅴ・Ⅵを見れば一目瞭然であるが、Ⅳは右から二枚目が為村、三枚目が為泰の短冊。Ⅴは左一枚目二枚目が為村短冊。Ⅵは左一枚目が為村短冊である。

異種短冊七首の内訳は、右の歌題に施した記号で示すと次のごとく三種類になる。

・本来の短冊とよく似ているもの（内曇に霞）………………b e g　三枚（eとgの写真は割愛）

・本来の短冊と比較的似ているもの（霞）………………a c f　三枚

・本来の短冊とは全く似ていないもの（霞に下絵と箔散らし）……d　一枚

写真Ⅴの右一枚目「早苗」は孫為章の短冊だが、これは予め配付された、内曇に霞を施した短冊を用いている。当時の堂上歌壇において、玉津島社と住吉社の両社に計十首を詠むような影響力を有していた為村にとっても、さすが

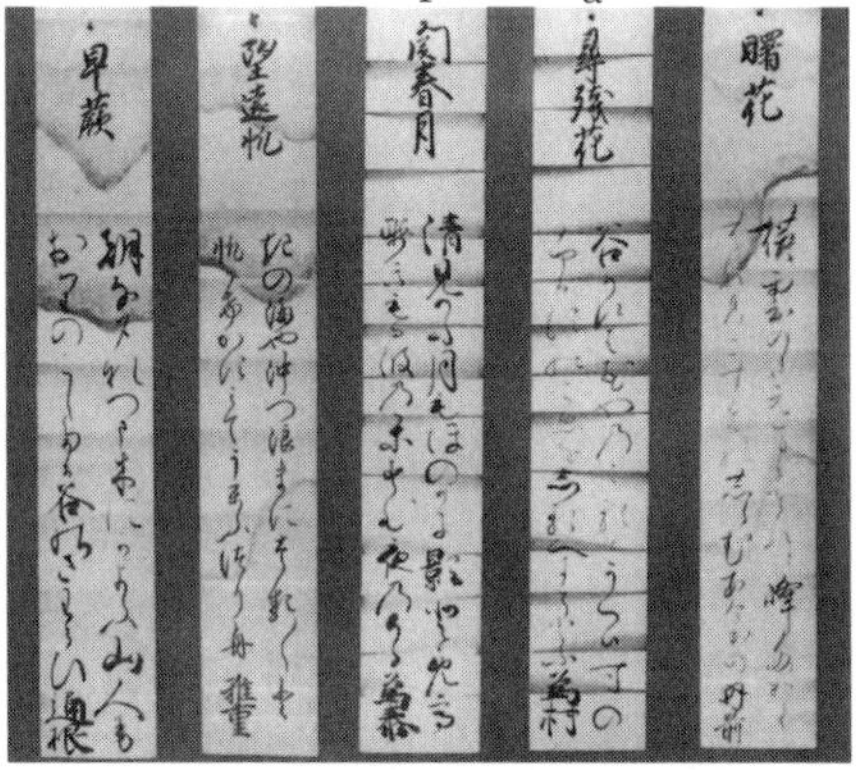

写真Ⅳ：明和四年　為村と為泰の短冊

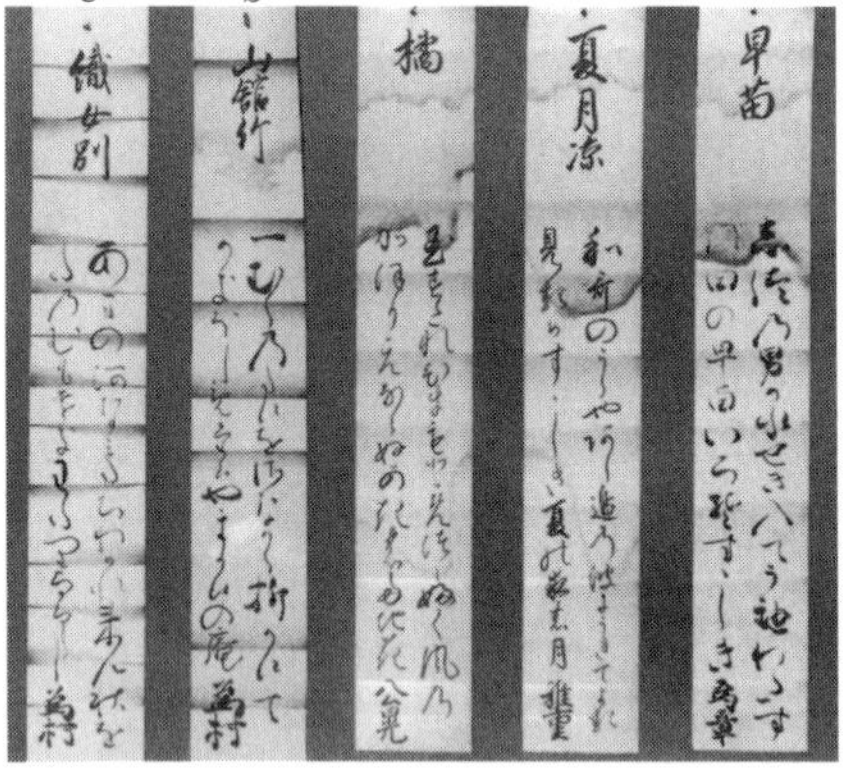

写真Ⅴ：明和四年　為村と為章の短冊

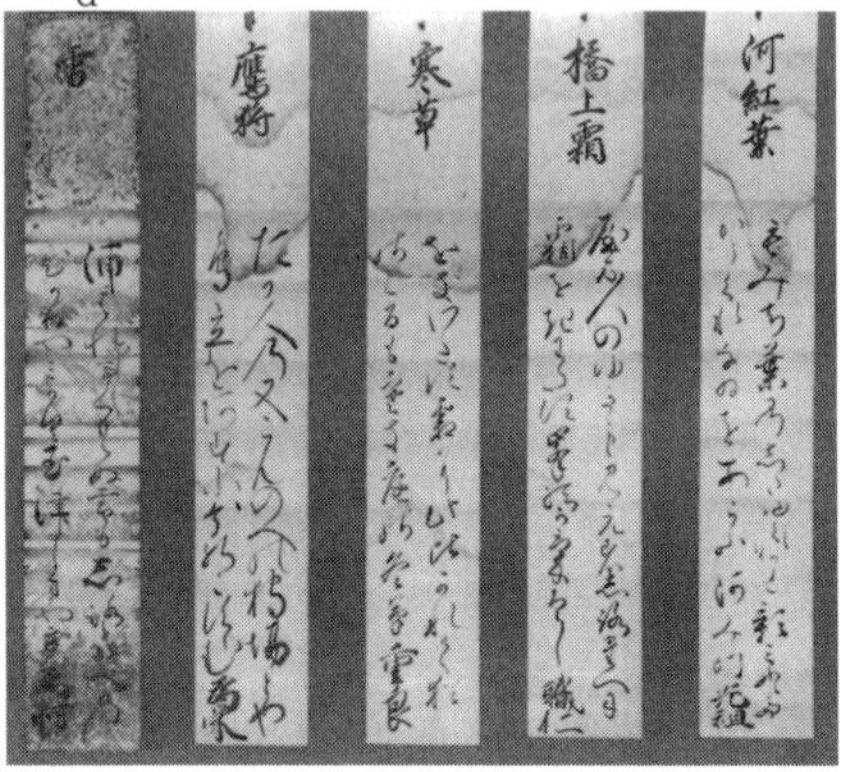

写真Ⅵ：明和四年　為村の短冊

に十六歳の為章に異種短冊で詠んだものを提出させるのは、孫の将来を考えると憚られたのだろう。

では、なぜこのようなことが起こったのか。書き損じたのだろうか。でも、宝暦十年奉納の二首中全てに、明和四年奉納の父子五首中全てにおいて、それも、玉津島社奉納分にだけ書き損じが生じたというのは不自然だ。また、もし単なる書き損じならば、刃物などで削って訂正すれば済むことだろう。住吉大社や月照寺（明石柿本社別当）での奉納和歌調査において、丁寧に削って訂正してある和歌懐紙などを目にすることもあった[8]が、実際にそのようなことが行われていたことは明白だ。

さらに、短冊を紛失したとするのも不自然である。為村と為泰が同時に失うことも、同一人物が宝暦十年と明和四年の二度にわたって失うということも考えにくい。

この奉納和歌短冊のすり替えということに関しては、残念ながら、その理由を明らかにすることはできない。それなりの訳があったのであろうが、今は、和歌の指南家当主として和歌界に影響力を保持し続けてきた[9]（後述〈四章二節～五節〉参照）、冷泉為村であるがゆえに、このようなことができたという推測と、短冊すり替えの事実があったということを述べるに止どめておきたい。

2　飛鳥井雅章と中院通茂の短冊

続いて、飛鳥井雅章と中院通茂の異種短冊を見てみよう。〈一節1項〉①の、寛文四年六月一日に玉津島社へ奉納された「御法楽五十首和歌」を見ると、実は、この中にも異種短冊が含まれている。

寛文四年の「御法楽五十首和歌」は、同年五月に後西上皇と日野弘資・烏丸資慶・中院通茂が、後水尾法皇から古今伝授を受けられた後の御法楽である。この時の奉納和歌に関しては、前述〈一節2項〉のとおり、「近代御会和歌集」に次のように記されていた。

・寛文四年六月朔日　水無瀬御法楽詠廿首和歌　新院御奉納、題者　飛鳥井大納言　奉行　烏丸大納言。
・寛文四年六月朔日　住吉御法楽詠五十首和歌　新院御奉納、題者　飛鳥井大納言　奉行　烏丸大納言。
・寛文四年六月朔日　玉津島御法楽五十首　新院御奉納、題者　飛鳥井大納言　奉行　烏丸大納言。

右の記載によって、住吉社と玉津島社だけでなく水無瀬社にも二十首が奉納されたこと、各社ともに題者は飛鳥井大納言（飛鳥井雅章）で奉行は烏丸大納言（烏丸資慶）であったことなどが窺える。

さて、前〈一節2項〉に、題者は予め五十枚の短冊に歌題を書き付けておく旨を記した。それは、玉津島社・住吉社両社に現存する寛文四年奉納の短冊計百枚の歌題が、同じ筆で書かれていることによってもわかる。この筆跡は、題者飛鳥井雅章の自筆短冊（両社計六枚）に書かれた和歌の筆跡と、計百首各歌題の筆跡との比較において、同じ筆、つまり雅章の書いたものと判断される。ちなみに、今回の寛文四年奉納では、寸法縦三三・八センチ×横五・一センチ、鳥の子紙、上下金界の短冊を用いている。

ところが、玉津島社の方に奉納された五十首の中には六枚の異種短冊が混入しているのである。この六枚自体は同種の紋様であるが、右に記した本来の短冊と比べて違うところは、

・紙質は鳥の子紙ながら、本来のものより少々薄い。
・寸法は本来のものより横が一㎜広い。
・上下金界の上の罫線が、本来は上端から七・五㎝で引かれているのに対して、七・二㎝のところに墨で引かれている。

・上下金界の下の罫線が、本来は下端から三・六cmで引かれているのに対して、四・二cmのところに墨で引かれている。

などの点である。例えば、左の写真Ⅶは、寛文四年玉津島社奉納「御法楽五十首和歌」短冊の一部だが、左から二枚目と三枚目が異種短冊で、他の三枚はこの時に配付された本来の短冊である。

この六枚の異種短冊を用いているのは、写真にも名前が明らかなように、飛鳥井雅章（左二枚目）と中院通茂（左三枚目）である。[10] 二人は玉津島社への奉納で短冊各三枚計六首を詠んでいるが、その全てに右の異種短冊を使用している。異種短冊六枚に施された歌題の筆跡は、本来のものに比べて若干細く書かれているものの、本来の短冊と同じく、題者雅章の筆と判断できよう（写真Ⅶ参照）。つまり雅章は、何らかの理由で不足した六枚分を調達し、改めて歌題を書き、奉行烏丸資慶と相談の上、その異種短冊による兼題を自分用と中院通茂用として配付したのである。

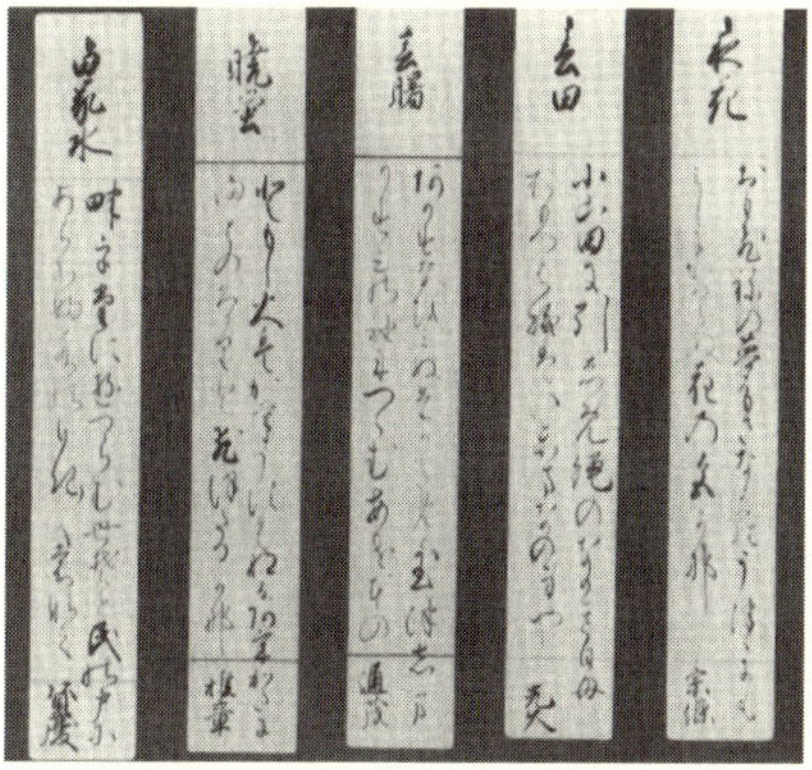

写真Ⅶ：寛文四年　雅章と通茂の短冊

ところで、寛文四年五月の古今伝授では、後西上皇だけではなく、日野弘資・烏丸資慶・中院通茂も伝授されたている。題者飛鳥井雅章は、異種短冊を渡す相手として、古今伝授後の、この「御法楽五十首和歌」に加わってくれる人たち――古今伝授を受けた者以外の人々――に渡すよりも、古今伝授を受けた本人に渡した方がよい、と判断したのではなかったか。この時に古今伝授された後西上皇以外の三名は、「公卿補任」（『新訂増補国史大系』吉川弘文館）によれば、寛文四年当時、

・日野弘資　前権大納言　正二位　四十八歳
・烏丸資慶　前権大納言　正二位　四十三歳
・中院通茂　権大納言　　正三位　三十四歳

となっている。右のごとく並べてみると、位階からしても年齢からしても、中院通茂が選ばれるのは自明のことであったように思えてくる。ちなみに、題者飛鳥井雅章はこの時に〈前権大納言・正二位・五十四歳〉で、四名の中では最年長であった。ゆえに、最年長者雅章にしてみれば、異種短冊六枚中の三枚の兼題を自分に回し、残り三枚の兼題を誰に渡すかを考えるにあたって、奉行烏丸資慶に相談する際にも、渡す相手を中院通茂に決定する際にも、それほどに苦慮することはなかったものと推察する。年功序列の社会における、飛鳥井雅章の適切な判断なのであった。

本節〈1項〉でふれた、宝暦十年「御法楽五十首和歌」中の冷泉為村の短冊二枚、および明和四年「御法楽五十首和歌」中の冷泉為村・為泰父子の短冊七枚が、なぜ異種短冊であるのかの理由が定かでないのと同様に、寛文四年に奉納された「御法楽五十首和歌」の中の異種短冊についても、その理由は明確ではない。しかし恐らく、一度書いた五十首分の組題を、詠者に配付する前に一部変更したかった、あるいはせざるを得なかった、というような理由があったのであろう。それゆえに、六枚の異種短冊による兼題が必要となったのである。

右のとおり、異種短冊が混入した理由は確かに定かではない。だが、これ等の短冊が飛鳥井雅章と中院通茂に回された理由は容易に想像できよう。それは、雅章が題者本人であったことと、後西上皇と共に古今伝授を受けた三人の中では、通茂が位階も年齢も一番低かった、というところにあったのである。

三、住吉社に奉納された法楽五十首和歌からわかること
――天和三年の御法楽和歌に添えられた歌題目録――

古今伝授を受けられた天皇や上皇は、公家衆と詠んだ五十首の和歌短冊を、和歌神である住吉社や玉津島社に奉納するが、このいわゆる〈古今伝授後　御法楽五十首和歌〉は、住吉大社と玉津島神社に各七点ずつが現存している。そして、住吉大社に残る七点の「御法楽五十首和歌」中三点には、各短冊の歌題を列記した懐紙、つまり歌題目録が

添えられている。

しかし、これらの中で、天和三年（一六八三）六月一日奉納の「御法楽五十首和歌」に添えられた歌題目録については、いくつかの疑問点があるので、以下に私見を述べてみたい。

1　住吉社御法楽五十首和歌の概要

住吉社には、寛文四年（一六六四）から天保十三年（一八四二）までの約百八十年間に、計七点の「御法楽五十首和歌」が奉納されている。同様のものが玉津島社にも奉納されているが、五十首の歌題と詠者そして和歌そのものには異なりがある。既に述べたことではあるが、住吉大社に残る各々の「御法楽五十首和歌」を概観すると、

①　寛文四年六月一日奉納「御法楽五十首和歌」

寛文四年（一六六四）五月、後西上皇が後水尾法皇から古今伝授を受けられた後の住吉社御法楽である。この時、日野弘資・烏丸資慶・中院通茂も古今伝授を受けた。

②　天和三年六月一日奉納「御法楽五十首和歌」

天和三年（一六八三）四月、霊元天皇が後西上皇から古今伝授を受けられた後の住吉社御法楽である。

③　延享元年六月一日奉納「御法楽五十首和歌」

延享元年（一七四四）五月、桜町天皇が烏丸光栄から古今伝授を受けられた後の住吉社御法楽である。この時、有栖川宮職仁親王（中務卿宮）も古今伝授を受けた。

④　宝暦十年三月二十四日奉納「御法楽五十首和歌」

宝暦十年（一七六〇）二月、桃園天皇が有栖川宮職仁親王から古今伝授を受けられた後の住吉社御法楽である。

⑤明和四年三月十四日奉納「御法楽五十首和歌」
明和四年（一七六七）二月、後桜町天皇が有栖川宮職仁親王から古今伝授を受けられた後の住吉社御法楽である。

⑥寛政九年十一月二十六日奉納「御法楽五十首和歌」
寛政九年（一七九七）九月、光格天皇が後桜町上皇から古今伝授を受けられた後の住吉社御法楽である。この直後、有栖川宮織仁親王・閑院宮美仁親王も古今伝授を受けた。

⑦天保十三年十二月十三日奉納「御法楽五十首和歌」
天保十三年（一八四二）五月、仁孝天皇が光格上皇から古今伝授を受けられた後の住吉社御法楽である。実は、光格上皇はこれより二年前、天保十一年十一月に崩御しているが、その直前、古今伝授を遺した。

のごとくである。そして、この中で歌題目録の添えられているものは、「②天和三年六月一日奉納」「⑥寛政九年十一月廿六日奉納」、および「⑦天保十三年十二月十三日奉納」の、計三点の「御法楽五十首和歌」である。ただし、古今伝授後の「御法楽五十首和歌」と同じような形態で奉納された「年月不記　後桜町天皇（上皇カ）御奉納五十首和歌」(11)にも同様の歌題目録が添えられている。

なお、⑥の寛政九年「御法楽五十首和歌」の歌題目録に関しては、別のところに収められていたのを和歌資料調査中に発見し、寛政九年の歌題目録であると判断したものである。これについては〈4項〉に述べる。

ところで、第一例①の寛文四年「御法楽五十首和歌」について、この時の奉納が玉津島社・住吉社・水無瀬宮の三社に対して行われ、三社共に題者が飛鳥井雅章で、奉行が烏丸資慶であったことは前に確認した〈一節2項〉〈二節2項〉）。この時に玉津島社と住吉社に奉納された、計百枚の和歌短冊を一枚ずつ確認してゆくと、歌題は全て同じ筆跡であることに気づく。さらにその筆跡は、題者である飛鳥井雅章の自筆短冊との比較において、雅章のものと判断される。ここに、題者は五十首の歌題を考えて、詠者に配付する前に、その歌題を各短冊に記しておくものだ、ということが明らかになる。

つまり、「御法楽五十首和歌」の各短冊において、歌題は題者の書体で統一して書かれているのだ。ゆえに、当然のことながら歌題と和歌とは、題者本人の短冊を除き、異なった筆跡になる。

続いて、②番作品の検討に移ろう。

2　天和三年の歌題目録の筆跡と冷泉為村の書風

では、前〈1項〉第二例②の、天和三年「御法楽五十首和歌」に添えられた歌題目録を見てゆく。

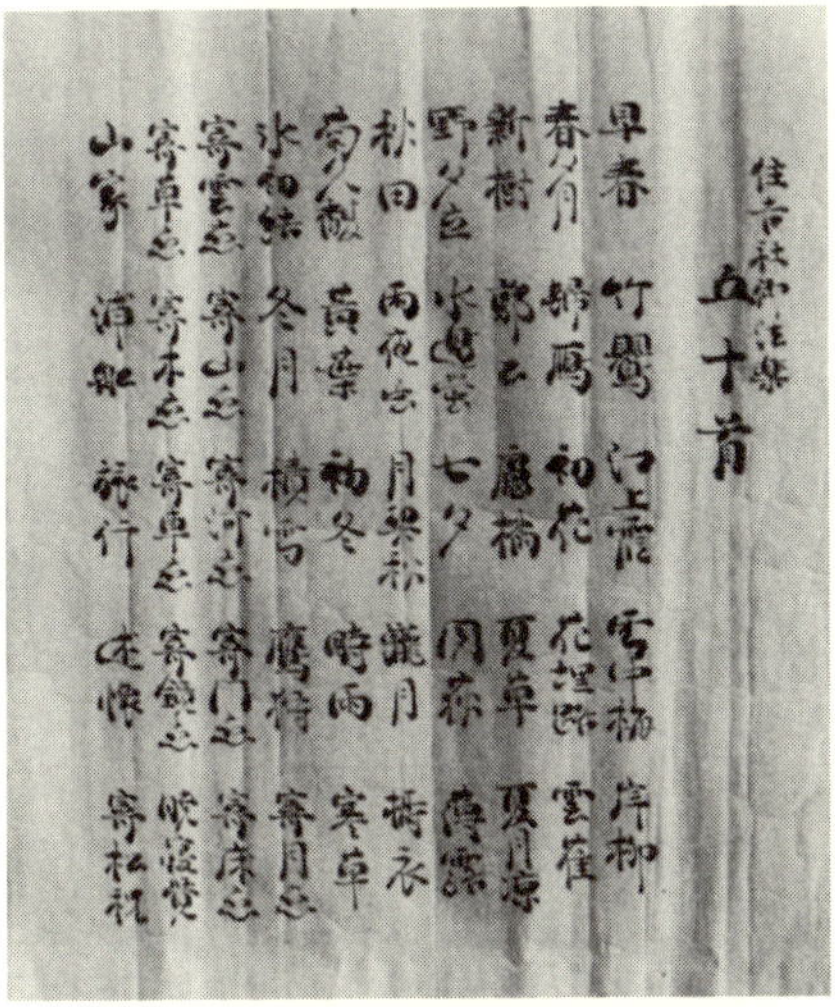

写真Ⅷ：伝　天和三年御法楽の歌題目録

住吉大社では、各「御法楽五十首和歌」の短冊を、懐紙や包紙で包んで柳筥に入れ、さらにそれを木箱に入れて保管している。そして、天和三年奉納の柳筥には、縦三三・五センチ、横四九・九センチの懐紙に記された歌題目録（写真Ⅷ）も共に収められている。「住吉社御法楽　五十首」と題し、「早春」から「寄松祝」までを記すこの歌題目録は、五十枚の和歌短冊歌題と一致している。それゆえに、今日まで誰もこの歌題目録に疑念をいだかなかった。しかし、筆跡などの面からしても、疑問を呈する余地がないというわけではない。以下に検討を加えてみよう。

先ほど〈1項〉で、各「御法楽五十首和歌」短冊の歌題は、

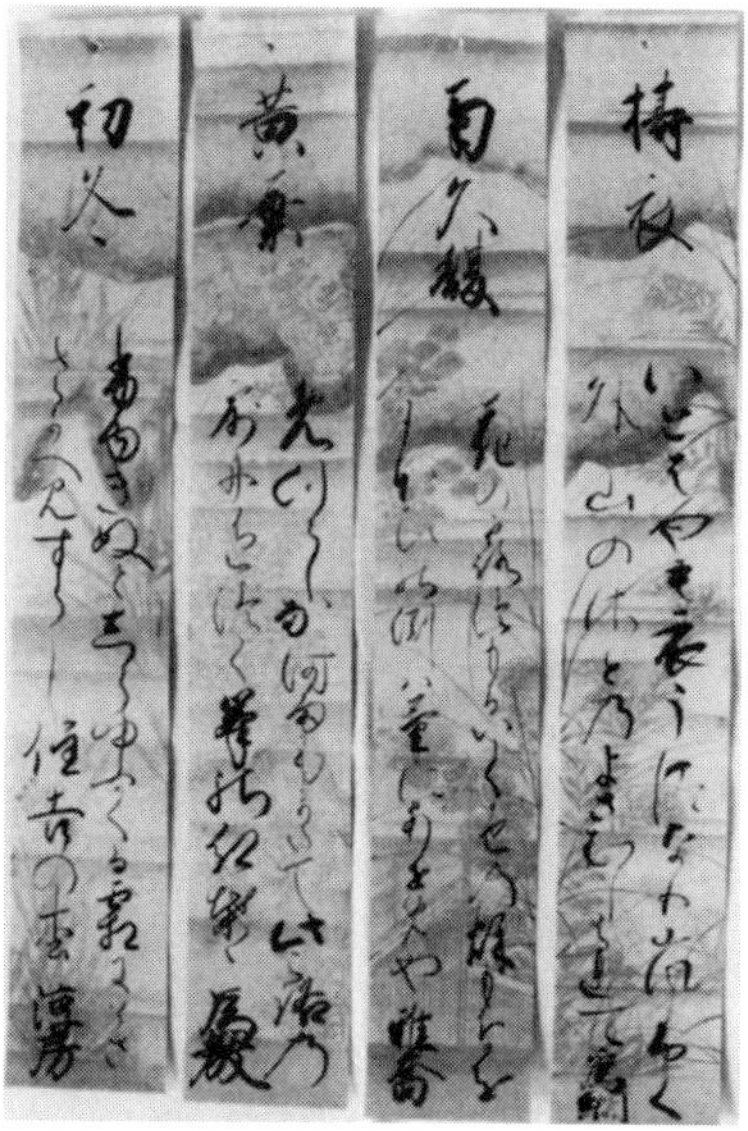

写真Ⅸ：天和三年御法楽の為綱短冊

題者の筆によって統一した筆跡で書かれていると言った。それは天和三年奉納の場合も同じであって、写真Ⅸ（歌題参照）に見るごとき書体で統一されている。また、その「御法楽五十首和歌」一式に歌題目録が添えられるのならば、それは題者が記してしかるべきなのだが、この歌題目録の筆跡（写真Ⅷ）と天和三年の和歌短冊歌題の筆跡（写真Ⅸ）とは、明らかに異なっている。

　この歌題目録に見る独特な書体は、冷泉為村（冷泉家一五代当主）の成した冷泉流書体である。冷泉家では遠祖藤原定家を重んじて、定家の成した仮名遣や書風までをも継承した。為村は、定家流とか定家様《よう》と称される定家の書風をさらに極端に発展させて、彼独自の冷泉流書体を成立させたのである。以降この書体は、冷泉家がハレの場で用いる筆法として受け継がれてゆく。ところで、写真Ⅸの右端の短冊（歌題「擣衣」）は、為村の祖父冷泉為綱（冷泉家一三代当主）の二十歳の時のものである。実は、為綱もまた定家流の復活に力を注いだ人であり、この天和三年の和歌短冊も定家流で書かれている。

　さて、為村の書（歌題目録）と為綱の書（和歌短冊）とを、同時期に書かれたものとして仮に扱うならば、二十歳の冷泉為綱に孫の為村がいたことになってしまう。常識的にみても、二十歳の年齢で孫がいるとは考えられない。要するに、この歌題目録と天和三年の「御法楽五十首和歌」とは、書かれた年代が合致していないのだ。

　また、このようなことも言えるだろう。住吉大社に現存する七点の「御法楽五十首和歌」は、寛文四年から天保十三年までの約百八十年間に奉納されているが、歌題目録の添えられる「御法楽五十首和歌」は、問題となっている天和三年奉納の場合を除けば、みな後半期に奉納された「御法楽五十首和歌」に添えられている。

以上の点から考えて、この歌題目録は、天和三年「御法楽五十首和歌」に添えられたものではないと判断できよう。ではこの歌題目録は、何年に奉納された「御法楽五十首和歌」に添えられていたものなのか。

写真Ⅷの、歌題目録の筆跡を再度見てみよう。この書体が、定家流を極端に発展させた為村独自の、冷泉流書体であることは右にも記した。筆者は、為村の書体は四期に分けられると考える（後述〈四章三節〉「為村の書風の変遷」参照）が、この歌題目録の書体は第三期、すなわち為村の五十歳半ば頃（明和三年～五年頃）のものと推察する。第三期の書体の特徴は、太く丸みを帯びた部分を強調（これのみは第二期の特徴）し、さらに細い線を強調して書かれるところにある。

第三期のこの書体は、例えば、明和四年（一七六七）三月十四日奉納「御法楽五十首和歌」中の和歌短冊、住吉社と玉津島社各五枚に見られるが、写真Ⅷの歌題目録の筆跡も、これらの書体と変わるところがない。

3　天和三年の歌題目録と明和四年の短冊歌題の比較

そこで、天和三年の「御法楽五十首和歌」に添えられている歌題目録（写真Ⅷ）と、前〈1項〉⑤、明和四年三月十四日「御法楽五十首和歌」の各短冊に見る歌題との筆跡を比較してみよう。

そもそも、明和四年に奉納された「御法楽五十首和歌」は、同年二月に、後桜町天皇が有栖川宮職仁親王より古今伝授を受けられた後の御法楽である。五十枚中最終短冊の裏面には、〈一節2項〉中の「御法楽五十首和歌が詠まれ各社に奉納されるまでの次第」の、⑤番（18頁）にも述べたとおり、奉納の日付と神社名が「御奉納　明和四年三月十四日　住吉社御法楽」のごとく記されている。

住吉大社では五十枚の短冊を二つに分けて、後桜町天皇の五枚を「後桜町天皇御宸筆御短冊　五枚　明和四年三月十四日御法楽ノ分」と表書きした懐紙に包み、公家衆の四十五枚を「冷泉為村卿以下短冊　四拾五枚　明和四年三月十四日御法楽ノ分」と表書きした懐紙に包み、さらにそれらを「明和四年三月十四日御法楽短冊　五拾枚」と表書きした懐紙に包んで、木箱に入れて保存している。

この明和四年「御法楽五十首和歌」は、冷泉為村（この時、五六歳 正二位 民部卿）の主導のもとに行われたと推察されるが、それは次の理由などによる。

ア　五十枚の短冊に書かれている各歌題の筆跡と、為村の和歌短冊の筆跡が一致している（写真Xの中央の短冊を参照）。つまり、各短冊に施された歌題が為村の冷泉流書体で統一して書かれているということは、五十首の歌題を提出したのは為村であったことになる。

ところで、写真Xの左から二番目は、為村の子為泰（この時、三三歳正三位 右兵衛督）の短冊であるが、彼もまた、これをハレの場として冷泉流書法で書いている。

イ　五十枚中、為村の和歌短冊数が、他の歌人たちに比べて五枚と多い。因みに、後桜町天皇・職仁親王・為村が各五枚、内前が三枚、為泰以下三名が各二枚、為章（為村孫、この時一六歳 従四位上）以下二十六名が各一枚となっている。各々の短冊の数は、詠者の地位や力関係に比例するようだ。

ウ　住吉社では当初から、公家衆四十五枚の短冊を「冷泉為村卿以下短冊」として扱い、明和四年奉納の場合だけ為村を特別扱いにしている。つまり、神社側でも為村主導のもとに行われたことはわかっていた。

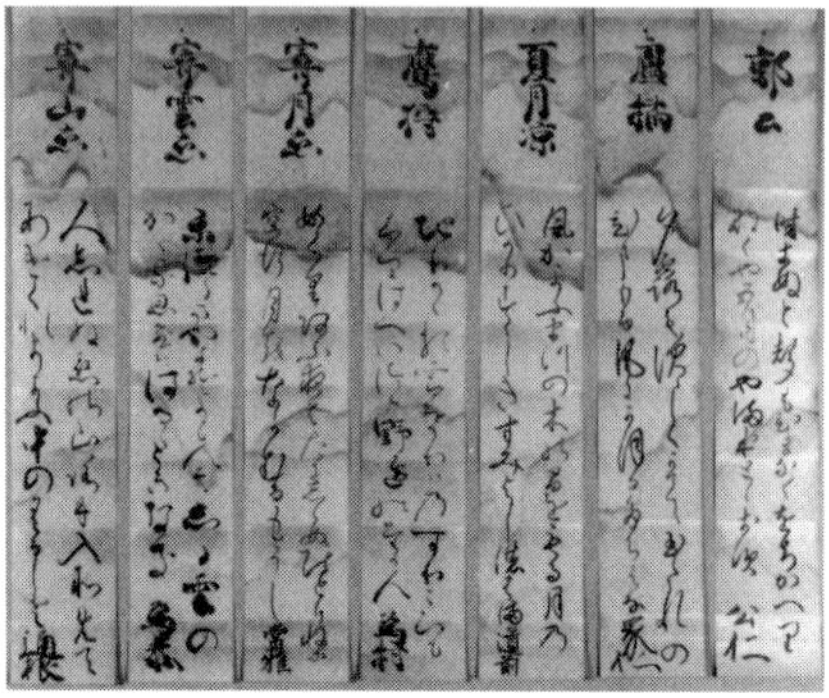

写真X：明和四年御法楽 為村・為泰の短冊

る。

なお、奉納された他の「御法楽五十首和歌」短冊は、天皇・上皇の短冊を上に置き、五十枚を水引で綴じてある。

しかし、明和四年のものは、各短冊に綴じるための孔はあるものの、分けられている。今回の奉納は特別である、と神社側が配慮してのことであったのだろう。

さて、天和三年の歌題目録と、明和四年の各短冊歌題の両者は、写真Ⅷおよび写真Ⅹによって確認できるとおり、冷泉流で書かれた筆跡が同じであるだけでなく、「早春」に始まり「寄松祝」で終わる五十首の歌題までもが、見事に一致しているではないか。目録中の歌題は写真Ⅷに確かめられるので、今は、明和四年の各短冊歌題の方を、住吉大社に保管されるままの順番に従って記しておこう。

早春　夏草　菊久馥　積雪　述懐　黄葉　初冬　時雨　寒草　氷初結
冬月　野夕立　水辺蛍　七夕　聞荻　薄露　秋田　雨夜虫　月契秋　朧月
擣衣　竹鶯　江上霞　雪中梅　岸柳　春夕月　帰鴈　初花　花埋路　雲雀
新樹　郭公　廬橘　夏月涼　鷹狩　寄月恋　寄雲恋　寄山恋　寄河恋　寄門恋
寄床恋　寄草恋　寄木恋　寄車恋　寄鏡恋　暁寝覚　山家　浦船　旅行　寄松祝

こう見てくると、天和三年六月一日の奉納に添えられたものとして、住吉大社に伝えるこの歌題目録は、実は、明和四年三月十四日奉納の「御法楽五十首和歌」のために、冷泉為村が自ら書き記したものであった、とするのが正しい。前〈2項〉でも触れたが、天和の時代にはまだ歌題目録を添える慣わしのなかったことを再確認しておきたい。

なお、「御法楽五十首和歌」の各々が同じ組の歌題を用いるのは、むしろ珍しい中で、為村は明和四年の歌題を考える時に、なぜ、八十四年前の天和三年歌題と同じにしたのか、という疑問は残る。ともすると、祖父為綱の二十歳時の和歌短冊が含まれる御法楽なので、この〈五十首組題〉を選んだのかも知れない。だが、残念ながら、それについては良くわからない。

4　寛文四年と寛政九年の歌題目録

前〈1項〉①、寛文四年六月一日奉納の箱の中に、「寛文四年六月朔日　霊元天皇法楽奉納和歌短冊　御製宸翰三枚」と表書きし、その横に異なった筆で「後西天皇御短冊（三枚）ナリ」と訂正の付箋を施した包紙がある。この付箋は何を意味しているのだろうか。

そもそも、この寛文四年六月「御法楽五十首和歌」は、同年五月に後西上皇が後水尾法皇から古今伝授を受けられた後に公家衆と詠んだものである。上皇は前年寛文三年に譲位し、既に霊元天皇が即位しているので、神社側は「寛文四年の奉納ならば霊元天皇の宸筆短冊だ」と勘違いした。そして、後にこの付箋をもって「後西天皇御短冊」と訂正したものと推察される。

さて、この「寛文四年六月朔日　霊元天皇法楽奉納和歌短冊　御製宸翰三枚」と表書きした包紙に添えられた、次のような歌題目録がある。

五十首

早春	竹鶯	江辺霞	雪中梅	岸柳	春曙月	帰鴈	初花	々埋路	雲雀
新樹	郭公	盧橘	夏草	夏月涼	野夕立	水上蛍	七夕	聞荻	薄露
秋田	深夜虫	月契秋	瀧々	擣衣	菊久盛	紅葉	初冬	時雨	寒草
氷初結	冬月	積雪	神楽	寄月恋	々雲々	々山々	々河々	々門々	々床々
々草々	々木々	々車々	々鏡々	暁寝覚	山家	浦船	旅行	述懐	寄松祝

ところが、この歌題目録と、寛文四年「御法楽五十首和歌」の各短冊に施された歌題は一致せず、両者の筆跡も明

らかに異なっている。したがって、この歌題目録は寛文四年奉納の時に添えられたものとはいえない。では、何年に奉納された「御法楽五十首和歌」のものなのか。

そこで、各「御法楽五十首和歌」短冊に施された各歌題と筆跡を丹念に調べてみた。すると、この歌題目録に見る歌題と筆跡、両者ともに一致するものがあった。それは、前〈1項〉⑥、寛政九年十一月二十六日に奉納された「御法楽五十首和歌」である。ここに、この歌題目録は寛政九年の「御法楽五十首和歌」に添えられたものであることが確認できた。

この歌題目録の出現によって、明和四年（一七六七）以降、寛政九年（一七九七）・天保十三年（一八四二）の各「御法楽五十首和歌」、計三点に連続して歌題目録の施されていることがわかる。なお、前〈1項〉でふれた、他の「御法楽五十首和歌」と同様の形態を持つ「年月不記　後桜町天皇（上皇カ）御奉納五十首和歌」だが、年月不記であるものの、筆者はこれを明和七年十一月以降の奉納と考える。[11] すると、四点が連続することになる。

このように、連続して添えられた四点の歌題目録の内、歌題目録を添えることを最初に行ったのが、明和四年「御法楽五十首和歌」の際の冷泉為村であったことを、大変に興味深く思う。

為村は、和歌指南家である冷泉家の十五代当主として、禁裏においても各地方においても大きな影響力を持った、当時の和歌界を常に主導していた人物である。為村が明和四年の「御法楽五十首和歌」に歌題目録を添えて以降、これが「御法楽五十首和歌」における一つの慣わしとして継続しているということは、為村および冷泉家の、堂上和歌界における影響力を垣間見ることにも繋がり、また興味深いのである。

四、仙洞御所からの月次御法楽和歌

玉津島社と住吉社へは、禁裏御所からの古今伝授後「御法楽五十首和歌」七点以外に、仙洞御所（霊元院）からも月次御法楽和歌が奉納されている。

霊元天皇が広く学問を好み、特に歌道に優れ、歌集「桃蘂集」や歌論書「一歩抄」「作例初学考」など、多くの著述を残し、和歌御会なども定期的に開催されていたことは、よく知られているところである。天皇は、天和三年（一六八三）四月に、三十歳で後西上皇より古今伝授を受けた。その後、貞享四年（一六八七）に三十四歳で東山天皇に譲位し上皇となる。また、正徳三年（一七一三）には六十歳で落飾し法皇となった。そして上皇の時に、元禄三年（一六九〇）六月から同六年五月の三年間、引き続き元禄六年六月から同九年五月の三年間、計六年間にわたり仙洞御所で〈月次和歌御会〉を催している。つまり霊元上皇は、三十七歳から四十三歳の間に、公家衆と計七十四回の和歌御会を行ったのである。

この時の、いわゆる〈仙洞御所月次御法楽和歌〉は、前者三年間の千八百五十首が「玉津島社月次御法楽和歌（巻子上下）」として玉津島社に奉納された。また、後者三年間の千八百五十首は「住吉社月次御法楽和歌（巻子上下）」として住吉社に奉納されている。

仙洞御所で催された月次和歌御会の年月日、計七十四回分をまとめると、次のごとくになる。

《仙洞御所月次御法楽和歌》

ア「玉津島社月次御法楽和歌」（巻子上下・千八百五十首）

元禄三年六月～同六年五月の三年間の月次歌会は三十七回

三年　…　六月八日・七月二日・八月廿一日・九月十六日・十月十日・十一月四日・十二月廿三日
四年　…　正月廿九日・二月十一日・三月十七日・四月十二日・五月十八日・六月十三日・七月八日・八月二日・閏八月廿一日・九月十六日・十月十日・十一月廿八日・十二月廿三日
（以上上巻）
五年　…　正月十七日・二月十一日・三月十八日・四月十二日・五月十八日・六月十三日・七月八日・八月十四日・九月廿一日・十月十六日・十一月十日・十二月十七日
六年　…　正月廿三日・二月十七日・三月十一日・四月六日・五月廿四日
（以上下巻）

イ「住吉社月次御法楽和歌」（巻子上下・千八百五十首）

元禄六年六月〜同九年五月の三年間の月次歌会は三十七回
六年　…　六月廿九日・七月廿五日・八月八日・九月廿六日・十月廿一日・十一月十六日・十二月十日
七年　…　正月十七日・二月十一日・三月十七日・四月十二日・五月六日・閏五月十二日・六月七日・七月一日・八月八日・九月二日・十月九日・十一月三日・十二月三日
（以上上巻）
八年　…　正月十七日・二月十一日・三月十八日・四月十二日・五月十八日・六月廿五日・七月七日・八月十四日・九月八日・十月二日・十一月九日・十二月三日
九年　…　正月十日・二月四日・三月廿三日・四月卅日・五月十二日
（以上下巻）

このように、六年間にわたって催された霊元上皇と公家衆の仙洞御所月次御法楽和歌は、玉津島社と住吉社に奉納された。しかし、柿本人麻呂を祀る明石柿本社と高津柿本社には奉納されていない。およそ、享保八年（一七二三）の柿本人麻呂千年忌に際して、禁裏御所は霊元法皇のご意向のもと、両柿本社に祀る人麻呂へ〈正一位〉と〈人麻呂大明神〉の神位神号を与える旨の宣旨を下す。この頃から両柿本社へは、禁裏御所と法皇御所からの御祈禱依頼や和歌奉納が頻繁になってくる。

玉津島社と住吉社へ奉納するための月次和歌御会を仙洞御所で催していた、元禄三年から九年の頃、つまり落飾以前の頃、霊元上皇の両柿本社に対する関心はどのようなものであったのだろう。それ等、霊元法皇と明石・高津両柿本社の係わりについては、〈二章三節〉および〈三章一節〉で述べる。

注

（1）玉津島社・住吉社に残る烏丸資慶の和歌は次のとおり。

夏　月　てにとらぬ かつらのかせも やとりくる 月に涼しき 蟬の羽衣　（玉津島社）
田家水　畔をたに ゆつらむ世そと 民の戸に あらそふ水の ひき〳〵もなし　（玉津島社）
祝　言　このみよに 光をそへて 玉津島 古今の 道まもるらし　（玉津島社）
夜　梅　月はなを しく物もなき 春のよの おほろけならす にほふ梅か丶　（住吉社）
落　葉　ふきのこす 跡もかしこく 家の風 木葉ふりにし 庭のをしへを　（住吉社）
後朝恋　わかれても さなからとまる うつりかに こ丶ろをさへも たくへましかは　（住吉社）

（2）玉津島社・住吉社に残る飛鳥井雅章の和歌は次のとおり。

暁　蛍　ともし火は かけうすくなる あけかたに まとのひかりと 飛ほたるかな　（玉津島社）
梅　にほへなを はるのひかりに 霜消て つゆさむからぬ むめの下かせ　（玉津島社）

嶺　月　みねの雲　いとひなはてそ　ひとすちは　なか〳〵月に　かゝるをもみむ　（玉津島社）
盛　花　風もいま　をとせぬはるの　ときをえて　みよのさかりを　花も見すらし　（住吉社）
躑　躅　春雨の　ふりいてつゝさく　くれなゐは　ひとしほふかき　岩つゝしかな　（住吉社）
名所松　みつかきの　久しきよゝり　ことの葉の　散うせぬかけや　すみよしの松　（住吉社）

（3）玉津島社・住吉社に残る勧修寺経慶の和歌は次のとおり。

水郷月　夜な〳〵の　月をみなれて　みなれ棹　うしともしらぬ　宇治の川長　（玉津島社）
新　樹　夏来ては　緑の若葉　うすくこく　しける梢の　色そえならぬ　（住吉社）

（4）玉津島社・住吉社に残る日野資茂の和歌は次のとおり。

橋上霜　霜うすき　色もめつらし　こからしの　もみちをわたす　たにのかけ橋　（玉津島社）
廬　橘　うつせ猶　こと葉のはなに　たちはなの　むかしおほゆる　風のすかたを　（住吉社）

（5）玉津島社・住吉社両社に奉納された天保十三年の「御法楽五十首和歌」短冊、計百枚の各短冊写真を各々同サイズになるようにコピーし、それを並べて検証した。

（6）宝暦十年の玉津島社「御法楽五十首和歌」で異種短冊に詠まれた為村の二首は次のとおりである。

故郷柳　梅か香の　春もいく世の　ふる郷に　むかしをかけて　靡く青柳
惜　月　ふけわたる　月の御舟も　ゆらのとに　かけさしとめて　かちをたえなむ

（7）明和四年の玉津島社御法楽五十首で、異種短冊に詠まれた為村・為泰父子の七首は次のとおりである。

冷泉為村
尋残花　谷かけは　花やのこると　うくひすの　ふるすのこゑを　しるへにそとふ
山館竹　一むらの　たけをさなから　折かけて　かきほしめたる　やまかひの庵
織女別　あまの河　なみたちわかれ　来ん秋を　たのむも遠き　わたりなるらし

　　雪　　　浦はれて　くもらぬ雪も　しろたへの　ひかりやみかく　玉津しまやま
　逢夢恋　　逢とみし　ゆめの契りは　夜ふかくて　さむるわかれの　とりかねそうき
　冷泉為泰
　関春月　　清見かた　月もほのかに　影とめて　せきもる波の　かすむ夜のはる
　夜　虫　　宵よりも　ふけ行月に　すみそひて　くさ葉の虫の　声そ露けき

(8) 冷泉為村本人の例を見ておく。「住吉社奉納和歌」（箱蓋表貼紙には「為村卿二十首和歌」とある）と題した和歌懐紙、第十九首「眺望」の、

　沖津風　なきたる浪に　はる〴〵と　うかふみるめや　沫路しま山

と詠まれた初句の「風」は、書き損じを削って消し、その上に書かれていること明白である。

(9) 冷泉家中興の祖と謳われた為村は、遠祖藤原定家のなした定家流書体を復活させ、さらに定家流を強調した冷泉流書体を作り上げた。為村以降、冷泉家の人々は和歌における公的な場で皆この書体を用いている。為村のこうした地道な努力が、ひいては堂上和歌界に、また地下和歌界に影響を及ぼすことにつながって行った、と考える。拙稿「冷泉為村の奉納和歌―住吉社・玉津島社奉納和歌とその書風―」（『帝塚山学院短期大学研究年報』四三号　平成七年一二月）を参照。また、本書〈四章二節～五節〉を参照。

(10) 寛文四年の玉津島社御法楽五十首で、飛鳥井雅章は三首、中院通茂も三首を奉納している。異種短冊に詠まれた彼らの計六首は次のとおりである。

　飛鳥井雅章
　　暁　蛍　　ともし火は　かけうすくなる　あけかたに　まとのひかりと　飛ほたるかな
　　　梅　　　にほへなを　はるのひかりに　霜消て　つゆさむからぬ　むめの下かせ
　　嶺　月　　みねの雲　いとひなはてそ　ひとすちは　なか〴〵月に　かゝるをもみむ

中院通茂

春　曙　あかすなを　みぬたかためと　玉津しま　かすみの袖に　つゝむあけほの

霰　きゝなれて　しくれする夜は　見し夢も　さらにくたけて　ちるあられかな

竹　雪　ふきはらふ　あらしもつゐに　うつもれて　夜ふかき雪に　なひくくれ竹

（11）年月不記の後桜町天皇御奉納五十首和歌である。包紙には「後桜町天皇御宸筆御短冊　五十葉」とあるものの年月は不記。玉津島社にも同形式のものが奉納されているが、やはり年月は記していない。写真Ⅺの左から三点目が、その五十首和歌短冊である。

ところで、一連の御法楽五十首和歌において、天皇・上皇の御製短冊は共に詠者名を記さず、さらに上皇の短冊は、

写真Ⅺ：玉津島社奉納の　各「御法楽五十首和歌短冊」

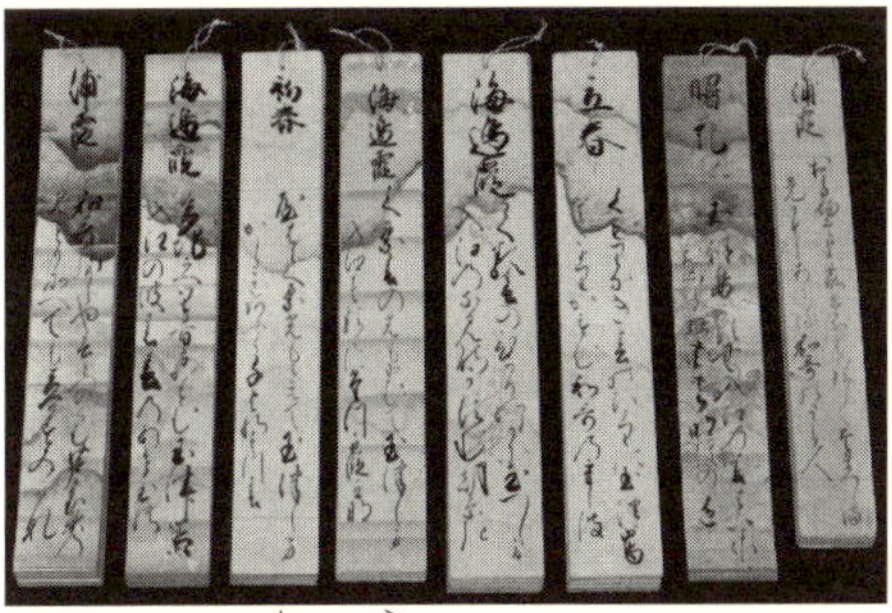

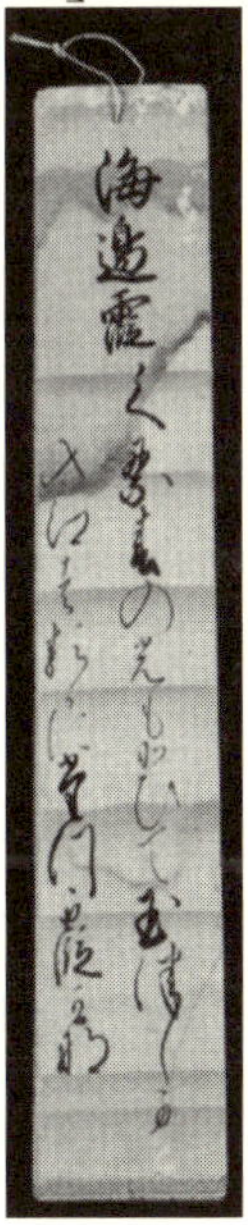

写真Ⅺの各「御法楽五十首和歌短冊」、左から四点目を拡大したもの

写真Ⅺの各「御法楽五十首和歌短冊」、左から三点目を拡大したもの

二行目の第一字、つまり第四句目を一字分下げて記している。今回の御製短冊五十枚は、全て二行目を一字下げて書いてある。譲位して上皇となった明和七年（一七七〇）十一月以降の奉納か。今はこの五十首和歌を古今伝授後の御法楽とは見ないでおく。天皇の時のものか、上皇の時のものかについては、女性が二行目を一字下げて書くこともあったので断言はできない。

なお、前頁写真Ⅺの左から四点目は、後桜町天皇が明和四年二月に古今伝授を受けられた後の「御法楽五十首和歌」である。上に後桜町天皇の自筆短冊を置いて写してある。この時は天皇であるが、写真のごとく一字下げて書かれている。つまり、女性であるということから一字下げているのである。

第二章　明石柿本社と高津柿本社への古今伝授後御法楽

はじめに、明石・高津両社への「御法楽五十首和歌」の概要を記しておく。

古今伝授を受けた天皇や上皇は、通例、公家衆と成した古今伝授後の「御法楽五十首和歌」、それも歌題と詠者等の異なった一式を和歌三神の各社に、奉納する。それら、玉津島神社と住吉大社に現存する「御法楽五十首和歌」各七点は、既に確認済みではあるが、明石・高津両柿本社の場合は、玉津島社や住吉社と少し事情が異なるので、再度示しておこう。その七点は次のごとくであった。

①寛文四年　古今伝授後の「御法楽五十首和歌」
②天和三年　古今伝授後の「御法楽五十首和歌」
③延享元年　古今伝授後の「御法楽五十首和歌」
④宝暦十年　古今伝授後の「御法楽五十首和歌」
⑤明和四年　古今伝授後の「御法楽五十首和歌」
⑥寛政九年　古今伝授後の「御法楽五十首和歌」
⑦天保十三年　古今伝授後の「御法楽五十首和歌」

既に確認したごとく、玉津島社と住吉社には、右の①から⑦まで七点が奉納されているのに対して、和歌三神の一つである柿本人麻呂、すなわち明石柿本社と高津柿本社への奉納は、③延享元年（一七四四）の御法楽から始まる。

両柿本社への奉納が、延享元年の御法楽から始まる理由は、霊元天皇との深い係わりにあると思われる。霊元天皇は三十歳で、②天和三年（一六八三）の古今伝授を後西上皇より受け、後、上皇の時には仙洞御所で和歌御会を積極的に催している。そして、柿本人麻呂千年忌（享保八年〈一七二三〉）に関連し、特に明石・高津両柿本社とは深い係わりを持つことになる。これに続くようにして、両柿本社への、③延享元年「御法楽五十首和歌」奉納が始まるのである。このことについては、〈三節1項〉および〈三章一節〉で論述したい。

一、明石柿本社に奉納された御法楽五十首和歌

1　現存する御法楽五十首和歌

各「御法楽五十首和歌」の中、明石・高津両柿本社奉納の始まる③延享元年以降、五回の古今伝授とその後の「御法楽五十首和歌」の、明石柿本社に関する部分を詳しく示すと次のようになる。

③延享元年（一七四四）五月の古今伝授
　八月　桜町天皇他、「御法楽五十首和歌」を明石柿本社に奉納（月照寺に現存）
④宝暦十年（一七六〇）二月の古今伝授
　六月　桃園天皇他、「御法楽五十首和歌」を明石柿本社に奉納（月照寺「御祈禱記録」[1]による。月照寺・明石柿本神社には現存せず。「月照寺由緒」[2]にも記載無し）
⑤明和四年（一七六七）二月の古今伝授

六月　後桜町天皇他、「御法楽五十首和歌」を明石柿本社に奉納（柿本神社に現存　重要文化財に指定）

⑥　寛政九年（一七九七）九月の古今伝授
十年三月（四月カ）　光格天皇他、「御法楽五十首和歌」を明石柿本社に奉納（月照寺「御祈禱記録」の跋文に伝聞として記載。月照寺・明石柿本神社には現存せず。「月照寺由緒」にも記載無し）

⑦　天保十三年（一八四二）五月の古今伝授
十四年六月　仁孝天皇他、「御法楽五十首和歌」を明石柿本社に奉納（柿本神社に現存。「月照寺由緒」には「短冊四十九枚」と記す）

以前〈一章一節1項〉に引用した七点と並べるとわかるのだが、一連の「御法楽五十首和歌」は全て、先ず玉津島社と住吉社に奉納、暫くの後に両柿本社へと奉納される。

明石柿本神社に奉納された和歌や関連文書は、現在、そのほとんどが柿本社の別当寺であった月照寺に保管されている。しかし、③〜⑦のうち月照寺に現存するのは、③の「御法楽五十首和歌」だけである。一方、柿本神社には⑤と⑦の五十首和歌が残る。また、④と⑥の五十首和歌は両者に現存しないものの、月照寺蔵「御祈禱記録写」によって奉納されたことがわかる。

2　宝暦十年と寛政九年の御法楽五十首和歌

④宝暦十年（桃園天皇）と⑥寛政九年（光格天皇）の「御法楽五十首和歌」は、月照寺にも明石柿本神社にも現存しない。しかし、月照寺十三世天応の「御祈禱記録写」によって奉納されたことが窺える。

この「御祈禱記録写」は、延享元年四月から天明三年（一七八三）四月までの御祈禱の記録を、寛政年間（一七八九〜一八〇一）以降に、天応が書写したものである。ただし、延享元年から明和四年までは八世霊淳の記した「禁裏御所御祈禱記録」[3]（月照寺蔵）を、ほぼそのまま書写している。

さて、④の宝暦十年に桃園天皇が古今伝授を受けられた時の、「御祈禱記録写」同年条には、

宝暦十年四月廿八日、町口大判事殿
飯室伊賀守殿より御状ニ而、今度
禁裏様《桃園院様》　古今御伝受之上御奉納
御用御座候間、六月十五日、十六日両日ニ
上京可仕旨被　仰越ニ付、十三日より上京
仕。廿一日（ママ）未刻ニ広橋大納言殿、柳原　（筆者注…廿一日＝文脈から日にちが合わない）
大納言殿御立合被成、柳原殿ニ而
五拾首短冊御渡被成候。御口上ニ
当今様より和歌五十首御奉納被遊候。
十八日辰刻ニ神前江奉納。夫より廿四日迄
一七日御祈禱仕。御札献上候得与御座候間、
廿五日より上京。御札献上仕候事。

とある。これにより、この時の「御法楽五十首和歌」が確かに明石柿本社に奉納され、六月十八日に神前へ奉納、二十四日まで七日間の御祈禱を行ったことがわかる。

また、⑥の寛政九年に光格天皇が古今伝授を受けられたことについては、同「御祈禱記録写」の跋文に、

右之通、天明三卯年迄如是筆記
御座候。其後之筆記、難相分リ候。

寛政年中ニ相成、巳午之比ニも、
御所御所（ママ）様古今被為有御伝授候御趣、
聞伝之候。其節、為御檀料と大判六枚被為在
御神納候事。是又聞伝候。
　　月照十三世天応写上之。

のように記される。月照寺僧天応が伝え聞くには、寛政年間（一七八九～一八〇一）の巳年（寛政九年）か、午年（寛政十年）の頃にも禁裏御所で古今伝授があり、その時の御祈禱に際し御壇料と大判六枚の御神納があった、というのである。

跋文中「巳年」は寛政九年で、⑥の光格天皇が古今伝授を受けられた年である。文中には、「御法楽五十首和歌」が奉納されたらしい、とは記していないものの、玉津島・住吉・高津柿本各神社に、この時の五十首和歌が現存することを思えば、おそらく明石柿本社にも奉納されていると考える。

3　延享元年の御法楽五十首和歌

ここでは、月照寺に唯一現存する、前〈1項〉③の延享元年（一七四四）「御法楽五十首和歌」について見ておく。桜町天皇は、延享元年五月に烏丸光栄より古今伝授を受けられた。その後に公家衆と成し、同年八月二十八日に明石柿本社に奉納した五十首和歌がこれである。月照寺十三世天応の前出「御祈禱記録写」に、この作品の奉納時、奉行葉室頼胤の口上が、

五十首共題者皆御宸翰、其内三首無名乗者御製也。此三首者、題歌共ニ御宸翰也。

のごとく記される。そのとおり、短冊五十枚の歌題は桜町天皇の宸翰である。

桜町天皇はこの時に「見花」「積雪」「浦松」の歌題で三首を詠んでいる。[4] 本和歌作品と、詠者や歌題に異同はあるものの、同様の一式が玉津島社・住吉社へは各同年六月一日の日付で、高津柿本社へは同年八月二十八日の日付で奉納され、各々現存している。

月照寺と高津柿本神社では折本風に装丁して保管しているが、元々、これらの短冊は天皇の宸翰を上に置いて五十枚を重ね、歌題の上部に孔を空けて水引で綴じ、柳筥に入れて奉納された。玉津島神社では七点の五十首和歌短冊が奉納時のまま綴じて残され、住吉大社では七点の五十首和歌短冊も、それを入れた柳筥も、奉納時のままの状態で残されている。

なお、五十枚の最終和歌短冊裏面には奉納の年月が記される。しかし、月照寺蔵のこの「御法楽五十首和歌」は、各短冊が折本に貼り付けられているため、奉納の日付を確認することができない。本作品を延享元年八月二十八日奉納としたのは、折本の奥書に、

　五十首短冊／右因／桜町御所古今伝授　御神納題総／御宸筆就中三首無　御諱者／御製也／延享元年甲子八月二十八日

とあることによる。この奥書は、折本に装丁する際、五十枚目（最終短冊「神祇」）裏面の記述を見て、また右に記した「御祈禱記録写」を参照して書かれたものと推察される。実は、「御祈禱記録写」の方には、

　延享元年子八月廿九日／禁裏御所ヨリ五十首和歌短冊御奉納

とある。しかしこれは、月照寺僧を召して八月二十九日に手渡された、という意味である。

なお、柳原紀光の『続史愚抄』（『新訂増補国史大系（一五）』吉川弘文館）延享元年八月二十八日条にも次のようにあって、延享元年の御法楽が高津柿本社と同日に行われたことがわかる。

　廿八日己酉。有㆓柿本両社播磨。石見。和歌御法楽㆒。左衛門督光綱卿。詠進。

桜町天皇（一七二〇～一七五〇）は、中御門天皇の第一皇子、享保二十年（一七三五）中御門天皇の譲位により践祚、延享四年（一七四七）桃園天皇に譲位。歌集に「桜町院御集」がある。

4　寛政九年御法楽五十首和歌の奉納年月

前〈1項〉の⑥、寛政九年に光格天皇が古今伝授を受けられ、その後に公家衆と成した「御法楽五十首和歌」に関しては、月照寺僧天応「御祈禱記録写」の跋文に、伝聞として「寛政年間の巳年（寛政九年）か、午年（寛政十年）の頃に古今伝授があったと聞く」と書かれているものの、月照寺にも柿本神社にも現存しない。おそらく奉納されたものと推察されるが、その年月について推測しておく。

前〈一章一節1項〉の、①から⑦（11～12頁）で確認したとおり、七点の「御法楽五十首和歌」の玉津島社と住吉社への奉納は、全て同日となっている。玉津島・住吉両社への御法楽から暫く置いて、明石・高津両柿本社への御法楽が行われることは、この節の〈1項〉でも述べた。宝暦十年御法楽の場合は高津が五月で明石が六月の奉納、明和四年の場合も高津が五月で明石が六月の奉納、と両社に一箇月の違いはあるものの、延享元年と天保十四年の御法楽は両柿本社とも同月の奉納となっている。つまり、明石柿本社への奉納は、高津柿本社への奉納と同じ年月あるいは一箇月遅れと考えればよいことになる。

そこで、問題の寛政九年、高津柿本社「御法楽五十首和歌」の五十枚目の短冊「祝言」を見てみると（最終短冊の裏面に奉行が奉納先と日付を書くこと〈一章一節2項〉（18頁）で述べた）、その裏面には次のごとく記されている。

御奉納　寛政十年三月三十日　石見国　柿本社御法楽

これによって、月照寺僧天応「御祈禱記録写」の跋文に伝聞として書かれていた、寛政九年の古今伝授における「御法楽五十首和歌」は、寛政十年三月または四月に明石柿本社へ奉納されたと見ることができる。

二、高津柿本社へ奉納された御法楽五十首和歌

1　御法楽五十首和歌の概要

各「御法楽五十首和歌」の中、明石・高津両柿本社奉納の始まる、前掲〈一節1項〉の、③延享元年以降五回の古今伝授と、その後の「御法楽五十首和歌」の、高津柿本社に関する部分を示すと次のようになる。

③　延享元年（一七四四）五月の古今伝授
　八月　桜町天皇他、「御法楽五十首和歌」を高津柿本社に奉納（同社に現存）
④　宝暦十年（一七六〇）二月の古今伝授
　五月　桃園天皇他、「御法楽五十首和歌」を高津柿本社に奉納（同社に現存）
⑤　明和四年（一七六七）二月の古今伝授
　五月　後桜町天皇他、「御法楽五十首和歌」を高津柿本社に奉納（同社に現存）
⑥　寛政九年（一七九七）九月の古今伝授
　十年三月　光格天皇他、「御法楽五十首和歌」を高津柿本社に奉納（同社に現存）
⑦　天保十三年（一八四二）五月の古今伝授
　十四年六月　仁孝天皇他、「御法楽五十首和歌」を高津柿本社に奉納（同社に現存）

右のように、高津柿本神社に奉納された五点の「御法楽五十首和歌」は全てが現存している。各々は折本に装丁して保管されているが、月照寺所蔵折本の貼り付けとは異なり、各和歌短冊の四隅を糸で挟んで固定してある。した

がって、各「御法楽五十首和歌」五点の最終短冊（五十枚目）の裏面を各々確認することができる。今、それら裏面を確認すると、

③延享元年「御法楽五十首和歌」〈最終短冊〈歌題「祝言」〉〉
　御法楽　延享元年八月廿八日　石見国　柿本社御法楽
④宝暦十年「御法楽五十首和歌」〈最終短冊〈歌題「寄神祝」〉〉
　御法楽　宝暦十年五月十八日　石見国　柿本社御法楽
⑤明和四年「御法楽五十首和歌」〈最終短冊〈歌題「祝言」〉〉
　御法楽　明和四年五月十八日　石見国　柿本社御法楽
⑥寛政九年「御法楽五十首和歌」〈最終短冊〈歌題「祝言」〉〉
　御法楽　寛政十年三月三十日　石見国　柿本社御法楽
⑦天保十三年「御法楽五十首和歌」〈最終短冊〈歌題「祝言」〉〉
　御法楽　天保十四年六月十一日　石見国　柿本社御法楽

のごとくである。

なお、高津柿本神社には、これら奉納された「御法楽五十首和歌」を書き写した和綴本がある。次に、それらを紹介してみよう。

2　各御法楽五十首和歌の書写本

高津柿本社には、前掲③から⑦の「御法楽五十首和歌」などを書き写した綴本が四冊ある。誰がいつ書写し奉納したのかはわからないが、同神社を調査した時のカードを基に各々の作品を見ると、次のとおりである。

・御法楽和歌写　真福寺

筆者および書写年月不記

一冊（楮紙）三六丁　縦三一・六cm × 横二二・二cm

享保八年三月の御法楽五十首[5]・延享元年八月の御法楽五十首・宝暦十年の御法楽五十首・明和四年五月の御法楽五十首を書写したもの。

「禁裏御所　御代々御法楽和歌」と表書きした箱に入る。

・御奉納和歌之内書〔以下虫損〕

筆者および書写年月不記

一冊（楮紙）八丁　縦三五・六cm × 横二四・六cm

表紙に虫損があり、本文にもどの天皇が古今伝授を受けた折の御法楽かを記していない。しかし、和歌の内容から、宝暦十年二月の御法楽五十首を書写したものであることがわかる。

「禁裏御所　御代々御法楽和歌」と表書きした右と同一の箱に入る。

・享保八年延享元年御法楽和歌写

筆者および書写年月不記

一冊（楮紙）一九丁　縦二八・四cm × 横二一・八cm

享保八年三月の御法楽五十首・延享元年八月の御法楽五十首を書写したもの。

「禁裏御所　御代々御法楽和歌」と表書きした右と同一の箱に入る。

・石見国柿本社御法楽五十首　天保十三年六月廿六日

筆者および書写年月不記

一冊〈楮紙〉九丁　縦二二・六cm×横二二・四cm

天保十三年五月の御法楽五十首を書写したもの。表紙に「天保十三〈虫損あり〉年六月廿六日」と記すが、同社御法楽は天保十四年六月十一日。

「禁裏御所　御代々御法楽和歌」と表書きした右と同一の箱に入る。

四冊の綴本は、みな「禁裏御所　御代々御法楽和歌」と表書きした同じ箱に納められている。そして、第一例「御法楽和歌写　真福寺」には、霊元法皇が人麻呂千年忌の際に奉納した享保八年（一七二三）の御法楽五十首、および延享元（一七四四）・宝暦十年（一七六〇）・明和四年（一七六七）の御法楽五十首が書写される。第二例「御奉納和歌之内書〈以下虫損〉」は、宝暦十年の御法楽五十首を書写したものである。第三例「享保八年延享元年御法楽和歌写」には、題のごとく享保八年と延享元年の御法楽五十首が、また第四例「石見国柿本社御法楽五十首　天保十三年六月廿六日」には、天保十三年（一八四二）の御法楽五十首が書き写されている。

つまり、前〈1項〉③延享元年の御法楽五十首は二冊に、④宝暦十年の御法楽五十首も二冊に、⑤明和四年の御法楽五十首は一冊に、⑦天保十四年の御法楽五十首も一冊に、各々書き写されていることになる。ただし、⑥の寛政十年御法楽五十首については、書写したものは見つかっていない。なお、古今伝授後の御法楽ではないが、享保八年三月十八日の柿本人麻呂千年忌の時に、霊元法皇が明石と高津の両柿本社に奉納した〈後述〈三章一節1項〉〉「御法楽五十首和歌」が二冊に書き写されている。

三、社寺側から見た古今伝授後の御法楽五十首和歌と御祈禱

1　月照寺と御法楽和歌と霊元天皇

月照寺は「月照寺由緒」（前出〈一節1項〉の注（2）参照）によれば、弘仁二年（八一一）に空海が、明石海峡を望む赤松山に一寺を建立して湖南山陽柳寺と称したのに始まる。その後、仁和三年（八八七）に住僧覚証が人麻呂の霊夢を見て、この地に人麻呂の神霊が留まるのを感得し、大和国柿本寺から船乗十一面観世音を勧請して寺内に観音堂と人麻呂の祠堂を建立して寺の守りとなすとともに、寺号を陽柳寺から月照寺と改めたのだという。

下って元和四年（一六一八）、月照寺の位置する赤松山には幕命によって明石城が築かれた。城の南、中堀と外堀の間に侍屋敷が作られ、その南に城下町が建設された。同寺の境内も侍屋敷となったので、元和七年に城の東方にある山――現在地、日本標準時の子午線（東経一三五度）が通る明石市の人丸山――へと移された。次いで、延享元年（一七四四）には山号を湖南山から人麿山へと改めている。

月照寺は、隣に鎮座する柿本社の別当寺で、同時に勅願所でもあった。月照寺蔵の「御祈禱記録写」や「書状類」には、永代勅願所の勅命を賜ったことが記されている。

・明和六寅四月　今度／長日勅願所蒙仰候。幷御撫物／被出之候次第者、是迄如例三月祭礼／後御札献上、（「御祈禱記録写」）

・一翰致啓達候、其御領下／柿本社之事、今度／禁裏御所御撫物被出之、／長日／勅願所被　仰付候、（略）／勅願之社寺格全令相続／候之様被成度　思召候、此段／別当月照寺江被加御示諭候／得共、（「書状綴」71の[6]（2））

傍点中の「勅願所」は、勅命によって国家鎮護・禁裏御所安穏を祈願した社寺のことである。また「別当」は、別当寺つまり神宮寺のこと。神社の境内に建立され、供奉僧が祭祀・読経・加持祈禱をする一方、神社の管理経営をも行った寺である。

第一例「御祈禱記録写」がどのような文書かについては既に述べた。第二例の「書状綴」は、近世期に月照寺に送られた、朝廷関係・御室御所関係・明石藩関係などの書状（一部その写し）を紙縒で綴じた三点、および綴じられていない数通を言う（鶴崎裕雄・神道宗紀・小倉嘉夫編著『月照寺明石柿本社奉納和歌集』〈和泉書院〉の「50（書状類）」参照）。

さて、第二例の書状は、御室御所の高橋信濃守・杉本相模守・若林伊豆守・鳴滝兵部卿・土橋大蔵卿ら五名から明石藩の家老に宛てた、明石柿本社（別当月照寺）が「長日勅願所」となったことを通知する奉書の写しである。日付は「五月廿八日」としか書かれていないが、第一例に「明和六寅四月」とあるので明和六年（一七六九）のことと推察される。ただし、明和六年は丑年にあたるので、「明和六寅」と記しているのは、ともすると明和七年寅年の誤りであるかも知れない。

このように、月照寺（明石柿本社）は明和六年、あるいは同七年に永代勅願所の勅命を賜っている。

ところで、近世期の禁裏御所や仙洞御所からは、古今伝授後の「御法楽五十首和歌」が、和歌神である住吉明神・玉津島明神・柿本人麻呂に奉納される。それは、左の年に行われた七回の古今伝授後「御法楽五十首和歌」である。各社には歌題と詠者などの同一でない一式が奉納される。再三の確認だが、次のとおりになっている。

①　寛文四年（一六六四）　②　天和三年（一六八三）　③　延享元年（一七四四）　④　宝暦十年（一七六〇）

⑤　明和四年（一七六七）　⑥　寛政九年（一七九七）　⑦　天保十三年（一八四二）

七回の奉納の中で特筆すべきは、柿本人麻呂すなわち明石柿本社への「御法楽五十首和歌」の奉納が、右③例の延享元年から始まることである。これは、霊元天皇が②例の、天和三年四月に後西上皇より古今伝授を受けられて後の、和歌御会などを積極的に催している頃とも時期がほぼ一致している。すると、霊元天皇の和歌への思い入れと柿本人麻呂への御法楽、つまり明石柿本社や高津柿本社への「御法楽五十首和歌」奉納は、何らかの繋がりがあるのではないか、との想像も可能となろう。

およそ、広く学問を好んだ霊元天皇が、特に歌道に優れていたことは周知の事実である。歌集「桃蘂集」や歌論書「一歩抄」「作例初学考」をはじめ多数の著述を残し、詠歌数も六千首を超える。また、和歌御会なども定期的に催していたことが知られている。

霊元天皇は、右の②例、天和三年に後西上皇より三十歳で古今伝授された後、貞享四年（一六八七）に三十四歳で東山天皇に譲位し上皇となる。そして、元禄三年（一六九〇）六月より元禄六年五月の三年間、および元禄六年六月より元禄九年五月の三年間の計六年間、上皇三十七歳から四十三歳の間に、仙洞御所で公卿たちと月次和歌御会を計七十四回催している（〈一章四節〉参照）。この時のいわゆる〈仙洞御所月次御法楽和歌〉は、前者三年間に詠まれた千八百五十首が「玉津島社月次御法楽和歌（巻子上下）」として玉津島社に奉納され、後者三年間に詠まれた千八百五十首が「住吉社月次御法楽和歌（巻子上下）」として住吉社に奉納されている。

さて、歌道に熱心であった霊元上皇は、古昔から和歌に携わっていた人達がそうしていたように、例えば〈序論一節1項〉で見た、大伴家持が人麻呂を敬慕し目標としたように、三条西実隆が正月一日の恒例行事として人麻呂像画の前で和歌上達を願ったように、上皇もまた、柿本人麻呂を和歌の神として崇敬していたのではなかったか。中御門天皇の宣旨により、享保八年（一七二三）の人麻呂千年忌に合わせて、石見国柿本社と播磨国柿本社に祀られる人麻呂に〈正一位人麻呂大明神〉の神位と神号が与えられる。このことも、当時七十歳であった霊元法皇〈正徳三年（一七一三）に六〇歳で落飾〉からの影響があってのゆえと推察される。その折の文書が月照寺には現存するが、そこには法皇御所と人麿山月照寺との特別な関係を示すかのような記載が見られる。それ等からも、法皇の影響の一端は知られよう。

右の、人麻呂千年忌に関する文書は、外題に「神号神位記録焉（寫カ）」と記された和綴本で、享保八年二月に〈正一位人麻呂大明神〉の神位と神号を授かったことに始まり、命ぜられた三箇年の御祈禱の終了する享保十一年六月までの出来事を、月照寺七世別仙がつぶさに書き留め、それを十三世天応が書写したものである。少し長くはなるが、部分的に引用してみよう。

一、正月十九日、当所郡代所ニ而被仰渡候者、　（筆者注…正月十九日＝享保八年正月一九日）
京都所司松平伊賀守殿江京留守居
山田儀左衛門を被召、以御書付被仰出候ハ、
此度　人丸神号神位之御沙汰
被有之候間、当月中、別当出京可
仕旨被仰出候。
（略）
一、二月十八日、中院亭江罷出候処、
中山前大納言殿、中院大納言殿
御立合、石州人丸別当真福寺与
拙僧と被召出、此度　人丸神号神位
之御沙汰被有之。大慶ニ可被存与
御挨拶之上、被仰渡候口上ニ、
神位正一位神号柿本大明神と

御沙汰被有之候。依之、石州へ位記
宣命被下之、明石江女房之奉書　（筆者注…女房之奉書＝この女房奉書は月照寺現存）
被下之候。納社頭共納房舎候共、永々
紛失無之様、守護可仕旨、被仰出候。
尤天下泰平、
宝祚延長、歌道繁昌之御祈禱
無怠慢執行可仕事、両伝奏　（筆者注…両伝奏＝中山前大納言・中院大納言）
立合申渡候段、

（略）

一、同日、東園亭江罷越候処、房城《(ママ)》大納　（筆者注…同日＝二月一八日。房城＝坊城が正しい）
言殿、東園大納言殿御立合。今度従
院御所、丸三年御法楽御祈禱被
仰付、五拾首和歌短冊神納被遊候。　（筆者注…五拾首和歌短冊＝この和歌短冊は月照寺に現存せず）
宝祚延長、歌道繁栄之御祈
禱、抽丹誠執行可仕旨、被仰出候。

（略）

一、同年六月朔日従　院御所為　（筆者注…同年＝享保八年）
御使桂雅楽参向。当六月より
丙午五月迄、丸三年之御祈禱

被　仰付。御撫物御持参、御幣物、
白銀壱枚神納被有之候事。

一、法皇御所江三ヶ年之内、毎月
十八日御祈禱執行御札差上之
候事。御檀料月並百疋宛被下之
候事。

一、禁裏御所　東宮御所
両御所江ハ正月御札差上之候事。
享保十一丙午歳、院使鳥山上総
介殿、五月十六日午刻御着。御代参
御幣物判金壱枚御神納之事。
尤三ヶ年之満散ニ付、一七日之御
祈禱被仰付候事。

（略）

一、七日之御祈禱相勤、当地致発足。
廿六日、京着仕。廿八日、致院参、御礼
申上候事。

（略）

一、同六日、院御所江被召参拾六之歌

（筆者注…同六日＝享保一一年六月六日。参拾六之歌仙式紙＝こ

仙式紙拝領之仕候事。　　　　　　　　の色紙は月照寺現存）

（略）

一、右丸三ヶ歳御祈禱満散之後、
法皇御所江正、五、九月、三月祭礼
極月与年中ニ五ヶ度宛御札致
献上之候。尤御撫物極月御引替
被　仰付候。御檀料壱ヶ年ニ三百疋
宛被下之候事。

右のごとく、〈正一位人麻呂大明神〉の神位と神号を授かると共に、禁裏御所・院御所より宝祚延長・歌道繁昌などの御祈禱を命ぜられている。また、院御所からは享保六年六月より同十一年五月までの三年間の御法楽御祈禱を仰せ付かり、「五拾首和歌短冊」が神納されたこと。院御所・法皇御所への丸三年間の御祈禱を仰せ付かって、院御所から御撫物を授かったこと。法皇御所へは三箇年毎月十八日に御祈禱を執行し御札を献上すること。禁裏御所・東宮御所へは正月に御札を献上すること、などが記される。

さらには、丸三箇年の御祈禱が終わり、命ぜられた一七日《ひとなぬか》の御祈禱も終了の後、院御所で「参拾六之歌仙式紙」を拝領している。この「三十六歌仙式紙」は高津柿本社には奉納されていない。そして、今後も法皇御所へは、正月・五月・九月の年三の祭礼、三月の祭礼、十二月の祭礼と、あわせて年に五回の御札を献上すること。また、御撫物を十二月に引替えることを仰せつかった旨を記している。このような法皇御所への厚い奉仕に、霊元法皇と柿本社別当月照寺との深い係わりが感じられる。

2　月照寺と古今伝授の御祈禱

月照寺が、禁裏御所・院御所（法皇御所）から授かった御撫物に御祈禱を行い、宝祚長久や歌道繁昌また天下泰平などを祈願したことは前項で確認した。ここでは禁裏における古今伝授の折の御祈禱について見て行こう。

先ずは、〈一節2項〉で引用した、外題に「御祈禱記録写」と書かれた和綴本の記録である。これは月照寺十三世天応が、同寺に残る御祈禱記録の内、延享元年（一七四四）四月十八日から天明三年（一七八三）四月二十七日までの部分を筆記してまとめたものである。ただし、延享元年から明和四年（一七六七）までは八世霊淳の記した「禁裏御所御祈禱記録」をそのまま書写している。天明三年四月以降の記録については、跋文に「其後之筆記、難相分リ候」と記される。しかし同時に、寛政年間（一七八九～一八〇一）の九年か十年頃にも古今伝授があり、御壇料と大判六枚が御神納されたと聞く、とも記している（〈一節2項〉参照）。この件は、寛政九年九月に光格天皇が後桜町上皇より古今伝授を受けた際の御祈禱について述べたものであろう。

さて、「御祈禱記録写」の中に禁裏古今伝授の折の記載は三箇所見られる。それは延享元年五月（烏丸光栄が桜町天皇に古今伝授）、宝暦十年二月（有栖川宮職仁親王が桃園天皇に古今伝授）、明和四年二月（有栖川宮職仁親王が後桜町天皇に古今伝授）のもので、各々次のように記されている。

①　桜町院御在位延享元年子四月　（筆者注…延享元年＝一七四四年）
古今御伝受ニ付、　従　（筆者注…古今御伝受＝烏丸光栄が桜町天皇に古今伝授）
禁裏御所、被遣御使津田右門殿
三七日御祈禱被　仰付。四月十八日ヨリ
五月七日迄御祈禱致修行、満二七日時

又御使被遣村雲右衛門尉殿出精御祈禱
仕候様ニと被　仰付。御祈禱後、早速上京
御所江　御撫物御絵符御札献上仕候。
此時、伝奏久我大納言殿、葉室大納言殿
此両家より御添人ニ而長橋御奏者所江
差上候事。
延享元年子六月十三日従
禁裏御所御奉納物ニ付、有御使土山
駿河守殿、町口大判事殿より御状参、致
上京候事。
延享元年子八月廿九日
禁裏御所ヨリ五十首御短冊御奉納
御渡し葉室大納言殿ニ而久我大納言殿
御両家御立合ニ而御渡シ被成候。葉室大納
言殿御口上ニ、今度従　御所
柿本社江御短冊五拾首御奉納被
仰付候。五十首共題者皆御宸翰、
其内三首無名乗者御製也。此
三首者、題歌共ニ御宸翰也。重事ニ

候。永代太切ニ重宝与可被成由被
仰渡候事。猶又、此九月十八日ニ右之御奉納
神前ニ相献、一七日御祈禱相努、御札
致献上候様ニ被　仰付候。故又、致上京
御札御撫物等、差上申候事。

②宝暦十年四月廿八日、町口大判事殿　（筆者注…宝暦十年＝一七六〇年）
飯室伊賀守殿より御状ニ而、今度
禁裏様《桃園院様》　古今御伝受之上御奉納　（筆者注…古今御伝受＝有栖川宮職仁親王が桃園天皇に古今伝授）
御用御座候間、六月十五日、十六日両日ニ
上京可仕旨被　仰渡ニ付、十三日より上京
仕。廿一日未刻ニ広橋大納言殿、柳原
大納言殿御立合被成、柳原殿ニ而
五十首短冊御渡被成候。御口上ニ
当今様より和歌五十首御奉納被遊候。
十八日辰刻ニ神前江奉納。夫より廿四日迄
一七日御祈禱仕。御札献上候得与御座候間、
廿五日より上京。御札献上仕候事。

③明和四亥ノ正月十五日古今御伝受ニ付　（筆者注…明和四＝一七六七年。古今御伝受＝有栖川宮職仁親王が後
禁裏様より御使本庄左源太殿御代参。　桜町天皇に古今伝授）

従十七日御祈禱被　仰付。二月十四日
迄修行仕候。則御檀料黄金壱枚
御神納被遊候。同廿二日御奉納御渡し
被下候。五拾首御短冊也。尤為御檀料と
白銀十枚御神納被遊候。右者御内分ニ而、
禁裏様より御奉納五拾首古今御伝授
相済、表立之御奉納也。尤為御檀料
黄金弐枚、御神納被遊候。時明和四亥
六月二日ニ姉小路大納言殿、広橋
大納言殿御立合、広橋家ニ而渡ル。同十八日
神前江献シ、夫より一七日御祈禱之上、御札
献上候事。

各記録の忠実性や信憑性などは三者三様であろうが、これによって、禁裏古今伝授の際の御祈禱と「御法楽五十首和歌」奉納の、社寺側からみた様子が明らかになる。中でも①例がより細やかに、かつ正確に記述されているように思われる。ゆえに、①延享元年四月の記載を基にして、奉納される側すなわち明石柿本社（別当月照寺）側から見た、御祈禱や御法楽和歌奉納の様子を、順を追って要約してみよう。ちなみに、この古今伝授は同年五月に桜町天皇が烏丸光栄から受けられたものである。

ア　延享元年四月に、禁裏御所の使者が来て、桜町天皇が古今伝授を受けられるので、三七日《みなぬか》の御祈禱を行うようにとの旨を月照寺に伝える。

イ　月照寺では、古今伝授の初日[7]の四月十八日から五月七日までの間、三七日の御祈禱に入る。その間、二七日《ふたなぬか》が終了した時に、さらに使者がやって来て、御祈禱に精を出すようにと仰せ付かる。

ウ　御祈禱終了後速やかに上京し、御祈禱を施した御撫物、御絵符・御札を、伝奏および禁裏の中の奏者所を通じて禁裏御所に献上する。

エ　六月十三日に使者が、禁裏御所からの御奉納物があるので上京するように、との書状を持って来る。

オ　上京し、八月二十九日に、伝奏を通じて禁裏御所より「御法楽五十首和歌」短冊が渡される。その時の口上で、

この度御所より柿本社へ五十首和歌短冊が奉納される。五十首とも歌題は皆御宸翰である。五十首の内の詠者名を記してない三首は御製である。この三首は題も歌も御宸翰である。永く大切にするように。

と言われる。

カ　来たる九月十八日に、この「御法楽五十首和歌」短冊を神前に献じ、一七日の御祈禱を努めること、そして、御札を禁裏御所へ献上することを仰せ付かる。

右のアからカの過程をさらに簡単に見れば、次のような手順で行われているのである。

a　禁裏にて古今伝授の講釈が始まる日から三七日の御祈禱を行い、終了後すぐに御撫物を返納し御札を献上。

b　後日、伝奏の屋敷にて「御法楽五十首和歌」を授かる。

c　奉納された「御法楽五十首和歌」を神前に奉って一七日の御祈禱を行う。終了後御札などを禁裏に献上する。

なお、桜町天皇が公家衆と成した「御法楽五十首和歌」は、玉津島社と住吉社へは延享元年六月一日の日付で、明石柿本社と高津柿本社へは同年八月二十八日の日付で各々奉納された旨を〈一節3項〉（50頁）で述べた。しかし、月照寺蔵の「御祈禱記録写」によれば、明石柿本社へ奉納されたのは、右の引用①例（要約〈オ〉）に見るごとく同年八月二十九日で、翌日になっている。これにより、禁裏御所での各社御法楽の日にちと、実際に各社に奉納される

日には、ずれのあったことがわかる。

続いて、月照寺所蔵の「書状類」を見てみよう。これ等の書状には、禁裏御所から御伝授事の御祈禱や歌道繁栄などの御祈禱を命じられたことが記されている。例えば、

・芳札令披見候、然者此度／禁裏御所江従／仙洞御所三部抄／御伝授ニ付、臨時御祈禱／被／仰付、抽丹誠被修行、去十六日満座、（「書状綴」18）

・禁中様江／仙洞様より天仁遠波の／御てんしゆあそは／され候ニ付、／御祈禱仰付られ候由候、（「書状綴」38）

などの例を、数多く見ることができる。

さらに、住吉社神主家「津守氏古系図」（津守家所蔵　ここは住吉大社蔵の写真版による）に記載された、住吉社への「御法楽五十首和歌」奉納の様子を見てみよう。この古系図には、六十六代国治と六十七代国教の各条に、寛文四年（一六六四　後水尾法皇が後西上皇・烏丸資慶・中院通茂・日野弘資に古今伝授）と、天和三年（一六八三　後西上皇が霊元天皇に古今伝授）の両古今伝授後の「御法楽五十首和歌」奉納について記載がある。

・国治の条…寛文四年六月朔日、住吉社御法楽和歌五十首、召国治御奉納。

・国教の条…同三癸亥年（筆者注　天和三年）六月一日、住吉社御法楽和歌五十首、今上自　新院古今和歌集御伝授之御祈也、召国教御奉納、同日毎年正五九月御祈禱被仰出。

月照寺蔵の「御祈禱記録写」や「書状類」と同様、社寺側からの記録ではあるものの、情報の詳細さから見て月照寺の「御祈禱記録写」の方が勝っていることは言うまでもない。

さて、ここで注目したいのは、順を追って要約した、67頁の箇条書〈ウ〉に見るごとく、「御撫物を禁裏御所へ献上する」（引用原文①例　七～八行）、と書かれていることである。「御祈禱記録写」以外の御祈禱に関する文書においても、禁裏より授かった御撫物を返納し、御祈禱後の御札を禁裏に差し上げる例は頻出する。ただし、ここ以外は全

て「御撫物→返献」「御札→献上」となっている。

例えば、文政五年（一八二二）四月二十二日に仁孝天皇が光格上皇から三部抄伝授を受けた際の、御祈禱を命ずる書状の一部分を見てみよう。

芳札令披見候、然者此度／禁裏御所江従／仙洞御所三部抄／御伝授ニ付、臨時御祈禱／被／仰付、抽丹誠被修行、／去十六日／満座、依之／両御所江御撫物返献并／神札為献上可被上京之処、／（略）／去廿一日／仙洞御所、／廿二日／禁裏御所江御撫物返献、／神札献上等無滞相済候、　（「書状綴」18）

傍点部のごとく、ここでも御撫物については「返献」と書いて、御札（神札）については「献上」と言っている。つまり、先程の「御祈禱記録写」引用①例の「御所へ御撫物・御絵符・御札献上」は、「御所へ御撫物を返献、御絵符・御札を献上」とすべきであったのだ。

では、「返献」と記される時には、その前段階において何が行われたことを意味しているのか。それは、古今伝授が開始される以前に、使者によって天皇の御撫物が授けられ、御撫物を介して古今伝授講釈の間の御祈禱が行われたことを意味している。そして終了の後、この御撫物は禁裏御所に返納されるのである。

実は、他の社寺でも御撫物への御祈禱は行われていた。例えば賀茂別雷社では、江戸時代を通じて禁裏御所・仙洞御所・大宮御所・東宮御所から御撫物の入った〈撫物筥〉[8]が毎月〈撫物使〉によって授けられ、一箇年の御祈禱が命じられていた。そして、御祈禱の済んだ御撫物は、通例毎年十二月末に返献することになっていた。

なお、この〈撫物筥〉は封を切ることを禁じられていた。月照寺蔵の「書状類」の中に、霊元法皇御所の役人から届いた、御祈禱を命ずる書状の一部を引用し、指摘しておく。

御撫物小文匣之／御封必々被切間敷候、為御心／得申入候、　（「書状綴」6）

3　禁裏御所から月照寺への御撫物

ここでは、禁裏御所より柿本社別当月照寺に、御撫物が授けられる時の様子を見てみよう。同寺には次のような文書が残っている（「書状綴」68）。

覚

播州明石人丸山月照寺

今度、禁裏御所御撫物守護
に而帰国有之候、宿々おひて
別而太切ニ存、人足幷川
渡等無滞様可致沙汰候、
尤向後例年三月同断
往還之事ニ候、仍申告候、
以上

御室御所

六月九日　久富内匠

御用方不能加印

神原左衛門〔印〕

小幡大炊允〔印〕

山崎より明石迄　宿々
問屋役人江

追申、月照寺明十日京都
出立、郡山、兵庫両宿ニ而通行、
十二日帰山之積ニ候
御撫物唐櫃　一棹
乗物　一挺
分物　二荷
右人足可有用意者也
書割
御撫物太切之儀ニ候間、宿々
先払之人足茂可被指出事与
令存候、猶又此先触明石
大蔵谷駅より人丸山江可被
持届候也

この文書によって、山崎から明石までの各宿場の役人に御沙汰のあったことがわかる。それは、禁裏御所の御撫物が六月十日に京都を出立し十二日に月照寺へ着くまで、滞りなく事が運ぶように人足の手配などをせよ、というものであった。

また御撫物は、「御撫物唐櫃一棹」とあるがごとく唐櫃で運ばれることがわかるが、「乗物一挺・分物二荷」などの記載からすると、一行の人数はある程度の数が必要であったろう。どうやら、ただ単に運べば良いという訳ではなかったようだ。

では、これ等はどのようにして運ばれたのか。その様子を知ることのできる資料が、やはり月照寺文書の中にあって（「書状綴」69）、そこには一行の列を示す図が次のごとく施されている。

示された図に従って一行の人数を数えてみると、先払二人・御撫物唐櫃担ぎ二人・挟箱持ち四人・青侍五人・乗物担ぎ四人・長柄傘持ち一人・沓持ち一人・伴僧一人・荷挟箱持ち一人・笠籠持ち一人となって、合計二十二人から成る行列であることがわかる。

先拂　挟箱　青侍　青侍　挟箱
唐櫃 御撫物 持人弐人　青侍　乗物 四人　長柄傘　伴僧 若党 草履持　荷挟箱　笠籠
沓
先拂　挟箱　青侍　青侍　挟箱

勅願所之別当外儀立之
行荘者いか程略儀たり
とも、是程之人数無之而者
不可然候、尤先々より之寺格

筋合、本寺、地頭所等之趣ハ
不存候得共、
勅願社頭之格合可有御心得
旨ニ御座候、仍申達候、以上

御室御所　執達当番
寅　五月　久富内匠〔印〕

月照寺御房

さらに、図の後ろに添えられた文言の傍点部に「行荘者いか程略儀たりとも是程之人数無之而者不可然候」とあり、二十二人は最低限の人数であると言っている。この文書からは、唐櫃に入った禁裏御所の御撫物を、あたかも大名行列のごとくして運んだ様が窺える。

ただし、右の文書は古今伝授の際のものではない。勅願所としての月照寺に授けられ御祈禱を行った時のものである。古今伝授の折にも、全く同様の行列が組まれたかどうかは定かでないものの、同じ禁裏御所からの御撫物なのだから、ほぼ同じ状況であったろうことは想像に難くない。

以上、月照寺所蔵文書の中から、禁裏古今伝授の折の御祈禱に関連するもの数点を紹介しつつ、その様子を見てきた。この考察における意味は、禁裏古今伝授一環の一部分を、社寺側から捉えたところにあると考える。

注

(1) 月照寺八世霊淳の「禁裏御所御祈禱記録」、および、それを書写した十三世天応の「御祈禱記録写」のこと。ともに月照寺所蔵の文書。

(2) 月照寺二十五世間瀬碩禅住職『月照寺寺伝』（昭和四七年一二月　柿本人麿奉讃会）の中の項目名による。

(3) 月照寺八世霊淳「禁裏御所御祈禱記録」については、内容が十三世天応の書写した「御祈禱記録写」とほぼ同じなので、鶴﨑裕雄・神道宗紀・小倉嘉夫編著『月照寺明石柿本社奉納和歌集』（平成二三年八月　和泉書院）には翻刻しなかった。

(4) 桜町天皇の三首「見花」「積雪」「浦松」は次のとおり。

見　花　雲と見し よし野のたねを うつしうへて いく世みきりに めつる花かな
積　雪　つもりけり 降そめしほとそ あさ沓の 音をもきゝし 雪のまさこち
浦　松　さかへゆく 陰やいく千代 とことはに みとりふりせぬ 和歌のうら松

(5) この「享保八年三月の御法楽五十首和歌」は、享保八年（一七二三）の柿本人麻呂千年忌に際し、霊元法皇が公家衆と成し、明石および高津柿本社に奉納した五十首和歌である。下同。

(6) 鶴﨑裕雄・神道宗紀・小倉嘉夫編著『月照寺明石柿本社奉納和歌集』（和泉書院）、「50（書状類）」中の「書状綴」における文書番号。下同。

(7) この時の御祈禱は、「御湯殿の上の日記」の、延享元年四月十八日条に記される古今伝授に関する記事と一致する。同日記は、その時の様子を次のように記している。

からす丸大納言しこう候て、古今御かうしやく有、こん日御かうしやくはしめにて、内侍所へ御すゝまいり、御くまゝいる。中務卿宮にも御参。御かうしやくすみ候以後、からす丸大納言へ御まなたひ候。

(8) 宮地直一・佐伯有義監修『神道大辞典（縮刷版）』（昭和六一年四月　臨川書店）の見出語「ナデモノ」に、次のごとく記されている。

各神社に於て御師が祈禱を依頼せられる時なども撫物が用ひられたので、皇室を初め宮家などの場合には、それを円筒状もしくは枕様の筒に納めて授受されたが、その器物を撫物筥と称してゐた。それには蒔絵の装飾をしたものもあり、また錦を一面に貼つたのもあるが、両側は蓋となり、これに錠を卸すやうに作られてゐた。又普通の四角形の箱も用ひられてゐたが、これは一方に錠を附してあつたやうである。

第三章　人麻呂千年忌に関する霊元法皇の御法楽和歌

一、柿本人麻呂と神位神号――月照寺蔵「神号神位記録」を基に――

享保八年（一七二三）の柿本人麻呂千年忌に合わせ、同年二月一日、霊元法皇の御意向のもと中御門天皇によって、播磨国明石と石見国高津の両柿本社に祀られる柿本人麻呂に、〈正一位〉の神位と〈柿本大明神〉の神号を与える旨の宣旨が下された。また、両柿本社には、これを機に霊元法皇から、法皇が皇族や公卿たちと成した御法楽「五十首和歌短冊」が奉納され、その三年後にも、明石柿本社には「三十六歌仙式紙」が奉納されている。

ここでは、明石柿本社の別当月照寺の僧が書き留めた「神号神位記録」に基づき、社寺側から見たその時の様子を探るとともに、両社寺に授けられた、これ等の和歌と関連文書について考えてみよう。

1「神号神位記録」の意訳

明石柿本社の別当寺であった月照寺には、表紙外題に「神号神位記録焉（寫カ）」と記された和綴本が残されている。享保八年二月に〈正一位柿本大明神〉の神位と神号を授かったことに始まり、命ぜられた三箇年の御祈禱の終了する享保十一年六月までの出来事を、七世別仙がつぶさに書き留め、それを十三世天応が書写したものである。既に〈二章三節1項〉で触れてはいるが、別仙の「神号神位記録」（次頁写真Ⅰ）に従って、〈正一位柿本大明神〉の神位神号の宣旨が下された時の様子、および、その後三年間の様子を見てみよう。

なお、論述の便宜から、「神号神位記録」を十四に分割して翻刻し、各々の部分を意訳する形で見てゆく。

①　神号神位記録

享保八癸卯年、二月朔日宣下。（筆者注…宣下＝中御門天皇の宣下）
清涼殿、紫宸殿之間ニ御仮宮
御造営有之候事。
一、御勅使吉田侍従殿。
一、御儀式相済、御諫（御陣カ）之御楽有之候事。
一、御楽之内、南門開ケ、何茂拝聴仕候事。
一、正月十九日、当所郡代所ニ而被仰渡候者、
京都所司松平伊賀守殿江京留守居
山田儀左衛門を被召、以御書付被仰出候ハ、
此度　人丸神号神位之御沙汰
被有之候間、当月中、別当出京可
仕旨被仰出候。依之、支度次第発足
可仕旨、被仰付奉畏候。尤御受之返答以
書付指上候得共、早速以飛脚伊賀守
殿江可指上由被仰聞、則御受之書付
差上候事。

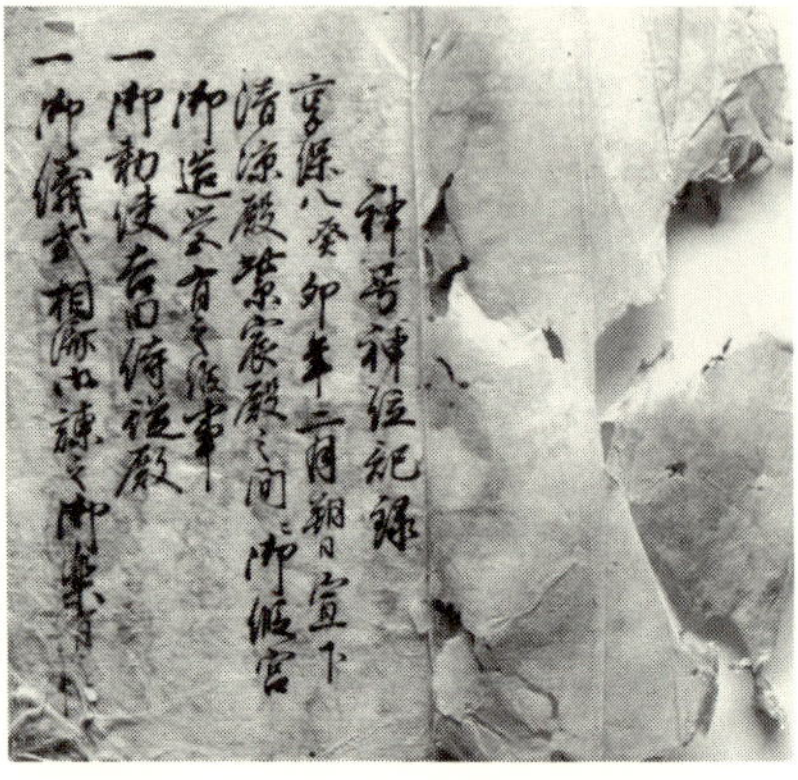

写真Ⅰ：「神号神位記録」の冒頭部分

享保八年（一七二三）二月一日、高津と明石の柿本社に祀られる人麻呂に、正一位の神位と柿本大明神の神号を授ける旨の、中御門天皇の宣旨が下された。

清涼殿と紫宸殿の間に仮宮を造営し、この儀式が行われた。勅使は吉田侍従殿である。儀式が済み、御陣の御楽があった。御楽のうちは南門を開けて、皆が拝聴した。

それに先立つ正月十九日、当所郡代所にて次のような仰せ言をいただいた。それは「京都所司松平伊賀守殿の所へ京留守居山田儀左衛門を召し、書付での御命令があった。この度、人丸神号神位の御沙汰があるので、当月中に別当が上京するように。支度が整い次第出立するように」とのことで、畏れ多かった。

受取の返答を書付で差し上げたが、すぐに飛脚で伊賀守殿へ差し上げるべき由をおっしゃったので、そのとおりにした。

② 一、正月廿五日、当地発足。同廿八日、京着
仕。山田儀左衛門殿江、当日到着之届
仕候処、従是松平伊賀守殿江、登城可
仕由被申渡候間、伊賀守殿へ致登城
口上ニ、播磨国人丸別当月照寺
御召ニ付、登城仕候由、御取次中江申入
候処、御用人戸祭十郎左衛門被罷出。
従是両伝奏江京着之届可被成候。（筆者注…両伝奏＝中山前大納言殿と中院大納言殿）
尤伊賀守江御届申候処、彼より指図ニ
付、罷越候由、御申可有之与被申候事。

故に、上京の運びとなったが、正月二十五日に明石を出立し二十八日に京へ着いた。京留守居山田儀左衛門殿に入京の届けを出したところ、京都所司松平伊賀守殿の所へ行くようにと言われたので、伊賀守亭に伺った。「播磨の人丸別当月照寺が御召により参上しました」と取次をお願いしたところ、御用人戸祭十郎左衛門が言うのには「これから両伝奏へ入京の届けをするがよい。伊賀守に届け出たところ、伊賀守からの指図があって、このように参上した由を申し出るとよい」とのことだった。

③　一、二月六日、被召中院殿江一札被仰付
　　候事、右一札之文言ニ
　　播磨国人丸社僧月照寺。
一、越前永平寺末流播州三木
　　雲龍寺末寺禅宗月照寺。
一、社僧壱箇寺ニ而御座候事。
一、拙僧儀、十一年以前黄衣之
　　御綸旨頂戴仕候事。
一、社人従先年、無御座候事。
一、神子指置候事。
　　右之通、相違無御座候。仍一札如件。

二月六日、伝奏の中院殿に召されて一札記すよう御命令を受けた。その時に、次のような旨を記した。

ア　月照寺は、永平寺末流の雲龍寺末寺で禅宗である。

イ　社僧壱箇寺である。

ウ　拙僧（別仙）は、以前、黄衣に関する綸旨の文書を賜わったことがある。
エ　先年より雑務に従事する神職がいない。
オ　神子を置いている。
右の通り相違ありません。仍って一札件の如し。

④　一、十一日、院御所江被召。鳥山上総介、
　山本但馬守、藤木因幡守等ニ致
対面。段々社内之様子、祭祠等之儀
式御尋ニ付、石州ニハ毎《歳》月七月廿八日より
八月五日迄神事有之、群集仕
由被申上候。
　一、拙僧返答ニハ相究リ候。祭礼与申儀も
無之、正、五、九月、従　城主、武運長久、
五穀成就之御祈禱幷御湯被捧
之候。所之面々、是を祭礼と申伝候
候《（ママ）》由、申上候事。

十一日に、拙僧と真福寺僧（高津柿本社別当）が、院御所に召された。そこで鳥山上総介・山本但馬守・藤木因幡守と面会し、神社内の様子や祭祠などの儀式について尋ねられた。

高津の僧は、毎年七月二十八日から八月五日まで神事があって、大勢が参加する旨を申し上げた。

拙僧は返答に窮してしまった。明石の方には祭礼と言えるものがなかった。そこで、正月・五月・九月に、城主か

ら武運長久・五穀豊穣の御祈禱や御湯が捧げられることなどを祭礼と申し伝えている、と申し上げた。

⑤　一、御役人中御挨拶ニ神輿等茂在之
　　候哉与御尋之処、石州ニハ従　城主
　　神輿、神具共ニ寄附被成、無不足由、被申上
　　候事。
　一、明石ハ如何与被仰候故、神輿も無御座
　　由及御返答候処、神輿無之候而ハ、祭礼
　　らしく無之故、何卒神輿有度
　　ものと御挨拶被成候。則当三月被及
　　千年ニ候間、千年期之祭礼相勤、永々
　　三月祭礼可相勤之事、尤於
　　禁裏ニ茂御影供之祭礼与申、毎歳
　　三月御儀式有之由、被仰候。其節
　　御蒸菓子頂戴仕候事。

また、御役人達との挨拶の中で、神輿等はあるかと問われた。高津の僧は、城主から神輿・神具ともに寄付され、不足のない旨を申し上げた。

明石はどうかとおっしゃったので、神輿もない旨を答えたところ、神輿がなくては祭礼らしくないので、ぜひ神輿はあってほしいものだ、とおっしゃった。

今年三月は人麻呂没後千年になるので、千年忌の祭礼を勤め、その後も永く三月の祭礼を勤めるようにとおっ

しゃった。また、禁裏でも御影供の祭礼と申し上げて毎年三月に儀式が行われる由をおっしゃった。

この時に、御蒸菓子を頂戴した。

⑥　一、二月十六日、中院諸大夫小川土佐守、
山本志摩守より以書付申来候者、
御用之儀在之候間、明後十八日五ッ時
中院亭江可罷出由、申来候事。

一、二月十八日、中院亭江罷出候処、
中山前大納言殿、中院大納言殿
御立合、石州人丸別当真福寺与
拙僧と被召出、此度　人丸神号神位
之御沙汰被有之。大慶ニ可被存与
御挨拶之上、被仰渡候口上ニ、
神位正一位神号柿本大明神と
御沙汰被有之候。依之、石州へ位記
宣命被下之、明石江女房之奉書（筆者注…女房之奉書＝この女房奉書[1]は月照寺現存）
被下之候。納社頭共納房舎候共、永々
紛失無之様、守護可仕旨、被仰出候。
尤天下泰平、
宝祚延長、歌道繁昌之御祈禱

無怠慢執行可仕事、両伝奏
立合申渡候段、従是所司江相届、
帰国之後、城主江茂右之品相達
可申旨、被仰出奉畏候事。

二月十六日に、中院諸大夫小川土佐守・山本志摩守から「用事があるので、明後十八日五ッ時に中院亭へ参上するように」と書付があった。

二月十八日、中院亭に伺うと、中山前大納言殿と中院大納言殿の両伝奏御立合のもと、真福寺僧と拙僧をお呼び寄せになって、「この度、人丸神号神位の御沙汰があった。大慶に存ぜられよ」と御挨拶なさった。

お渡しくださる時の御言葉に、「神位正一位・神号柿本大明神と御沙汰があった。石州へは位記（写真Ⅱ）と宣命（写真Ⅲ）とが授けられ、明石へは女房奉書（写真Ⅳ）が授けられる。社頭に納めるにしても、房舎に納めるにしても、

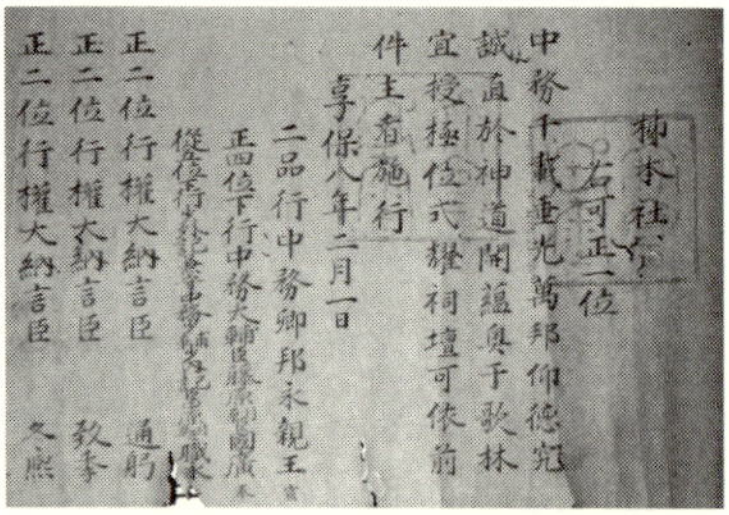
柿本社
右可正一位
中務千載重光萬邦仰徳冠
誠直於神道闡蘊奥于歌林
宜授極位式攀祠壇可依前
件主者施行
享保八年二月一日
二品行中務卿邦永親王
正二位行権大納言臣　通躬
正二位行権大納言臣　致季
正二位行権大納言臣　久熙

写真Ⅱ：位記の冒頭部分

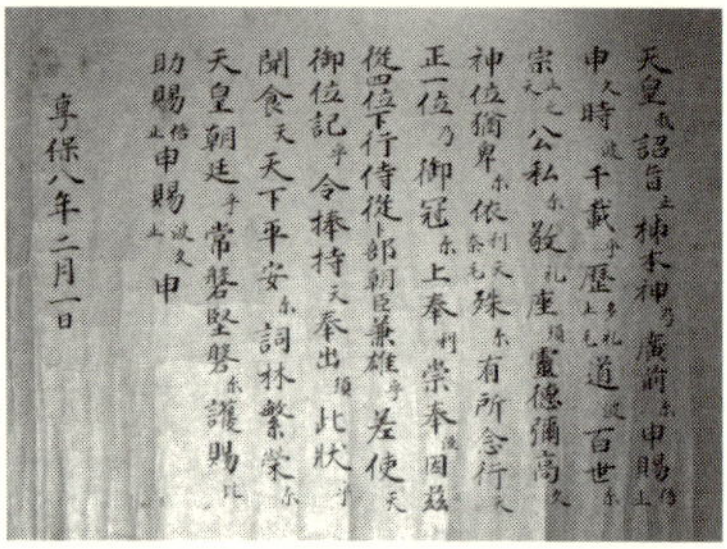
天皇我詔旨止柿本神乃廣前尓申賜倍止
申久時波千載乎歴天道波百世尓
宗之公私尓敬礼座須徳彌高久
神位猶卑尓依利天殊尓有所念行天
正一位乃御冠尓上奉利崇奉良久因茲
従四位下行侍従卜部朝臣兼雄乎差使天
御位記乎令捧持天奉出須此状乎
聞食天天下平安尓詞林繁栄尓
天皇朝廷乎常磐堅磐尓護賜比
助賜倍止申賜波久止申
享保八年二月一日

写真Ⅲ：宣命

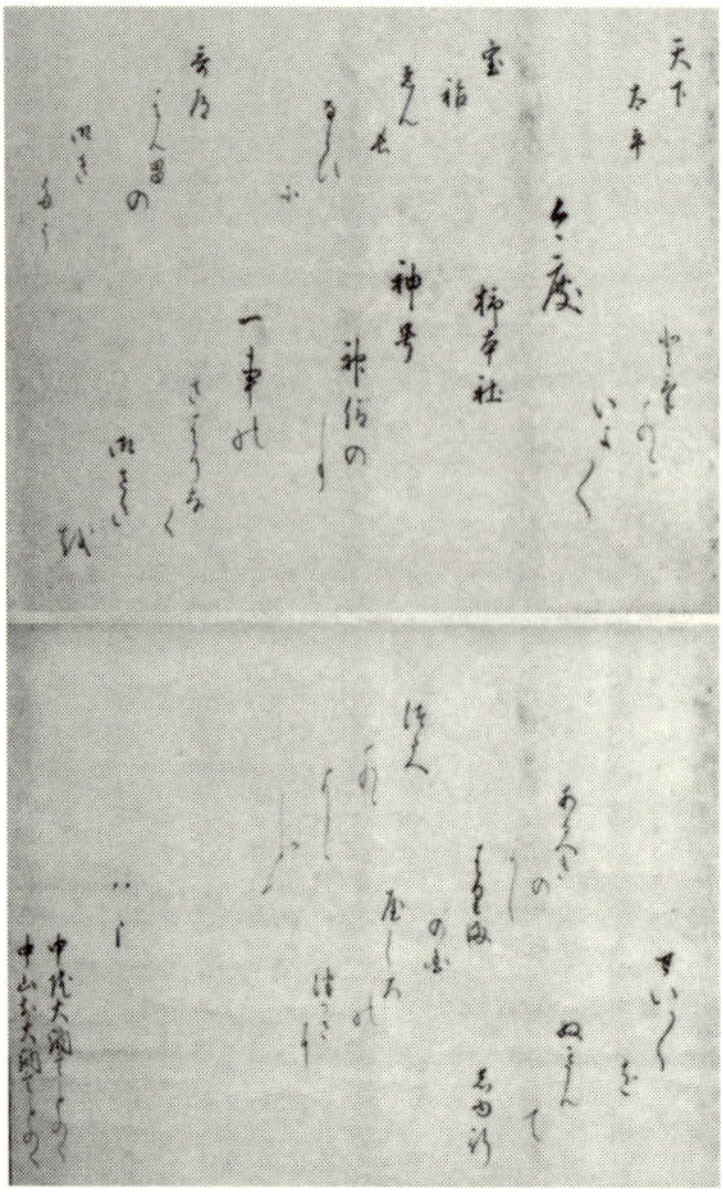

写真Ⅳ：女房奉書

紛失なきよう永く御護りするように」との御命令があった。

また、両伝奏より天下泰平・宝祚延長・歌道繁昌の御祈禱を怠りなく執行すること、所司に届け帰国の後、城主にも右の品を見せること、などの御命令もあって畏れ多かった。

⑦　一、二月十七日、院御所御取次小山主殿助、三宅右近将曹殿より以御書付、明十八日於東園大納言殿御亭御神納物之儀ニ付、被仰渡候間、午ノ刻可有伺公之旨、東園大納言殿被仰候。尤其刻、御用之儀有之候間、先午ノ刻前ニ当御所御玄関江参上可有之由、申来候。則其刻限、院参仕候処、今日者於伝奏首尾能宣命奉書等頂戴相済、御機嫌ニ被思召候。依是御料理被下置候。尤御蒸菓子頂戴仕候事。

その前日の二月十七日、院御所の御取次小山主殿助・三宅右近将曹殿より書付があった。「明日十八日に、東園大納言亭で御神納物を渡すので午ノ刻に伺うように、と東園大納言殿がおっしゃった。但し、その時刻に用事があるので、先ず午ノ刻の前に院御所玄関に参上するように」とのことである。

二月十八日〈筆者注＝この日の午前五ッ時に、真福寺僧と月照寺僧別仙は中院亭で〈人丸神位神号の宣命・位記・女房奉書〉を賜わっている〉

同十八日、午ノ刻の前に院御所へ参上したところ、今日は〈神号神位〉の宣命・奉書などが首尾よく伝奏より授けられたところであったので、御機嫌でいらっしゃった。その時に御料理を下され、蒸菓子をいただいた。

⑧　一、同日、東園亭江罷越候処、房城《（ママ）》大納（筆者注…房城＝坊城が正しい）
　言殿、東園大納言殿御立合。今度従
　院御所、丸三年御法楽御祈禱被
　仰付、五拾首和歌短冊神納被遊候。（筆者注…五拾首和歌短冊＝この和歌短冊は月照寺に現存しない）
　宝祚延長、歌道繁栄之御祈
　禱、抽丹誠執行可仕旨、被仰出候。
　尤五十首、巻頭者　御製殊ニ
　御　宸筆ニ候間、随分大切ニ可仕旨
　被仰渡候事。翌十九日、院御所、
　両伝奏、其外堂上方御礼相勤
　候事。
一、廿日、院御所御庭拝見被仰付
　候事。

同じ二月十八日、院御所より東園亭に参上したところ、坊城大納言殿・東園大納言殿の御立合のもと、「この度、院御所より丸三年の御法楽御祈禱を命じるにつけ、五十首和歌短冊（次頁写真Ｖ）を御神納なさる。ついては、宝祚延長・歌道繁栄の御祈禱を丹精尽して執り行うように」と御命令なさった。また、「五十首和歌短冊の巻頭は御製で、殊に御宸筆なので極力大事にするよう」とおっしゃって渡された。

翌二月十九日、院御所・両伝奏・その他の堂上方に御礼の御挨拶を申し上げた。

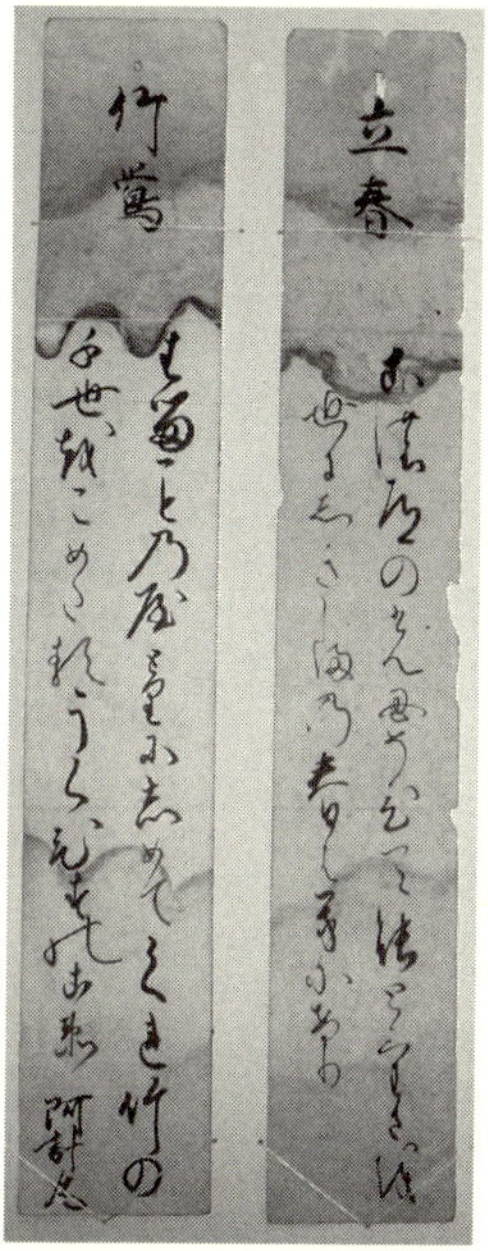

写真Ｖ：「五十首和歌短冊」冒頭　霊元法皇と阿計丸の短冊（高津柿本神社蔵）

二月二十日、院御所の庭を拝見するようにと御命令なさった。

⑨一、廿一日、伊賀守殿江以使僧御願申候者、
　此度、御奉書、御神納物等道中
無心許候間、御指札奉願候由、申上候
処、御聞届之上、御紋付　禁裏御
用之御指札頂戴仕候事。

二月二十一日に、京都所司松平伊賀守殿へ使僧を遣って「この度授かった女房奉書と五十首和歌短冊を、明石へ持ち帰る道中、心もとないので御指札を賜わりたい」旨のお願いをすると、お聞き届けくださった。そして、御紋付の禁裏御用の御指札を頂戴した。

⑩一、廿二日、京発足。廿三日、大坂着。廿
四日、大坂立。則大坂御蔵屋鋪
より御付人有之候事。

一、廿四日之晩、兵庫宿。廿五日、明石着。

国境迄、警護之御役人御出候事。

一、廿八日、致登城御目見被　仰付。

御奉書、短冊等被遊拝見候事。

二月二十二日に京を出発した。二十三日に大坂へ着き、二十四日に大坂を発った。大坂の蔵屋敷から御付の人が加わった。

二月二十四日の晩に兵庫の宿に着き、二十五日に明石に到着した。国境まで警護の役人が出迎えに来てくれた。

二月二十八日に登城して御目通りを命ぜられた。城主は、授けられた女房奉書・五十首和歌短冊を拝見なさった。

⑪ 一、同年六月朔日従　院御所為

御使桂雅楽参向。当六月より

丙午五月迄、丸三年之御祈禱

被　仰付。御撫物御持参、御幣物、

白銀壱枚神納被有之候事。

一、法皇御所江三ヶ年之内、毎月

十八日御祈禱執行御札差上之

候事。御檀料月並百疋宛被下之

候事。

一、禁裏御所　東宮御所

両御所江ハ正月御札差上之候事。

享保八年六月一日に、院御所からの使者桂雅楽が来て「当六月より享保十一年五月まで三箇年の御祈禱を行うように」との御命令があった。使者は御撫物を持参し、幣帛として白銀一枚が神納された。

この時に、「法皇御所へは、三箇年のうち毎月十八日に御祈禱を行って御札を差し上げること。御壇料が月に百疋下されること。禁裏御所と東宮御所へは、毎正月に御札を差し上げること」が伝えられた。

⑫　享保十一丙午歳、院使鳥山上総
介殿、五月十六日午刻御着。御代参
御幣物判金壱枚御神納之事。
尤三ヶ年之満散ニ付、一七日之御
祈禱被仰付候事。
一、院使饗応、御城主より被仰付候事。
一、十七日、院使高砂江御出。十八日之晩、
当寺江御帰。十九日、爰許御発駕
ニ而御座候事。

享保十一年（一七二六）五月十六日の午ノ刻に、院御所の使者鳥山上総介殿が月照寺へ到着。代参され、幣帛として判金一枚が神納された。また、「当五月が三箇年の満散となるので、一七日《ひとなぬか》の御祈禱を行うように」との御命令があった。

城主より、院御所の使者を饗応するようにとの御命令があった。

使者は、五月十七日、高砂の景色を楽しみに出掛け、十八日の晩に当寺へ戻った。そして、十九日に月照寺を出発し京に向った。

⑬　一、七日之御祈禱相勤、当地致発足。

廿六日、京着仕。廿八日、致院参、御礼
申上候事。六月四日、
院御所より修学寺御庭拝見
被仰付候間、明五日五ッ時御所迄
罷越候様ニ、上総介を以被仰出。翌五日、
罷越候処、御付人侍中一人御弁当
被仰付、修学寺拝見仕。夫より林丘
寺宮様江罷越、御殿御庭拝見
仕候処、御菓子頂戴仕候事。夫より
竹ノ内宮様御殿御庭拝見仕候事。
一、同六日　院御所江被召参拾六之歌
仙式紙拝領之仕候事。　（筆者注…参拾六之歌仙式紙＝この「三十六歌仙式紙」は月照寺に現存）
一、同日、於　院御所御料理被下置之
候事。

七日間の御祈禱を勤め終え、別仙は五月二十三日[2]に明石を出立、二十六日に京へ着いた。二十八日に院御所に参上して御礼を申し上げた。

六月四日に、院御所から鳥山上総介殿を通じて「修学院の庭を拝見するように。明日五日の五ッ時に御所まで参上するように」と御命令があった。

翌六月五日に参上すると、案内してくれる人がいて、中の一人が御弁当も用意していた。修学院を拝見。そこから林丘寺宮様へ参上して御殿と庭を拝見したところ、御菓子を頂戴した。そこより竹ノ内宮様の御殿と庭を拝見した。

六月六日、院御所に召されて、「三十六歌仙式紙」（写真Ⅵ）を賜わった。

同六日に院御所で御料理を賜わった。

⑭　一、右丸三ヶ歳御祈禱満散之後、
法皇御所江正、五、九月、三月祭礼、
極月与年中ニ五ヶ度宛御札致
献上之候。尤御撫物極月御引替
被　仰付候。御檀料壱ヶ年ニ三百疋
宛被下之候事。
享保十一丙午歳六月日
前永平月照第七枝別仙叟記焉
同寺十三世天応僧写上之

丸三ヶ年の御祈禱が満散となった後にも、法皇御所へは正月・五月・九月の年三の祭礼、三月の祭礼、十二月の祭礼と、あわせて一年に五回の御札を献上することを命ぜられた。また、御撫物を十二月に引替えることを仰せつかった。御壇料を一年に三百疋下さるとのことである。

享保十一年六月に月照寺第七世別仙翁が記し、十三世天応僧がこれを写した。

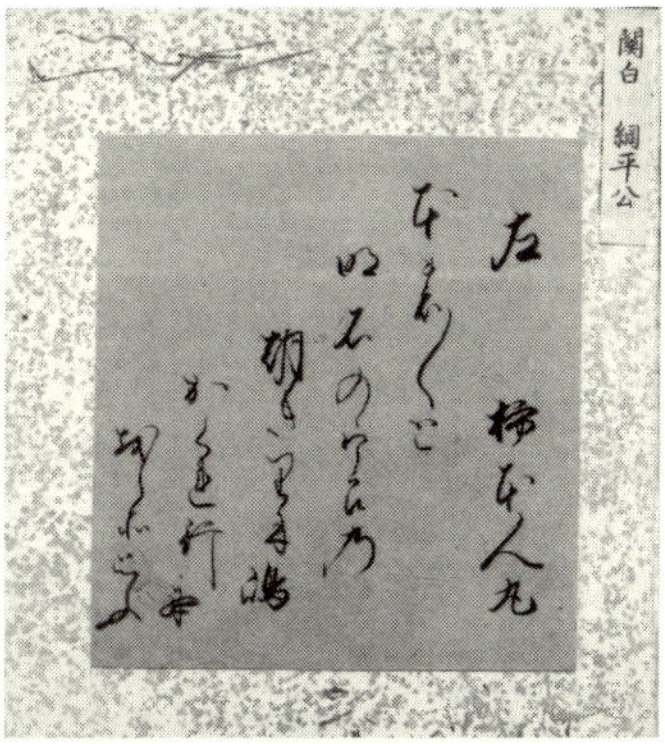

写真Ⅵ：「三十六歌仙式紙」折本の冒頭部分（月照寺蔵）

2　両柿本社に奉納された和歌および関連資料の現在

右のごとく、別仙著・天応書写の「神号神位記録」を見てきた。続いて、この記録の中に記された、真福寺僧と月照寺僧（別仙）の持ち帰った和歌や文書が、現在どのような様子で残されているかを見てみよう。ちなみに、真福寺は明治初年の廃仏毀釈で廃寺となり、和歌や文書類は高津柿本神社に納められたという。[3]一方明石では、柿本社関係資料のほとんどが月照寺に現存する。

さて、前〈1項〉「神号神位記録」翻刻⑥で下された、正一位柿本大明神の神位神号は、真福寺が位記（84頁写真Ⅱ）と宣命（写真Ⅲ）を賜わり、月照寺が女房奉書を賜わった。前者、真福寺に授けられた文書は、蓋に「宣命位記官符寫」と表書きされた箱に納められていて、この時の太政官符（写真Ⅶ）、および位記と太政官符の、朱で訓みを施した各写しが一緒に入っている。[4]すなわち、箱は別として、下された時の状態で保管されている。後者、月照寺の方は、二紙の奉書が一軸の掛物に表装されて残されている（84頁写真Ⅳ）。

ちなみに、なぜ真福寺に位記と宣命が下され、月照寺に女房奉書が下されたかについては、翻刻④⑤に見る月照寺僧別仙の言葉によっても明らかとなろう。

二月十一日、院御所に召された時に、別仙と真福寺僧は鳥山上総介・山本但馬守・藤木因幡守から、神社内の様子や祭祠などの儀式について尋ねられた。真福寺僧は即答したが別仙は返答に窮してしまった。それは、答えられ

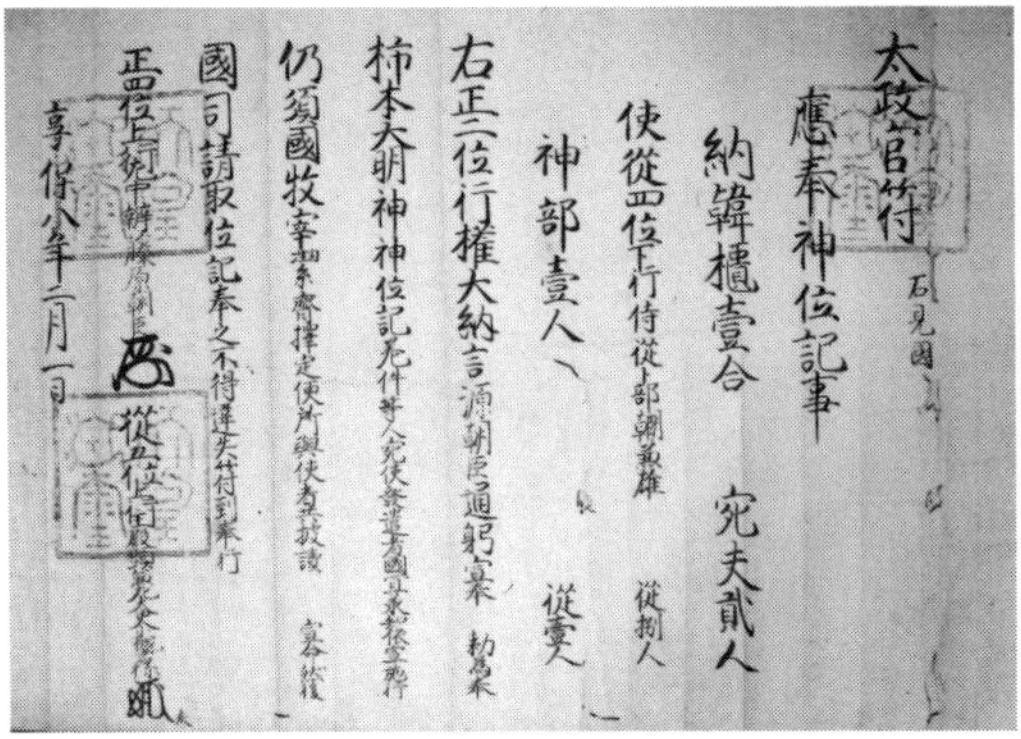
太政官符
應奉神位記事
納韓櫃壹合　究夫貳人
神部壹人
享保八年二月一日

写真Ⅶ：〈神位神号〉下賜を伝える太政官符

るような内容がなかったからである。また、役人達との話の中で、神輿等はあるかと問われている。真福寺僧は、神輿も神具も城主から寄付されて、人麻呂千年忌の祭礼には不都合しない旨を答えた。しかし別仙は、神輿もないと答えざるを得なかった。その時に役人達から、神輿がなくては祭礼らしくない、ぜひ神輿はあってほしいものだ、と言われている。

つまり、柿本人麻呂の千年忌が催された享保八年（一七二三）の頃においては、明石柿本社よりも高津柿本社の方が、人麻呂に対する藩主や藩民の厚い思い入れもあってか、少し時めいていた、その差がこのような形となって現われたものと考える。

次に、翻刻⑧で奉納された「五十首和歌短冊」（87頁写真Ⅴ）である。これは霊元法皇が皇族や公卿たちと成した五十枚の自筆和歌短冊で、「巻頭者　御製殊ニ御　宸筆ニ候間、云々」と記されるごとく、短冊五十枚の最初に法皇の短冊を置いて授けられたことがわかる。翻刻⑧⑩などの記載からして、別仙が「五十首和歌短冊」を明石に持ち帰り、城主もこれを目にしていることは疑いのないところであるが、月照寺には残っていない。

しかし、高津柿本神社には、石見柿本社御法楽分の自筆和歌短冊五十枚[5]（写真Ⅴ）が現存するので、月照寺に残る綴本「御奉納石見播磨柿本社御法楽」（写真Ⅷ）と合わせれば、この時に明石・高津両柿本社に奉納された「五十首和歌短冊」が、どのようなものであったかを知ることができよう。和歌短冊の様式は高津柿本社のものと同様で（〈一章一節3項〉19～21頁参照）、兼題和歌については「御奉納石見播磨柿本社御法楽」の播磨の部分を見ればよいことになる。

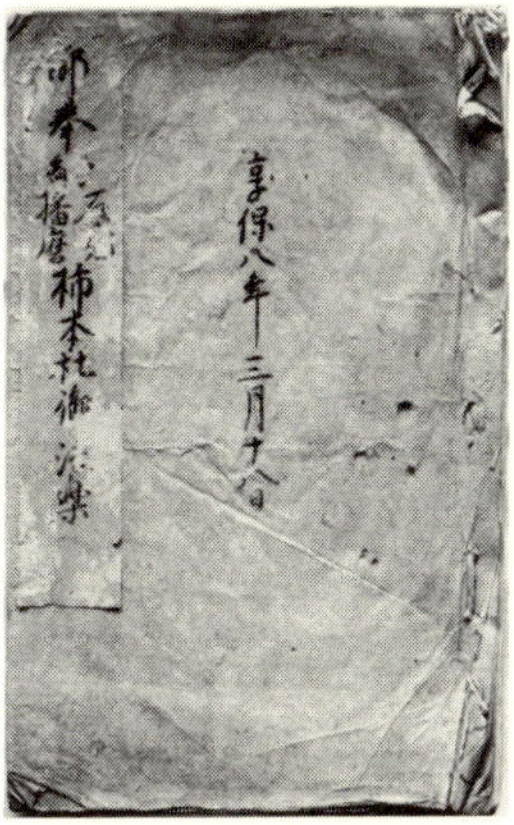
写真Ⅷ：「御奉納 石見播磨柿本社御法楽」の表紙

ちなみに、この綴本を高津柿本神社の自筆短冊と比較してみると、漢字や仮名に表記上の違いがある。つまり、月照寺の綴本は、自筆短冊を書写したものではない。恐らくは、院御所などで、両柿本社御法楽和歌の披講が行われた際に、計百首を書き留めて浄書したものが綴本として、「五十首和歌短冊」とともに両神社へ奉納されたのであろう。だが、高津柿本神社にそれらしきものはない。ただ、芦田耕一の「島根大学附属図書館蔵『人麿御奉納百首和歌』―紹介と翻刻―」[6]によって、高津柿本社にも同様のものが奉納されていたことはわかる。芦田の翻刻と月照寺所蔵のものを比較すると、漢字と仮名の表記や作者の記し方などに相違点が多々あり、両者は違う人物によって書き留め浄書されたものと推察される。これ等のことについては、次の〈二節〉で詳述したい。

　さて、高津柿本神社に残る「五十首和歌短冊」を見てみよう。同社では折本にして各丁に短冊の四隅を糸で挟んで保存している。最初の丁の表には、霊元法皇と有栖川阿計丸の短冊が配置されている（87頁の写真Ｖ参照）が、それを見ると、両短冊とも歌題の上に孔のあることに気づく。この孔は五十枚の全て同じ位置に空いていて、これ等の短冊が水引で綴じられていたことを思わせる。43頁に載せた写真Ⅺは、紀州玉津島社に奉納された古今伝授後「御法楽五十首和歌」の各々であるが――左から三点目は後桜町天皇（上皇カ）の御法楽で、古今伝授後のものではない――同神社や、同様のものを所蔵する住吉大社では、これ等の和歌短冊が奉納時の状態で保存されている。つまり各五十枚の短冊は、43頁の写真三葉のごとく水引で綴じ、柳筥（18頁の写真Ｉ）に入れて奉納された。そのことからすると、本「五十首和歌短冊」も、「巻頭者　御製殊ニ御　宸筆ニ候間、云々」とあるように、霊元法皇の宸筆短冊を一番上に置き水引で綴じて奉納されたのである。それ等の奉納和歌短冊を入れた柳筥は、玉津島神社や住吉大社と同じく、高津柿本神社にも残されている。

　なお、この「五十首和歌短冊」の最後の短冊、中院通躬短冊の裏には「御奉納　享保八年三月十八日　石見国柿本社御法楽」と記されている。しかし、僧別仙の書き留めた「神号神位記録」には、二月十八日に東園亭で坊城大納言殿・東園大納言殿の御立合のもとに授かった、と書かれている。実際は、賜わった二月十八日よりも前に両柿本社御法楽が行われていた筈だが、中院通躬短冊の裏面のみならず、月照寺蔵の綴本「御奉納石見播磨柿本社御法楽」にも、両神社分ともに「享保八年三月十八日」と記している。このように日付には矛盾があるが、「三月十八日」としたのは、柿本人麻呂の命日とされている三月十八日に因んだものと見るべきだろう。この日が、人麻呂の没後ちょうど千年目に当るとされていた。その祭典の際に神前へ奉納するように、の意図であると考える。

ついでながら、87頁の写真Vを利用して和歌短冊の書き方について確認しておこう。基本的には次のように記す。左の有栖川阿計丸短冊のごとく、上方中央に記した歌題の下に、二行にわたって和歌を書く。一行目と二行目の頭は揃える。二行目の下方に作者名を記す。ところが、天皇と上皇は作者名を記さない。さらに、上皇の短冊は二行目の頭を一字下げて書くことになっている。すなわち、右の霊元法皇の短冊がそれである。ただし、詠者が女性の場合は注意しなければならない。〈一章三節1項〉の注11（43頁）を参照。

続いて、翻刻⑬を見てみよう。享保十一年（一七二六）五月二十九日から六月四日までの記録がないが、その間、月照寺僧別仙は京都にいたものと思われる。さて、六月六日に別仙は院御所に召され、「三十六歌仙式紙」（91頁の写真Ⅵ）を賜わった。月照寺には折本になったものが残っている。それを納める箱の蓋内側と底に、

- 箱蓋…三十六歌仙式紙従／法皇御所拝領／手鑑台筐／当山七世泰山別仙叟／修覆焉
- 箱底…享保十二丁未年／正月吉日

と記されているのを見ると、賜わった翌年の正月に、別仙が表装し折本とさせ、それを納める箱を作らせたのだろう。つまり、三十六枚の色紙は、賜わった時には一枚一枚ばらばらの状態であったと思われる。

ところで、右に述べた翻刻⑬の、「神号神位記録」に記載のない五月二十九日から六月四日までの数日間、別仙は京都で何をしていたのだろうか。ともすると、遠国である石見の真福寺僧が入京するのを待たされていたのではない

だろうか。そして六月六日、一緒に院御所へ召されたのではなかったか。享保八年の時に、ともに召されていた両寺であるのに、今回だけは月照寺を召して「三十六歌仙式紙」を授け、修学院の見学等もさせるというのは、如何にも不自然だ。しかし、「神号神位記録」に真福寺僧のことが触れられていないことも、また事実である。

高津柿本神社にも、この「三十六歌仙式紙」が残っていれば問題はないのだが、残念ながら、現時点では見つかっていない。

二、月照寺蔵「御奉納石見播磨柿本社御法楽」成立の背景

明石柿本社の別当寺であった月照寺に、享保八年（一七二三）三月十八日の奥書をもつ「御奉納石見播磨柿本社御法楽」（前〈一節〉写真Ⅷ）がある。この綴本には、霊元法皇が公家衆と成して奉納した、五十枚の自筆和歌短冊「五十首和歌短冊」と同じ和歌が書き留められている。ここでは、二つの作品の関係と「御奉納石見播磨柿本社御法楽」の成立した背景を探ってみたい。

1　月照寺蔵「御奉納石見播磨柿本社御法楽」と高津柿本神社蔵「五十首和歌短冊」の関係

享保八年（一七二三）二月一日、播磨国明石と石見国高津の両柿本社に祀られる柿本人麻呂に、正一位の神位と柿本大明神の神号を与える旨の宣旨が、中御門天皇によって下された。これに際して、明石と高津の柿本社には幾つかの和歌と文書が奉納されている。両社の別当寺僧、すなわち月照寺僧と真福寺僧が上京し、それ等を賜った様子、また丸三箇年の御祈禱を仰せ付かった様子などについては、月照寺七世別仙が書き留め十三世天応の書写した、月照寺所蔵「神号神位記録」に詳しく記されている。

別仙の「神号神位記録」によれば、神位神号の宣旨があった享保八年二月から、命じられた御祈禱の終了する享保十一年六月までの間、明石と高津の柿本社、つまり月照寺と真福寺に奉納された和歌や文書は次のとおりである。

- 享保八年二月十八日

月照寺　①人丸神位神号の「女房奉書」
　　　　②霊元院御所からの「五十首和歌短冊」（④とは異）
真福寺　③人丸神位神号の「宣命」と「位記」
　　　　④霊元院御所からの「五十首和歌短冊」（②とは異）

- 享保十一年六月六日

月照寺　⑤霊元院御所からの「三十六歌仙式紙」

前者、享保八年の関連資料において、月照寺の方は、「神号神位記録」に、同年二月二十八日、明石藩主が別仙に登城を命じ、①の「女房奉書」と②の「五十首和歌短冊」をご覧になった旨が記されている。二つの作品は月照寺で大切に扱われ保管されていたものと推察されるが、現在、②の和歌作品は見当らない。一方、真福寺の方は、明治初年の廃仏毀釈により廃寺となったが、所蔵文書の類はその時に神社側へと移された。そして、現在高津柿本神社には、③の文書二点とこの折の太政官符、また④の「五十首和歌短冊」も残っている。続いて後者、享保十一年の関連資料だが、⑤の「三十六歌仙式紙」は月照寺に現存している。なお、同様のものが真福寺の方へも奉納されたのかどうかについては、「神号神位記録」に記載はない。また、高津柿本神社の方にも同様の和歌作品は見当らず、そのような記録もない。

さて、問題の「御奉納石見播磨柿本社御法楽」は、播磨国の明石柿本神社に奉納された五十首の和歌と、石見国の高津柿本社に奉納された五十首の和歌を書き連ねて一冊にした綴本である。播磨の五十首と石見の五十首には、ともに

「享保八年三月十八日」の日付が施されているので、同じ時に同じ意図で詠まれた各々の五十首を書き留めたのであろう。今、標題の順に従って、石見と播磨両社御法楽の冒頭を見てみると、

Ａ　御奉納石見国柿本社御法楽

享保八年三月十八日

立春　院御製

此道の ひかりもそひて のとけさを 世に敷島の 春は来にけり

竹鶯　阿計丸

春ことの やとりにしめて くれ竹の 千代をこめたる 鶯のこゑ

Ｂ　御奉納播磨国柿本社御法楽

享保八年三月十八日

霞始聳　院御製

あかし潟 春とはかりに 立そめて しまもかくれぬ 朝かすみかな

鶯出谷　吉忠

長閑なる 春を待えて 幾度か 声里なから 谷のうくひす

となっていて、両者とも院の御製歌を冒頭に配置している。ここで言う「院」とは、中御門天皇の祖父にあたる霊元法皇のことである。〈院〉〈五十首和歌〉〈石見国柿本社・播磨国柿本社〉の語句から連想されるものは、享保八年二月十八日に月照寺僧別仙と真福寺僧が上京して賜わった、前掲の②④、霊元法皇御所から両柿本社への各「五十首和歌短冊」である。しかし、残念ながら月照寺には、この時の「五十首和歌短冊」が残っていないので、内容が同じであるかどうか確かめられない。

そこで、高津柿本神社に現存する、この時の④「五十首和歌短冊」と、月照寺蔵「御奉納石見播磨柿本社御法楽」の、右に引用したA「御奉納石見国柿本社御法楽」の冒頭部分とを比べてみよう。[7] すると、両者は歌題も和歌も作者も同じであることが確認できる。つまり、「御奉納石見播磨柿本社御法楽」は、享保八年二月十八日に明石と高津の両柿本社に奉納された、霊元法皇が公家衆と成した「五十首和歌短冊」の高津柿本社奉納分と同じ内容を有しているのだ。したがって、月照寺に奉納されたものの、今は見当らない「五十首和歌短冊」の内容は、右引用のB「御奉納播磨国柿本社御法楽」によって、幸いにも、知ることができる。

2　和歌作品を写す場合の書写態度

では、この「御奉納石見播磨柿本社御法楽」は、誰が書き写したものなのか。また、高津柿本神社にも同様のものがあるのか、続いて検討してみよう。先ず前者、〈書き写す〉ということについて考えてみる。

そもそも、あるものを書き写す時には、対象物の重要程度によっても書写態度が違ってくるだろうし、その人の性格などによっても正確さに違いが出てくるだろう。このように、一概に判断するのは難しいとは思うが、試みに高津柿本神社所蔵の「享保八年延享元年御法楽和歌写」（前出〈二章二節2項〉）を見てみよう。この作品は、次の二つの和歌資料を書写したものである。一つは前掲の、享保八年二月に霊元上皇から奉納された「五十首和歌短冊」であり、もう一つは、延享元年（一七四四）五月、桜町天皇が烏丸光栄から古今伝授を受けられた後の、いわゆる〈古今伝授後 御法楽五十首和歌〉で、同年八月に奉納されている。この「享保八年延享元年御法楽和歌写」に書き写された、始め二首（A）を各々引用し、その和歌に該当する自筆短冊（B）とを比較してみよう（次頁写真Ⅸ・Ⅹ）。なお、漢字と現行の平仮名でかかれている字母はそのまま記し、その他の字母については元の漢字に直して記すことにする。享保八年二月「五十首和歌短冊」の書写に関しては次のごとくである。

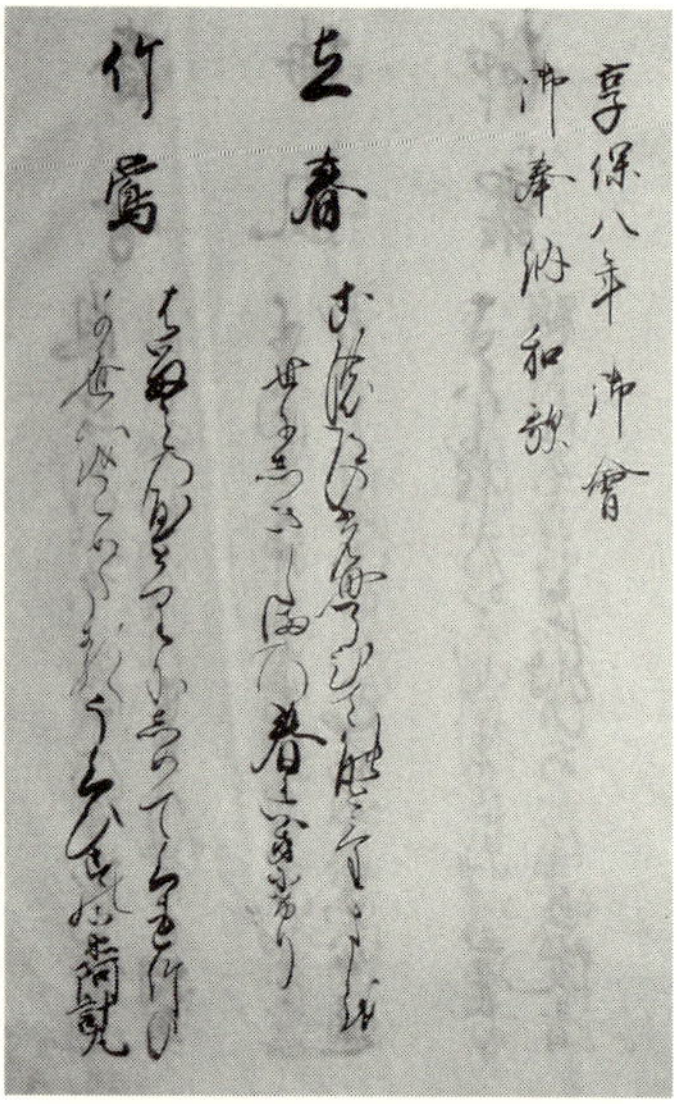

写真Ⅸ：A「享保八年　御法楽和歌　写」

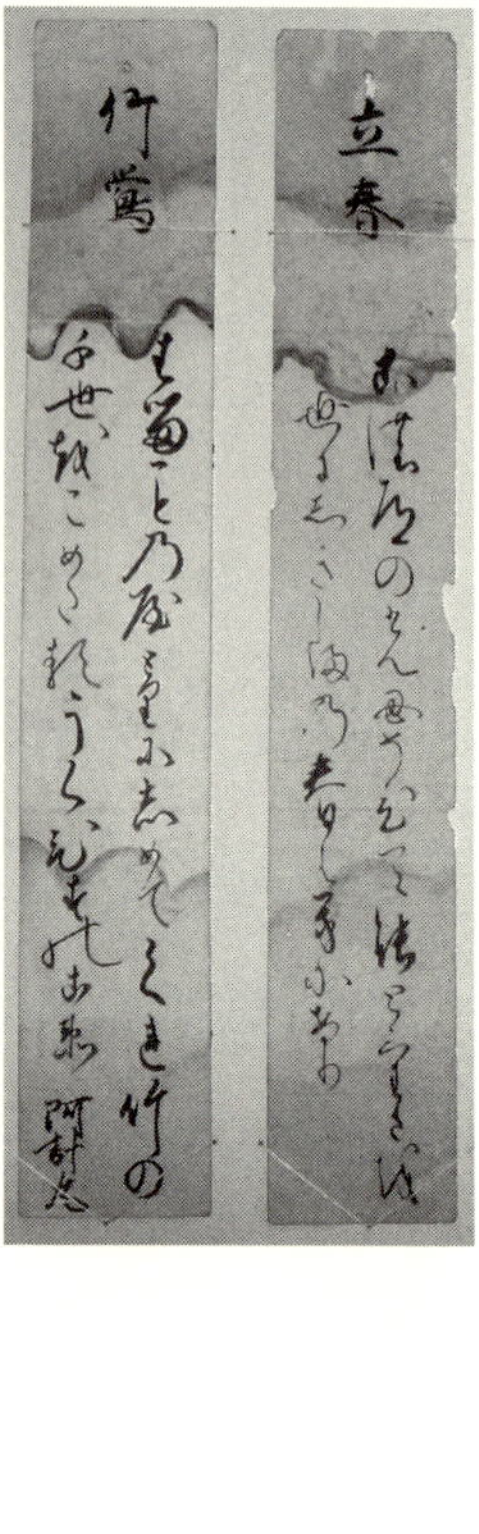

写真Ⅹ：B　自筆「五十首和歌短冊」右　霊元法皇　左　阿計丸

A「享保八年　御法楽和歌　写」―傍点と（　）内は筆者―

立春　古濃道の光母曽飛天能と気さ越
　世尓志きし満乃春者幾尓希①り
（この道の　光もそひて　のとけさを　世にしきしまの　春はきにけり）

竹鶯　者留②こと乃屋と里尓志めてく連竹の
　千世越こめ③多類うく④ひ春能古衛　阿計丸
（はることの　やとりにしめて　くれ竹の　千世をこめたる　うくひすのこゑ）

B　自筆「五十首和歌短冊」

立春　古濃道の光母曽飛天能と気さ越
　世尓志きし満乃春者幾尓希①利

竹鶯　者留②こと乃屋と里尓志めてく連竹の
千世越こめ③多類うく④飛春能古衛　阿計丸

B自筆「五十首和歌短冊」の第一首「立春」は霊元法皇のものである（写真X右）。天皇や上皇は短冊に詠者名を記さず、かつ上皇は二行目を一字下げて書いたこと、〈一節2項〉（95頁）で述べた。

さて、両者を比較してみると、右の〈上皇（法皇）の短冊は二行目を一字下げる〉という特徴のみならず、漢字で書かれている部分は漢字で写し、仮名の部分もほとんど同じ字母で、かつ同じ崩し具合で書写している。ただ、Aの④「ひ」は、元はB④「飛」と書かれているので、違う仮名「比」で書き写したことになる。Aの①「り」も元はB①「利」のごとくであるが、崩しの段階がほぼ現代の「り」に近づいていると判断しての書写であろう。中でも特に注意したいのは、A②「こと」とB②「こと」、A③「多」とB③「多」である。前者の「こと」は、B②のように「こ」の第二画を省略して「と」に続けてしまう（写真X左）こともあるのだが、A②はそれを忠実に書写している。後者の「多」という漢字は、崩しの段階によっては同じ文字とは思えないような崩し方をするが、A③はB③の崩し具合（写真X左）を忠実に写している。

次に、延享元年八月の古今伝授後「御法楽五十首和歌」短冊について、始めの二首（A）と、それに該当する桜町天皇と烏丸光栄の自筆和歌短冊（B）を見てみよう（次頁写真Ⅺ・Ⅻ・XIII）。

A「延享元年　古今伝授後　御法楽五十首和歌　写」―傍点と（　）内は筆者―

山早春　石見のや堂可徒乃山能本農〳〵登
か春三曽免①多る神可起の者類
（石見のや　たかつの山の　ほの〳〵と　かすみそめたる　神かきのはる）

海上霞　雲毛今朝な起②多る海やする遠く

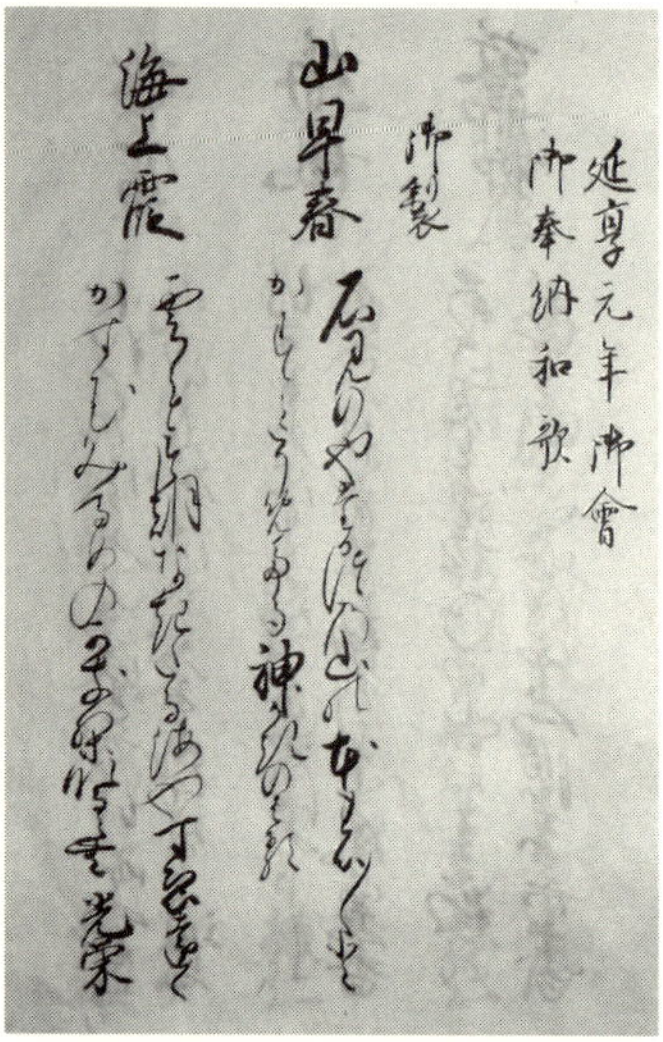

写真Ⅺ：A「延享元年　御法楽五十首　写」

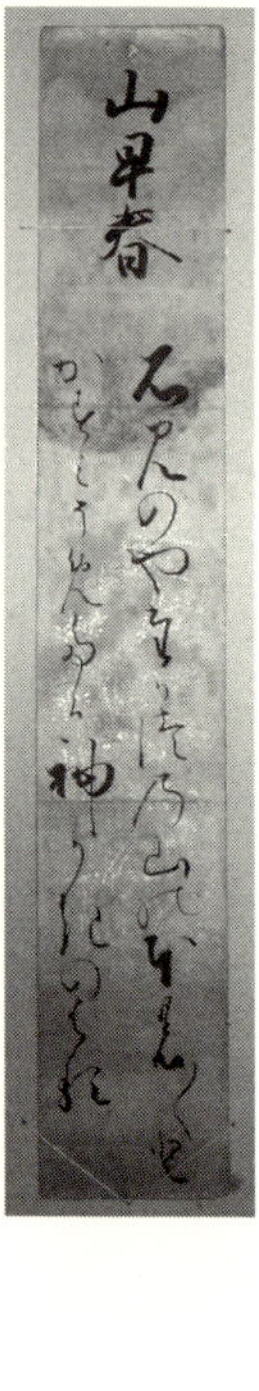

写真Ⅻ：B　自筆「御法楽五十首和歌」桜町天皇の短冊

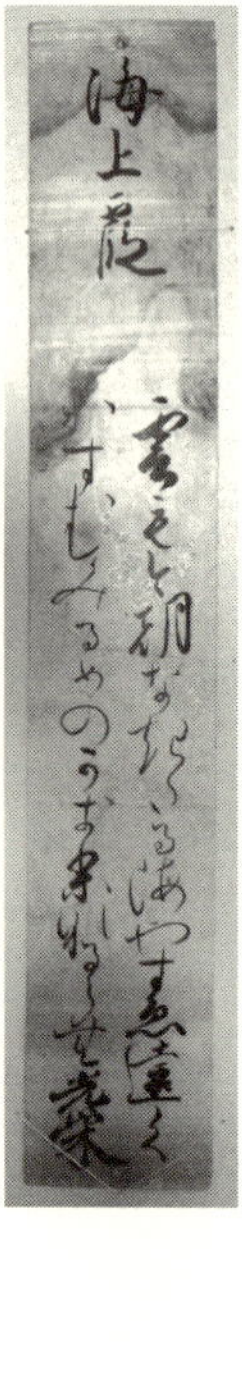

写真ⅩⅢ：B　自筆「御法楽五十首和歌」烏丸光栄の短冊

かすむみるめの可支梨那るら無　光栄

（雲も今朝　なきたる海や　すゑ遠く　かすむみるめの　かきりなるらむ）

B　自筆「延享元年　古今伝授後　御法楽五十首和歌短冊」

山早春　石見のや堂可徒乃山能本農〱登

か春三曽免①多る神可起の者類

海上霞　雲毛今朝な起②多る海やすゑ遠く

かすむみるめの可支梨那るら無　光栄

自筆短冊のB①「多」もB②「多」も、ともに「多」の漢字を字母にした「た」である。両者は崩しの段階が異なっていて（写真Ⅻ・ⅩⅢ）、一見、違う文字かと勘違いしそうなほどである。しかし、写しA①「多」とA②「多」は、書き手が書き慣れた自分流の「多」の崩しで写すのではなく、元の自筆短冊の崩しに従って書写している（写真

Ⅺ）。

確かに、文書を書写する場合には、対象文書の重要度および書き手の性格などによって、正確さに当然差が出てくるだろう。しかし、一般的に書き写すといった時には、右「享保八年延享元年御法楽和歌写」の例に確認したごとく書写されるものであると判断してよい。

なお、明石柿本社に奉納された「御奉納石見播磨柿本社御法楽」における書写態度の検討に移る前に、この作品は誰が何を基にして成したのか、高津柿本社の方にも同様のものがあるのか、ということを考えておきたい。

3　「御奉納石見播磨柿本社御法楽」の書かれた時期

高津の高津柿本神社所蔵和歌資料[8]に目をやると、同神社に、月照寺が所蔵する、問題の「御奉納石見播磨柿本社御法楽」と同様の和歌作品は現存しない。しかし、島根大学図書館には「人麿御奉納百首和歌」と称する作品があるという。これは芦田耕一が前掲「島根大学附属図書館蔵『人麿御奉納百首和歌』―紹介と翻刻―」に紹介しているものである。芦田の翻刻に従って確認すると、百首の内、前半の五十首は高津柿本社御法楽、後半の五十首は明石柿本社御法楽を各々写したもので、書かれている和歌の内容は月照寺に残る「御奉納石見播磨柿本社御法楽」と同じである。つまり、高津柿本社の方にも同様のものがあったことになる。同神社の別当真福寺は、明治初年の廃仏毀釈で廃寺、所蔵文書類は神社側に移された。恐らくは、その時に何らかの理由で外に出てしまったのであろう。

さて、月照寺の「御奉納石見播磨柿本社御法楽」も島根大学図書館蔵の「人麿御奉納百首和歌」も、ともに明石柿本社と高津柿本社へ奉納された「五十首和歌短冊」を書き留めている。だが、明石と高津両柿本社では、他方に奉納された和歌の内容をどのようにして知り、どう写したのだろうか。霊元法皇以下公卿の自筆「五十首和歌短冊」は、享保八年二月、明石と高津の両柿本社に奉納されているので、それ以降に他神社奉納分を書写したとは考えにくい。とするならば、両社に奉納される前に書き留められた可能性が高い。

そこで、禁裏で行われる和歌関係の御伝授事の一つとして、天和三年（一六八三）六月一日に、古今伝授後の「御法楽五十首和歌」が玉津島社と住吉社へ奉納された時の様子を見てみよう。「御湯殿の上の日記」の天和三年六月一日条によれば、次のごとく記されている（既に〈一章一節1項〉で引用）。

・一日。はる〳〵。朝御さか月まいる。内侍所より御くままいる。中宮の御かた。大納言のすけ殿。長はし。大御ちより御くままいる。五れうより巻数しん上。すみよし。玉つしまの御ほうらくの御よみあけつねの御所上たんにて。く御御引なをし御かさねにてあそはさる〳〵。御なて物。御たんれうわうこん廿両両社へまいる。八日より一七ケ日御きたう仰付られ候。御たんさく両社へまいらせらる。勧修大納言。日野中納言奉行也。

ここで注目したいのは、傍点部に「御ほうらくの御よみあけつねの御所上たんにて」とあったことである。御法楽和歌などの場合は、題者が歌題を短冊に記し、それを世話役である奉行が詠者たちに届け、各々に詠み書いてもらう兼題が習わしであった。そして引用部分により、その短冊は天皇の常御所上段の間で読み上げる、つまり披講するものであったことが知られる。

さて、話を戻そう。先ほど、月照寺の「御奉納石見播磨柿本社御法楽」も高津柿本神社の「人麿御奉納百首和歌」も、霊元法皇以下公卿の自筆「五十首和歌短冊」が両柿本社に奉納される、享保八年二月より前に書き留められた可能性が高いと言った。

法皇が奉納したこの「五十首和歌短冊」も、他の御法楽和歌の場合と同様、世話役である奉行と題者が任命されていた。「御奉納石見播磨柿本社御法楽」によれば、明石柿本社御法楽は日野資時が奉行で飛鳥井雅香が題者、高津柿本社御法楽は三条西公福が奉行で藤谷為信が題者である。すなわち、この両柿本社への御法楽も、右引用の天和三年六月奉納、住吉社および玉津島社への古今伝授後の「御法楽五十首和歌」と同じ形式で行われたものと判断される。つまり、明石と高津両柿本社へ奉納された霊元法皇以下「五十首和歌短冊」の計百首は、奉納される前に仙洞御所で披講されたのである。その時の読み上げを聞いて書き留められたものと考える。

4 「御奉納石見播磨柿本社御法楽」の書写態度

次に、月照寺蔵「御奉納石見播磨柿本社御法楽」の書写態度について見ていこう。問題の本作品（以下底本）と霊元法皇以下自筆「五十首和歌短冊」（以下A本）、および島根大学図書館蔵「人麿御奉納百首和歌」（以下B本）の、各石見柿本社御法楽部分を比較してみる。〈資料Ⅱ〉に、月照寺蔵本を底本とし他の二作品で校合したものを載せたので、これを利用して確認する。

ところで、近世期の歌人は定家仮名遣を意識して用いたようで、その使用率は、堂上歌人が高く地下歌人は相対的に低い。言葉にあまり関心のない人々は、定家仮名遣でもなく契沖仮名遣（後の歴史的仮名遣の基）によった訳でもなく、自由奔放な仮名遣をしていた(9)。このことについては〈四章五節〉で詳述したい。今は、深い意味での仮名遣を問題にするのではなく、単に、ある音を聞いてどの文字を連想して用いているか、ということを調べてみよう。

エ音からは「え」「へ」「ゑ」の文字を連想するだろうし、オ音からは「お」「ほ」「を」を、ワの音からは「は」と「わ」を、そしてンの音からは「む」と「ん」を、各々思い浮かべるであろう。各本の異同を見ると次のごとくである。以下〈資料Ⅱ〉を参照のこと。

底本…月照寺蔵「御奉納石見播磨柿本社御法楽」（石見柿本社御法楽分 323～332頁を参照）

A本…高津柿本社蔵　霊元法皇以下自筆「五十首和歌短冊」

B本…島根大学図書館蔵「人麿御奉納百首和歌」（芦田耕一翻刻）

① 底本とA本の異同

エの音
22番歌　底本「山ひきこへて」　A本「やまひきこえて」
39挽歌　底本「はつかに見へし」　A本「はつかに見えし」

オの音
15番歌　底本「秋におとらて」　A本「秋にをとらて」
16番歌　底本「わかおこたりを」　A本「わかをこたりを」
26番歌　底本「たむけにおれる」　A本「たむけにをれる」

ワの音
15番歌　底本「いわみかた」　A本「いはみかた」
36番歌　底本「杜のしめなわ」　A本「杜のしめなは」

ンの音
08番歌　底本「花にくらさん」　A本「花にくらさむ」
13番歌　底本「猶にほふらん」　A本「猶にほふらむ」
31番歌　底本「よはに鳴らん」　A本「夜半に鳴らむ」
36番歌　底本「かけていのらん」　A本「かけていのらむ」
37番歌　底本「けふもかへらん」　A本「けふも帰らむ」
42番歌　底本「なにたのみけん」　A本「なにたのみけむ」
43番歌　底本「何ちきりけん」　A本「何ちきりけむ」
50番歌　底本「まもらん末は」　A本「まもらむすゑは」

②　A本とB本の異同

エの音

39番歌　A本「はつかに見えし」　B本「はつかにみへし」

オの音

15番歌　A本「秋にをとらて」　B本「秋におとらて」

18番歌　A本「はやをくはかり」　B本「はやおくはかり」

26番歌　A本「たむけにをれる」　B本「手向におれる」

37番歌　A本「いらへをそきく」　B本「いらへおそきく」

ンの音

26番歌　A本「錦とや見ん」　B本「錦とや見む」

③　底本とB本の異同

オの音

04番歌　底本「梅かゝおくれ」　B本「梅かゝをくれ」

16番歌　底本「わかおこたりを」　B本「わかをこたりを」

18番歌　底本「はやをく計」　B本「はやおくはかり」

37番歌　底本「いらへをそ聞く」　B本「いらへおそきく」

ワの音

15番歌　底本「いわみかた」　B本「いはみかた」

ンの音

08番歌　底本「花にくらさん」　B本「花にくらさむ」
13番歌　底本「猶にほふらん」　B本「猶にほふらむ」
26挽歌　底本「にしきとやみん」　B本「錦とや見む」
31番歌　底本「よはに鳴らん」　B本「夜半に鳴らむ」
36番歌　底本「かけていのらん」　B本「かけて祈らむ」
42番歌　底本「なにたのみけん」　B本「なにたのみけむ」
43番歌　底本「何ちきりけん」　B本「なに契けむ」
50番歌　底本「まもらん末は」　B本「守らむすゑは」

これらの、各音に対する各本の表記の違いは、前〈2項〉で確認済みの、高津柿本神社蔵「享保八年/延享元年御法楽和歌写」に見る書写態度とは大きく懸け離れている。こちらの方は書き写すなどと言えるものではない。つまり、底本である「御奉納石見/播磨柿本社御法楽」も、B本である「人麿御奉納百首和歌」も、自筆A本「五十首和歌短冊」を見ながら書き写したものではない、とするのが妥当だろう。和歌の読み上げ、すなわち披講を耳で聞いて、書き手なりの判断のもと、普段どおりの仮名遣で筆記したものと推察される。また、〈資料Ⅱの1〉32番歌の結句は、自筆A本に「野邊の篠原」と記しているが、底本は「野路の篠原」、B本も「野路のしのはら」と、ともに「野路」になっていて、披講の折に「ノベ」が「ノジ」と読まれてしまったことを示唆している。これも、書き手が披講の場にいた、という証しになろう。

次に、底本「御奉納石見/播磨柿本社御法楽」には「を（お）」（04番歌）や「（○ち）」（40番歌）といった符号がある。前者はヲをオに訂正し、後者は和歌中にマル符を施しチを補ったものである。このことから、底本の書き手は、披講の際に書き留めたものを基にして浄書し、さらに読み返して訂正していることがわかる。また、底本「御奉納石見/播磨柿本社御法楽」の播磨国柿本社御法楽分（〈資料Ⅱの2〉参照）の02番歌や38番歌などには、「本ノマ、・本のまゝ」といった傍注が見えて、書き手は、披講の時にあやふやであった部分を、自筆短冊で確認したらしいことも知られる。続いて、底本とB本の書き手について。両者は、詠者に関する記し方などの違いから（〈資料Ⅱの1〉01番歌や奥書などを参照）、異なった人物のようだ。そしてB本の方も、右に述べた底本の書き留め方と同じような背景のもとに成立したもの、と考えられる。

　さて、右のごとく、書き手が披講の場にいたものとして見ると、次のことも理解し易くなる。〈資料Ⅱの1〉の43番歌第四句、底本「あたなる人と」の「と」は、自筆A本には「与」の仮名が書かれている。そして、B本には「あたなる人よ」となっている。「与」はヨの字母として用いるのが一般的だが、トと読まれることがない訳でもない。披講時に、読み手はヨあるいはトのどちらで読んだのだろう。そこで、底本およびB本成立の過程を鑑みて想像すると、次のようになろうか。披講の時にアダナルヒトトと読み上げられたが、B本は自筆短冊と照らし合わせてアダナルヒトヨと直した。あるいは、披講時にはアダナルヒトヨと読み上げられたものの、底本の筆者は疑問に思い自筆短冊を確認し、意味の上からはアダナルヒトトが良いと判断して訂正した、とのごとく想像できる。

　なお、底本にもB本にも、前〈3項〉に示した、自筆A本の短冊のみでは確認できない、奉行と題者の名前が記されている。これもまた、底本とB本の筆者が披講の場にいて、それ等の情報を得ていることを示唆するものである。

　ちなみに、自筆A本「五十首和歌短冊」において確認できる情報は、最終（五十枚目）短冊、中院通躬「祝言」の裏に施された、人麻呂命日である千年忌催事の行われる予定日が記された、「御奉納　享保八年三月十八日　石見国柿本社御法楽」という文言のみである。ただし、月照寺蔵「神号神位記録」によれば、霊元法皇以下公家衆の成した自筆A本は、同年二月十八日に明石と高津の両柿本社に奉納されている。

5　検討の結果確認できたこと

以上のとおり検討を加えた結果、次のことが確かめられた。問題の底本「御奉納石見播磨柿本社御法楽」は、霊元院御所からの「五十首和歌短冊」をまとめたものである。しかも、和歌短冊が月照寺僧別仙に授けられるよりも前に成立している。つまり、奉納された享保八年二月十八日以降に、明石で書写されたのではなく、それ以前に書かれた。それは、院御所で御法楽短冊の披講が催された時に、その場に列席していた〈明石奉納和歌記録担当〉とでも称すべき者によって書き留められたのである。次いで〈読んで確認〉〈短冊で確認〉などの作業を経た上で成立したものと判断される。また、石見国に奉納された「人麿御奉納百首和歌」も、同様にして高津担当者によりまとめられたのであろう。

そして、明石と高津の両柿本社に奉納される霊元院御所からの各「五十首和歌短冊」とほぼ同時に、「御奉納石見播磨柿本社御法楽」と「人麿御奉納百首和歌」の各作品が両社へ手渡された、と考える。

注

（1）この「女房之奉書」は月照寺に現存する。84頁の写真Ⅳを参照。今、ここに紹介しておこう。そこには、いわゆる〈散らし書〉で次のように書かれている。

今度／柿本社／神号神位のこと／一事のさはりなく／御さたを／とけられ候／いよ〳〵／天下太平／宝祚ゑん長／ならひに／歌道はん昌の／御きたう／せい〳〵を／ぬきんて／しゆ行／あるへきのよし／はりまの国／やしろのつかさに／つたへられ候（ママ）／候へく候／かしく

中院大納言とのへ

中山前大納言とのへ

（2）原文に日付は明記されていないものの、御祈禱が十七日から七日間であったこと、明石から京まで三日間かかること（翻刻②⑩例参照）を考えると、五月二十三日に出立したことがわかる。

（3）高津柿本神社前宮司中島匡英氏の令室（現宮司匡博氏母堂）の証言による。

（4）この位記一巻・宣命一紙・太政官符一通は、平成七年四月二十七日から五月三十一日の間、益田市立雪舟の郷記念館で春季企画展として催された「柿本人麻呂の世界」の際に展示され、同展示解説『柿本人麻呂の世界』にも写真が載っている。

（5）注（4）同。益田市立雪舟の郷記念館で春季企画展として催された「柿本人麻呂の世界」の際に展示され、同展示解説『柿本人麻呂の世界』にも写真が載っている。

（6）『山陰地域研究』八号　平成四年三月　島根大学山陰地域研究総合センター

（7）島根県益田市の高津柿本神社所蔵の文書は、宮司中島匡博氏の御厚意により、平成十六年以降、筆者と鶴﨑裕雄（帝塚山学院大学名誉教授）・小倉嘉夫（大阪青山短期大学准教授）が国文学研究資料館の調査員として、調査と研究を行った。和歌や関連文書等については平成十九年秋にほぼ調査を終えたが、これ等の資料は、この間に確認済みである。

（8）島根県益田市の高津柿本神社所蔵の和歌と関連文書および記録については、書誌研究として次のごとく発表した。また、本稿〈六章〉でも論じている。

・「高津柿本神社蔵書目録」（『帝塚山学院大学日本文学研究』三七号　平成一八年二月）

・「高津柿本神社蔵書目録補遺」（『帝塚山学院大学日本文学研究』四号　平成二一年二月）

（9）例えば、次の拙稿二編などを参照していただきたい。

・「住吉神主　津守国治・国教・国輝　の和歌―各奉納和歌に見る仮名遣を資料として―」中、第二節「近世の和歌

と仮名遣」を参照。(『皇學館大学神道研究所紀要』一五輯　平成一一年三月)

・「住吉社神主津守国礼の和歌—『有賀長収ほか奉納和歌』中の国礼和歌仮名遣から—」中、第三節「本奉納和歌に見る仮名遣」を参照。(『帝塚山学院大学人間文化学部研究年報』二号　平成一二年一二月)

第四章　冷泉為村の奉納和歌

一、冷泉家と奉納和歌

1　冷泉家概略と和歌の奉納

冷泉家は、平安末期の藤原俊成・鎌倉初期の定家父子によって、歌道の家として確立した御子左家の流れをくんでいる。その御子左家は、定家嫡男為家の子の代になり、為氏の二条家・為教の京極家・為相の冷泉家の三家に分立した。為家が為相を溺愛し、相伝の歌学書などを譲ったことが原因だという。二条家と京極家は、南北朝前後に相次いで断絶するが、冷泉家だけは和歌の家として現在に至っている。つまり冷泉家は、歌道の家柄御子左家の分家として、御子左の血脈を今日に伝えているのである。始祖は、定家の孫藤原為相。家名は、為相が定家の二条京極邸の北、冷泉小路に住まいしたことによるといわれる。

始祖為相01（下の数字は家督の順を示す。下同）の長男為成が夭逝した後、家督は次男の為秀02が継いだ。さらに、為相の孫為尹03が後を継ぐ。為尹の子の代には、為之04が上冷泉家、持為が下冷泉家を興す。嫡流となる上冷泉家の方は為之以降、

為富05―為広06―為和07―為益08―為満09―為頼10―為治11―為清12―為綱△13―為久◯14―為村△◯15―為泰△16―為章△17
為則△18―為全△19―為理△◯20―為紀◯21―（以下省略　現当主冷泉為人へ続く[1]）

のごとく連綿と続く。八代為益以前はほぼ室町期、二十代為理以前はほぼ江戸期にあたる。――名前の右に◯印のある人物は、玉津島社や住吉社に和歌を奉納したことを示し、△印は、両社に奉納された古今伝授後「御法楽五十首和歌」各七点の、いずれかに短冊があることを示す。下同。――

そして、下冷泉家の方は、持為01以降、

政為02―為孝03―為豊04―為純05―為勝06―為将07―為景08―為元09―為経△10―為俊11―宗家△◯12―為栄△13―為訓△14
為起15―為行△16―（以下省略）

と続く。七代為将以前が室町期、十六代為行以前がほぼ江戸期にあたる。

なお、上冷泉家の分家藤谷家と、藤谷家の分家入江家は、次のように続く。藤谷家は上冷泉家九代為満の次男為賢01が始祖で、入江家は藤谷家二代為条の次男相尚01を始祖としている。

・藤谷家…上冷泉家九代為満の次男為賢が始祖

為条02―為教△（為茂）03―為信04―為香△05―為時06―為敦△07―為脩△08―為知△09―為兄10―為遂11―為寛12
為隆13―（以下省略）

・入江家…藤谷家二代為条の次男相尚が始祖

相敬02―相茂03―家誠04―相康05―相永06―為逸07―為良08―為善△09―為積10―為福11―為守12―為常[2]13
（以下省略）

さて、冷泉家一族の人々の右に添えられた◯と△の印、つまり、住吉社と玉津島社へ和歌を奉納している人物について再確認しておこう。

・住吉と玉津島両社へ単独で奉納している人物（下の数字は家督の順）

冷　泉　家…為久14・為村15・為理20・為紀21
下冷泉家…宗家12
藤　谷　家…なし
入　江　家…なし

・住吉と玉津島両社へ「御法楽五十首和歌」の短冊を奉納している人物（下の数字は家督の順）

冷　泉　家…為綱13・為村15・為泰16・為章17・為則18・為全19・為理20
下冷泉家…為経10・宗家12・為栄13・為訓14・為行16
藤　谷　家…為教03・為香05・為敦07・為脩08・為知09
入　江　家…為善09

続いて、冷泉家一族の和歌を細かく見ていくことにする。

2　冷泉家から住吉社と玉津島社への奉納和歌

a　和歌懐紙・折本・巻子の類

冷泉家から住吉社と玉津島社に奉納された和歌は十三点に及ぶ。ただし、ここでは古今伝授後の御法楽奉五十首和歌など、短冊類は数に入れてない。

住吉社には、冷泉家より懐紙十点、下冷泉家より懐紙二点が、次のごとく奉納されている。

・冷泉家

為久14…「詠百首和歌[3]」「住吉社奉納和歌（為久卿二十首和歌）」

為村15…「百首和歌（連名百首和歌）」「詠百首和歌」「住吉社奉納和歌（為村卿二十首和歌）」「報賽五首和歌毎首置字」「春日詠五十首和歌」「九月十三夜詠三十一首和歌毎歌首令冠字」

為理20…「住吉社奉納和歌(4)」

為紀21…「秋日捧住吉社前三首和歌」

・下冷泉家

宗家12…「詠二十首和歌(5)」「冬日奉納住吉社詠三十首和歌(5)」

一方、玉津島社には、冷泉家から為久詠で為村筆の、父子が成した折本「吹上八景手鑑」が一点奉納されている。ところで、元禄三年（一六九〇）六月から同六年五月まで、三年間三十七回にわたり霊元院の仙洞御所で和歌御会が催された（〈一章四節〉参照）。その折の、いわゆる〈仙洞御所月次奉納和歌〉が、巻子本「玉津嶋社月次御法楽和歌 上下」として玉津島社に奉納されている。また続いて行われた、元禄六年六月から同九年五月までの、三年間三十七回にわたる和歌御会の折のものは、住吉社に奉納される。巻子本「住吉社月次御法楽和歌 上下」がそれである。この両者の月次御法楽和歌に、冷泉家からは十三代為綱が、玉津島社分に三十七首、住吉社分に三十五首(6)を残している。各々は次の題で詠まれる。

▼玉津島社三十七首

上巻…歳暮・鹿声夜友・湖氷・春雨・行路薄・河千鳥・市歳暮・逢恋・柴霰・雨後花・閨中扇・待七夕・松風・如雨・寄名所河恋・交花・原鹿・寄笛恋・荻風似雨・除夜・冬夜難曙

下巻…恨久恋・古渡舟・径菫・松下擣衣・久祈恋・花透霞・霧中聞鶉・秋風過枕・堤上霧・船中雪・忍通心恋・簾外燕・礒夏月・晩頭鷹狩・暮秋紅葉・羇中里・虫声入琴

▼住吉社三十五首

上巻…島雪・杣五月雨・田家鳥・野宿・窓落葉・淵亀・波間月・毎夜鵜川・河蛙・渡千鳥・躑躅夾路・夏桐・釣夫棹月・神代のことも・池鴛・天橋立・禁中月・落葉不待風・寄櫛恋

下巻…尋虫声・春月言志・従織・すみれのはなの・移香増恋・蛙・秋雨打窓・山家恋・蚊遣火近蓮・都雪・遊糸・花満山・泉声来枕・きしの藤なみ・樹陰蟬・杜雪

b　和歌短冊の類

また、住吉社と玉津島社には各七点の、古今伝授後「御法楽五十首和歌」（各々は天保一三年のものを除き、同じ日付で奉納されている）が現存し、その内の六点に冷泉一族の人々の自筆短冊が見える。下〈二節〉に述べることと重複するので、今は短冊の枚数を示すにとどめておこう。

- 天和三年（一六八三）六月一日御法楽
  住　吉　社…冷泉為綱＝一枚　藤谷為教＝一枚
  玉津島社…下冷泉為経＝一枚
- 延享元年（一七四四）六月一日御法楽
  住　吉　社…冷泉為村＝一枚　下冷泉宗家＝一枚　藤谷為香＝一枚
  玉津島社…冷泉為村＝一枚　下冷泉宗家＝一枚　藤谷為香＝一枚
- 宝暦十年（一七六〇）三月廿四日御法楽
  住　吉　社…冷泉為村＝二枚　同為泰＝一枚　下冷泉宗家＝一枚
  玉津島社…冷泉為村＝二枚　同為泰＝一枚　下冷泉宗家＝一枚
- 明和四年（一七六七）三月十四日御法楽

住吉社…冷泉為村＝五枚　同為泰＝二枚　同為章＝一枚　下冷泉為栄＝一枚　藤谷為敦＝一枚
玉津島社…冷泉為村＝五枚　同為泰＝二枚　同為章＝一枚　下冷泉為栄＝一枚　藤谷為敦＝一枚

・寛政九年（一七九七）十一月廿六日御法楽
住吉社…冷泉為泰＝三枚　同為章＝二枚　同為則＝一枚　下冷泉為訓＝一枚　藤谷為敦＝一枚
玉津島社…冷泉為泰＝三枚　同為章＝二枚　同為則＝一枚　下冷泉為訓＝一枚　藤谷為敦＝一枚

・天保十三年（一八四二）十一月十三日御法楽（玉津島社奉納には十二月十三日と記す）
住吉社…冷泉為則＝三枚　同為全＝二枚　同為理＝一枚　藤谷為脩＝一枚　同為知＝一枚
入江為善＝一枚
玉津島社…冷泉為則＝三枚　同為全＝二枚　同為理＝一枚　下冷泉為行＝一枚　藤谷為脩＝一枚
同為知＝一枚

さらに、住吉社には「堂上寄合二十首」（奉納年月不記）と題する一連の和歌短冊が二十枚奉納されていて、その中に冷泉家からの、為村「浜菊」と為泰「里郭公」の、父子の和歌短冊が見える。

さて、次項において、冷泉為村が住吉社と玉津島社に奉納した和歌懐紙、および折本と和歌短冊の九点を紹介してみよう。

3　為村の奉納和歌

a「百首和歌（連名百首和歌）」

「百首和歌」と題して、初出順に、宗匠家冷泉為村、従四位下荒木田武一、正五位下荒木田武住、従四位下度会正紀、従四位下度会末敬、度会久氏、従四位下度会末全、秦末統、秦吉博、秦惟石、秦紀貞、秦家義、秦千弘の十三名

が、春二十首・夏十五首・秋二十首・冬十五首・恋二十首・雑十首に分けて詠んだ連名百首和歌である。

各々の詠歌数は、従二位で宗匠の為村が十一首。従四位下の荒木田武一・度会正紀・度会末敬・度会末全、および正五位下荒木田武住は各八首。無位の度会久氏・秦末統・秦吉博・秦惟石・秦紀貞・秦家義・秦千弘が各七首と、位階に応じた数になっている。[7]

また、奥書には、

住吉社奉納　　宝暦二年九月　宗匠家御出題

とあり、為村が出題した兼題和歌で、宝暦二年（一七五二）九月に奉納されたことがわかる。

奥書および本文中で為村に冠せられた「宗匠家」は、この作品にのみ見る名称ではない。例えば為村の門弟、上野国高崎藩士宮部義正が、師説を聞き書きして成した「義正聞書」の別名を「宗匠家御教訓」と称するごとく、為村に宗匠家の名を付けるのは、当時、普通に行われていたものと推察される。この宗匠家の称は、和歌師範の宗家である冷泉家といったものなのであろう。

為村は各地に大勢の門人を持ち和歌の指導を行っている。今回の「百首和歌（連名百首和歌）」も、荒木田武一をはじめとする十二名に、「早春・山霞・鶯・若菜・梅風」以下の題を与えて、添削などの指導を加えた後に浄書させ、それを住吉社に奉納したものと考えられる。ちなみにこの作品は、冷泉家がハレの場で用いる冷泉流筆法では書かれていない。

こうした冷泉家の影響力は、地方のみならず禁裏にも及んでいた。それは次のことによっても知られる。いわゆる〈古今伝授後　御法楽五十首和歌〉は、和歌界の第一人者から歌題の提出されるのが通例であったようで、各短冊には歌の筆跡とは異なった、統一した筆で題が書かれている。これは歌題提出者の禁裏における和歌指導力を示すものの一つであっただろう。例えば為村が民部卿であった頃、明和四年（一七六七）奉納の「御法楽五十首和歌」は、歌題が為村独特の書体〈冷泉流書法〉で記されている。このようなことから、為村の禁裏における和歌の指導力が、ひいては、冷泉家の影響力が推し量られるのである。

つまり、為村の代において、冷泉家はまさに自他ともに認める和歌の宗匠家なのであった。

さて、為村の指導を受けた人たちについて少しふれておこう。先ずは、従四位下荒木田武一・正五位下荒木田武住、従四位下度会正紀・従四位下度会末敬・従四位下度会末全・度会久氏である。従四位以下の彼らは「公卿補任」では確認できず、『大神宮叢書神宮典略　二宮祢宜表』（臨川書店）によって、「百首和歌（連名百首和歌）」が奉納された宝暦二年の前後、彼らが生存したであろう期間を調べてみても、その名を見いだすことはできなかった。この『二宮祢宜表』には権祢宜以下は載せていないこと、また、荒木田氏は宇治内宮の祭政を世襲し、度会氏は山田外宮の祭政を世襲した家であることを考えると、彼らは、各々の宮に奉仕した権祢宜以下の神官であったと推測される。

次に秦氏については、江戸時代に、本拠地山城国の松尾社から十二名、同じく稲荷下社からは十一名、稲荷中社から五名、稲荷社からは一名が、非参議（いずれも正三位・従三位）として「公卿補任」に見えている。つまり、この秦氏は、松尾社および稲荷各社に奉仕する神官の家柄であったことが知られる。

しかし、ここでは、宗匠為村が伊勢国の門弟（とりわけ神宮の門弟）に指導を行った、とするのが妥当だと思われる。そこで、『大神宮叢書神宮典略　後篇』（臨川書店）に目を移すと、

> 姓氏録山城国諸蕃に、秦忌寸條に、得㆓秦氏九十二部一萬八千六百七十人㆒、遂賜㆓於酒㆒、とあり。酒とは雄略紀に秦。酒公とある人なり　されど伊勢國には多かるよしも聞こえず。然るに口實傳に、神宮法、不㆑知㆑姓職掌號㆓秦氏㆒例也、其儀相㆓叶本儀㆒、とあるは、いかなる本儀ならん。神宮の本儀は元々本々なるを、正しからぬ氏をさは云べき。（略）されど中昔より口實傳・永正記によりて、氏姓の詳かならぬは秦氏といふ定めなれば、今世、二宮にも此例を用ふる事となれり。

のごとく記され、古くから「氏姓の詳かならぬは秦氏といふ」慣例になっていて、神宮に秦氏と呼ばれた奉仕者のあったことが知られる。しかし、前掲『二宮祢宜表』にその名を見いだすことはできない。ところで、『校訂伊勢度会人物誌』（古川書店）には、「秦等重（文久二年〈一八六二〉没）、外宮大内人」と、秦氏の名前を確認できる。百余年の隔たりはあるが、外宮奉仕者に秦氏があったことを思うと、無位の秦末統・秦吉博・秦惟石・秦紀貞・秦家義・秦千弘は、山田外宮の下級神官であったろうか。なお、月照寺には「外宮内人秦正珍」の署名をもつ和歌作品が奉納されていて現存する。

b「詠百首和歌」

「詠百首和歌」の題と「従二位藤原為村」の署名のもと、春二十首、夏十五首、秋二十首、冬十五首、恋十首、雑二十首の、六つの部立に分けて百首を詠んでいる。冷泉流の独特な筆跡も、為村自身のものである。奥書がなく奉納年月は不詳であるが、為村が従二位であったのは、「公卿補任」によれば、宝暦二年（一七五二）二月二十六日から同八年十二月二十七日までであるから、この四十一歳から四十七歳の間、そのうちの四十一～二歳、つまり宝暦二～三年に詠んで奉納したものと考える。詳しくは、〈五章二節3項〉「為村の奉納年月不記和歌『堂上寄合二十首』」、および〈同4項〉「その他の奉納年月不記和歌」で述べたい。

箱の表には、やはり冷泉流の自筆で、

住吉社

奉納　　為村

と記している。

c「住吉社奉納和歌（為村卿二十首和歌）」

懐紙には、「住吉社奉納和歌　民部卿藤原為村 上」の題と署名に続き、二十首が自筆でしたためられている。二十首の各歌題は次のとおり。

初春・野若菜・翫花・帰雁幽・岸藤・更衣・暁郭公・納涼・七夕契・萩露・虫声繁・江月・紅葉・時雨過・夕千鳥・浦雪・寄草恋・寄木恋・眺望・寄松祝

奥書はなく、箱の表に題簽「為村卿二十首和歌」があるのみで、奉納年月は不詳である。しかし、懐紙冒頭の署名に記されるごとく、為村が民部卿であったのは、「公卿補任」によれば、宝暦七年（一七五七）十一月二十五日から明和六年（一七六九）十二月十二日までなので、四十六歳から五十八歳の間に奉納したことになる。

この十二年間のいつ頃であるかは定かではないが、下〈三節〉「為村の書風の変遷」に述べるごとく、為村四十六～七歳の頃ではなかったろうか。民部卿に任ぜられて、それほど年月を経ていない頃の奉納と考える。

なお、〈五章二節3項〉「為村の奉納年月不記和歌『堂上寄合二十首』」、〈同4項〉「その他の奉納年月不記和歌」も参照のこと。

d「報賽五首和歌 毎首置字」

箱の表と懐紙の端裏書に、

・箱表

報賽五首和歌懐紙　民部卿藤原為村

・懐紙端裏書

住吉社遥拝

宝暦十二年五月吉日

とある。本文は、冷泉流の書法で書かれた為村の自筆。箱の表も、冷泉流書法ではないものの、おそらくは為村自筆であろう。以下、全文を示すと次のとおりである。

報賽五首歌 毎首置字

民部卿藤原為村

やをあひの　しほせのとけき　夕なきに　かすみてうかふ　泡路しま山
まつたかき　かけたちよりて　暑さをも　わすれ草おふる　きしのしら波
ひさしくも　咲にほふきくや　此浜の　真砂につきぬ　秋をしるらむ
いくとせか　雪もつもりの　うらさひて　ふりゆく松の　かけそ木ふかき
ゆたかにも　つるの毛衣　立春の　めくみかさぬる　住よしの浦

内題に添えられた「毎首置字」は、ある言葉を各歌の冒頭に一字ずつ配して詠むというもので、一種の折句である。当時は〈かぶり歌〉と称されていた。春・夏・秋・冬・祝の順に配された五首の頭に置かれた文字を、第一首目から順に拾ってみると、「やまひいゆ」すなわち「病癒ゆ」となる。

ところで為村は、宝暦十一年（一七六一）十月十九日、唇が右に歪み食べたものが口からこぼれ落ちるという、中風の症状に似た病にかかった[8]。この病が全快したことの謝意から、宝暦十二年五月に住吉社を遥拝して詠んだものであることを、懐紙の端裏書「住吉社遥拝　宝暦十二年五月吉日」によって知る。この時為村は五十一歳であった。

e「春日詠五十首和歌」

箱の表には「住吉社奉納」とある。題は「春日詠五十首和歌」で、「民部卿藤原為村 上」と記し、五十首が詠まれ

ている。書体は冷泉流で為村自筆。奥書には、

　明和五年自正月朔日至二月廿日詠之
　　後日奉納　　　　　五十七歳 為村

のごとく記される。つまり、為村が五十七歳になった年、明和五年（一七六八）の元日から二月二十日にかけて詠んだ五十首を、後日、住吉社に奉納したものである。冒頭五首と終わり五首を挙げておく。

・冒頭五首

きしの松　いろそふ春の　初入も　かすみにしるき　住吉の浦
はる寒き　雲をすもりの　谷かけに　雪うちはふき　うくひすの鳴
すみよしの　きし田に賤か　おりたちて　松のいろそふ　わかなをそつむ
日かけさす　南のまとに　さく梅の　えた寒からぬ　花のあさ露
かけつゝく　つゝみの柳　はるくと　なひく木すゑに　霞む春かせ

・終わり五首

いにしへも　いく世とみてし　岸の松　なをとし浪を　かけて久しき
すむつるも　こゝにつきせぬ　恵しれ　久しきあとの　はまのまさこち
たひころも　立いてゝみれは　武庫の浦の　そなたにかすむ　住よしの松
すみよしの　きしかたとをく　かけて身に　めくみもこゆる　老のとし浪
むつましき　みちは此みち　みつかきの　久しくきみか　御代そさかえて

f 「九月十三夜　詠三十一首和歌毎歌首令冠字」

「九月十三夜　詠三十一首和歌毎歌首令冠字」と題した三十一首が、自筆である冷泉流書体のもとに詠まれている。奥書には、

久しく霊夢の感応をたうとみ　あふきなかく月明の恩光を　つたへかしこまりて謝し奉る
　安永二年秋　京極黄門五百三十三回にあたるとし　沙弥澄覚 上

とあるが、かつての夢で、和歌の神（住吉の神）よりお告げのあったことを尊く感じ、今日にまで続くその恩恵を感謝するというもので、住吉社を敬う歌人為村がここにはある。「京極黄門」は、為村が敬愛した藤原定家のこと。定家は仁治二年（一二四一）八月二十日に八十歳で没しているので、折しも、安永二年（一七七三）は定家の五百三十三回忌にあたる。為村が定家を敬っていたことは、この項目〈f〉の終わりに述べるごとくである。「沙弥澄覚」は為村の法名。

内題中に「毎歌首令冠字」とあるのは、前掲「報賽五首和歌毎首置字」でもふれた〈かぶり歌〉のことで、三十一首の頭に置かれた各一字をつないでみると、

つきかけはあきのよなかくすみのえのいくちとせにかあひおひのまつ

すなわち、

月影は　秋の夜長く　住之江の　いく千歳にか　相生ひの松

（今宵八月十五夜の、美しい月の光りを浴びている住吉の荘厳な相生の松は、幾代ここに根を張り続け、その間、幾度このような美しい月と逢い、秋の夜を共にしたのだろうか。幾久しい夫婦のように。─歌意筆者─）

のような、定家の詠んだ和歌になる。(9) そして歌意の裏に、長くにわたる住吉の神からの恩恵を感謝し、和歌の神と共にあり上達を願う、為村の心を重ねているようにも感じられる。さらに、奥書の「京極黄門五百三十三回にあたるとし」を重視して憶測すれば、住吉の神（和歌神）は定家とも重なってくる。つまり、遠祖藤原定家への感謝である。

さて、この奉納和歌三十一首の各首には月に関連した題が施されている。それは、十三夜月・月前風・月前雲・月前霧・月前時雨・月前霜・月前浪・山月・野月・江月・浦月・社頭月・里月・月前荻・月前菊・月前松・月前紅葉・月前鴈・月前鷺・月前松虫・月前鹿・月前擣衣・月前舟・月前笛・月似古・月似雪・寄月眺望・寄月夢・寄月述懐・寄月神祇・寄月祝言

の順である。このように一連の月に関する題のもとに詠んだのも、次に述べるように、老いて後こよなく月を愛でた定家を敬慕しての故であった。

ところで、藤原定家の日記「明月記」には月に関する記事が頻出する。定家の心の変化を探るため、少し長くはなるが、それ等の例を『訓読明月記』（河出書房新社）によって挙げると、左のようになる。なお（　）内の歳は、その時の定家の年齢である。

① 今夜月蝕と云々。暑気に依り格子を上げ、只明月を望む。終夜片雲無し。蝕見えず。如何。
（治承四年七月一五日条　19歳）

② 十六日。陰る。月蝕なり。（略）月出づるの後、八条殿に参ず。此の間に雲晴れ、蝕現る。
（建久九年正月一六日条　37歳）

③ 九条殿に入りおはします。明月、蒼々たり。暫く逗留す。女院御所の辺りにて、暁鐘報ず。
（建仁三年一〇月一四日条　42歳）

④ 十三日。夕、雨降る。月更に明し。夜に入り、蔵人大夫親綱来たる。便書を請ふためか。
（元久二年九月一三日条　44歳）

⑤ 夜中に、僕従を尋ぬ。仲秋の三五夜、空しく清光を忘れて病み臥す。
（承元二年八月一五日条　47歳）

⑥ 先日召しに依り、月に乗じて内大臣殿に参ず。（略）鶏鳴に退出。心神、度を失す。太だ無益の道なり。但し今

夜始終片雲なし。（建保元年九月一三日条　52歳）

⑦日入る以前に退出す。近衛万里小路の辺りに於いて、西日暮れ、新月昇る。廬に帰るの後、白月清明たりと雖も、老の身誰人か音信せんや。（嘉禄二年九月一三日条　65歳）

⑧夜に入り、伊勢の前司清定来臨。歓楽の由を称して逢はず。人を以て謝し遣す。寒月朧々たり。鐘鼓遠く聞ゆ。只、往事を思ひ、誰と与にか歓びを為さん。（安貞元年正月八日条　66歳）

⑨毎月初の三ケ月を見ず。今夜猶、月輪多く欠く。其の暉き猶微かなり。尋常十一日許りの月の如し。薄雲又天に満つ。尋ね来る人無しと雖も、格子を下げず。徒らに深更に及ぶ。暁鐘の程、雲収まり尽す。清光弥々朗明なり。（寛喜元年九月一三日条　68歳）

⑩今夕、心神殊に損亡し、甚だ尫弱なり。夜漸く深更、南面の蔀を上げ、暫く月を見る。頗る心慰むの後、寝に付く。（寛喜二年九月一六日条　69歳）

⑪籠居廿日許り、骨髄更に息まず、故に腰損じ足痛み、弥々行歩する能はず。半月軒を照し、幽かに襟動かす。（天福元年正月七日条　72歳）

⑫良夜の月、間々晴ると雖も、夜深く又陰る。西に傾き又雲の隙に在り。（文暦元年九月一三日条　73歳）

⑬維月、只夢の如し。わらはべの遊び、何をか為さんや。寒月清明にして夜静かなり。風雪なし。暁鐘を聞き、廬に帰る。（嘉禎元年一二月二〇日条　74歳）

右十三の例を始め、「明月記」全体から判断して感じられるのは、第七例、⑦嘉禄二年（一二二六）九月十三日（定家六五歳）のあたりを境にして、月の捉え方に違いが生じてくることである。つまり老後の定家は、老いの寂しさに結び付けて月を見ることが多くなるのである。また、各年の九月十三日には、月に関する記録をほぼ欠かさない、ということも挙げられる。

為村も「明月記」を読んで、このようなことは感じ取っていただろう。また定家を、歌道の家御子左家を確立させた、単なる遠祖としてではなく、一人の愛すべき人物として捉えていたに違いない。ことに定家の老後の記載については、自らを重ねながら読んだのではなかったか。

さらに、この「九月十三夜　詠三十一首和歌（毎歌首令冠字）」を成した安永二年は、仁和寺蔵の「明月記断簡十一紙」が定家の真跡であることを記した書簡、「京極黄門公真蹟（明月記のうち十一枚続とし月もしれず）」を成した年でもあった。為村はこの書簡の終わり部分に、次のように記す（『訓読明月記（六）』口絵写真による、句読点筆者）。

安永二のとし葵の卯月の廿日、ことしは黄門公の五百三十三回の御忌八月にあたれは、けふ真乗ゐんの道場にて法会をいとなむの日幸にこれを納めまいらす。

こゝをせと　くたさぬたのみ　よせて猶　かゝるむかしの　水くきのあと

冷泉入道前大納言澄覚

右のことなどからも、住吉社に奉納された「九月十三夜　詠三十一首和歌（毎歌首令冠字）」は、和歌の神への感謝であると同時に、定家への深い思いが込められたものであったと言えよう。

当時六十二歳であった為村は、定家の五百三十三回忌の年にあたる、この年の秋九月十三日の夜（実は定家がこよなく月を愛でたのもこの日の夜であった）、月を眺めながら住吉の神の恩恵を深く感謝し、ひいては遠祖定家に思いを馳せ、各首の頭に置かれた一首およびこの三十一首を詠んだのである。

翌安永三年（一七七四）七月二十九日、為村は六十三歳で世を去った。

g「吹上八景手鑑」

本和歌作品に見る八首の歌は、為村が詠んだものではないが、彼の独特な筆法、冷泉流書体で書かれている。為村の筆による手鑑であることは疑いもないので、今はここにとりあげておく。

『南紀徳川史（十一）』〈大彗院（宗直）公世譜〉元文五年（一七四〇）条に、

是年、冷泉大納言為久卿より紀州吹上八景の和歌指上られ　云々

とあるように、元文五年、冷泉家十四代為久は〈吹上・和歌浦八景の和歌八首〉を詠んで、紀州藩主徳川宗直に献上した。その和歌を、為久の没（寛保元年〈一七四一〉）後に、子の為村が藩主徳川宗直の依頼を受けて書写した。為村は、延享元年（一七四四）夏、三十三歳の時に献上している。そして後日、藩主宗直がそれを玉津島社に寄進したのである。

吹上・和歌浦の八景を描いた画家は不詳。奥書によれば、八景の一つでもある〈藤代〉に産する墨を用いて、父為久の歌を一字も違う事なく書写したという。

奥書には、次のように記す。

賞吹上眺望之景独吟八首
先年依懇望故大納言所書
進之色紙和歌今度応芳命
不違一字書之延享元年夏
右兵衛督為村
以藤代墨書之

なお、この作品は右に述べたとおり冷泉流書体で書かれている。為村は、過去の当主たちが試みた遠祖藤原定家の筆跡を、江戸時代の冷泉家に復活させた。そして、定家流の書体を極端に表現した冷泉流へと定着させ、それを冷泉家のハレの書体として確立させたのである（後述〈二節〉〈三節〉参照）。しかし父為久は、定家流復活の試みを継承

しなかった。住吉社に奉納された為久の「詠百首和歌」「住吉社奉納和歌（為久卿二十首和歌）」などは、冷泉家がハレの場において用いる筆法では書かれていない。

h　「御法楽五十首和歌」に見る為村自筆短冊

以上の奉納和歌の外に、住吉大社と玉津島神社には為村の自筆短冊が残されている。それは、延享元年（一七四四）奉納「御法楽五十首和歌」に二点。宝暦十年（一七六〇）奉納「御法楽五十首和歌」に四点。明和四年（一七六七）奉納「御法楽五十首和歌」に十点、計十六点の短冊である。そして、延享元年二点の定家流書体以外は、みな冷泉流書体で書かれている。十六枚の和歌短冊は次のごとくである。

・延享元年「御法楽五十首和歌」　為村三十三歳の自筆短冊（定家流書体）

住吉社…海初鴈　沖津かせ 秋さむからし あま衣 うらめつらしく かりも来にけり　為村

玉津島社…花浮水　ちりかゝる 花のした浪 いはこえて いく瀬に匂ふ はるのかは風　為村

・宝暦十年「御法楽五十首和歌」　為村四十九歳の自筆短冊（冷泉流書体）

住吉社…残菊匂　うつろはて 匂ふも霜の 松かけに ふりゆくあきを しら菊のはな　為村

述懐　瑞籬の 久しき世々の あとゝめて たむけかさなる 君かことの葉　為村

玉津島社…故郷柳　梅か香の 春もいく世の ふる郷に むかしをかけて 靡く青柳　為村

惜月　ふけわたる 月の御舟も ゆらのとに かけさしとめて かちをたえなむ　為村

・明和四年「御法楽五十首和歌」　為村五十六歳の自筆短冊（冷泉流書体）

住吉社…雨夜虫　秋の夜の 雨のかき根に ふりいつる こゑはまかはて すゝむしの鳴　為村

春夕月　暮てしも なをさすかにや うすからむ かすむゆふへの 山のはのつき　為村

鷹　狩　ちりかゝる 雪をかりはの すりころも ふりはへいつる 野辺のたか人　為村
寄門恋　たのめしに あらぬこたへは いもか門 ところたかへて われやとひけむ　為村
浦　船　綱手縄 かけて幾世々 すみよしの かみをしるへの わかのうら船　為村
玉津島社…尋残花　谷かけは 花やのこると うくひすの ふるすのこゑを しるへにそとふ　為村
山館竹　一むらの たけをさなから 折かけて かきほしめたる やまかひの庵　為村
織女別　あまの河 なみたちわかれ 来ん秋を たのむも遠き わたりなるらし　為村
雪　浦はれて くもらぬ雪も しろたへの ひかりやみかく 玉津しまやま　為村
逢夢恋　逢とみし ゆめの契りは 夜ふかくて さむるわかれの とりかねそうき　為村

i「堂上寄合二十首短冊」

冷泉為村の冷泉流書体とは異なった筆で、「堂上寄合二十首」と記す懐紙に包まれた自筆和歌短冊二十枚で、その中の一枚が為村のものである。「浜菊」という題で、左のように詠まれている。

浜菊　住よしの 浜松かえの 千々の秋 こと葉の花も 匂ふしら菊　為村

奉納年月などについての記載はどこにもなく不詳。各短冊は、住吉大社が保管するままの状態に従って、最初が為村、第二枚目が子の為泰、以下、伏見宮貞建親王、鷲尾隆熈、甘露寺規長、日野資枝、武者小路実岳、九条尚実、藤谷為香、邦忠、正親町三条公積、錦小路尚秀、下冷泉為栄、烏丸光胤、柳原光綱、勘解由小路資望、音仁、三条西実称、飛鳥井雅重、下冷泉宗家の順に重ねられている。

なお、この和歌作品に関しては、〈五章二節3項〉で詳しく述べる。

二、奉納和歌に見る為村の書体

ここでは、住吉社大社および玉津島神社に残る、冷泉の流れをくむ人々の自筆短冊等を検討することによって、書の面からの為村を考えてみよう。

為村が、遠祖藤原定家の書法である定家流（定家様《よう》とも）を基にしながら、一工夫した定家流、つまり独自の冷泉流書風を成したことは周知のとおりである。[10] 冷泉家現当主令室貴実子氏によれば、冷泉家においては、藤原定家を歌聖と称して特に神聖視し、その筆跡になる典籍をも学問の対象とし、家学を支える拠りどころとして今日まで来ているという。[11] したがって、冷泉家中興の祖と謳われた為村が、この定家流書体を重んじたであろうことは想像に難くない。

定家の成した、〈一字の中に細い線と太い線の混じり合う、やや丸味を帯びた扁平な字体〉で綴る書法、いわゆる定家流は、冷泉家七代為和・九代為満・十代為頼・十三代為綱と受け継がれたが、十四代為久（為村父）はこの定家流書法を成さなかったという。[12] 住吉大社には、天和三年（一六八三）「御法楽五十首和歌」の中に、為綱の自筆和歌短冊が残っていて（〈一章三節２項〉写真Ⅸ　右端短冊　32頁参照）、筆跡は確かに、定家の筆によるという「小倉色紙」のそれ等によく似ている。[13] すなわち定家流である。一方、為久の筆跡は、前掲「詠百首和歌」「住吉社奉納和歌（為久卿二十首和歌）」に見られ、この二点は、定家流とは趣を異にした平安朝風書体で書かれている。[14] つまり、為久は定家流の書を成さなかったのだ。

父為綱の継いだ定家流書風を、為久がなぜ継がなかったかについては、五島美術館　名児耶　明の、「冷泉正統記」（宮内庁書陵部蔵）の記載を根拠にしたという、為久はあまりにも定家と似た筆跡を書くので、霊元天皇から、その筆意を改めさせられた[15]という見解がある。このようなことから推察すれば、為村が定家流書法を復活させつつも、その書法から〈丸味を帯びた〉部分や〈太い線〉をより強調させた、いわゆる冷泉流書体を目指したのも当然であっただろう。為村の成した冷泉流書風は、冷泉家歴代当主にハレの書、つまり正式に和歌をしたためる時の書体として受け継がれてゆくことになる。冷泉貴実子氏によれば、さらにその書法は、門人にも教授されて現在に至っているという[16]。

次に、住吉社と玉津島社に奉納された古今伝授後「御法楽五十首和歌」により、為村以降の冷泉家当主の筆跡を見てみよう。そのために、各七点の「御法楽五十首和歌」中、冷泉家の流れをくむ歌人たちの短冊を表にしてみる。表Ⅰは住吉社に、表Ⅱは玉津島社に奉納されたものである。表中の「筆：×」は書体が定家流でも冷泉流でもないことを、「筆：△」は冷泉流にやや似ていることを表す。

なお、歌人と短冊数のみについては〈一節2項b〉で既に触れている。

表Ⅰ住吉社御法楽

天和三年（一六八三）御法楽

▼為綱：20歳・冷泉13代　筆：定家流・題：擣衣

▼為教：30歳・藤谷3代　筆：×・題：黄葉

延享元年（一七四四）御法楽

▼為村：33歳・冷泉15代　筆：定家流・題：海初鴈

▼宗家：43歳・下冷泉12代　筆：×・題：望雪

▼為香：39歳・藤谷5代　筆：×・題：帰鴈

宝暦十年（一七六〇）御法楽

▼為村：49歳・冷泉15代

▼為泰：26歳・冷泉16代

▼宗家：59歳・下冷泉12代

筆：冷泉流・題：残菊匂　　筆：冷泉流・題：寄露恋　　筆：×・題：寄枕恋
述懐

明和四年（一七六七）御法楽

▼為村：56歳・冷泉15代　　▼為泰：33歳・冷泉16代　　▼為章：16歳・冷泉17代
筆：冷泉流・題：雨夜虫　　筆：冷泉流・題：花埋路　　筆：冷泉流・題：水辺蛍
春名月 鷹狩 寄門恋 浦船　　寄雲恋
▼為栄：30歳・下冷泉13代　　▼為敦：17歳・藤谷7代
筆：×・題：山家　　筆：×・題：時雨

寛政九年（一七九七）御法楽

▼為泰：63歳・冷泉16代　　▼為章：46歳・冷泉17代　　▼為則：21歳・冷泉18代
筆：冷泉流・題：氷初結　　筆：冷泉流・題：水上蛍　　筆：冷泉流・題：盧橘
暁寝覚 江辺霞　　寄月恋
▼為訓：34歳・下冷泉14代　　▼為敦：47歳・藤谷7代
筆：×・題：聞荻　　筆：×・題：花埋路

天保十三年（一八四二）御法楽

▼為則：66歳・冷泉18代　　▼為全：41歳・冷泉19代　　▼為脩：59歳・藤谷8代
筆：冷泉流・題：更衣　　筆：冷泉流・題：夕立　　筆：×・題：暮春
惜月 神社　　久恋
▼為理：19歳・冷泉20代　　▼為知：36歳・藤谷9代　　▼為善：55歳・入江9代

筆：冷泉流・題：池氷　筆：×・題：秋夕　筆：△・題：落花

表Ⅱ　玉津島社御法楽

天和三年（一六八三）御法楽
▼為経：35歳・下冷泉10代
筆：×・題：秋夕風

延享元年（一七四四）御法楽
▼為村：33歳・冷泉15代　▼宗家：43歳・下冷泉12代　▼為香：39歳・藤谷5代
筆：定家流・題：花浮水　筆：×・題：絶恋　筆：×・題：柳弁春

宝暦十年（一七六〇）御法楽
▼為村：49歳・冷泉15代　▼為泰：26歳・冷泉16代　▼宗家：59歳・下冷泉12代
筆：冷泉流・題：故郷柳　筆：冷泉流・題：別恋　筆：×・題：納涼
惜月

明和四年（一七六七）御法楽
▼為村：56歳・冷泉15代　▼為泰：33歳・冷泉16代　▼為章：16歳・冷泉17代
筆：冷泉流・題：尋残花　筆：冷泉流・題：関春月　筆：冷泉流・題：早苗
山館竹　織女別　雪　逢夢恋　夜虫
▼為栄：30歳・下冷泉13代　▼為敦：17歳・藤谷7代
筆：×・題：鷹狩　筆：×・題：霧

寛政九年（一七九七）御法楽

▼為泰：63歳・冷泉16代
筆：冷泉流・題：氷解
橘　言出恋

▼為章：46歳・冷泉17代
筆：冷泉流・題：花随風
河紅葉

▼為則：21歳・冷泉18代
筆：冷泉流・題：寒草

▼為訓：34歳・下冷泉14代
筆：×・題：曳菖蒲

▼為敦：47歳・藤谷7代
筆：×・題：橋上霜

天保十三年（一八四二）御法楽

▼為則：66歳・冷泉18代
筆：冷泉流・題：卯花
紅葉　契恋

▼為全：41歳・冷泉19代
筆：冷泉流・題：春曙
埋火

▼為理：19歳・冷泉20代
筆：冷泉流・題：礒浪

▼為行：22歳[17]・下冷泉16代
筆：×・題：庭雪

▼為脩：59歳・藤谷8代
筆：×・題：巌苔

▼為知：36歳・藤谷9代
筆：×・題：遊糸

表ⅠⅡのごとく冷泉家では、十五代為村以下、十六代為泰・十七代為章・十八代為則・十九代為全・二十代為理といった当主が、ひき続いて冷泉流書法で書いている（ただし、延享元年の為村短冊二点は定家流）。為村と為泰は特に似ていて、各々の署名がなければ、いずれの筆か判らないほどである。これは、為村の確立させた書法を歌道家冷泉のものとして継承してゆこうとする意識のあらわれに外ならない。為章・為則・為全もよく似た筆跡であるが、為理の場合は、為村の円熟期の書風〈丸みを帯びた扁平〉〈細い線と太い線の変化に富んだ〉という特徴を、さらに著しく強調した筆法になっている。それは、あたかも和歌奉納というハレの場を意識して筆を運んでいるかのような印象を与える。また、為理の前掲「住吉社奉納和歌」も同じ筆致でしたためられている。なお、二十一代為紀の書体も、前掲「秋日捧住吉社前三首和歌」に見られるが、その筆跡は、やはりハレを意識した冷泉流である。

一方、下冷泉家・藤谷家・入江家の人々の短冊にはこのような書体は見られない。下冷泉十二代宗家には、短冊の外に住吉社に奉納した、前掲「詠二十首和歌」同「冬日奉納住吉社詠三十首和歌」があるが、この筆跡も為村とは異なり平安朝書風になっている。十三代為栄や十四代為訓の自筆短冊についても同様のことが言える。また、藤谷家の歌人に関しては、三代為教・五代為香・七代為敦・八代為脩・九代為知の自筆短冊が残るが、為村の筆跡には似るべくもない。唯一、冷泉流書風に若干似ているものといえば、天保十三年の住吉社奉納「御法楽五十首和歌」中に見える入江九代為善の筆跡であろう。しかし、やはり冷泉流とは異なった筆運びである。

総じて、為村以降の冷泉家当主の筆跡と他家のそれとは、筆法に著しい違いがあると言える。つまり、為村の確立させた冷泉流書法は、和歌宗匠家独自の書体として冷泉家にのみ継承されていることが、住吉社と玉津島社奉納の自筆和歌などからも、明らかに知ることができる。

また、冷泉一族の歌人以外で、例えば、宝暦十年、玉津島社「御法楽五十首和歌」中の九条尚実は、二首を「氷解」「月出山」の題で詠んでいるが、ともに冷泉流書体で書いている。天保十三年、玉津島社「御法楽五十首和歌」の園池実達も「島霧」を題として詠んでいるが、やはり冷泉流書体である。これは、宝暦十年頃の尚実が為村の和歌指導を、天保十三年頃の実達が為則の和歌指導を、各々受けたことを意味しているのだろうか。とするならば、「冷泉家の門人にはその筆法も教授される」という、前述、冷泉貴実子氏の言葉と合致する。

ただ、九条尚実に関しては、右と同じ宝暦十年、住吉社「御法楽五十首和歌」に「早秋」「寄雲恋」の二首を詠むが、こちらは冷泉流の筆ではない。七年後の明和四年の「御法楽五十首和歌」では、住吉社に「竹鶯」、玉津島社に「言出恋」の、各一首を残しているが、これも冷泉流筆法を用いてはいない。

三、為村の書風の変遷

住吉大社と玉津島神社に残る、為村の自筆和歌懐紙や短冊を見る時、その筆跡が一様でないことに気づく。定家流書法を復活させ、その書法の〈やや扁平で丸味を帯びた〉部分をより強調して冷泉流書体を作りあげたことを思えば、これは当然のことではあるのだが。

冷泉為村の、定家流書法を復活させるまでの書体は、父為久と同様の平安朝書風であったことは想像に難くない。為村がハレのこととして、和歌三神に初めて和歌を奉納したのは、おそらく享保八年（一七二三）二月のことであったと推察する。柿本人麻呂千年忌と考えられていたこの年、禁裏御所から明石と高津両柿本社で祀る人麻呂に、正一位柿本大明神の神位神号が与えられた。そして院御所からは両柿本社へ、霊元法皇が公家衆と成した五十首和歌短冊が奉納される。高津柿本神社にはこの和歌資料が現存していて、その中に、ほんの十二歳の為村自筆短冊を見ることができる。それは美しい平安朝書風でしたためられている（次頁写真I参照）。

では、冷泉流書体がいつ頃出来たのか、また為村独特の書風が熟すのはいつ頃なのか等について、住吉社と玉津島社に奉納された和歌資料を利用しながら私見を述べてみよう。

住吉と玉津島両社に奉納された為村の自筆作品を、年代順に並べると次のようになる。ただし、成立年月不記の「堂上寄合二十首」中の短冊に関しては、〈五章二節3項〉に詳述するので、ここでは除いておく。

①古今伝授後「御法楽五十首和歌」……………延享元年（一七四四）　為村三十三歳
②「吹上八景手鑑」……………………………延享元年（一七四四）　為村三十三歳
③「詠百首和歌」………………………………奉納年月不記　為村四十一～二歳

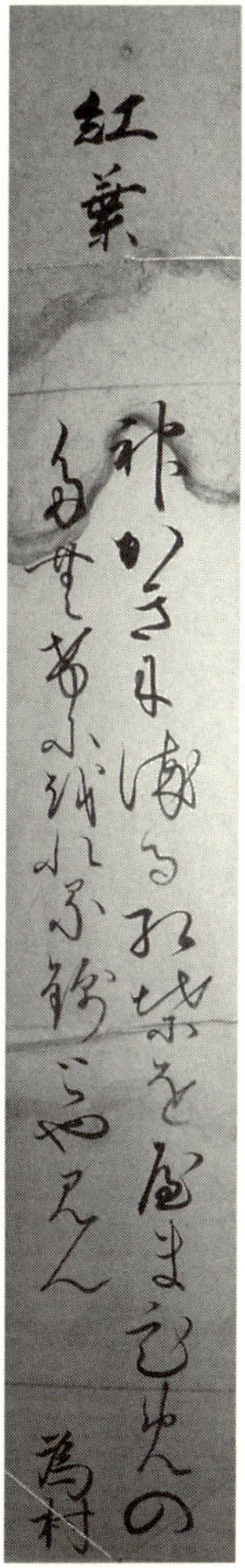

写真Ⅰ：冷泉為村十二歳の和歌短冊（高津柿本神社蔵）

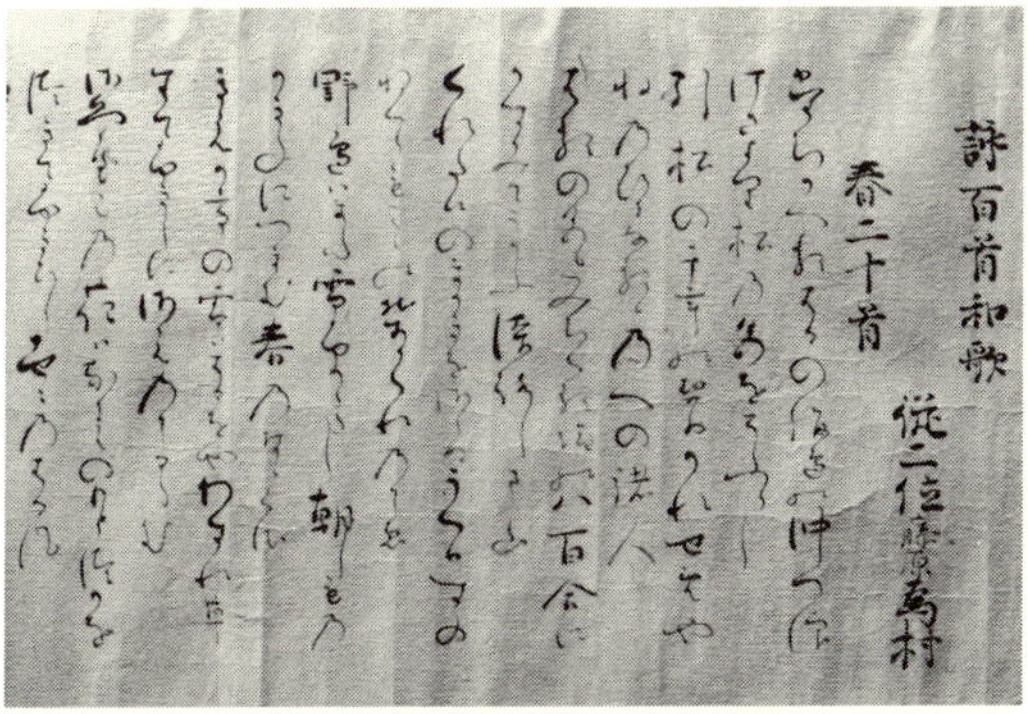

写真Ⅱ：「詠百首和歌」（住吉大社蔵）

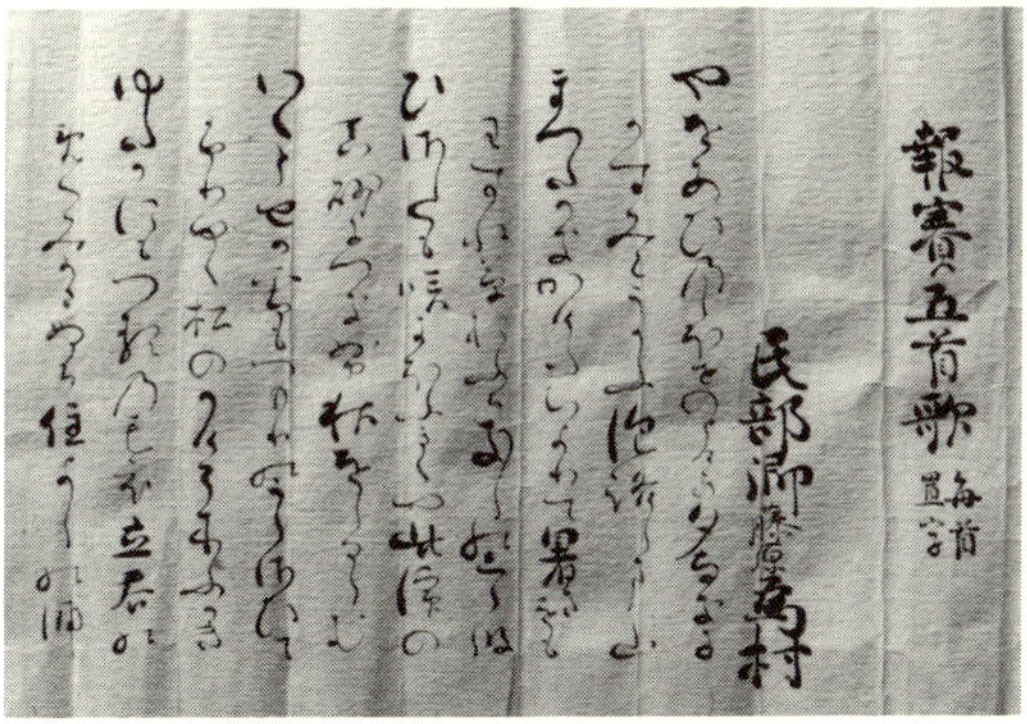

写真Ⅲ：「報賽五首歌」（住吉大社蔵）

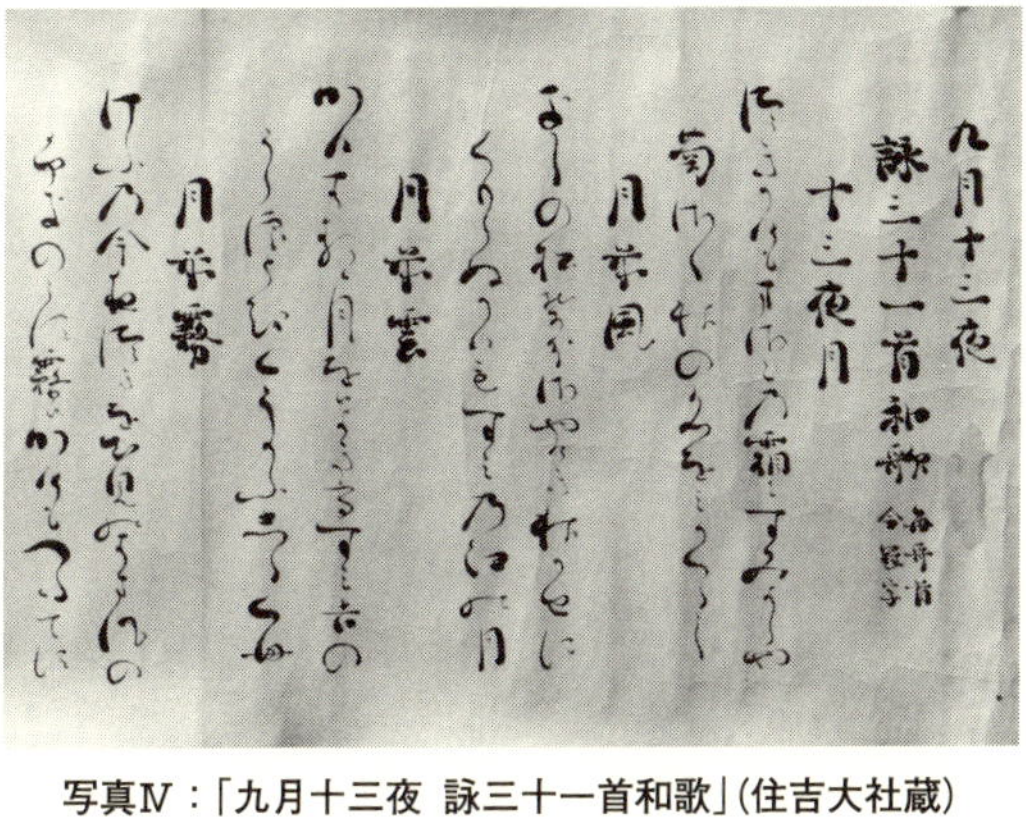

写真Ⅳ：「九月十三夜　詠三十一首和歌」（住吉大社蔵）

④「住吉社奉納和歌（為村卿二十首和歌）」…………奉納年月不記　為村四十六～七歳
⑤古今伝授後「御法楽五十首和歌」…………宝暦十年（一七六〇）　為村四十九歳
⑥「報賽五首和歌毎首置字」…………宝暦十二年（一七六二）　為村五十一歳
⑦古今伝授後「御法楽五十首和歌」…………明和四年（一七六七）　為村五十六歳
⑧「春日詠五十首和歌」…………明和五年（一七六八）　為村五十七歳
⑨「九月十三夜　詠三十一首和歌毎歌首令冠字」…………安永二年（一七七三）　為村六十二歳

前頁に載せた、写真Ⅱは③「詠百首和歌」、写真Ⅲは⑥「報賽五首和歌毎首置字」、写真Ⅳは⑨「九月十三夜　詠三十一首和歌毎歌首令冠字」であるが、各々の筆跡には明らかに違いが認められる。この三者を基にしながら考察してみよう。

為村の、延享元年①古今伝授後「御法楽五十首和歌」に見る、住吉社「海初鳫」や玉津島社「花浮水」の短冊、そして、玉津島社②「吹上八景手鑑」の筆跡は、住吉社に奉納された、天和三年古今伝授後「御法楽五十首和歌」中、冷泉十三代祖父為綱の筆跡によく似ている。為綱が定家流の書き手であったことは前述のとおりである。つまり為村は、十四代父為久の代に途絶えた定家流書法を、歌道指南冷泉家に復活させたことになる。この頃の書風は、写真Ⅱ③「詠百首和歌」に代表されるが、三十三歳から四十代初め頃[18]の為村は、定家流の書き手であったことが確認できる。定家流の特徴〈一字の中に細い線と太い線の混じり合う、やや丸味を帯びた扁平な字体〉と同様の書風であったこの時期を第一期としておく。ただし、高津柿本社の方も鑑みるなら、二十五歳時に奉納された「秋日詠百首和歌」[19]の筆跡は、③「詠百首和歌」とほぼ同じである。二十五歳の時には既にこの筆法であったことがわかる。

次に、宝暦十年⑤古今伝授後「御法楽五十首和歌」には、住吉玉津島両社各二枚の短冊がある。この計四枚は、第一期の〈細い線と太い線の混じり合う、丸味を帯びた扁平な字体〉という、定家流と同じ特徴の中の、〈太い線〉と〈丸味を帯びた〉部分をより強調して書かれている。つまり、為村独自の書法冷泉流の確立である。写真Ⅲ⑥「報賽五首和歌毎首置字」をこの頃の代表的な書体とみてよいが、四十代の半ば頃から五十代の初め頃がこの時期、第二期である。なお、④「住吉社奉納和歌（為村卿二十首和歌）」は、署名に「民部卿藤原為村」とあるので、四十六歳から五十八歳の間の作品だが、写真Ⅱの③「詠百首和歌」（四一～二歳）や、写真Ⅳの⑨「九月十三夜　詠三十一首和歌毎歌首令冠字」（六二歳）よりも、写真Ⅲの⑥「報賽五首和歌毎首置字」（五一歳）にかなり近い筆致で書かれている。そのようなところから、民部卿に任ぜられて間もない、四十六～七歳頃の作品ではないか、と考える。

続いて、住吉社に奉納された明和五年の⑧「春日詠五十首和歌」である。この懐紙の筆跡が、第二期の各々と異なっているようには思われない。しかし前年奉納の、明和四年⑦古今伝授後「御法楽五十首和歌」中の短冊は、第二期の書法とは明らかに違うので期を分けた。⑦の為村短冊は住吉玉津島両社に各五枚残るが、それ等は定家流の特色、〈細い線と太い線の混じり合う〉という部分の、〈細い線〉を強調して書かれている。つまりそれは、第二期と同様に〈太く丸味を帯びた〉部分を強調し、その上さらに〈細い線〉を強調した書体になっているのである。五十代の半ばから五十代終わり頃までを第三期としておく。この期は、⑧「春日詠五十首和歌」のような例もあるので、第二期から第四期への移行の時期といえる。なお、明和七年夏に明石柿本社の別当月照寺へ奉納された、為村五十九歳時の「為村十八首和歌（冷泉為村　柿本尊像寄進状）」も、この⑧番作品と同様の書体で書かれている。

さらに、写真Ⅳ⑨「九月十三夜　詠三十一首和歌毎歌首令冠字」に見られる書体を第四期のものと考えたい。冷泉流筆法を著しく強調したのがこの時期である。具体的には、定家流の特色〈細い線と太い線の混じり合う〉の、〈太い線〉をさらに強調する。つまり、一首全体の中で、〈極端に太い線〉と〈極端に細い線〉とが〈極端な丸みを帯びて〉、大変バランスよく連なってゆく。これがこの期の書体である。まさに冷泉流書体の円熟期といえよう。では、第四期の始まりはいつか。五島美術館で催された特別展「定家様《よう》」の図録『定家様』（昭和六二年）中には、明和六年九月（為村五八歳）の為村筆「二百首尊詠和歌巻」を見られるが、これは、写真Ⅳ⑨「九月十三夜　詠三十一首和歌毎歌首令冠字」と同様の筆致である。従って、第四期は五十八歳からと見てよい。

⑨「九月十三夜　詠三十一首和歌毎歌首令冠字」を奉納した翌安永三年（一七七四）七月二十九日（二十八日夜急死とも）、為村は六十三歳で世を去った。

右のごとく、住吉大社と玉津島神社に現存する冷泉為村の自筆和歌を年代順に並べてみると、筆致の違いがより明確となり、書風に変遷のあることがわかった。試みに四期に分けてみたが、それをまとめ直すと次のようになる。

第一期…定家流の書法を冷泉家のものとして復活させた時期で、高津柿本社に奉納した二十五歳の時や、住吉・玉津島両社に奉納した三十三歳時には、既にこの書体である。終わりは四十一～二歳頃。

第二期…為村独自の書法である冷泉流が確立した時期である。それは四十二～三歳頃から五十代の初め頃で、〈太く丸味を帯びた〉部分をより強調して書かれる。

第三期…第二期から第四期への移行の時期。五十代の半ばから五十代終わり頃までで、〈細い線〉を強調して書いた。第二期の〈太く丸味を帯びた〉部分を強調し、かつ〈細い線〉を強調した時期である。

第四期…冷泉流筆法を著しく強調した時期、つまり冷泉流書体の円熟期である。その書体は、〈極端に太い線〉と〈極端に細い線〉とが、〈極端な丸みを帯びて〉バランスよく連なる。五十八歳頃から他界する六十三歳まで。

四、奉納和歌に見る為村の言語遊戯

為村が五十九歳の時に、明石柿本社の別当月照寺へ奉納した「為村十八首和歌（冷泉為村 柿本尊像寄進状）」という和歌作品がある。これは、冷泉家が入手した柿本人麻呂の尊像のうち一座を、明和七年（一七七〇）の夏、月照寺へ奉納する時に添えられたものである。今、その全文を挙げておく。なお、序文の句読点と傍点および歌番号は筆者。和歌の部分は論述の便宜から原文どおりに、上下の各句を二行で示した。

柿本尊像頓阿法師作[20]去年の冬より三度に三座、おもはす感得する事あり。此度は播磨かた明石の月照しつたふる寺によせたてまつらむと、願思ふ時しもあれ、別当孝道まれに都にのほりぬときけは、幸にしる人になりて心願をかたりしかは、もりたてまつりて、かへり納め奉らむと聞かえし、あらたに御厨子つくりて安置し、すなはちかの僧に付侍る。なかくもり奉り、道の繁栄を久しくいのりあふかむの志をこめて、歌の上下の句のかたに字をならへ十八首となし、おなしく奉納す。

澄覚 上

01 かたえまつ　さきて春しる　梅かゝや
きゝの雪消の　はしめなるらむ

02 のとかなる　花のゆふはへ　くれそひて
もるかけ霞む　はるの夜の月

03 としことの　やよひのまつり　いくかへり
のとかなる世の　はるをかさねむ

04 しけからぬ　言葉の木かけ　こゝかしこ
むら〳〵みえて　さける卯花

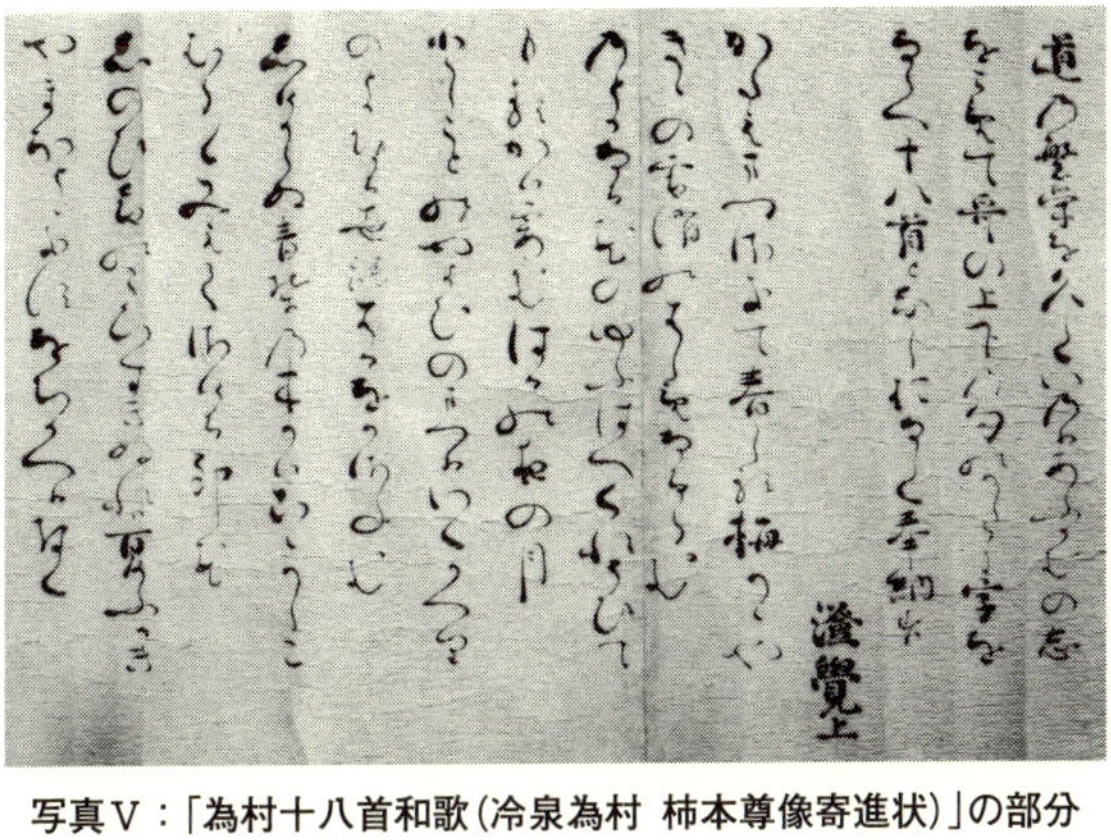

写真Ｖ：「為村十八首和歌（冷泉為村　柿本尊像寄進状）」の部分

05 しのひ音の　ころすきぬれは　夏ふかき
やまほとゝきす　をちかへりなく
06 うき瀬をも　わするゝ麻の　大ぬさを
とるてすゝしき　かは風そふく
07 むしのねも　みたれて露の　おくふかき
あきの花野の　いろは幾くさ
08 ほかよりも　あかしの月の　夜な〳〵に
うら浪はれて　かけそくもらぬ
09 しくれの雨　やまをめくるも　幾度そ
のこるかたなく　そむる紅葉ゝ
10 つもりぬる　落葉のうへの　朝霜や
くたさて猶も　いろをそふらん
11 れん日の　雪はあけ暮　月花に
るいしてみるも　あかぬ色かな
12 をのかねは　かくれぬゆきの　ふる年に
くるはるいそく　枝のうくひす
13 はつくさの　はつかにかくる　ことの葉も
つゆあさからぬ　契りとをなれ
14 せけはなを　涙そてこす　思河

写真Ⅵ：頓阿作 人麻呂尊像
（月照寺所蔵）

写真Ⅶ：為村が作らせた尊像を
安置する厨子

うき名なかさぬ　しからみもかな

15 しはした丶　とけしや契り　ありし夜に
にぬつれなさの　かたき下紐

16 なにたかき　ひかりも代々に　ます鏡
かみのみかけを　うつす神垣

17 くりかへし　神のしめ縄　なか丶れと
おもふこ丶ろに　かくることの葉

18 さちあれと　めくむもしるき　神慮
むかふひかりそ　道にあまねき

明和七年夏

この「為村十八首和歌（冷泉為村　柿本尊像寄進状）」には、序文の最後（傍点部）に「歌の上下の句のかたに字をならへ十八首となし」と記すごとく、和歌上の修辞、つまり言語遊戯が施されている。この作品だけでなく、概して為村の奉納和歌には、言語遊戯が多く見られること、既に〈一節3項〉「為村の奉納和歌」で、彼の作品を紹介した時に述べた。例えば、住吉大社に現存する彼の個人的な奉納和歌（連名によるものを除く）五点中、宝暦十二年「報賽五首和歌毎首置字」と安永二年「九月十三夜　詠三十一首和歌毎歌首令冠字」の二点は、内題に各々「毎首置字」「毎歌首令冠字」と添えられていて、ある言葉を各歌の冒頭に一字ずつ配して詠んだことがわかる。これは〈かぶり歌（冠り歌）〉と称されていたもので、折句の一種である。なお、〈五章三節1項〉でも為村の〈かぶり歌〉三十一首を紹介しているので参照願いたい。

話が少し逸れるが、折句の言語遊戯について触れておこう。

折句は、例えば「伊勢物語」（第九段〈東下り〉）に見る和歌、

　から衣 きつつなれにし つましあれば はるばるきぬる たびをしぞ思ふ

のように、一首の各句の頭に「かきつはた（杜若）」などの語を一音ずつ詠み込むのが本来である。しかし、その一種として今回のような例もないわけではない。冷泉為村に学んだ伊勢の僧、涌蓮の歌集に「法《のり》のえ」がある。これは宝暦十一年（一七六二）一月に、法然上人の五百五十年忌が行われたのを機に、上人の一枚起請文を仮名にし、一字ずつを冒頭に据えて三百四十二首を詠んだものである。「法のえ」は「かぶり歌」の別名をもつが、これは一字ずつを歌の頭に置いて詠んでいることに由来する。つまり、当時この類の歌は〈かぶり歌〉(21)と称されていたことがわかる。

　右の為村作品、前者「報賽五首和歌毎首置字」の五首は、春・夏・秋・冬・祝の順に配されていて、頭に置かれた文字を第一首から順に拾ってみると「やまひいゆ（病癒ゆ）」となる。病が全快したことの謝意を込めて詠まれたことを窺える。このこと〈一節3項d〉参照。

　後者「九月十三夜 詠三十一首和歌毎歌首令冠字」の三十一首は、各々月に関連した歌題のもとに詠まれているが、頭に置かれた各一字をつないでみると、「月影は 秋の夜長く 住之江の いく千歳にか 相生ひの松」のような和歌になる。この奉納和歌は、安永二年（一七七三）の秋に「沙弥澄覚」の名で詠まれたものであるが、この年は冷泉家の遠祖である藤原定家の五百三十三回忌にあたる。それを機に詠み、奉納したものである。ちなみに、澄覚は為村の法名で、明和七年に出家している。これ等のこと〈一節3項f〉参照。

　ところで、このような言語遊戯を駆使しつつ和歌を詠んで奉納しているのは、冷泉為村だけではない。玉津島社に「木綿襷《ゆうだすき》和歌」を奉納した堺田通節もその一人である。通節の「木綿襷和歌」は、縦と横方向に各五首の和歌を、左右の斜めに各一首を配置し、各和歌が交わる部分に共通した文字を用いる、という言葉の遊びである。これについては〈五章一節〉に詳しく述べる。

また、明石の月照寺にも、為村以外に言語遊戯を用いた作品が現存する。それ等は、古今和歌集などで人麻呂の作としている、

ほのぼのと　明石の浦の　朝霧に　島がくれ行く　舟をしぞ思ふ

という歌の三十一文字を、各和歌の頭に据えて三十一首を詠むというものである。それは、岸部延の「奉納三十一首」や外宮内人秦正珍の「正一位柿本大明神社奉納和歌　詠三十一首和歌」、川井立斎他の「奉納三十一首」などで、この三人も言葉の遊びを意識している。

さらに月照寺には、桑門三余の「奉納三所　正一位柿本大明神法楽和歌」中の「和州歌塚廟　六十首」の部分に、人麻呂歌の各句を借りて五首を詠むという言語遊戯が見える。三余の詠んだ五首中、第一首の初句に人麻呂歌初句を、第二首の第二句に人麻呂歌第二句を、第三首の第三句に人麻呂歌第三句、第四首の第四句に人麻呂歌第四句、第五首の結句に人麻呂歌の結句を借りるといった具合である。これに関しては〈五章三節1項〉で述べる。

しかし、住吉社や月照寺に奉納された為村の和歌を見る時、やはり言語遊戯を以ての奉納和歌は、各社に残る作品の数から見ても、折々の気持や事情を的確に表す言葉を用い、その場に適した和歌を用いるという面から見ても、為村の得意とするところであったと認めざるを得ない。ここにこそ、為村奉納和歌の、もう一つの特徴がある。

ついでながら、冷泉為村の和歌は石見の柿本社にも奉納されている。高津柿本神社に現存する為村の和歌作品は四点〈前〈三節〉138～139頁に記した、享保八年の霊元法皇からの「五十首和歌短冊」中の為村短冊〈写真I〉は除く〉であるが、そのうちの二点は各々内題に、

① 柿本社奉納十五首和歌毎歌首置一字　　民部卿藤原為村

② 詠五首和歌毎首置字　　澄覚

と記されている。②例の第四字以降第九字までは、破損が激しくて判読しにくいが、恐らく、右のとおりであろう。

内題中の表記「毎歌首置一字」「毎首置字」からもわかるとおり、二点とも各歌の頭に、ある言葉を詠み込むという、言語遊戯を用いての奉納である。

ちなみに、①の和歌作品は、明和四年（一七六六）七月に奉納されたもので、懐紙に十五首がしたためられている。各頭の文字をつなぐと、「いはみのくにしむふくしにおさむ（石見国真福寺に納む）」となる。為村五十六歳の時のもの。また②の和歌作品は、一枚の懐紙に五首をしたためたものである。奉納年月は不記だが、五首の頭の文字をつなぐと「千《ち》いそとし（千五十年）」となり、柿本人麻呂千五十年忌の折の奉納、つまり安永二年（一七七三）の奉納と推察される。為村六十二歳の時で、死去前年のものである。

さて、逸れていた話を戻そう。前の月照寺奉納「為村十八首和歌（冷泉為村　柿本尊像寄進状）」を、序文にあった言葉「歌の上下の句のかたに字をならへ十八首となし」に従って、各歌の上句と下句の各々第一字を、先ほど引用した並びどおり順に拾ってゆくと、次のようになる。

かきのもとのしむしやう、とむあほうしのつくれるを、くはつせうしに、なかくおさむ。

傍点部の「しむ・しやう」は呉音では「しむ・ざう」で、神像のこと。「くはつ・せう・し」はグワッセウジ、すなわち月照寺のことである。従って、十八首の和歌の中に次のような言葉、

柿本の神像、頓阿法師の作れるを、月照寺に、長く納む。

が隠されていたことになる。冷泉為村は、このような意味や願いを込めて、人麻呂の神像と御厨子、および十八首の和歌を月照寺に奉納したのである。なお月照寺は、現在一般的にゲッショウジと呼ばれているが、少なくとも冷泉為村はガッショウジと理解していたものと推察される。

ところで、このような言葉の遊戯を〈かぶり歌（冠り歌）〉、一般的には折句というが、和歌三神に奉納された和歌を見て行く中で、言語遊戯を意識したと思われる作品は決して少ないわけではない。しかし、その多くは柿本人麻呂

の作とされる「ほのぼのと……」の歌を用いたもので定型である。前述、玉津島社に奉納された堺田通節の「木綿襁和歌」や、その時の出来事や気持を的確な言葉や和歌に込めた、為村の「報賽五首和歌毎首置字」「九月十三夜　詠三十一首和歌毎歌首令冠字」、および本「為村十八首和歌（冷泉為村　柿本尊像寄進状）」などは、むしろ意識して工夫をこらしていると言えよう。

なお、この「為村十八首和歌（冷泉為村　柿本尊像寄進状）」に関連あると思われる和歌が、月照寺に残っている。それは「冷泉家柿本神像法楽和歌」で、内題には左のごとく記す。

明和七年四月十三日於冷泉家
柿本神象（ママ）尊前法楽和歌　十首

詠者は、冷泉家の澄覚（為村）・為泰・為章をはじめ九人で、澄覚が二首、他は一首の計十首を詠んでいる。最初と最後が澄覚の歌なので、為村の主催であったろう。

先ほど引用した「為村十八首和歌（冷泉為村　柿本尊像寄進状）」の序文にも、

柿本尊像頓阿法師作去年の冬より三度に三座、おもはす感得する事あり。此度は播磨かた明石の月照しつたふる寺によせたてまつらむと、

とあったように、願が叶って得た人麻呂像三座、その人麻呂尊像への御法楽がこの作品である。ここには「明和七年四月十三日」の日付があり、前の「為村十八首和歌（冷泉為村　柿本尊像寄進状）」にも「明和七年夏」とあるので、右の人麻呂尊像御法楽の後に、三座中の一座が月照寺に奉納された、と考える。

なお、本「冷泉家柿本神像法楽和歌」にも折句が用いられ、〈かぶり歌〉となっている。十首は「浦霞」「見花」「郭公」以下の各歌題のもとに詠まれるが、この各歌題の右肩に、その歌をどの仮名で詠み出すかが記されている。その仮名、つまり十首の各頭をつなぐと「しむしやうのそむせむ（神像の尊前）」となる。

ただ、この和歌作品の筆跡は冷泉流ではない。したがって、為村・為泰・為章以外の人物が書き留めたものと思われる。大阪青山短期大学准教授小倉嘉夫[22]によれば、冷泉家所蔵文書の中に為村令室の筆によるものがあって、その筆跡と本和歌作品の筆跡が大変よく似ているという。ともすると、この「冷泉家柿本神像法楽和歌」は為村令室の筆によるか。

五、奉納和歌に見る為村の定家仮名遣

住吉社に奉納された冷泉為村の和歌は、懐紙類六点二百十八首、短冊類四点九枚九首、合計二百二十七首を数える。その内、「百首和歌（連名百首和歌）」中の十一首を除く、二百十六首が為村の自筆である。

ここでは、為村が遠祖藤原定家の成した、いわゆる〈定家仮名遣〉をどのように受け継いでいるかを、また、近世期の歌人たちの仮名遣がどのようなものであったのかを、住吉大社に現存する自筆和歌を資料にして探ってみよう。

1　藤原定家の仮名遣

藤原定家（一一六二～一二四一）は平安時代末期から鎌倉時代初期にかけて活躍した。彼の業績の一つに仮名遣の創案提唱がある。その仮名遣は「下官集」（「僻案」とも）に見られ、「を・お」「え・へ・ゑ」「ひ・ゐ・い」の三類八項目にわたる仮名の使い分けを示したものとして知られている。今、いくつかを『国語学大系（第六巻）』（国書刊行会）によって示すと次のごとくになる。

• ヲ＝をみなへし（女郎花）。をく露（置露）。風のをと（風声）。をくる（送）。をろか（愚）。など十五例
　オ＝おく山（奥山）。おもふ（思）。おしむ（惜）。おりふし（時節）。おなし事（同事）。など二四例

・エ＝たちえ（立枝）。ふえ（笛）。さかえ（栄）。えぬ所（得ぬ所）。なにはえ（難波江）。など三四例
　ヘ＝うへのきぬ（上衣）。さなへ（早苗）。いへ（家）。おまへ（御前）。ゆへ（故）。など六〇例
　ヱ＝すゑ（末）。こゑ（声）。こすゑ（梢）。ゑ（絵）。ゑふ（酔）。など一四例
・ヒ＝いさよひ（十六夜）。あふひ草（葵草）。いはひ（斎）。うくひす（鶯）。よはひ（齢）。など二〇例
　ヰ＝あゐ（藍）。つゐに（遂）。たちゐ（立居）。なきさのゐん（渚院）。くれなゐ（紅）。など一一例
　イ＝いり日（入日）。いくたの杜（生田杜）。いつこ（何処）。いくへ（幾重）。いのち（命）。など一四例

各々の使い分けは、「を・お」については当時のアクセントにより（上声の場合ヲ、平声の場合オ）、「え・へ・ゑ」また「ひ・ゐ・い」は、アクセントではなく、平安時代の仮名文書の用例によって区別したのではないかと言われる。(23)つまり、定家仮名遣の特色は、定家独自の方法による、「を・お」の使い分けにあると言ってよい。

では、「下官集」に見る「を・お」の例が、アクセントに従って分けられているかどうか、「名義抄」（『観智院本名義抄（天理図書館善本叢書）』）によって確認してみよう。「名義抄」は平安時代末期（院政期頃）の成立、そこに付けられた声点は、当時の京都語アクセントで、金田一春彦によれば、編者の施した声点を含んでいて、おおむねは成立と同時期のものだという。(24)さて、右に挙げた第一項目「ヲ・オ」の十語について調べてみると、

《左の記号＝上は上声、平は平声、□は声点が付けられていないことを示す》

・をみなへし＝名義抄＝女郎花　ヲミナヘシ（上上上□□）　僧上　四表
・をく露　＝名義抄＝置　オク（上平）　僧中　六表～六裏
・風のをと＝名義抄＝聲　オト（上平）　仏中　二表
・をくる　＝名義抄＝送　オクル（上上□）　仏上　三三表
・をろか　＝名義抄＝愚　オロカナリ（上上□□□）　法中　五一裏

・おく山　＝名義抄＝奥　オク（平平）　仏下末　一九表
・おもふ　＝名義抄＝思　オモフ（平平上）　法中　三七表
・おしむ　＝名義抄＝惜　ヲシム（平平上）　法中　四〇裏
・おりふし＝名義抄＝時節　ヲリフシ（平上平平）　僧上　四〇表
・おなし事＝名義抄＝同　オナジ（平平平）　僧下　五四裏

となって、ヲのグループは全て上声となり、オのグループは全てが平声になっている。ここに、定家仮名遣の特徴でもある「を・お」の区別にあたっては、当時のアクセントに拠ったことが確認できた。

「下官集」の成立は建保四年（一二一六）以降であるとされる。定家はこの年には五十五歳であったが、仮名遣の実践はもっと早い時期からであったと考えられる。『国語学大辞典』（東京堂出版）は、定家が寿永元年（一一八二〈定家二一歳〉）にこの仮名遣で「入道大納言資賢卿集」を書写していることを根拠に、「二十一歳以前にこの方式を用いていた」（大野晋）と説く。これに従えば、定家が二十歳の時に詠んだ「初学百首」から始まる、家集「拾遺愚草」の各歌も、折々この仮名遣で書き留められたことになる。また、定家は多くの古典作品書写を行っているが、「古今和歌集」「後撰和歌集」「拾遺和歌集」「伊勢物語」「土佐日記」などの作品の書写においても、やはりこの仮名遣を実践したと考えられる。

2　源知行（行阿）の仮名遣

源知行は、生没年未詳、貞治二年（一三六三）頃に出家し行阿と号した。行阿の仮名遣「仮名文字遣」が成ったのは、序文に「行阿思案するに」と法名を記しているから、出家の後であったろう。その当時の行阿の年齢を、大野晋は「その頃すでに七〇歳を超えた老人であったろう[25]」と推定している。

「仮名文字遣」の序文から同書成立の過程を見ると、次のとおりである。行阿（知行）の祖父源親行が、定家から家集「拾遺愚草」の浄書を依頼された際に、世間では「を・お」「え・へ・ゑ」「ひ・ゐ・い」を誤って用いているので、後学のために正しい使い分けを定めたらどうかと進言し、三類八項目の分類の私案を定家に見せた。定家は「申すところ、ことごとく其の理、あひ叶へり」と言ったという。孫の行阿が親行の私案を基に、三類八項目の分類例をさらに補い、「ほ・わ・は・む・う・ふ」六字の使い分けをも加えて、「仮名文字遣」が成ったというのである。『国語学大系（第六巻）』によって語例を数えてみると、

・を＝一九九例　・お＝二〇八例　・え＝一四六例　・へ＝一四七例　・ゑ＝六七例
・ひ＝一八二例　・ゐ＝一〇〇例　・い＝三〇八例　・ほ＝八六例　・わ＝三四例
・は＝一〇五例　・む＝三五例　・う＝一四三例　・ふ＝一一二例

のごとく、合計千八百八十二例の語を分類している。まさに〈仮名分類辞典〉とでも言うべきものである。この仮名遣いは〈行阿仮名遣〉とも、祖父親行が定家の校閲を経ているところから〈定家仮名遣〉とも称されている。そして、藤原俊成定家父子の成した和歌の家、御子左家の血脈を継ぐ冷泉家（二条家・京極家は南北朝頃に絶える）の人々により、和歌を詠むにあたっての仮名遣として受け継がれてゆくのである。

3　定家と行阿の仮名遣の相違

行阿の「仮名文字遣」が定家の「下官集」と全く同じ仮名遣をとっているわけではなく、特に「を・お」の区別においては、いくつかの異なった例を見る。

以下に、住吉社奉納和歌の中に見る語、「折る・折り・折れ」「及ぶ・及ばぬ」「重し・重き・重る」を例として、両者の相違を確認してみよう。

先ず、「折る」という語について考える。定家自筆「拾遺愚草」(『冷泉家時雨亭叢書』下同)の、

・たおりもて ゆきかふ人の けしきまて 花のにほひは みやこなりけり
・あけぬるか こすゑおれふす 松かねの もとよりしろき 雪の山のは
・あともなき すゑの丶竹の ゆきをれに かすむやけふり 人はすみけり

などといった例からもわかるように、定家の仮名遣では、動詞の場合の「折る」はオルであるが、第三例「ゆきをれ(雪折)」のごとく、ある語に下接して複合名詞(第一例は複合動詞)となっている時にはヲを用いたと推察される。

行阿の「仮名文字遣」においても、動詞は「おる」とし、名詞の場合は「木のえたをれ・雪の下をれ」をあげている。ただし、同書には「花をたをる」「花をおる　花をたをるの時はを也」との説明もあって、こちらは右引用の第一例「たおり(手折り)」に合致しない。

定家は、「手折り」を自筆書写の「古今和歌集」(『冷泉家時雨亭叢書』下同)にも、

・いしはしる たきなくも哉 さくら花 たおりてもこむ 見ぬ人のため

とオで書いていて、明らかに行阿の仮名遣とは異なっている。

ところで、右の定家自筆書写「古今和歌集」は、彼が定家仮名遣を実践しつつ書写したものである。今、その証としていくつかの例を挙げ、歴史的仮名遣および「名義抄」と比較し、アクセントどおりヲとオを書き分けているのを確認しておこう。( )内に、傍線部を漢字に直し、両者の仮名遣と「名義抄」のアクセントを示しておく。なお、上声アクセントの場合は「を」の仮名で、平声の場合は「お」で表記すること、前述のとおりである。

・をのか(己が　歴史＝おのか　定家＝をのか　名義＝己 オノレ：上上平)おもひはこの雪のことくなむ
・すみけむ人のをとつれ(訪れ　歴史＝おとつれ　定家＝をとつれ　名義＝風 オトツル：上上□□)もせぬ
・山河のをと(音　歴史＝おと　定家＝をと　名義＝聲 オト：上平)にのみきく

• 名の立ことのおしから（惜しから　歴史＝をしから　定家＝おしから　名義＝惜　ヲシム：平平上）む

• いた井のし水さとゝをみ（遠み　歴史＝とほみ　定家＝とをみ　名義＝迢　トヲシ：上上□）

次に、「及ぶ」「及ばぬ」の例であるが、「仮名文字遣」に従えば、肯定の時はヲヨブ、打消の語が下接した時はオヨバとなる。しかし、定家自筆「拾遺愚草」には、打消の場合でもヲヨバヌと書かれている。

• あはちしま　むかひのくもの　むらしくれ　そめもをよはぬ　すみよしの松

続いて、「重る」について。形容詞「重し」は、定家も行阿もヲモシとヲで書いていて、これが原則となっている。さらに「仮名文字遣」は、オモキ（形容詞連体形）・オモミ（名詞とミ語法）・オモル（動詞）の場合はオを用いると説く。ところが、定家自筆「拾遺愚草」には、

• 風つらき　もとあらのこはき　袖にみて　ふけゆく夜はに　をもるしらつゆ

• かねのをとを　松にふきしく　おひ風に　つま木やをもき　かへる山人

などと、「重る」「重き」をヲで書いた例があって、行阿の説くところとは異なっている。

ただし、「拾遺愚草（員外篇）」（『冷泉家時雨亭叢書』）中に、これは定家の自筆ではないのだが、

• ゆきおもる　松のひゝきを　ともとして　山ちも冬も　ふかき屋と哉

のように、「重る」をオモルとした例がある。ここから、動詞の「重る」の場合に関してだけは、定家がヲ・オの両者で表記したことが確かめられる。

以上のように、藤原定家の「下官集」と、行阿（知行）の「仮名文字遣」とでは、特に「を・お」の区別において、異なった例のあることを確認しておく。

なお、金田一春彦は、両者の違いがアクセントの変化によるもので、それを明らかにしたのは大野晋だと言い、次のように述べている。[26]

大野氏は、「鬼」「䲢」（おこじ）などのオに対して、定家等は「お」と宛てており、知行は「を」と宛てていることから、知行の時代には、前の時代の○○型、○○○型が、○○●型より一足早く●○型、●●○型になっていた、というようなことを明らかにしたが、これもまた、大きな功績である。

4　住吉社奉納和歌に見る仮名遣

次に、住吉社に和歌を奉納した江戸時代の歌人たちが、和歌中や序文中に、前述の定家仮名遣に合致した仮名遣を用いているかどうかを見てゆこう。

定家仮名遣の特徴は「を・お」の書き分けにあるのだから、ヲ・オを含まない語（格助詞「を」を除く）で、歴史的仮名遣と共通しているもの、例えば、

あはちしま（淡路島）　あふく（仰）　あふひ（葵）　いかき（斎垣）　いそわ（磯廻）　ちしほ（千入）
やまかひ（山峡）　さかえ（栄）　よひ（宵）　ゑむ（笑）　をそ（格助＋係助）

など百数十項目の語については、定家仮名遣に準じてはいるが、考察の対象としなかった。ただし、ヲ・オを含まない語であっても、歴史的仮名遣に合致しないものは、定家仮名遣の独特な語として数に入れた。

各項目の（　）内には、各奉納和歌中の歌数を各々百とした時の割合が入っている。ただ、一首中に定家仮名遣を用いた語が一語とは限らないので、このような計算が有効なのかどうか疑問ではあるが、一応の目安にはなろう。なお、以下の調査では、定家の「下官集」と行阿の「仮名文字遣」とをあわせ、定家仮名遣と考えておく。

01　古今伝授後「御法楽五十首和歌」七点・後桜町天皇（上皇カ）御奉納五十首和歌

為村八首を除く三百九十二首中

定家仮名遣に合致する語の数（一三一例・33％）

02　釈卞海百首和歌（寛文三年〈一六六三〉）
百首中、
定家仮名遣に合致する語の数（三四例・34％）
ア、定家仮名遣独特な表記（一五例・15％）
イ、歴史的仮名遣と同表記（一九例・19％）
定家仮名遣に合致しない語の数（一例・1％）

ア、定家仮名遣独特な表記（七九例・20％）
イ、歴史的仮名遣と同表記（五二例・13％）
定家仮名遣に合致しない語の数（四例・1％）

03　津守国治三十首和歌（寛文五年〈一六六五〉）
三十首中、
定家仮名遣に合致する語の数（九例・30％）
ア、定家仮名遣独特な表記（六例・20％）
イ、歴史的仮名遣と同表記（三例・10％）
定家仮名遣に合致しない語の数（なし・0％）

04　河瀬（源）菅雄百首和歌（貞享三年〈一六八六〉）
百首中、
定家仮名遣に合致する語の数（一二例・12％）
ア、定家仮名遣独特な表記（七例・7％）

イ、歴史的仮名遣と同表記（五例・5％）
定家仮名遣に合致しない語の数（二例・2％）
05 恵藤（藤原）一雄百首和歌（貞享三年〈一六八六〉）
百首中、
定家仮名遣に合致する語の数（二三例・23％）
ア、定家仮名遣独特な表記（一五例・15％）
イ、歴史的仮名遣と同表記（八例・8％）
定家仮名遣に合致しない語の数（一例・1％）
06 河瀬（源）菅雄他 連名三百三十三首和歌（貞享三年〈一六八六〉）
三百三十三首中、
定家仮名遣に合致する語の数（三九例・12％）
ア、定家仮名遣独特な表記（二六例・8％）
イ、歴史的仮名遣と同表記（一三例・4％）
定家仮名遣に合致しない語の数（三例・1％）
07 月次御法楽和歌 上下二巻（元禄六年〈一六九三〉より三年間）
千八百五十首中、
定家仮名遣に合致する語の数（六〇四例・33％）
ア、定家仮名遣独特な表記（三六四例・20％）
イ、歴史的仮名遣と同表記（二四〇例・13％）

定家仮名遣に合致しない語の数（一八例・1％）

08　浅井矩永他　連名百首和歌（享保五年〈一七二〇〉）

百首中、

定家仮名遣に合致する語の数（四二例・42％）

ア、定家仮名遣独特な表記（一六例・16％）

イ、歴史的仮名遣と同表記（二六例・26％）

定家仮名遣に合致しない語の数（なし・0％）

09　烏丸光栄二十首和歌（享保六年〈一七二一〉）・烏丸光栄十首和歌（年月不記）

三十首中、

定家仮名遣に合致する語の数（一一例・37％）

ア、定家仮名遣独特な表記（四例・13％）

イ、歴史的仮名遣と同表記（七例・23％）

定家仮名遣に合致しない語の数（二例・7％）

10　冷泉為久百首和歌（享保九年〈一七二四〉以降頃）・冷泉為久二十首和歌（年月不記）

百二十首中、

定家仮名遣に合致する語の数（四五例・38％）

ア、定家仮名遣独特な表記（二三例・19％）

イ、歴史的仮名遣と同表記（二二例・18％）

定家仮名遣に合致しない語の数（なし・0％）

11　藤原氏房十首和歌（享保十五年〈一七三〇〉）
十首中、
定家仮名遣に合致する語の数（二例・20％）
ア、定家仮名遣独特な表記（一例・10％）
イ、歴史的仮名遣と同表記（一例・10％）
定家仮名遣に合致しない語の数（なし・０％）

12　津守国輝十首和歌（延享元年〈一七四四〉）・津守国輝十首和歌（寛延三年〈一七五〇〉）
二十首中、
定家仮名遣に合致する語の数（三例・15％）
ア、定家仮名遣独特な表記（二例・10％）
イ、歴史的仮名遣と同表記（一例・５％）
定家仮名遣に合致しない語の数（なし・０％）

13　冷泉為村他　連名百首和歌（宝暦二年〈一七五二〉）
為村十一首を除く八十九首中、
定家仮名遣に合致する語の数（二七例・30％）
ア、定家仮名遣独特な表記（一五例・17％）
イ、歴史的仮名遣と同表記（一二例・13％）
定家仮名遣に合致しない語の数（なし・０％）

14　有賀長収他　十五巻和歌（寛政三年〈一七九一〉より十五年間）

千六百二十六首中、
定家仮名遣に合致する語の数（四八二例・30％）
ア、定家仮名遣独特な表記（三〇四例・19％）
イ、歴史的仮名遣と同表記（一七八例・11％）
定家仮名遣に合致しない語の数（三一例・2％）

15　松平定信百首和歌（文化六年〈一八〇九〉）
百首中、
定家仮名遣に合致する語の数（二七例・27％）
ア、定家仮名遣独特な表記（九例・9％）
イ、歴史的仮名遣と同表記（一八例・18％）
定家仮名遣に合致しない語の数（一例・1％）

16　正徹（招月）百首和歌（文安六年〈一四四九〉）
百首中、
定家仮名遣に合致する語の数（四〇例・40％）
ア、定家仮名遣独特な表記（一七例・17％）
イ、歴史的仮名遣と同表記（二三例・23％）
定家仮名遣に合致しない語の数（七例・7％）

17　秦広永百首和歌（文化十三年〈一八一六〉）
百首中、

定家仮名遣に合致する語の数（三〇例・30％）
ア、定家仮名遣独特な表記（一一例・11％）
イ、歴史的仮名遣と同表記（一九例・19％）
定家仮名遣に合致しない語の数（一例・1％）

18 下冷泉宗家二十首和歌（享保十二年〈一七二七〉以降）・宗家三十首和歌（延享四年〈一七四七〉以降）
五十首中、
定家仮名遣に合致する語の数（一九例・38％）
ア、定家仮名遣独特な表記（八例・16％）
イ、歴史的仮名遣と同表記（一一例・22％）
定家仮名遣に合致しない語の数（なし・0％）

19 冷泉為理十五首和歌（安政六年〈一八五九〉八月以降）・冷泉為紀三首和歌（明治初期頃）
十八首中、
定家仮名遣に合致する語の数（四例・22％）
ア、定家仮名遣独特な表記（四例・22％）
イ、歴史的仮名遣と同表記（なし・0％）
定家仮名遣に合致しない語の数（なし・0％）

20 冷泉為村他　堂上寄合二十首和歌（宝暦三年〈一七五三〉頃）
為村短冊一枚を除く十九首中、
定家仮名遣に合致する語の数（一〇例・53％）

ア、定家仮名遣独特な表記（七例・37％）
イ、歴史的仮名遣と同表記（三例・16％）
定家仮名遣に合致しない語の数（なし・０％）

21　源雅百首和歌（年月不記）
百首中、
定家仮名遣に合致する語の数（二一例・21％）
ア、定家仮名遣独特な表記（二例・２％）
イ、歴史的仮名遣と同表記（一九例・19％）
定家仮名遣に合致しない語の数（一五例・15％）

22　肥前守源熙和歌六首（文政三年〈一八二〇〉）・肥前守源熙和歌三首（文政七年〈一八二四〉）
九首中、
定家仮名遣に合致する語の数（三例・33％）
ア、定家仮名遣独特な表記（一例・11％）
イ、歴史的仮名遣と同表記（二例・22％）
定家仮名遣に合致しない語の数（なし・０％）

23　中臣光知十首和歌（年月不記）・中臣延樹十首和歌（年月不記）
二十首中、
定家仮名遣に合致する語の数（九例・45％）
ア、定家仮名遣独特な表記（六例・30％）

イ、歴史的仮名遣と同表記（三例・15％）
定家仮名遣に合致しない語の数（なし・０％）

5　住吉社奉納和歌仮名遣の特徴

右の01から23の、各項目に掲げた奉納和歌（複数の奉納和歌を一点扱いにしたものもある）の、仮名遣調査より得られたのは、次のようなことである。

定家仮名遣に合致する、ヲ・オの付くものを中心とした語彙が、各々の中に平均で三十％ほど用いられている。今、一点につき三十首以上詠まれているものの内、各々〈定家仮名遣に合致する語の数〉の数値を、高い順に並べると、ア、四二％・四〇％・三八％・三八％・三七％・三四％・三三％・三三％・三〇％・三〇％・三〇％・三〇％・二七％・二三％・二一％・一二％・一二％

となる。この中で、いわゆる堂上歌人の関係しているもの、例えば、

第10番「冷泉為久百首和歌・同二十首和歌」（38％）
第18番「下冷泉宗家二十首和歌・三十首和歌」（38％）
第09番「烏丸光栄二十首和歌・同十首和歌」（37％）
第01番「古今伝授後御法楽・後桜町天皇（上皇カ）御奉納」（33％）
第07番「月次御法楽和歌二巻」（33％）

などの五点が高い数値となっている。これ等は概ね〈定家仮名遣に合致しない語の数〉の方は、〇％から一％である。逆に、〈定家仮名遣に合致する語の数〉が二十一％以下になると、〈合致しない例〉が二％から十五％と高くなる。

では次に、前項の各奉納和歌中〈定家仮名遣に合致しない語の数〉の割合を、――実はこちらの方こそ意味のある

ことなのだが――三十首以上詠まれているものの内から、数値の高い順に見てみよう。

イ、一五％・七％・七％・三％・二％・二％・一％・一％・一％・一％・一％・一％・〇％・〇％・〇％・〇％・〇％

右のごとく、突出しているのが十五％の第21番「源雅百首和歌」である。七％の第16番「正徹（招月）百首和歌」と、第09番「烏丸光栄二十首和歌・同十首和歌」も多いと言えよう。

先ず、「源雅百首和歌」を考えよう。〈定家仮名遣に合致しない語の例〉は十三項目十五例であるが、その内、定家仮名遣とも歴史的仮名遣とも異なった表記をしているのは、

・かい〔甲斐　定家＝かひ　歴史＝かひ〕二例
・さほしか〔小牡鹿　定家＝さをしか　歴史＝さをしか〕
・たとゑ〔譬ゑ（動詞）　定家＝たとへ　歴史＝たとへ〕
・ふし浪〔藤浪　定家＝ふち浪　歴史＝ふち浪〕
・をひて〔置ひて（「置きて」のイ音便）　定家＝をいて　歴史＝おいて〕
・山のかい〔山の峡　定家＝山のかひ　歴史＝山のかひ〕

の六項目七例である。この和歌懐紙は奉納年月不記で、作者の源雅についても不詳である。奉納の事情として「源雅武運長久之願」と記すが、「武運長久」の語は古く、『文明本節用集』（一四六九～八七年の間の成立。『文明本節用集研究並びに索引　影印篇』風間書房）に既に載っていて、この語も成立や奉納の背景を知る手懸かりとはなりそうにない。

ただ、この語や同「百首和歌」中の歌（和歌中のカッコ内は筆者）、

・独述懐　　神ならて　たれやはしらむ　しらぬひ（不知火）の　つくし心を　こむるいのりも
・寄弓述懐　　ものゝふの　矢武心の　たゆみなく　いのるこゝろは　神知らんか

・神　祇　たらすなを（垂らす名を）世にすみよしを いのるかな 其源は きよきなくれ（子孫）の

などの内容から、雅は和歌を専門とする文人というよりも、むしろ武人肌の人物だったのではないかと推察される。

今はこの「源雅百首和歌」を江戸時代の成立としておくが、当時の仮名遣に敏感でない人々にとっては、定家仮名遣も、いわゆる〈契沖仮名遣〉も関係なく、源雅のような自由な仮名遣こそが一般的であったのではなかったか。

ところで、江戸時代前期の学者、契沖の「和字正濫鈔」の成立は元禄六年（一六九三―刊行は元禄八年―）である。契沖の仮名遣は、後の歴史的仮名遣の基礎となっているが、その「和字正濫鈔」（『国語学大系（第六巻）』）には、例えば、

・惜　をしむ　日本紀萬葉。おしむと書くへからす。（筆者注：定家仮名遣ではオシム）

・音　おと　萬葉におほし。をと、書くへからす。（筆者注：定家仮名遣ではヲト）

のように、定家仮名遣を訂正して逆の表記をするものが多い。契沖は、平安時代中期成立の「和名抄」以前の古典作品に用いられる仮名遣を基にして、仮名表記の基準を設けたのである。

右の二語に関して、住吉社奉納和歌の中に揺れを認められるかどうか確かめてみると、「惜」（オシ・オシムの各活用形を含）は、百十五例中百十四例がオの仮名で書かれていて（「源雅奉納百首和歌」中のヲシマが例外）、「音」は、四十七例中四十五例がヲの仮名で表されている（「源雅奉納百首和歌」中のオト二例が例外）。つまり、住吉社奉納和歌の作者たちは明らかに定家仮名遣を意識しているのであって、そこには、冷泉家を和歌指南の家として再興させた、為綱・為久・為村三代の強い影響力があったに違いない。特に、禁裏のみならず広く地方にまで影響力を及ぼしていた、為村を抜きにしては考えられない。

ちなみに、住吉社には冷泉家より（為村の和歌を除く）、個人的なものとして前〈4項〉、第10番「為久百首和歌・同二十首和歌」計百二十首、第19番「為理十五首和歌・為紀三首和歌」計十八首が奉納されている。また、第01番

「古今伝授後御法楽五十首和歌七点」中に、為綱・為泰・為章・為則・為全・為理が合計十七首を残し、第07番「月次御法楽和歌 上下二巻」中には、為綱が三十五首を残している。そして、それ等の中で、定家仮名遣に外れた例は一つとしてない。このことは下冷泉家からの奉納和歌についても言える。また玉津島社に残る、冷泉家と下冷泉家からの奉納和歌についても、全く同じことが言える。

次に、「正徹（招月）百首和歌」の場合を考えよう。この和歌懐紙は正徹（招月は庵号）が文安六年（一四四九）に住吉社に奉納するために成したものである。それを、どのような経緯があってか、松平定信が入手し、定信自らの百首と共に、文化六年（一八〇九）十二月に、再度奉納したのである。前掲第16番「松平定信百首和歌」の跋文に、

ことし冬の比 招月のかいたる住吉百首てふものを得てけれは その題によりてよみ出て 同く奉納するものなり

文化六年十二月　越中守源定信

とあって、その様子が知られる。

正徹は、冷泉家三代為尹と今川了俊（冷泉家歌学の正統性を主張）に師事した冷泉派の歌人である。従って、定家仮名遣に合致する表記が四十％（4項 第16番）と高いのは当然といえる。しかし、同時に合致しない例も七％（4項第16番&この項165頁イ例）で、比較的高くなるのはなぜなのだろう。それは、定家が創案提唱した「下官集」に見る仮名遣が、源親行を経て、行阿の「仮名文字遣」（貞治二年〈一三六三〉以降の成立）に至って後もまだ、冷泉派の歌人にさえ十分には行き渡っていなかった、ということではなかったか。

ところが、住吉社に奉納された江戸時代の歌人たちの仮名遣は、ほとんどの場合が定家仮名遣に準じている。それは、為村を中心とした和歌指南冷泉家の影響力によるものだ、と先ほど言ったが、「正徹百首和歌」の仮名遣の例はこのことをさらに確信させる。

続いて、「烏丸光栄二十首和歌・十首和歌」だが、作者の光栄は著名な二条派の歌人である。二条家歌学では「古

今和歌集」こそが和歌の第一と説く。南北朝頃に途絶えたとはいえ、その歌学を継承する烏丸光栄に、歌風のみならず仮名遣においてさえも、冷泉派とは合致しない部分、つまり〈古今和歌集調〉の仮名遣が多く出てくることは想像に難くない。

以上、住吉社に奉納された和歌作品の仮名遣を検討してきたが、堂上歌人の奉納和歌は〈定家仮名遣に合致する語の数〉の数値が概して高い。冷泉家や下冷泉家の歌人の数値がこうなるのは当然として、この結果には少し驚かされた。二条家の歌学は当初から「古今和歌集」を旨とし、天皇・皇族・廷臣たちを中心に、禁裏における和歌として重んじられていたからである。歌道指南の家、二条家が途絶えた後も、二条派として「頓阿―尭孝―常縁―宗祇―実隆―幽斎―智仁親王―後水尾天皇―後西天皇―霊元天皇―」（主な継承者）のごとく続いてゆく。これは古今伝授の御所系譜とも重なる。つまり、江戸時代においても堂上の多くは二条派歌人なのである。そのような穏健優美な王朝和歌の世界に、新古今調を理想とする冷泉派の歌学（ここでは仮名遣）が浸透して行ったのは何故なのだろう。

和歌の〈てにをは〉は、鎌倉時代初期から堂上和歌界においても重視され、順徳院の「八雲御抄」や、定家仮名遣による「下官集」と「仮名文字遣」の流布に伴い、これ等の仮名遣による〈天爾遠波伝授〉も、広く行き渡るようになったという[27]。江戸時代に入り、いわゆる〈御所伝授〉として古今伝授と同様に重要視されたのは、この天爾遠波伝授であり〈三部抄伝授〉であった。二つの御伝授は禁裏御所でよく催され、その度に、勅願寺である月照寺に御祈禱を命じたことは、同寺所蔵の「書状類」などで確認できる。〈序論二節〉で既に触れてはいるが、一部を再度引用すると、次のとおりである。

- 禁中様江、仙洞様より、天仁遠波の御てんしゆあそはされ候ニ付、御祈禱仰付られ候、（〈書状類〉38）
- 此度、禁裏御所江、従仙洞御所、三部抄御伝授ニ付、臨時御祈禱被仰付、（〈書状類〉18）

天爾遠波伝授が鎌倉時代から行われていたのに対して、三部抄伝授の方は江戸時代になってから始まったようだ[28]。

これは、藤原定家の著作とされる「詠歌大概・秀歌之体大略」「百人一首」「未来記・雨中吟」の読み癖や注釈の秘伝を伝えるものである。

このように、古今伝授の前段階の御伝授事として催されていたと思われる、天爾遠波伝授・三部抄伝授の両御伝授は、藤原定家の歌学、すなわち和歌指南家冷泉の歌学を基にしているのだから、二条派歌人をも含め堂上歌人たちの仮名遣も、定家仮名遣によるものが多くなるのは頷けよう。二条派歌人の多い堂上歌壇に定家仮名遣が浸透して行った理由は、このあたりにあったと考える。

また、右の引用例には、天爾遠波・三部抄の両御伝授が、上皇から天皇になされたとある。しかし、これは表向きであって、実は、定家の歌学を家の学とする和歌指南冷泉家が、これ等の御伝授に係わっていたに違いない。冷泉十三代為綱、十四代為久、十五代為村など三代の当主は、このようにして禁裏での影響力を強めて行った、と推察される。

なお、この仮名遣の調査は、玉津島社奉納和歌についても行っていて、住吉社の場合と同様の結果を得ていることを添えておく。

6　冷泉為村の仮名遣

住吉大社に現存する冷泉為村の和歌が、二百二十七首に及ぶことはこの節の冒頭で触れた。その内、「百首和歌（連名百首和歌）」中の十一首を除く、二百十六首が為村の自筆であるが、ここでは、自筆でないこの十一首、および玉津島神社に残る自筆和歌短冊の八首も加え、合計二百三十五首を対象にして為村の仮名遣を考える。

01　百首和歌（連名百首和歌）（宝暦二年〈一七五二〉）　為村四十一歳
　為村歌十一首中、

定家仮名遣に合致する語の数（二例・18％）

ア、定家仮名遣独特な表記（なし・0％）

イ、歴史的仮名遣と同表記（二例・18％）

おふる（生）・おもひ（思　名詞）

定家仮名遣に合致しない語の数（なし・0％）

02　詠百首和歌（宝暦二〈一七五二〉～三年頃）　為村四十一～二歳

百首中、

定家仮名遣に合致する語の数（二六例・26％）

ア、定家仮名遣独特な表記（一八例・18％）

うへ（植　動詞）2・おり（折節）・かほる（香）・とをく（遠）2・とをさと小野（遠里小野）・なるお（鳴尾）・はへ（映　動詞）・ゆへ（故）・をき（置　動詞）2・をと（音）2・をのか（己が）4

イ、歴史的仮名遣と同表記（七例・7％）

おきわかれ（起別　動詞）・おく（奥）3・おほえ（覚　動詞）・おほつかなし（覚束無）・をたまき（苧環）

ウ、その他の表記（一例・1％）

をとろけ〔驚〕

定家仮名遣に合致しない語の数（なし・0％）

ア項の第六例、「なるお（鳴尾）」は、「下官集」や「仮名文字遣」には見えない地名であるが、「仮名文字遣」に「勝尾寺（カチオノテラ）」「高砂尾上（タカサコノオノヘ）」などの例があるから、定家仮名遣でもナルオと表記されたことがわかる。歴史的仮名遣ではナルヲである。

03　住吉社奉納和歌（為村卿二十首和歌）（宝暦七〈一七五七〉～八年頃）　為村四十六～七歳

二十首中、

定家仮名遣に合致する語の数（七例・35％）

ア、定家仮名遣独特な表記（六例・30％）

さかへ（栄　動詞）・とをく（遠）・なを（猶）・ゆくゑ（行方）・をくる（送）2

イ、歴史的仮名遣と同表記（一例・5％）

おく（奥）

定家仮名遣に合致しない語の数（なし・0％）

ア項第一例「さかへ（栄）」について、「仮名文字遣」はサカユ・サカフの両形をあげている。為村もヤ行ハ行両形を用いていて、前者二例・後者一例を数える。また、他の奉納和歌中にも両者の形が見えている。ア項第三例の「なを（猶）」は、「下官集」や「仮名文字遣」には見いだせないが、定家自筆書写本「古今和歌集」（『冷泉家時雨亭叢書』）に、

かくなわに　おもひみたれて　ふるゆきの　けなはけぬへく
おもへとも　えふの身なれは　なを十やます　おもひはふかし

とあって、ナヲと表記されたことがわかる。

04　報賽五首和歌（宝暦十二年〈一七六二〉）　為村五十一歳

五首中、

定家仮名遣に合致する語の数（二例・40％）

ア、定家仮名遣独特な表記（一例・20％）

　やをあひ（八百会）

イ、歴史的仮名遣と同表記（一例・20％）

　おふる（生）

定家仮名遣に合致しない語の数（なし・0％）

ア項「やをあひ（八百会）」の例は「下官集」や「仮名文字遣」にはなく、定家自筆「拾遺愚草」・同じく自筆書写「古今和歌集」などにも見当たらない。歴史的仮名遣では、八百会の「八百」はヤホであるが、定家が仮名遣を定めるにあたり典拠としたのではないかと言われる[29]「色葉字類抄」（『尊経閣蔵三巻本色葉字類抄』勉誠社）には、「五百」の例ではあるが「五百井　イヲノヰ」（上巻・十六裏）とある。

また「仮名文字遣」にも、「をちかへりなけ」の例をあげて「百千返鳴也」（意味と同時に訓みを示す）と施しているから、定家仮名遣では「八百会」はヤヲアヒと表記されたと推察される。

なお、住吉社奉納「月次御法楽五十首和歌」（元禄九年三月二三日分）には、「やを万代を　君に契りて」の例がある。

05　春日詠五十首和歌（明和五年〈一七六八〉）　為村五十七歳

五十首中、

定家仮名遣に合致する語の数（一四例・28％）

ア、定家仮名遣独特な表記（九例・18％）

かほり（香　名詞）2・かほる（香）・とをき（遠）・とをく（遠）・なを（猶）2・一とをり（一通）・をのか（己が）

イ、歴史的仮名遣と同表記（五例・10％）

おり（下　動詞）・おく（奥）・おき（起　動詞）・もよほす（催）・をち（遠）

定家仮名遣に合致しない語の数（なし・0％）

ア項第六例「一とをり（一通）」について。「通」は定家仮名遣ではトオリ（ル）・トホリ（ル）と記すのが原則である。しかし「仮名文字遣」には、「岩きりとをし（岩切通）」の例もあり、「通」がある語に下接して複合語となる時には、「〜トヲリ（ル）」とヲで表記されることがわかる。

なお、住吉社奉納の前掲〈4項〉、第06番「河瀬（源）菅雄他連名三百三十三首和歌」にも「岩きりとをす」、同社奉納「月次御法楽五十首和歌」に「ひととをり」の例がある。[30] また、玉津島社奉納の「後桜町天皇（上皇カ）御奉納五十首和歌」と「月次御法楽五十首和歌」両者にも「一とをり」の例が見える。[29]

イ項第四例「もよほす（催）」は、「下官集」に「人をもよをして」「もよをされて」とあり、モヨヲスと表記することを説いている。しかし、定家自筆「拾遺愚草」（『冷泉家時雨亭叢書』）には、

もよほすも　なくさむもた、心から　なかむる月を　なとかこつらん

しほかまや　うらみてわたる　かりかねを　もよほしかほに　かへる浪哉

などの例があって、定家がモヨヲス・モヨホスの両者を認めていたことがわかる。

06　九月十三夜詠三十一首和歌（安永二年〈一七七三〉）　為村六十二歳

三十二首中、

定家仮名遣に合致する語の数（一一例・34％）

ア、定家仮名遣独特な表記（七例・22％）

　とをき（遠）・とをく（遠）3・とをさと小野（遠里小野）2・なを（猶）

イ、歴史的仮名遣と同表記（四例・13％）

　あひおひ（相生　名詞）・おきつ風（沖風）・おなし（同）・をちこち（遠近）

定家仮名遣に合致しない語の数（なし・0％）

07　古今伝授御法楽奉納和歌等短冊

短冊類では、住吉・玉津島両社の七点中、十七首が対象となる。それは次のとおりである。

延享元年（一七四四）六月御法楽　為村三十三歳　住吉社一枚・玉津島社一枚

宝暦十年（一七六〇）三月御法楽　為村四十九歳　住吉社二枚・玉津島社二枚

明和四年（一七六七）三月御法楽　為村五十六歳　住吉社五枚・玉津島社五枚

堂上寄合二十首（宝暦三年〈一七五三〉～四年頃）　為村四十二～三歳　住吉社一枚

十七首中、

定家仮名遣に合致する語の数（一例・6％）

ア、定家仮名遣独特な表記（一例・6％）

　なを（猶）

イ、歴史的仮名遣と同表記（なし・0％）

定家仮名遣に合致しない語の数（なし・0％）

7 「驚く」に見る為村の仮名遣

右、01番から07番の各結果をまとめてみると、為村歌二百三十五首中、〈定家仮名遣に合致する語の数〉は六十三例で二十七%となる。この割合は、前〈5項〉で示した、為村以外の住吉社奉納和歌における割合の平均（三〇%）と比較した時、それをわずかに下回っている。しかし、むしろ注目すべきは、二百数十首も詠んでいる内で定家仮名遣に外れた例がないことである。

では、例外は本当にないのだろうか。実は、例外とも思われるような例が一つある。第02番の「詠百首和歌」に見られる、ウの「をとろけ（驚）」である。「驚く」は、定家仮名遣においても契沖仮名遣と同様、オドロクとオの仮名を用いるのが原則となっている。事実、為村以外の住吉社奉納和歌においても、十八例（オドロカ・オドロキ・オドロク・オドロケ・オドロカス等）中、全てがオで書かれている。また玉津島社奉納和歌でも、十五例（オドロカ・オドロク・オドロカサ・オドロカシ・オドロカス等）中、やはり全てがオの仮名を用いている。このように、全てがオドロクとオの仮名で表記する中で、為村だけが間違えてヲの仮名を書いたとは考えにくい。為村は何らかの理由のもとにヲドロケと敢えてヲで表記したのではなかったか。

ところで大野晋は、金田一春彦の考えを基に、院政期（平安時代末期）から江戸時代初期までの間、京都地方に起こったアクセントの変化として五項目を立てている[31]。その中に「平平上平」（院政期）→「上上平平」（江戸時代初期）の変化があり、例として「おろそか」「あおのり」「ひおむし」等をあげる。では、この三語が実際にそのような変化をしているのかどうかを調べてみよう。「名義抄」（『観智院本名義抄（天理図書館善本叢書）』）によって平安時代末期のアクセントを見ると、三者は各々、

・稀　ヲロソカナリ（平平上平□□）　法下　八裏

・陟厘　アヲノリ（平平上平）　　僧下　五五裏
・蛜　ヒヲムシ（平平上平）　　僧下　一四裏

となって、共に「平平上平」のアクセントであることが確認できる。また、ヲの部分が共通して平声であるから、定家による仮名遣では各々、オロソカ・アオノリ・ヒオムシとオで書かれたはずである。

第一例「ヲロソカナリ」は、定家の「下官集」に目をやると、確かに「おろそか」となっている。それが「仮名文字遣」では、「をろそかなり」のごとくヲに変化しているのである。つまりこの語に関しては、前〈3項〉の終わりに紹介した、金田一春彦の言う大野晋の説いた変化（156頁）、「平平～」型アクセントの「上上～」型への変化が、江戸時代初期を待たずとも、行阿の「仮名文字遣」が成立した室町時代初期には、既に完了していたということになる。

第二例と三例「アヲノリ」「ヒヲムシ」も同様、「仮名文字遣」に「あをのり、あおのりとも」「ひをむし」と見え、当時既に「上上～」型アクセントに変化していたと推察される。ただし、第二例の「アヲノリ」については、「あおのりとも」と付記されているので、あるいは平安時代末期の「平平上平」アクセントも残っていたのかも知れない。この両者は「下官集」には見えない。

さてここで、右に検討したことと同じ考えのもとに、為村の語「驚く」の、平安時代末期のアクセントを「名義抄」で調べると、

・驚　オドロク（平平上平）　　僧中　五六表

のごとく、「おろそか」「あおのり」「ひおむし」と同様に「平平上平」アクセントであることがわかる。オは平声であるから、定家が「下官集」に「おとろく」と説いているのも当然のことである。また、行阿も「おとろく」と「仮名文字遣」に言うが、これは、行阿が仮名遣を考えた室町時代初期にはまだ、オドロクのアクセントは「平平上平」のままであったということに外ならない。

しかし、行阿から三百七十年以上も後、為村の頃には「上上～」型へと変化していたのではないか。「平」から「上」への変化があったからこそ、為村はヲドロケと書いたのである。恐らくは、行阿がそうであったように、為村も定家仮名遣のヲ・オの使い分けが、アクセントによるものであることに気づいていた。ちなみに、秋永一枝他編『日本語アクセント史総合資料―索引篇―』（東京堂出版）によれば、京都における「驚く」のアクセントは、江戸時代「ＨＨＬＬ（高高低低＝上上平平）」、現代「ＨＨＨＨ（高高高高）」となっている。すなわち、為村が日ごろ耳にし用いていたオドロクの、第一音節のアクセントは「高（上）」であったのだ。

多くの人々が自由奔放な仮名遣をしていた江戸時代において、堂上歌人をはじめ和歌に携わっている人達は、いわゆる定家仮名遣に準じて和歌を詠んだ。その歌人たちが、一つの異なりもなくオドロクと書いているこの語を、なぜ為村だけがヲドロクと表記したのかという疑問は、右の答を用意する以外に説明がつかないように思われる。

8　この節のおわりに

冷泉家現当主令室貴実子氏によれば、冷泉家においては、藤原定家を歌聖と称して特に神聖視し、その筆跡になる典籍をも学問の対象とし、家学を支える拠り所として今日まで来ているという[32]。したがって、冷泉家中興の祖と謳われた為村が、本来の歌学と直接ではなくとも間接的に係わってくる、定家の成した仮名遣や書法などを見捨てておくはずがない。現に、書法に関しては、父為久の代に途切れた定家流書体を復活させ、それを基に独自の冷泉流書風を確立させている。そして、定家の仮名遣についても研究の対象としていたであろうことは想像に難くない。つまり、遠祖藤原定家の筆法や仮名遣を守り、かつ発展させてゆくことによって、和歌指南家、冷泉家の権威を保持しようとしたのである。

以上、一見、定家仮名遣の例外かと思われる、為村の「をどろけ」という語は、実は定家仮名遣の破格ではなく、ヲ・オの使い分けの原理を熟知していたゆえに、当然のこととして書かれたものであった、という私見を結論として考察を終える。

注

（1）『国史大辞典』（吉川弘文館）・『和歌大辞典』（明治書院）・『冷泉家の年中行事』（朝日新聞社）などによって作成。下同。

（2）注（1）同書によって作成。ただ、『和歌大辞典』は入江家十三代を「相政」とする。

（3）冷泉家からの個人的な奉納では「詠百首和歌」が一番古く、享保十年（一七二五）頃と推察する。この和歌作品には「権中納言為久」の署名がある。為久が権中納言であったのは「公卿補任」（『新訂増補国史大系』）によれば、享保九年十二月十八日から同十三年十一月二十七日までである。したがって、この間に奉納されたことになる。今便宜上、享保十年頃としておいた。

（4）為理の「住吉社奉納和歌」には「権中納言藤原為理」と署名してある。為理は安政六年（一八五九）八月二十九日に権中納言に任ぜられている。また、「公卿補任」の終了する、明治元年（一八六八）時点でも正二位権中納言である。便宜上、この和歌作品は江戸時代末期頃のものと考える。

（5）宗家の「詠二十首和歌」には「右近衛権中将藤原宗家」の署名がある。中将は左右の近衛府の次官。正と権があり、従四位に相当する。「公卿補任」には、宗家について次のような記録がある。

　元禄一五七廿三誕生。（略）享保二四三正五位下（一六歳）。同五五十六従四位下（一九歳）。同六二廿左少将（二〇歳）。（略）同八四二従四位上（二二歳）。同十一五十二正四位下（二五歳）。同〈十二脱カ〉七十九右中将（二六歳）。

傍点部から考えて、「詠二十首和歌」は、享保十二年（一七二七）以降頃の奉納であっただろう。

一方、「冬日奉納住吉社詠三十首和歌」には「従二位行民部卿藤原宗家」の署名がある。「公卿補任」によると、宗家の、従二位と民部卿が重なっている期間は、延享四年（一七四七）十二月二十六日（二月一日叙従二位、一二月二六日兼民部卿）から、宝暦三年（一七五三）十二月二十一日（一二月二二日叙正二位）までである。つまり、この四十六歳から五十二歳までの間に奉納したことになる。

（6）元禄六年十月二十一日・同八年七月七日奉納分に為綱の歌は見えない。したがって三十五首となる。

（7）為村が従二位であったのは、「公卿補任」によれば、宝暦二年（一七五二）二月二十六日から同八年十二月二十七日までである。したがって、連名の「百首和歌」が奉納された宝暦二年九月には、既に従二位になっている。

（8）久保田啓一「堂上和歌の伝統と文化圏」（『日本の近世12　文学と美術の成熟』中央公論社）による。

（9）この和歌は、藤原定家が貞永元年（一二三二）八月十五夜の「名所月歌合」で詠んだもの。つまり、為村は定家の歌を用いて三十一首の冠歌としたのである。ただ、本文中の第二句傍点部は「ながら」となるのが本来である。それを「長く」に変えたのは、ラ行音である故だろう。古く、大和言葉にラ行で始まる語はない。

（10）例えば、五島美術館　名児耶　明も同様に説く。「住吉大社と冷泉家の書」（『すみのえ』一八五号　昭和六二年七月　住吉大社）、「定家流を築いた人々」（『定家様』昭和六二年二月　五島美術館）など。

（11）冷泉貴実子氏「冷泉家の筆道―定家様」（『定家様』注（10）同）。

（12）このことは、住吉大社に残る数多くの奉納和歌や自筆短冊の筆跡によって、その一端を窺い知ることが可能である。しかし、五島美術館　名児耶　明の論文に詳しく説かれているので紹介しておく。ただし、名児耶は当該論文に、住吉社へ奉納された七点の「御法楽五十首和歌」、および冷泉為久の奉納和歌「詠百首和歌」「住吉社奉納和歌（為久卿二十首和歌）」については触れていない。

名児耶明「住吉大社と冷泉家の書」（『すみのえ』一八五号　昭和六二年七月　住吉大社）

（13）天和三年（一六八三）六月、住吉社に奉納された古今伝授後「御法楽五十首和歌」中に、為綱の自筆和歌短冊が一枚含まれていて、筆跡は定家流である（32頁の写真Ⅸ〈右端短冊〉参照）。

擣衣　いとはやも　衣うつなり　嵐ふく　外山のさとの　よさむしられて　　為綱

（14）『定家様』（注（10）同）中に数点見られる、藤原定家筆の「小倉色紙」による。なお、岩波文庫『土左日記』の表紙にも、定家が書写した「土佐日記」の、冒頭部分の筆跡（定家流）が用いられている。

（15）「定家流を築いた人々」（『定家様』注（10）同）

（16）冷泉貴実子氏「冷泉家の筆道―定家様」（『定家様』注（10）同）。なお、冷泉流書法が冷泉家のみならず、弟子たちの間にも広まっていたことは、次によってもわかる。

為村の門人に、上野国高崎藩士で宮部義正という人物がいる。彼は宝暦二年（一七五二）から安永二年（一七七三）の間、師為村を訪ねて七度京都に上っているが、彼の筆跡も独特な冷泉流書法になっている（『群馬県史　6』中の写真「宮部義正の筆蹟」による）。

（17）下冷泉為行の父、十五代為起が天保二年六月一日に死去して後、下冷泉家の人物は「公卿補任」から姿を消す。したがって、為行の年齢は『三訂増補公卿辞典』（国書刊行会）により示した。

（18）③「詠百首和歌」には、「従二位藤原為村」の署名がある。為村が従二位であったのは、「公卿補任」によれば、宝暦二年（一七五二）二月二十六日から同八年十二月二十七日まで、つまり四十一歳から四十七歳までである。しかし、後述の〈五章二節3項・4項〉「為村の奉納年月不記和歌『堂上寄合二十首』」・「その他の奉納年月不記和歌」から、

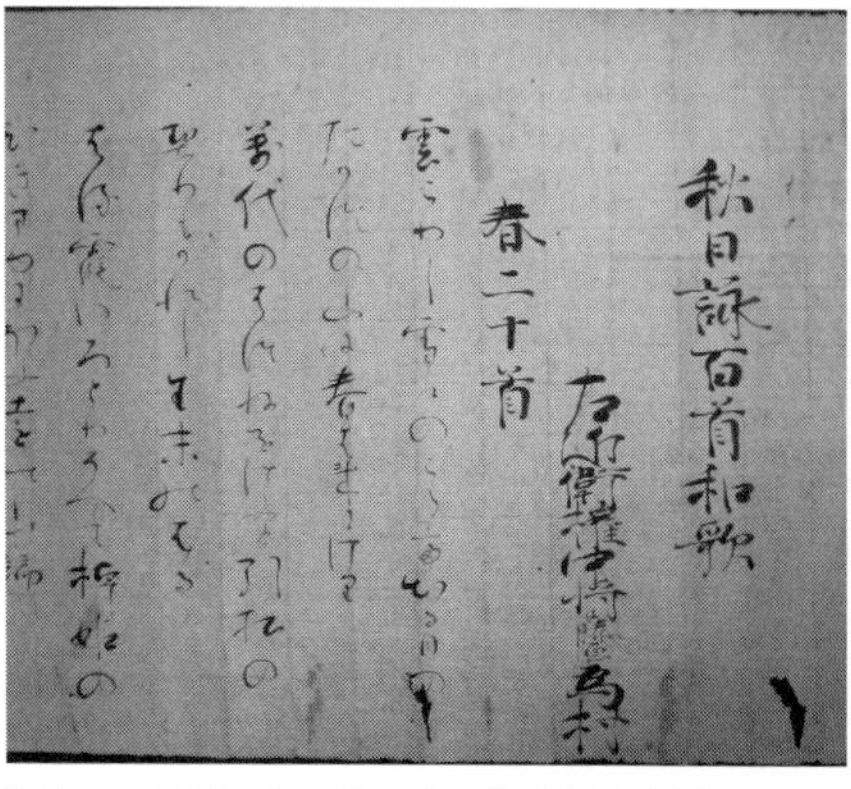

写真Ⅷ：為村二十五歳の時の筆跡（高津柿本社奉納）

この和歌作品を成したのは四十一歳～四十二歳の頃と考える。

（19）冷泉為村の、和歌三神への私的な奉納は二十五歳の時が最初で、それは高津柿本社であった。享保八年の霊元法皇御法楽の折に十二歳で和歌短冊を奉納してから、十三年ぶりのことである。前頁写真Ⅷは、その時に奉納した「秋日詠百首和歌」の冒頭部分である。住吉社奉納「詠百首和歌」（139頁　写真Ⅱ）と、ほぼ同じ筆跡と判断する。

（20）この人麻呂像（144頁写真Ⅵ）は、仏師が彫ったかと思われるほどのものである。頓阿にはこのような特技があったのだろうか。頓阿は、一般的には次のように説かれる人物である。

トンア・トンナとも。鎌倉・南北朝時代の僧侶、歌人、歌学者。京都の人で俗名は二階堂貞宗。出家後、二条家の嫡流二条為世に師事、為世の没後も二条宗家に仕えた。二条家歌学を再興。

（21）この〈かぶり歌（冠り歌）〉や、各歌の最後にも冒頭と同じ言葉を置く〈沓冠歌〉といった言語遊戯は、古くから行われていた。例えば、平安中期の歌人源順の家集である「源順集」には、藤原有忠や藤原輔相と互いに詠み競った「あめつちの歌四十八首」と題するものが残っている。今、始めと終わりの何首かを『続国歌大観』によって引用すると次のごとくである。

・あらさじと　打返すらむ　小田山の　苗代水に　ぬれて作るあ
・めも遥に　雪まも青く　成に皃　今日社野べに　若菜摘みてめ
・つく波山　咲ける桜の　匂をば　入て折らねど　よそ乍ら見つ
・ちぐさにも　綻ぶ花の　匂ひかな　いづら青柳　ぬひし糸すぢ

（中略）

・なきたむる　涙は袖に　満汐の　干るまにだにも　逢みてしがな
・れふ師にも　あらぬ我こそ　逢事を　照射の松の　燃え焦れぬれ
・ゐても恋　臥ても恋る　かひもなく　影浅ましく　みえぬ山の井

・てる月も　もるゝ板まの　逢はぬ夜は　濡れこそ渡れ　返す衣手

これは、左に掲げた「あめつちの詞」を、右の傍点部のごとく、歌の冒頭と末尾に詠み込んだ、いわゆる〈沓冠歌〉と称されるもので、これもまた折句の一種である。

▼【あめつちの詞】

古く行われた手習い詞の一種で、次の四十八字からなる。

あめ・つち・ほし・そら・やま・かは・みね・たに・くも・きり・むろ・こけ・ひと・いぬ・うへ・すゑ・ゆわ・さる・おふせよ・えのえを・なれゐて

傍線部には「えのえを（榎の枝を）」と「え」が二つあるが、これは、奈良時代にはあったイエオ各段の甲乙の書き分けが、平安時代初頭頃には大部分が混同して一音になってゆく中、依然として存在したア行のエ（e—榎—）とヤ行のエ（ye—枝—）との書き分けを反映したものである。つまり、「あめつちの詞」は平安時代の初期に作られたものであると推察できる。ついでながら、両者の区別をしない「いろは歌」は、平安時代中期頃の成立と考えられる。この「いろは歌」が一般化するまでは「あめつちの詞」が手習い詞として用いられた。

(22) 小倉嘉夫は、鶴﨑裕雄・神道宗紀・小倉嘉夫編著『月照寺明石柿本社奉納和歌集』（和泉書院）を共に執筆した奉納和歌研究会の会員で、以前、冷泉家時雨亭文庫の調査に携わったことがある。

(23) 例えば、大野晋が次の書などに説く。

・『国語学大辞典』（国語学会編　東京堂出版）
・「仮名遣の起源について」（『論集　日本語研究13　中世語』有精堂）
・「仮名づかいの歴史」（『岩波講座　日本語8　文字』岩波書店）

なお、金田一春彦は、定家仮名遣の「を・お」がアクセントの違いであることを実証したのは、大野晋だと言う（「〔五十九〕第七種の文献、文字の使い分け」〈『国語アクセントの史的研究　原理と方法』塙書房〉）

(24) 金田一春彦「〔六十二〕注意事項一、書誌学的考察」など（『国語アクセントの史的研究　原理と方法』塙書房）

(25)「仮名づかいの歴史」（『岩波講座　日本語8　文字』岩波書店）

(26) 注（23）の後半と同。金田一春彦「〔五十九〕第七種の文献、文字の使い分け」（『国語アクセントの史的研究　原理と方法』塙書房）

(27)『和歌大辞典』（明治書院）による。

(28) 注（27）同、による。

(29) 大野晋が、「仮名遣の起源について」（『論集　日本語研究13　中世語』有精堂）や、「仮名づかいの歴史」（『岩波講座　日本語8　文字』岩波書店）などに言う。

(30) 住吉社奉納の「月次御法楽五十首和歌」は、元禄七年十一月三日分と八年六月二十五日分に。また、玉津島社奉納の「月次御法楽五十首和歌」は元禄三年七月二日分に、各々の例が見える。

(31) 大野晋「仮名遣の起源について」（『論集　日本語研究13　中世語』有精堂）。大野は、金田一春彦の使用していた補忘記などによって、この五項目を立てたという。

(32) 冷泉貴実子氏「冷泉家の筆道—定家様—」（『定家様』昭和六二年二月　五島美術館）

右の記述により、通節は目が不自由であったこと、和歌に長けていたこと、などが知られる。もちろん、本「木綿襁和歌」を見れば、通節が勝れた歌人であったことはわかるのだが。

ところで、景色のよい場所は目にもいい、といった俗信が日本各地にあるようで、例えば、島根県平田市の一畑薬師などは、古くから眼病治癒の信仰を集めている。医術の面で未熟であった当時、眼病治癒は、神仏頼みが唯一の方法であっただろうことは、想像に難くない。また、住吉明神の鎮座する住吉浦や、玉津島明神の鎮座する和歌浦も風光明媚な地として有名で、「万葉集」をはじめ多くの歌集に、その景色の素晴らしさが語られる。住吉大社の方では聞かないが、玉津島神社には、遠北明彦宮司によれば、古くから眼病治癒の信仰があった。その一つに、眼病を患った霊元天皇が玉津島社で治癒祈願をしたところ快復した、という伝承がある。その時に寄進された燈籠が境内に現存するという。また、藤本清二郎[1]も、同神社「卯日講勧誘書」に眼病信仰のことが見られると指摘している。

このように、玉津島社に眼病治癒の信仰があったことを思うと、目の不自由であった通節が、玉津島社に本「木綿襁和歌」を奉納したのは、和歌上達の祈願であると同時に、眼病治癒の祈願が込められていたと考えられる。跋にあるように、元禄十三年（一七〇〇）正月の奉納であった。

通節の和歌十二首を挙げておく。「／」は各句の切れ目、太字で示した部分は、文字の交わっている箇所である。

• 《縦》右から順に左へ

「梅」……**な**かき 日 に／**に**ほふもあかす／**は**なかつら／**つ**きて咲きそふ／**に**はの梅か枝
「郭公」…**あ**め はれ ぬ／**さ**月の 夜半 を／**か**さねつ、／**や** ま 郭 公／**ま**ちえてそきく
「月」……**や**まの は の／**く**も間によひ／**も**るかけの／**た**え〳〵見えて／**つ**きそさやけき
「氷」……**わ**き かへ る／**か**はせの 水 を／**せ**きとめて／**こ**ほり 初ぬ る／**か**みな月かも
「神祇」…**た**れも 世 に／**ま**なへ は 祈る／**つ**きせすも／**し** き 島 の 道／**ま**もるみ神を

・《横》上から順に下へ
「春」……なみのうへの／あさなき に 立／やへかすみ／わけゆく 船 も／たとるはかりに
「夏」……にはも せ の／さかりを見れは／くまもなき／かきねの 月 に／まかふ卯花
「秋」……はらへ とも／かと田のおしね／もる 袖 の／せ はき 深 き／つゆそ置きそふ
「冬」……つもれ はや／やとの 軒端 の／たけもまつ／こよひの 雪 に／したおれのこゑ
「恋」……に ゐ 枕／まつかはす夜に／つきて 猶／かはらぬ 中 は／まさる契りか
・《斜》縦の「梅」と横の「春」の間から、斜め左下へ
「賀」……なそへ なく／さちありとのみ／もろひとの／この 君か代 を／まつあふく也
・《斜》縦の「神祇」の左から、斜め右下へ
「賀」……たつ なみ も／かせもしつけし／ものことに／やはらくこゑや／にしの海まて

二、住吉社の場合

1 津守国治・国教・国輝の和歌——各奉納和歌に見る仮名遣を資料として——

住吉大社に祀られる筒男の三神は、四世紀の終わり頃、海路を司る航海の神として住吉の地に鎮座した旨が「日本書紀」（神功皇后摂政元年二月条）に記されている。[2] そしてこの神を祀るために、手搓足尼《たもみのすくね》（田裳見宿禰）が神功皇后より津守の氏を与えられ初代神主になった、と「住吉松葉大記」（氏族部一六 手搓足尼条）は伝える。[3]

この後、津守氏は住吉社の神主を世襲することになるが、同時に秀れた歌人を多く輩出し、平安時代後期の頃から

は和歌の家としても知られるようになってゆく。

さて、ここでは江戸時代に、津守国治・国教・国輝の各当主によって奉納された、住吉大社現存の和歌懐紙および和歌短冊四点を、仮名遣の面から検討することによって、彼らの和歌に対する意識などを考えてみようと思う。その四点は次のごとくである。

・津守国治…寛文五年（一六六五）二月吉日奉納　三十首和歌
・津守国教…正徳二年（一七一二）正月吉日奉納　五十首和歌
・津守国輝…延享元年（一七四四）三月三日奉納　十首和歌
・津守国輝…寛延三年（一七五〇）十二月二十九日奉納　十首和歌

a　津守氏と和歌

津守一族には、歌人として活躍をした人も多いが、その基盤を築いたのは三十九代国基であった。平安時代後期に国基が出て、「後拾遺和歌集」に三首入集して後、津守氏からはその子孫に歌人が相次ぎ、勅撰和歌集の作者となっている。そして、津守氏は和歌界における力を徐々に増してゆく。「津守氏古系図」（加地宏江翻刻[4] 下同）には、四十八代国助の三女が、藤原定家の曽孫で和歌家の二条為世に嫁いだことを記す。このことが、津守氏の和歌界における地位を固めた理由の一つとして挙げられよう。その証しに、二条為世が撰者となった十三番目の勅撰和歌集、「新後撰和歌集」以降、津守一族の入集歌が急増する。これについては、〈資料V〉「勅撰集における津守氏歌人の歌数および個人別歌数」の表中、最下段の「勅撰集別計」を参照していただきたい。

しかし、和歌界における津守氏の地位が永遠に続くことはなく、一族の中で特に秀れた歌人として活躍したのは、平安時代後期の三十九代国基から、室町時代の五十六代国博までの三十一人であった。その後は、あまりはかばかしくなかったようだ。

勅撰和歌集に収録された津守一族の歌は、「津守和歌集」として編まれ、そこには三十人、計二百九十二首が収録されている。保坂都によれば、この「津守和歌集（加賀本）」は、五十六代国博が二十二歳の時に編纂したものであるという。[5] また保坂は、「津守和歌集」に収録されたもの以外に、津守氏歌人の勅撰和歌集入集歌が四首あることを指摘している。さらに、「津守氏古系図」によれば、性瑜（四五代国長三男、国業の次男。実は国長長男、四六代経国の子）という人物が見えて、勅撰和歌集に一首収録されている旨が記されているので、各勅撰和歌集中に見る津守一族の歌は、合計三十一人で二百九十七首ということになる。なお、〈資料V〉の表には三十二人分の欄が設けられているが、歌人の部分セ項の二つ、国顕と寂信は同一人物なので、人数は三十一人である。また、フ・ヘ・ホ・マ項、すなわち大江長村・備遍法師・暁勝法師・寿暁法師の四者は、「津守氏古系図」に見えない。ただ、大江長村について考える時、「津守氏古系図」の棟国（四七代国平の六男）条に「母中務丞大江家村女」のごとくあって、大江家村という津守氏の縁者と思われる人物を見る。同じように、大江長村も津守氏の縁者であったのだろう。[6] 他の三者も同様であったのではないか。

さて、津守一族を代表する三十一人の歌人の中でも、勅撰和歌集に十首以上を残した、三十九代国基（一七首）・四十六代経国（一二首）・四十七代国平（一五首）・四十八代国助（八二首）・四十九代国冬（五七首）・五十代国道（二三首）・五十一代国夏（三〇首）・五十二代国量（一〇首）、そして、一首しか残していないものの、「津守和歌集（加賀本）」を編纂した五十六代国博の、合計九人は、特に和歌における業績を残した人たちであると言えよう。これについても〈資料V〉の表、右端の「個人別計」を参照していただきたい。

b　近世期の和歌と仮名遣――「正徹百首和歌」と「源雅奉納百首和歌」を基に――

住吉社神主、六十六代国治・六十七代国教・六十九代国輝は、江戸時代の初期から中期にかけての津守家当主である。彼らの和歌を知るためにも、この頃の歌人たちが用いていた仮名遣について確認しておこう。既に〈四章五節〉で述べたことではあるが、江戸時代に住吉社と玉津島社へ和歌を奉納した歌人たちの仮名遣は、若干の和歌作品を除いて、概ね定家仮名遣に準じている。特に、藤原定家を遠祖とする冷泉家の人々の歌はこの仮名遣に外れたものがない。これは下冷泉家の歌人たちについても言えることである。

ところで、住吉大社には、室町前期の歌僧正徹（庵号：招月または松月）が、文安六年（一四四九）に住吉社へ奉納するために成した「正徹（招月）百首和歌」が残っている。この作品は松平定信が入手したが、定信没後十八年を経た弘化四年（一八四七）、彼の息子たちによって、「松平定信百首和歌」（文化六年〈一八〇九〉）と共に再度住吉社に奉納されたのである。[7]

既に〈四章五節4項〉で触れてはいるが、今、「正徹（招月）百首和歌」の中に、定家仮名遣に準じた仮名遣がどのくらいの割合で含まれているかを再度見てみよう。定家仮名遣の特徴は「を・お」の書き分けにある。だから、ヲ・オを含まない語で、かつ契沖仮名遣と共通しているものは除いて（ただし、ヲ・オを含まない語であっても、契沖仮名遣に合致しないものは、定家仮名遣の独特な語として数に入れる）、当該奉納和歌中の歌数を百とした時の割合で示してみる。すると、〈定家仮名遣に合致する語の数〉は四十%、〈定家仮名遣に合致しない語の数〉が七%となる。住吉社奉納和歌全体の平均が、前者三十%（最高四二%〜最低一二%）、後者二・五%（最高一五%〜最低〇%）だから、定家仮名遣に合致する語も、合致しない語も、共に高い数値であるといえる。両者は概ね、定家仮名遣に合致する例が高ければ、合致しない例は低く、逆に合致する例が低ければ、合致しない例が高いという関係にある。

正徹は冷泉派の歌人である。したがって、〈四章五節5項〉で確認したとおり、定家仮名遣に合致する語が多いのは当然といえる。また、同時に合致しない語も比較的多くなる訳は、行阿が「仮名文字遣」を著した後にも、まだ定家仮名遣が冷泉派の歌人にさえ、十分には行き渡らなかったためと考える。

なお右の、定家仮名遣に準じた語が当該奉納和歌数の中にいくつあるか、という計算方法ではなく、今度は、定家仮名遣のヲとオの使い分けを遵守しているかどうか、という捉え方で示してみよう。住吉社奉納和歌の中から「惜し（む）」と「音」を例にしてみる。前者は定家仮名遣では「オシ（ム）」、後者は「ヲト」である。

・惜　＝　住吉社奉納和歌中の数　百十五例　＝　オシ（ム）…百十四例（定家仮名遣）
＝　ヲシ（ム）………一例（破格の例）
・音　＝　住吉社奉納和歌中の数　四十七例　＝　ヲト…………四十五例（定家仮名遣）
＝　オト……………二例（破格の例）

定家仮名遣の破格三例は、ともに源雅の「源雅奉納百首和歌」に見るものである。このように、住吉社奉納和歌の堂上歌人をはじめとする作者たちは、明らかに定家仮名遣を意識していることがわかる。

一方、江戸時代のもう一つの仮名遣として、いわゆる〈契沖仮名遣〉がある。僧契沖は平安時代中期以前の物語や古歌の表記に倣って仮名遣を定めた。これは契沖の成した「和字正濫鈔」に見られるが、彼の仮名遣は主に国学者たちの間で用いられ、後の歴史的仮名遣の基礎となっている。定家仮名遣の特徴でもある「を・お」の書き分けの例を「和字正濫鈔」（『国語学大系（第六巻）』）で確認すると、例えば、次のごとく、定家仮名遣とは逆の表記をするものが多い。

・惜　＝　をしむ　日本紀萬葉。おしむと書くへからす。（筆者注…定家仮名遣ではオシム）
・音　＝　おと　萬葉におほし。をと、書くへからす。（筆者注…定家仮名遣ではヲト）

さて、江戸時代においては、堂上歌人を中心とした人たちは定家仮名遣を用い、国学者たちは契沖仮名遣を用いた旨を右に述べたが、和歌にも国学にも携わらない、一般の人々の用いていた仮名遣はどのようなものであったのだろうか。それは自由奔放な仮名遣であったようだ。

例えば、住吉社奉納和歌中に、右の「源雅奉納百首和歌」があって、作者の源雅の仮名遣がこれにあたる。作者についても、奉納年月についても未詳であるが、奉納の事情を記す「源雅武運長久之願」という言葉や和歌の内容から、源雅は和歌を専門とする文人というよりも、むしろ武人肌の人物だったのではないかと推察される。この源雅の奉納した和歌は、定家仮名遣に合致する例の割合が低く、合致しない例の割合が大変高い。そして、合致しない十四項目十六例の中には、定家仮名遣とも契沖仮名遣とも異なった、独自の表記をしているものが含まれる。それは、

・かい（甲斐）＝2例
　定家仮名遣＝かひ　………　契沖仮名遣＝かひ[8]
・さほしか（小牡鹿）
　定家仮名遣＝さをしか　…　契沖仮名遣＝さをしか
・たとゐ（譬ゐ　動詞）
　定家仮名遣＝たとへ　……　契沖仮名遣＝たとへ
・ふじ浪（藤浪）
　定家仮名遣＝ふぢ浪　……　契沖仮名遣＝ふぢ浪
・をひて（置き　イ音便）
　定家仮名遣＝をいて　……　契沖仮名遣＝おいて
・山のかい（山峡）
　定家仮名遣＝山のかひ　…　契沖仮名遣＝山のかひ

・妻かふ（妻恋ふ）
　定家仮名遣＝こふ　………　契沖仮名遣＝こふ

という七項目八例である。今は仮に、「源雅奉納百首和歌」を江戸時代の成立としておくが、この時代、仮名遣に敏感でない人々にとっては、源雅のような自由な仮名遣こそが一般的であったのだ。

　また、俳聖松尾芭蕉も時には自由奔放な表記を用いた。『天理図書館善本叢書』の「鹿島詣」は芭蕉自筆であるという（同本解題による）。その中には、

・をの〳〵（各々）
　定家仮名遣＝をの〳〵　：　契沖仮名遣＝おの〳〵

・おはな（尾花）
　定家仮名遣＝おはな　……　契沖仮名遣＝をはな

・おり〳〵（折々）
　定家仮名遣＝おり〳〵　：　契沖仮名遣＝をり〳〵

などと、定家仮名遣に準じた仮名遣も見られるものの、

・めずべき山（愛・感）
　定家仮名遣＝めづ[9]　……　契沖仮名遣＝めづ

・さおしか（小牡鹿）
　定家仮名遣＝さをしか　：　契沖仮名遣＝さをしか

のごとく、定家仮名遣でも契沖仮名遣でもない、独自の仮名遣で書いたりもしているのである。

c　津守国治・国教・国輝の和歌

続いて、津守国治・国教・国輝に関して、および彼らが住吉社に奉納している和歌について見ていこう。三人は神主であると同時に官人でもあり、さらに、保坂都『津守家の歌人群』（武蔵野書院）によれば、国治と国教は歌人としての側面も有しているという。

ア　津守国治と「寛文五年二月吉日奉納三十首和歌」

第六十六代国治は、津守氏歌人の中で初めて勅撰和歌集に入集した国基（平安時代後期、三九代）から数えて二十七代の後裔にあたる。「津守氏古系図」によれば、寛永十六年（一六三九）九月二十三日に、父三宅玄蕃頭陳忠と母六十五代国貞妹の子として誕生、童名を亀丸といった。正保元年（一六四四）、国貞の甥であることから津守家（国貞）の養子となる。同二年に七歳で住吉社の神主となり、従五位下に叙され、左近衛将監に任ぜられている。寛文四年（一六六四）には後西上皇が後水尾法皇から古今伝授を受けられた時の、いわゆる〈古今伝授後 御法楽五十首和歌〉が、国治を召して住吉社に奉納されていて、この時の「御法楽五十首和歌」は住吉大社に現存している。寛文十二年には従四位上に叙せられ、延宝五年（一六七七）四月十三日に三十九歳で没している。

特筆すべきは、十四歳の時に当代随一の歌人である中院通村に師事し、和歌を学んでいることであろう。国治はその折に「寄道祝歌」という題で歌を詠み、通村はその歌を称賛して詠み答えている。

・しるへせよ　代々に久しき　跡とめて　けふ入初むる　敷島の道　　国治

・代々の跡　つきてそならへ　しきしまの　道守るてふ　神につかへて　　通村

津守国治は、寛文五年に住吉社へ「寛文五年二月吉日奉納三十首和歌」を奉納している。次に、継懐紙に書かれた国治の三十首和歌を、仮名遣に注意しながら部分的に引用してみよう。各歌の頭の番号は、懐紙に記された順番である。なお、（　）内の略称「定家」は定家仮名遣、「契沖」は契沖仮名遣で、引用歌傍線部（傍点部）を両者がどのように表記するかを示している。

03　若菜　打出て　つみは残さし　かすか野ゝ　をとろか下に　生る若なも
（棘：定家＝ヲトロ・契沖＝オトロ）

04　鶯　をのれ啼きて　千里のはるを　しら雪の　きえも尽さぬ　谷の鶯
（己：定家＝ヲノレ・契沖＝オノレ）

21　寄涙恋　かはく間も　あらぬなみたの　あとならは　あふせ有やと　たのめをかまし
（置：定家＝ヲク・契沖＝オク）

25　寄雲恋　いとゝなを　よるかたもなし　さゝかにの　雲のはたてに　もの思ふ身は
（猶：定家＝ナヲ・契沖＝ナホ）

28　述懐　かくはかり　有にまかする　世なりしを　しらておしむと　ひとやみるらん
（惜：定家＝オシム・契沖＝ヲシム）

29　尺教　あふくへし　さりし仏は　匂ふれと　ときをく法は　いまも有けり
（置：定家＝ヲク・契沖＝オク）

右のごとく国治は、定家仮名遣と契沖仮名遣とで「を・お」の表記に異なりのある語について、すべて定家仮名遣に従っている。そして、これ以外の語についても、この仮名遣に外れたものはない。これは単なる偶然ではなく、明らかに意識して定家仮名遣を用いたものと判断される。

先ほど、国治は当代一流の歌人中院通村から和歌の手ほどきを受けたと言ったが、当然のことながら、国治の方も専門的な指導を受けた和歌の専門家、つまり、正統派の歌人であったということになる。

イ　津守国教と「正徳二年正月吉日奉納五十首和歌」

第六十七代津守国教は、父国治と同様、神主であり、歌人であり、官人であったとされる。「津守氏古系図」によれば、寛文元年（一六六一）八月八日に誕生、童名を千永今丸といった。七歳で従五位下に叙せられ、大学寮助に任ぜられている。同じ七歳の時に住吉社の権神主、十八歳で同社の神主となる。天和二年（一六八二）には、江戸に赴き将軍綱吉公に謁見。同三年の時に、霊元天皇が後西上皇から古今伝授を受けた後の「御法楽五十首和歌」が、国教を召して住吉社へ奉納されている。この時の「御法楽五十首和歌」は住吉大社に現存する。そして同じ天和三年、霊元天皇の勅命により「住吉社年中行事」「歴代御寄進例」「難波梅」「住吉和須礼草」を奏覧。正徳元年（一七一一）には神主職辞退、社務四十五年。享保三年（一七一八）従三位に叙せられ、同十五年十一月三日に七十歳で没している。

神主職を退いた翌正徳二年、国教が住吉社に奉納した「正徳二年正月吉日奉納五十首和歌」は、自筆和歌短冊五十一枚からなり、最終短冊の裏書には、「奉納五拾首和歌正徳弐年正月吉日　正四位下行左京大夫津守朝臣国教敬白」と記す。傍点のごとく「五拾首和歌」と記すが、実際には一枚（一首）多くなっている。そして、五十一枚の短冊は模様も筆跡も同じである。

次に、国教の仮名遣を確認しよう。各歌の頭に施した番号は、住吉大社に保管する和歌短冊の、重ねられた順番に従っている。

01　夢想　　此郷に　たはむれ遊へ　子規　みさへ花さへ　匂ふ橘
（戯…定家＝タハフレ・契沖＝タハフレ）

02　初春　　万代の　光もけふは　おのつから　改りぬる　春の始に
（自…定家＝ヲノツカラ・契沖＝オノツカラ）

19　瓜　　柴かこふ　薗の垣ねに　ほふ瓜の　なるてふ時に　あわまし物を
（這…定家＝ハフ・契沖＝ハフ）（逢…定家＝アハ・契沖＝アハ）

28　鳴　　寝覚する　秋の哀を　催ふすは　羽ねかく鳴の　曙の声
（催…定家＝モヨヲス or モヨホス・契沖＝モヨホス）

35　川水鳥　冬川の　氷る汀に　おのかとち　霜をや侘る　鴛鴨の声
（己…定家＝ヲノカトチ・契沖＝オノカトチ）

39　狩　　とや出し　緑の鷹の　暮ぬ間に　御狩の野へに　あわせし物を
（合…定家＝アハス・契沖＝アハス）

国教の場合、五十一首中、定家仮名遣の特徴である「を・お」の書き分けで、この仮名遣に合致する例はなく、合致しない例は「おのつから（自づ）」「おのかとち（己が）」の二例である。「を・お」の書き分け以外では、「たはむれ（戯）」「ほふ（這）」「あわ（逢）」「催ふす」「あわせ（合）」の五例が定家仮名遣に反している。もちろん、定家仮名遣に準じた表記として、「ましる（混・交）」「あらは（露）」「うへ（上）」「そふ（添）」（これ等は契沖仮名遣とも合致している）などがないわけではない。しかし、「を・お」の書き分けが正確になされていないということは、国教が定家仮名遣を意識していなかったことに外ならない。

さらに、国教の仮名遣で特徴的であるのは、右に記した、定家仮名遣に反している「たはむれ（戯）」「ほふ（這）」「あわ（逢）」「催ふす」「あわせ（合）」などの例が、同時に契沖仮名遣とも合致しないことだろう。すなわち、国教は定家と契沖の両仮名遣に束縛されない、自分流の奔放な表記をしているのである。

このような点から見て、津守国教は和歌を専門的に学ぼうという意識がそれほどには強くなかった、と推察される。つまり、彼は正統派の歌人ではなかったのである。

ウ　津守国輝と延享元年および寛延三年奉納各十首和歌

第六十九代津守国輝は、「津守氏古系図」の項目では輝教となっていて、六十八代国該の子の項に置かれている。しかし、母親について同古系図には、国該の母（清原宣幸女）と同じ旨が記されているので、実は国該の弟ということになる。元禄八年（一六九五）十一月二十三日誕生、童名を八百丸といった。正徳元年（一七一一）、十七歳で住吉社の権神主となり、同年従五位下に叙せられて上総介に任ぜられた。享保二年（一七一七）には兵部少輔に任ぜられ、この時に国輝と改名する。享保十八年、江戸に赴き将軍吉宗に拝謁、宝暦五年（一七五五）には従三位に叙せられ、同七年六月二十七日に六十三歳で没した。社務四十七年。

次に、国輝の和歌二点「延享元年三月三日奉納十首和歌」「寛延三年十二月廿九日奉納十首和歌」を見てゆこう。延享元年（一七四四）奉納の十首和歌は五十歳の時のもので、奥書に「寛保四甲子年三月三日」とあるが、寛保四年（一七四四）二月二十一日に延享と改元しているので、三月三日時点では延享元年とするのが正しい。単なる勘違いだったのか、それとも、改元以前に三月三日奉納として既に成立していた、という事情でもあったのだろうか。一方、寛延三年（一七五〇）奉納の十首和歌は、国輝五十六歳の時のものである。

続いて、国輝の仮名遣を確認しよう。ここでは二点の奉納和歌をまとめて二十首として扱うことにする。各歌に施した番号は、延享元年奉納十首和歌に記された順に従っている。なお、「寛延三年十二月廿九日奉納十首和歌」の方には、独特な表記例として該当するものはない。

04　郭公　ほとゝきす　をのかさつきを　いく度か　花橘の　陰に鳴くらし
（己…定家＝ヲノカ・契沖＝オノカ）

09　述懐　とにかくに　をろかなる身の　行末を　思ひくらして　年そへにける
（愚…定家＝ヲロカナル・契沖＝オロカナル）

その他、「を・お」の書き分け以外で、表記が定家仮名遣と一致しているもの

木すゑ（梢）・くれなゐ（紅）・あふけ（仰）・かひなき（甲斐）・たえ（絶）・みえ（見）など（これ等は、契沖仮名遣とも概ね一致している）

第一例「をのか（己）」は、定家仮名遣で「をのが」、契沖仮名遣で「おのが」と表記され、第二例「をろかなる（愚）」は、定家仮名遣で「をろかなる」、契沖仮名遣で「おろかなる」と表記されるので、国輝は定家仮名遣を用いていることになる。彼の場合、二十首と歌数が少ないので断定は出来ないが、定家仮名遣の特徴である「を・お」の書き分けを守っているところから、正統派の和歌を学んでいたことが窺われる。

津守国輝は、神主であり官人であったとされ、歌人とは見られていないようだが、右のことから、彼は高い和歌意識を有した歌人であったと考える。

エ　第1項 cのおわりに

江戸時代における津守氏の歌人は、古今伝授後の各「御法楽五十首和歌」の作者にも、霊元上皇の「仙洞御所月次御法楽和歌」の作者にも選ばれていない。かつて、勅撰和歌集の作者に多くの者が選ばれ、華々しかった頃に比べると、寂しいかぎりの有様である。しかし、その中でも国治は、当代随一の歌人である中院通村に師事して歌道に勤しんだ、正統派の歌人と見ることができる。国輝もまた同様であったと推察される。だが国教は、少なくとも正統派の歌人ではなかった。

ところが、保坂都『津守家の歌人群』は、「津守氏古系図」の記載を基にして、次のように説く。

・国治は江戸時代霊元天皇の御代人で、「津守氏古系図」によると、「寛文四年〈一六六四〉六月朔日、住吉社御法楽和歌五十首召国治御奉納云々」の記事があるので、当時歌人として知られていた事が判る（略）。国教は

「津守氏古系図」に「天和三年癸亥〈一六八三〉六月一日住吉社御法楽和歌五十首今上自□新院古今和歌集御伝授之御祈也召国教御奉納（略）」の記事があるように、国教も歌人として相当認められていたらしい。

・江戸時代には霊元天皇の御代に国基二三代の孫国治が寛文四年〈一六六四〉和歌五十首を献上、二四代孫の国教が霊元天皇天和三年〈一六八三〉に「住吉社御法楽和歌五十首」を主催し、云々。

つまり、国治は五十首和歌を禁裏御所へ献上し、国教は御法楽和歌御会を主催している、そこから判断すると、国治も国教も著名な歌人であったようだ、というのである。しかし、同古系図の記載内容は、〈1項cア・イ〉にも述べたとおり、寛文四年古今伝授の後の住吉社奉納「御法楽五十首和歌」を、神主津守国治を呼んで奉納した。同様に、天和三年古今伝授の後の住吉社奉納「御法楽五十首和歌」を、神主国教を呼んで奉納した、という意味である。国教に関して見れば、「彼は住吉社御法楽和歌五十首を主催した」という誤解が、国教を、相当に認められていた正統派の歌人であると判断させたようだ。しかし、仮名遣の面から見て、彼は決して正統派の歌人とは言えないことを指摘しておきたい。

2　津守国礼の和歌——「有賀長収ほか奉納和歌」中の国礼和歌仮名遣から——

住吉社の神主を世襲した津守氏が、勅撰和歌集にも入集するような歌人を多く輩出していることは、〈1項a〉で述べた。二十一代集を通じて計十首以上入集している者は、平安時代後期の三十九代国基（一七首）をはじめとし、四十六代経国（一二首）・四十七代国平（一五首）・四十八代国助（八二首）・四十九代国冬（五七首）・五十代国道（二三首）・五十一代国夏（三〇首）・五十二代国量（一〇首）などとなる。

室町時代の五十六代国博以降には、著名な歌人は現れていないものの、江戸時代における六十六代国治と六十九代国輝などは、神主であると同時に専門的に和歌を学んだ人物であったと考えられる。

ここでは、江戸時代の七十二代神主である津守国礼の、和歌と言葉に対する意識を、彼が「有賀長収ほか奉納和歌」の中に詠んだ六十四首を手懸かりにして探ってみよう。同時に、国礼の和歌が載る「有賀長収ほか奉納和歌」についても若干の考察を加えてみたい。

a「有賀長収ほか奉納和歌」の筆者

有賀家は、代々京都で医師を勤める家であった。しかし、長伯（一六六一～一七三七）が家業を捨て、大坂の地で和歌を志して以降、江戸時代における地下和歌を継承する宗匠家へと変わってゆく。地下和歌宗匠家、有賀家は「長伯―長因―長収―長基―長隣」と続き、和歌に携わったのは江戸末期の長隣までである。長収は第三代ということになる。住吉大社には、初代長伯が享保五年（一七二〇）九月に奉納した「有賀長伯ほか連名百首」も現存する。

さて、この「有賀長収ほか奉納和歌」も、長収により和歌指導の一環として奉納されたものである。その指導は、寛政三年（一七九一）から文化二年（一八〇五）までの十五年間にわたって成された。長収が自ら序文に「春夏秋と三度に定む」と言うごとく、初めの五年間は〈二月・五月（一部六月）・九月〉の年三度催されていたが、寛政八年からは〈三月・九月〉の年二回開催となっている。これ等の十五年間にわたる、百四十八人、千六百二十六首の和歌は、巻子十五巻に分かち収められて奉納された。一巻に一年分の、兼題による〈奉納和歌〉および探題による〈同日当座和歌〉を収める、といった具合である。

次に、各巻子を浄書した筆者について考えてみよう。十五巻の各筆者は一部を除き明記されていないが、各巻の筆跡を検討して、筆者を便宜上アルファベットで示すと次のようになる。

第一巻
　序　文　　A（有賀長収）

寛政三年二月七日奉納和歌・同日当座和歌　B（菊川明教）
寛政三年五月二十二日奉納和歌・同日当座和歌　B（菊川明教）
寛政三年九月二十日奉納和歌・同日当座和歌　B（菊川明教）

第二巻
寛政四年二月二十日奉納和歌・同日当座和歌　C
寛政四年六月九日奉納和歌・同日当座和歌　C
寛政四年九月二十日奉納和歌・同日当座和歌　C

第三巻
寛政五年二月六日奉納和歌・同日当座和歌　C
寛政五年五月二十一日奉納和歌・同日当座和歌　C
寛政五年九月二十日奉納和歌・同日当座和歌　C

第四巻
寛政六年二月四日奉納和歌・同日当座和歌　C
寛政六年五月二十日奉納和歌・同日当座和歌　C
寛政六年九月二十日奉納和歌・同日当座和歌　C

第五巻
寛政七年二月四日奉納和歌・同日当座和歌　C
寛政七年五月二十日奉納和歌・同日当座和歌　C
寛政七年九月二十日奉納和歌・同日当座和歌　C

第六巻
寛政八年三月二十日奉納和歌・同日当座和歌　D
寛政八年九月二十日奉納和歌・同日当座和歌　D
第七巻
寛政九年三月二十日奉納和歌・同日当座和歌　D
寛政九年九月二十日奉納和歌・同日当座和歌　D
第八巻
寛政十年三月二十日奉納和歌・同日当座和歌　E
寛政十年九月二十日奉納和歌・同日当座和歌　E
第九巻
寛政十一年三月二十日奉納和歌・同日当座和歌　F
寛政十一年九月二十日奉納和歌・同日当座和歌　F
第十巻
寛政十二歳三月二十三日奉納和歌・同日当座和歌　G
寛政十二歳九月二十日奉納和歌・同日当座和歌　G
第十一巻
亨和元年三月二十日奉納和歌・同日当座和歌　F
亨和元年九月二十五日奉納和歌・同日当座和歌　F
第十二巻

享和二年三月二十八日奉納和歌・同日当座和歌　H
享和二年九月二十日奉納和歌・同日当座和歌　H
第十三巻
享和三年三月二十日奉納和歌・同日当座和歌　H
享和三年九月二十日奉納和歌・同日当座和歌　H
第十四巻
文化元年三月二十日奉納和歌・同日当座和歌　H
文化元年九月二十日奉納和歌・同日当座和歌　H
第十五巻
文化二年三月二十日奉納和歌・同日当座和歌　F
文化二年九月二十日奉納和歌・同日当座和歌　F

右のとおり、「有賀長収ほか奉納和歌」の各十五巻は、A～H、つまり八人の人物によって浄書されていることがわかった。しかし、筆者名が明記されているのは、序文を記した有賀長収と、第一巻を浄書した菊川明教の二人だけであって、C～Hの六名が誰であるのかは明らかでない。

ちなみに、序文を成した長収は、十五年間の〈奉納和歌会〉三十五回と、〈同日当座和歌会〉三十五回の全てに参加し、計七十首を詠んでいる。一方、浄書した旨を明記している明教は、寛政三年に二回、四年に一回、六年に三回、計六回の和歌会に参加して六首を詠んでいる。

b　詠歌の場と筆者の書写意識

ところで、本「有賀長収ほか奉納和歌」の各巻子には、各和歌会の折の奉納和歌と同日当座の和歌が同時に記載されている。両者がどのように詠まれ書き写されていったのかを、続いて考えてみよう。

各奉納和歌は、詠者全員が共通した一歌題のもとに詠む兼題和歌になっている。おそらく、歌題が発表された際に、題に即した歌語も列挙されるなどして、どう詠んだらよいかを指導されていたのであろう。それは、同一奉納和歌中の各歌に、特殊とも思われる歌語が頻出することによっても知られる。例えば、寛政八年（一七九六）三月二十日の奉納和歌は「海辺春望」の共通題で二十九首が詠まれている。そして二十九首には、次の①〜⑩各項目の例語のごとく、同様の言葉が頻繁に使われる。そしてそれは、――「海辺春望」の題で住吉社に奉納するのだから、「霞・貝ひろふ・海つら・松（海松）・曙・住吉（住之江）・淡路島・船・帆・見渡し」などの歌語を使って詠めばよい――、といった指導のあったことを示唆する。

なお、各語例の（　）内の数字は、その語が用いられている和歌の数を示し、各項目①〜⑩の最後の漢数字は、その項目の語が合計何首に用いられているかを表している。

①　霞む（11）・かすみ（8）・かすめ（3）・うち霞む（2）・朝霞（1）・春霞（1）……　計二十六首
②　貝ひろふ（2）・貝ひろひ（1）……　計三首
③　海つら（3）……　計三首
④　海松め（掛詞を含む6）……　計六首
⑤　あけほの（曙2）……　計二首
⑥　住吉（5）・住吉の春（1）・住吉の浦（1）・住之江（3）・住之江の春（3）……　計十三首
⑦　淡路（1）・淡路の島（1）・淡路島山（3）……　計五首

⑧行く船（3）・友船（1）・沖津船（1）・千ふね百ふね（2）……　計七首
⑨帆（1）・真帆（1）・真帆片帆（3）……　計五首
⑩浦の見渡し（1）・遠の見渡し（1）・見渡し遠く（1）……　計三首

宗匠有賀長収だけは、右①～⑩の歌語を全く用いていないが、他の人たちは一首中に二語ないし三語を詠み込んでいる。このように、同一和歌会で詠まれた歌の中に、同じ語あるいは同類の語が頻出する理由は、これ等の言葉を使用すべき旨の指示が事前にあったことを前提にしないかぎり、説明できないだろう。つまり、「有賀長収ほか奉納和歌」の各々の歌は、和歌講習の場で長収らの指導を受けた後に詠まれたと推察されるのである。

次いで、同日当座の和歌は、長収が自序で言うように、探題で行われたが、こちらは指導を受けることなく詠まれた。当然のことながら、各和歌に共通した歌語は極端に少ない。

さて、このようにして詠まれた和歌短冊を、前〈a〉で確認したB～Hの筆者が巻子に浄書した。では、その時に詠者の表記どおりに書写したのだろうか、それとも、筆者が無意識に成している日常の仮名遣に従って書き写したのか。そこで、いくつかの例を見てみよう。

先ずは、寛政三年二月七日奉納和歌。この奉納和歌は第一巻に収められていて、浄書したのは菊川明教である。今、「栄ゆ」というヤ行下二段動詞を例にとってみよう。歴史的仮名遣ではヤ行の表記になるこの動詞が、第二首目道富の和歌では「さかへ」と書かれていて、ハ行で活用している。すなわち、定家仮名遣で表記されているのだ。第五首目は菊川明教自身の和歌だが、ここにも「さかふる」と見え、やはりハ行の活用となっている。ところが、第七首目儀里の和歌では「さかえ」とヤ行表記になっているのである。そして、第十六首目元岳の和歌には「さかふ」があり、ハ行の仮名遣で表記される。

もし、浄書した明教が、各詠者の短冊の仮名遣に注意も払わずに、自分流の表記で書写したのならば、自らの短冊を「さかふる」としながら、かつ他例もハ行で表記しておきながら、自らの二首後ろに「さかえ」とヤ行で記すことは、まずなかっただろう。

次に、寛政八年三月二十日奉納和歌。この部分は第六巻に収められ、筆者Dによって浄書されているが、ここに〈浦廻・磯廻〉という語が出て来る。浦廻も磯廻も同義で、海辺の入り込んだ所を表している。仮名表記は、歴史的仮名遣も定家仮名遣も同じで、ウラワ・イソワとなり、ワ行で書かれる。ところが浄書している筆者Dは、第二十八首目えん女の和歌は「うらは」とハ行で表記し、次の第二十九首目長収の和歌では「いそわ」とワ行で記すのである。このような矛盾も、詠者の短冊どおり書き写すという筆者の書写態度が根本にあった、と考えれば無理なく受け入れられるであろう。

続いて、寛政十二年三月二十三日奉納和歌。これは第十巻に収められて、筆者Gが浄書している。和歌講習の場で、宗匠有賀長収らの指導があったのか、「青柳」の語が特に目立つ。仮名書きされたものは九例で、その内八例は、歴史的仮名遣や定家仮名遣と同様の表記で「あをやき」と書かれているが、第十五首目の定雄和歌の場合だけは「あほやき」となっている。仮名遣が異例なのである。しかし、これは詠者定雄が自由な仮名遣で記したと見るべきだろう。筆者Gは正確に書き写したに過ぎない。

さらに、享和三年（一八〇三）三月二十日の奉納和歌と当座和歌。この部分は第十三巻に収められ、筆者Hにより浄書されている。さて、ここには、副詞「猶」が定家仮名遣で「なを」と書かれたり、異例な仮名遣で「なお」と書かれたりする例がある。異例仮名遣を用いているのは、当座和歌の第三首目に見る儀里であるが、これもまた彼の自由な仮名遣によるものであって、筆者Hはそのとおりに書写したものと思われる。

以上のごとく、「有賀長収ほか奉納和歌」における各巻子筆者の書写態度は、各詠者の仮名遣をそのままに浄書することを旨としている、と考えられよう。

c 「有賀長収ほか奉納和歌」に見る仮名遣

この「有賀長収ほか奉納和歌」は、各々の詠者の仮名遣に従って書写されていることを確認したが、およそこの時代は、三つの立場において各々の仮名遣が用いられていた。一つは、藤原定家が成し行阿が増補した定家仮名遣である。この仮名遣は堂上歌人を中心に、専門的に歌を学ぼうとする人々の間で用いられた。二つは、僧契沖が成し、後世の歴史的仮名遣の基礎となった契沖仮名遣である。定家仮名遣への反論から成され、当初は一部の国学者たちに用いられていたに過ぎなかったが、次第に人々の間に広まっていった。三つは、自由奔放な仮名遣である。これは第一第二の両者には属さない一般の人々が主に用いていた。例えば、松尾芭蕉の自筆「鹿島詣」にもこの仮名遣が見えることは〈1項b〉で述べた。

さて、「有賀長収ほか奉納和歌」の中にはどのような仮名遣があるのか見てみよう。前〈b〉で確認した寛政三年・八年・十二年の各奉納和歌、および享和三年の奉納和歌と当座和歌の例（栄ゆ・浦廻・磯廻・青柳・猶）をまとめ直すと、次のようになる。なお、契沖仮名遣とした中に、「和字正濫鈔」（『国語学大系（第六巻）』）では確認できなかった例[10]がある。それ等は歴史的仮名遣によって判断した。以下の場合も同じ。

- 寛政三年 … 「さかへ」「さかふ」「さかふる」「さかえ」

　第一、二、三例は定家仮名遣。第四例は契沖仮名遣だが、定家仮名遣もこの形を認めている。

- 寛政八年 … 「うらは」「いそわ」

　第一例は定家仮名遣も契沖仮名遣も用いない自由な仮名遣。第二例は定家仮名遣と契沖仮名遣がともに用いた。

- 寛政十二年 … 「あをやき」「あほやき」

　第一例は定家仮名遣も契沖仮名遣もともに用いた。第二例は定家仮名遣でも契沖仮名遣でも用いない自由な仮名遣。

第一例は定家仮名遣。第二例は定家仮名遣も契沖仮名遣も用いない自由な仮名遣。

・享和三年 …「なを」「なお」

右のように、定家仮名遣、定家仮名遣と契沖仮名遣に共通した表記もあるが、両者に属さない自由な仮名遣が三例ある。先ほど、およそ和歌に携わる人たちは定家仮名遣を使用したと言ったが、住吉大社や玉津島神社に現存する奉納和歌を調べてみると、堂上歌人たちは皆この仮名遣に倣っていて、外れた表記はごく稀である。特に、遠祖定家を歌聖と仰ぐ歌道の家、冷泉家十五代為村などは、この意識が大変に強かった。

この「有賀長収ほか奉納和歌」を主宰した有賀長収は地下の和歌家宗匠である。そこで、地下の歌人たちが、どの程度の割合で定家仮名遣を用いたのか、自由で異例な仮名遣はどの程度見られるのかを、本奉納和歌を利用して調べてみよう。〈定家仮名遣独特な例〉〈定家仮名遣と契沖仮名遣同表記の例〉〈定家仮名遣に外れた例〉の三つに分けて見てゆく。活用語は便宜上基本形で示す。

① 定家仮名遣独特な例―四十三語　延べ三百一例―

あは（泡1）・うふ（植8）・おき（荻1）・おしむ（惜・含形容詞32）・おはな（尾花4）・おふ（老1）・おり（時節1）・おる（折・含名詞6）・かほる（香2）・ことはり（理1）・ことはる（断2）・さかふ（栄・含名詞18）・しゐて（強2）・すふ（据1）・底つつお（底筒男1）・田おさ（田長1）・たははに（撓・含名詞動詞11）・とをし（遠・含語幹32）・中つつお（中筒男1）・なるお（鳴尾1）・なを（猶60）・なをさり（等閑2）・はつおの鏡（初尾1）・はふ（映・含名詞10）・みお（水脈1）・みさほ（水棹1）・行ゑ（行方6）・ゆふはへ（夕映7）・ゆへ（故2）・よはる（弱4）・をく（置11）・をくる（送10）・をくる（遅15）・をこたる（怠1）・をしね（晩稲1）・をしはかる（推1）・をす（押2）・をそし（遅2）・をと（音20）・をとつる（訪2）・をとる（劣

1）・をの（己13）・をろか（愚1）

② 定家仮名遣と契沖仮名遣同表記の例―三十五語　延べ百七十九例―

あをきかはら（青木原1）・あをは（青葉1）・あをやき（青柳9）・うを（魚2）・おく（奥5）・おく（起4）・おつ（落6）・おとろく（驚1）・おなし（同6）・おふ（生8）・おほし（多1）・おほふ（覆1）・おほゆ（覚1）・おほろ（朧2）・おほ江（大江1）・おまへ（御前4）・おも（面2）・おもかけ（俤8）・おもしろし（面白1）・おもふ（思・含名詞67）・おもる（重・含語幹6）・おる（下2）・さをしか（小牡鹿・含牡鹿4）・しをり（枝折1）・たまのを（玉緒1）・とををに（撓1）・みをつくし（澪標1）・をか（岡1）・をち（遠5）・をちかへる（復返5）・をとめ（早乙女・八乙女11）・をの（小野4）・をの（斧2）・をふね（小舟1）・をやむ（小止3）

③ 定家仮名遣に外れた例―十一語　延べ三十二例―

a 契沖仮名遣には合致する例―四語　延べ八例―

いはふ（斎1）・おひ風（追2）・およふ（及1）・おる（織4）

b 契沖仮名遣にも合致しない例―七語　延べ二十四例―

あほやき（青柳1）・うらは[11]（浦廻・含「浦は」18）・すなを（素直1）・とをる（通1）・なお（猶1）・ゐかき（斎垣1）・をもふ（思1）

以上のごとく、「有賀長収ほか奉納和歌」の千六百二十六首中に見られる仮名遣は、①〈定家仮名遣独特な例〉が四十三語で延べ三百一例、②〈定家仮名遣と契沖仮名遣同表記〉の例が三十五語で延べ百七十九例、③〈定家仮名遣に外れた例〉が十一語で延べ三十二例、となる。

特徴的なのは、定家仮名遣にも契沖仮名遣にも属していない例、つまり自由奔放とも言える異例仮名遣〈③b〉が、七語で延べ二十四例と比較的多いことである。「うらは（浦廻）」の十八例は殊に多いが、特定の奉納和歌（文化元年三月二〇日など）中に集中しているのを思えば、その時に、この歌語を用いるべき指導が事前になされて、指導者により「うらは（or 浦は）」という表記で書き示された、とも考えられよう。(12)

さて右の数値を、霊元上皇仙洞御所の和歌御会で堂上歌人たちが詠んだ、住吉大社に現存する「住吉社月次御法楽和歌（巻子上下）」中の和歌、計千八百五十首と比較してみよう。なお、①②が定家仮名遣に合致する語の数で、③は合致しない語の数である。また各例数の下、（　）内の数字は、総歌数を百とした時の割合である。

	有賀長収奉納和歌	月次御法楽和歌
総歌数	千六百二十六首	千八百五十首
①定家仮名遣独特な表記	三百一例（19％）	三百六十四例（20％）
②契沖仮名遣とも同表記	百七十九例（11％）	二百四十例（13％）
③定家仮名遣以外の表記	三十二例（2％）	十八例（1％）

結果は、①②が「有賀長収ほか奉納和歌」三十％、「住吉社月次御法楽和歌（巻子上下）」三十三％、③は前者二％、後者一％となる。このような計算が的確であるか否かは置いておき、両者を比較してみると、地下歌人と堂上歌人両者の間には、定家仮名遣使用意識について、多少差のあることが知られる。

d　津守国礼と仮名遣

続いて、津守国礼の仮名遣に関して検討してみよう。先ずは、七十二代神主である津守国礼自身について見ておく。「津守氏古系図」は、国礼に関して、

①　国頼朝臣ノ男

②実ハ錦小路正三位修理大夫丹波頼尚ノ二男
③実母ハ（ママ日脱）野従一位資枝（ママ・ノ女）ハ（筆者注…「実母ハ日野従一位資枝ノ女」となるべきカ）
④実祖母ハ津守国該朝臣ノ女也、血統由緒ヲ以テ安永六年為国頼ノ実子、津守家相続、于時五歳
⑤安永二年九月廿二日誕生、弘化三年八月十四日卒

などと記している。国礼は、錦小路丹波頼尚の次男であったが（②）、祖母が津守六十八代国該の娘であった縁で、五歳の時に七十一代国頼の養子となり津守家を相続したというのである（④）。

また「公卿補任」文化十年（一八一三）から弘化三年（一八四六）の部分には、次のような記載が見えて、

a〔従三位〕津国礼 四十一 住吉社神主。四月七日叙。（「公卿補任」初出）
b 従三位 津国礼 五十 住吉社神主。十月廿二日辞職。
c 従三位 同国礼 七十二 住吉社前神主。十二月廿二日叙正三位。
d 正三位 津国礼 七十四 住吉社前神主。八月十四日薨。

国礼が、文化十年四月七日、四十一歳従三位で非参議に叙せられたこと（a）、文政五年（一八二二）十月二十二日に、五十歳で住吉社神主を辞職したこと（b）、そして弘化元年十二月二十二日には、七十二歳で正三位に叙せられ（c）、弘化三年八月十四日に七十四歳で亡くなったこと（d）などが知られる。

またこの間に、国礼を継いだ七十三代国福が、天保十二年（一八四一）十月六日に、四十二歳従三位で非参議に叙せられた旨を「公卿補任」によって知る。

ところで、「津守氏古系図」には国礼の実母が日野資枝の娘である旨が書かれている（前掲③）。日野資枝は、和歌に秀でた烏丸光栄の末子で後に日野資時の養子となった、堂上歌人である。このような曽祖父や祖父を持つのだから、五歳で養子になり神主を世襲する家を相続したとはいっても、国礼の持って生まれた和歌の才能は相当なものであっ

たろう。ちなみに、「津守氏系図」（内閣文庫蔵　写真複製）は、国礼が祖父日野資枝に和歌を学んだ旨を記している。

次に、「有賀長収ほか奉納和歌」に含まれている国礼の和歌について考察しよう。主宰者長収が自序に「先神司の君の御詠を申奉り」と言うとおり、「国礼朝臣」と記された国礼の和歌は、各奉納和歌・各当座和歌とも常に冒頭に配されている。

本奉納和歌が、十五年間三十五回にわたって催されたことは前にも述べた。各回に奉納和歌と当座和歌が成されたのだから、全てに参加すれば七十首を詠むことになる。主宰者有賀長収などは全てに携わっているが、津守国礼はどうなのだろうか。そこで各巻子に目を通すと、歌題と詠者の名前は明記されるものの、和歌の書かれていない箇所が少なからずある。国礼の場合は、

- 第八巻　…　寛政十年三月二十日奉納和歌　…　歌題「海辺春夕」
　同日当座和歌　…　歌題「春日遅」
- 右　同　…　寛政十年九月二十日奉納和歌　…　歌題「擣衣到暁」
　同日当座和歌　…　歌題「秋日」
- 第九巻　…　寛政十一年九月二十日奉納和歌　…　歌題「晩秋興」
　同日当座和歌　…　歌題「野外薄」

の三回六首分が空白になっている。当日参加しなかったのか、それとも短冊が紛失したのか、理由は定かではないが、記載されている国礼の和歌は、この六首を除いた六十四首となる（〈資料Ⅲ〉参照）。

続いて、六十四首の仮名遣に関連する部分を見ることにしよう。語例の頭に施した符号の、○印は定家仮名遣の独特な例を、△印は定家仮名遣の中で契沖仮名遣と一致している例を、×印は両者と異なった自由な仮名遣、つまり異例仮名遣であることを示している。また、定家仮名遣は定家、契沖仮名遣は契沖と略した。

・寛政三年五月二十二日奉納和歌　歌題「郭公数声」

住の江に　をちかへりなく　ほとゝきす　かみにたむけの　こゑやおしまぬ

△をちかへり（復返）…　定家契沖とも＝ヲチカヘリ

△こゑ（声）…　定家契沖とも＝コヱ

○おしま（惜）…　定家＝オシマ　契沖＝ヲシマ

・寛政四年二月二十日当座和歌　歌題「霞知春」

春をしる　野山もあれと　住よしや　うらはの波の　かすむ初しほ

×うらは（浦廻）…　定家契沖とも＝ウラワ

・文化元年三月二十日奉納和歌　歌題「春浦松」

住よしの　うらはの松の　いつはあれと　はるの海辺の　色やまさらむ

×うらは（浦廻）…　定家契沖とも＝ウラワ

・寛政五年二月六日当座和歌　歌題「早春山」

消あへぬ　ゆきもいつしか　咲はなの　おもかけかすむ　山のはつ春

△おもかけ（俤）…　定家契沖とも＝オモカケ

・寛政六年二月四日奉納和歌　歌題「多年愛梅」

年ことに　まさる色かに　なをあかて　のきはのむめを　めつるいく春

○なを（猶）…　定家＝ナヲ　契沖＝ナホ

・亨和元年三月二十日奉納和歌　歌題「暮春花」

ひと木なを　さきてや春を　とゝむらむ　外のさくらは　ちりしみきりに

○なを（猶）…　定家＝ナヲ　契沖＝ナホ

・寛政七年二月四日奉納和歌　歌題「春松久緑」

春ことに　いやさかへます　住の江の　まつはいくよの　みとりなるらむ

○さかへ（栄）…　定家＝サカヘ or サカエ　契沖＝サカエ

・寛政十二年三月二十三日奉納和歌　歌題「桜柳交枝」

ことのはも　さかふる門と　いつもとの　やなきにはなの　えたやさしそふ

○さかふる（栄）…　定家＝サカフル　契沖＝サカユル

・寛政九年九月二十日奉納和歌　歌題「秋植物」

神垣に　たか植をきて　はふくすも　もみちも秋の　色を見すらし

○植をき（置）…　定家＝ヲキ　契沖＝オキ

・寛政十二年三月二十三日当座和歌　歌題「江霞」

むめかほる　はるはなにはの　江村に　かすみのあみも　かけてほすらし

○かほる（香）…　定家＝カホル　契沖＝カヲル

・寛政十二年九月二十日奉納和歌　歌題「秋菊盈枝」

この比は　しもにほこれる　いろ見えて　えたもたはゝに　匂ふしらきく

○たはゝに（撓）…　定家＝タハハニ　契沖＝タワワニ

・亨和元年三月二十日当座和歌　歌題「霞」

春のいろを　みさほはかりに　のほる日の　かけもうらゝに　霞む山のは

○みさほ（水棹）…　定家＝ミサホ　契沖＝ミサヲ

・文化二年九月二十日奉納和歌　歌題「社辺紅葉」

此比は　さかきにかへて　手折はや　かみのゐかきの　秋のもみちを

×ゐかき（斎垣）…定家契沖とも＝イカキ

定家仮名遣の特徴であるヲ・オの書き分けと、その他にも特徴的な語において、定家仮名遣に一致するか、しないかを調べてみると、右のごとくになる。津守国礼の和歌六十四首を基にすると、定家仮名遣に合致する語は十首十二例で十九％。合致しない自由で異例な仮名遣は三首三例で五％となる。同様の方法で調査した住吉社奉納和歌三十数点の各々と比較すると、(13) 国礼の場合の合致する値は低く、合致しない値は高い。

この数値だけで、定家仮名遣から見た国礼の和歌意識を云々するのは、少し無謀であるかも知れない。しかし、国礼が語意の違いに敏感でない、ということは言えると思う。それは、自由な仮名遣として先ほど指摘した、「浦廻（ウラワ）」と「斎垣（イガキ）」の語についてである。

浦廻は、この奉納和歌「有賀長収ほか奉納和歌」に十八例を見る。初出は寛政四年二月の当座和歌で国礼が使っているが、それ等をまとめると、

・寛政四年二月当座　一例　・寛政五年二月奉納　三例　・寛政六年九月奉納　一例
・寛政八年三月奉納　二例　・寛政八年三月当座　一例　・寛政十年三月奉納　二例
・寛政十一年三月奉納　一例　・文化元年三月奉納　六例　・文化二年九月奉納　一例

のように用いられていて、計十八例全てがウラハとハ行の表記になっている。すなわち、異例仮名で書かれるのである。

前〈この項b・c〉に、本奉納和歌は講習会で指導の成された後に詠まれた旨を述べたが、指導が可能であったのは、地下和歌の宗匠で会の主宰者でもある有賀長収と、毎回和歌を最初に記される津守国礼など、わずかな人物に過

ぎなかったと推察する。このウラハの語も、特に寛政五年二月の奉納和歌や、文化元年三月の奉納和歌などの場合は、指導の段階で使用を奨められた歌語の一つであったと考える。では、誰がこの語を奨めたのか。

長収と国礼を考える時、長収に、寛政八年三月の奉納和歌中「いそわ（磯廻）」（浦廻と同意）の例があり、定家仮名遣と契沖仮名遣がともに用いるワ行表記をしているので、長収がウラハと書くとは思われない。一方、国礼はこの語を当該和歌会で最初に用いている。寛政四年二月の当座和歌が最初で、文化元年三月の奉納和歌にも用いている。このことから、国礼とウラハの語は、当該和歌において少なからず関係があるように思われる。ともすると、ウラハの語を詠み込むべき指導を最初にしたのは、津守国礼であったかも知れないのだ。

さて、浦廻と磯廻はともに海辺の入り込んだ場所を表すが、国礼たちは違う意味として理解していたのではなかったか。それは、ウラハの十八例の中に、「うら半」「浦半」と「半」を添えた表記が五例あるから[14]である。国礼たちはこの半を、「半天（天の中ほど）」や「夜半（夜の中ほど）」の半と同じと考え、浦廻を「浦の中ほど」、つまり「浦のあたり」の意味として捉えていたのではないだろうか。

次にイガキ（斎垣）である。イガキはイミガキのことで、神社などの神聖な領域にめぐらされた垣根をいう。イミはイム（斎む）で、穢れを避けて身を浄め慎むことをいう。すなわち、斎垣はイガキでなくてはならない。しかし国礼は、文化二年九月奉納和歌に「（かみの）ゐかき」と記している（次頁の引用歌参照）。

また国礼は、イガキと同意のカミガキ（神垣）という語を、亨和二年三月奉納和歌と同三年三月奉納和歌に用いているが、彼の理解によれば、神垣は「神の坐す穢れない清らかな垣根」、だから、斎垣は「神の居る神聖な垣根」、ということになるのだろう。その理解に従い、今回のように「かみのゐかき」と表記したのである。神主らしい解釈といえばそうなのかも知れない。

なお、国礼の歌については〈資料Ⅲ〉「『有賀長収ほか奉納和歌』中の津守国礼六十四首」に載せた。

・此比は　さかきにかへて　手折はや　かみのゐかきの　秋のもみちを　（六三番歌　文化二年九月）
・神かきや　つもれる雪に　あとつけて　まつ初春の　宮めくりせむ　（五〇番歌　亨和二年三月）
・神垣も　ちかきあたりと　ゆふかけて　あさ沢小野に　遊ふ春の日　（五三番歌　亨和三年三月）

e　第2項のおわりに

津守国礼の曽祖父と祖父は、著名な堂上歌人、烏丸光栄であり日野資枝であった。したがって、彼は和歌に秀でた才能を生まれながらにして持っていたのではないか、と〈d〉に述べた。また保坂都『津守家の歌人群』は、「津守氏系図」に、国礼が日野資枝に和歌を学んだ旨の記載があることなどを基にして、彼を、江戸時代における秀でた歌人の一人として扱っている。

しかし、堂上歌人や和歌を専門的に学ぼうとした人たちが意識的に使用した仮名遣、すなわち定家仮名遣への意識を国礼の和歌に見る時、住吉社奉納和歌の他の歌人たちと比較して、若干低いのではないかという感は否めない。それにも増して注目すべきは、言葉の意味の解釈において厳密さに欠けることである。国礼の語義に対する自分本位の誤った理解が、結果的に本来の仮名遣を誤らせているといえよう。そしてそれが、津守国礼は言葉を大事にする歌人ではなかった、という評価にもつながってしまうのである。

3　為村の奉納年月不記和歌「堂上寄合二十首」

住吉社には、禁裏御所や仙洞御所をはじめ、公家衆、武家衆などから数多くの和歌が奉納された。その中に、冷泉為村が中心となって奉納した、年月不記の「堂上寄合二十首」がある。ここでは、この和歌短冊の奉納時期について、ひいては、他の奉納年月不詳の和歌作品にも及んで私見を述べてみよう。

a　概要と奉納時期の検討

冷泉為村の短冊「浜菊」（写真Ⅱ）を含む二十枚の短冊は、包み紙の上書きに為村とは異なった筆、おそらくは後人の筆で、「堂上寄合二十首」とある外、奉納年月が知られるような記載は全くない。したがって、二十首全体の中から手懸かりを探すしか方法はなさそうだ。便宜上、次に二十首を概観しておく。

各短冊を保管のままの順に従って、歌題と作者を示すと次のようになる。なお、歌題の下の（ ）内に部立を入れた。年齢は宝暦四年（一七五四）当時のもので、一部を除き「公卿補任」（『新訂増補国史大系』）によって記した。「（ ）歳」と空欄にしてあるのは、「公卿補任」や『三訂増補公卿辞典』（国書刊行会）で確認出来なかった場合である。また、なぜ宝暦四年当時の年齢を求めたかについては後述する。

①浜　菊	（秋）	冷泉為村	四十三歳
②里郭公	（夏）	冷泉為泰	二十歳
③早春霞	（春）	伏見宮貞建親王	五十五歳
④帰　鴈	（春）	鷲尾隆熙	四十二歳
⑤柳　露	（春）	甘露寺規長	四十二歳
⑥花満山	（春）	日野資枝	十八歳
⑦暮　春	（春）	武者小路実岳	三十四歳
⑧新樹滋	（夏）	九条尚実	三十八歳
⑨納　涼	（夏）	藤谷為香	四十九歳
⑩荻告秋	（秋）	邦忠	（ ）歳
⑪聞　鹿	（秋）	正親町三条公積	三十四歳

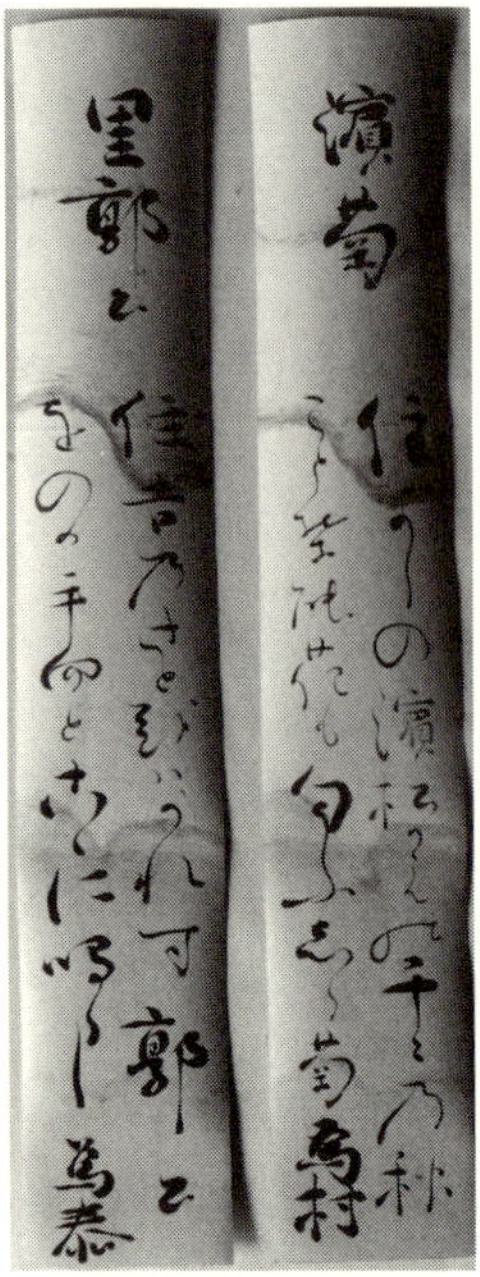

写真Ⅱ：為村「浜菊」と子為泰「里郭公」の短冊　筆が大変似ている

⑫擣　衣（秋）錦小路尚秀　五十歳
⑬名所月（秋）下冷泉為栄　十七歳
⑭積　雪（冬）烏丸光胤　三十四歳
⑮時雨雲（冬）柳原光綱　四十四歳
⑯惜歳暮（冬）勘解由小路資望　三十歳
⑰逢増恋（恋）音仁　（　）歳
⑱別　恋（恋）三条西実称　二十八歳
⑲浦　松（雑）飛鳥井雅重　三十四歳
⑳社頭祝（雑）下冷泉宗家　五十三歳

春五首・夏三首・秋五首・冬三首・恋二首・雑二首の各歌題は、統一して冷泉流書体で書かれている。それにより、和歌宗匠家、冷泉為村の出題のもとに詠まれたことがわかる。

配列については、一枚目（部立秋）と二枚目（部立夏）に、為村為泰父子の短冊が置かれている。これは、住吉大社や玉津島神社に残る、古今伝授後の「御法楽五十首和歌」短冊が、元の題の順（部立の順）を無視して、天皇や上皇の短冊を上に置いて奉納されたのと同じである[15]。つまり、天皇および上皇の短冊を、公卿たちのものとは別扱いにしているのだ。この二十首の和歌短冊は、冷泉家主催のもとに詠まれて奉納されたものと推察される。それゆえに、為村為泰父子の短冊が上に置かれたのである。

しかし、本来は左のごとく並んでいたものと推察される。確認のため、住吉社奉納の和歌作品に添えられた歌題目録（五十首組題）を利用する。それは、天和三年（一六八三）古今伝授後「御法楽五十首和歌」の目録（実は明和四年のものであること〈一章三節3項〉で述べた）、年月不記「後桜町天皇（上皇カ）御奉納五十首和歌」の目録、天保十三年（一八四二）古今伝授後「御法楽五十首和歌」の目録、三点である。これ等の、冷泉流書体で記された歌題目録（すなわち冷泉家御出題）を参考にしながら並べ換えてみると、

③・⑤・④・⑥・⑦・⑧・②・⑨・⑩・⑪・⑬・⑫・①・⑮・⑭・⑯・⑰・⑱・⑲・⑳

のようになる。

さて本題に戻って、和歌奉納を前提とした和歌会などの場合、名を連ねている歌人たちの年齢がどうなっているかを探ってみよう。

例えば、住吉社と玉津島社に奉納された、古今伝授後の「御法楽五十首和歌」に見る、冷泉家の流れをくむ歌人の最低年齢を探ってみると、次のごとくである。

住吉社奉納　明和四年（一七六七）「御法楽五十首和歌」

・冷泉十五代為村　五十六歳　・十六代為泰　三十三歳　・十七代為章　十六歳

・下冷泉十三代為栄　三十歳　・藤谷七代為敦　十七歳

住吉社奉納　天保十三年（一八四二）「御法楽五十首和歌」

・冷泉十八代為則　六十六歳　・冷泉十九代為全　四十一歳　・藤谷八代為脩　五十九歳

・冷泉二十代為理　十九歳　・藤谷九代為知　三十六歳　・入江九代為善　五十五歳

傍点部のように、「冷泉為章　十六歳」「藤谷為敦　十七歳」「冷泉為理　十九歳」が十代で和歌短冊を奉納している。また玉津島社の、明和四年と天保十三年の各「御法楽五十首和歌」にも、前者は為章と為敦が、後者は為理が、住吉社の場合と同様に短冊を奉納している。

住吉社と玉津島社両社に奉納された、各七点の〈古今伝授後　御法楽五十首和歌〉中、十代後半で名を列しているのは、彼ら三人だけである。ここに、和歌会に連なる歌人たちの最低年齢は、ほぼ十六～七歳であるという確認がで

きた。ただし、十五歳以下の例がないわけではない。一つは為村の祖父為綱の場合で、延宝六年（一六七八）正月十九日の「禁裏御会始」や、同年正月二十五日の「聖廟御法楽和歌廿首」に、十五歳で名を列している(16)。二つは為村自身で、享保六年（一七二一）には、十歳で玉津島社御法楽の月次和歌会に名を連ね、十八歳頃から宮廷和歌会の役人を務めている(17)。しかし、殊に為村のような例は、むしろ例外として見ておくべきだろう。

次に、二十人の歌人の中で最も早く他界しているのは誰かを見ると、伏見宮貞建親王が早く、宝暦四年（一七五四）七月二十一日に五十五歳で薨じている。

つまり、この二つの条件、

- 二十枚の各短冊は宝暦四年七月以前に書かれて奉納された
- 歌人の最低年齢は十六〜七歳である

ということを満たす範囲を考えればよいことになる。前に示した歌人たちの年齢（宝暦四年当時）を再確認すると、貞建親王が薨じたこの年、下冷泉為栄は十七歳、日野資枝も十八歳である。

したがって、冷泉為村が宗匠として出題した「堂上寄合二十首」は、宝暦三年か四年（七月以前）に詠まれ、時を同じくして奉納されたものと考える。為村四十二〜三歳の時である。

b　為村短冊（「浜菊」）の筆跡による判断

冷泉為村の自筆和歌を見ていると、書風に変遷のあることが知られる。為村が遠祖藤原定家の書法〈定家流〉を復活させ、そこから彼独自の〈冷泉流書法〉を作り上げて、それを冷泉家のハレの書体として定着させたことは、〈四章二節〉で述べた。また、為村の書風の変遷についても四期に分けて〈四章三節〉に示した。今、考察の便宜上、その四期の特徴を再度ここに記してみよう。

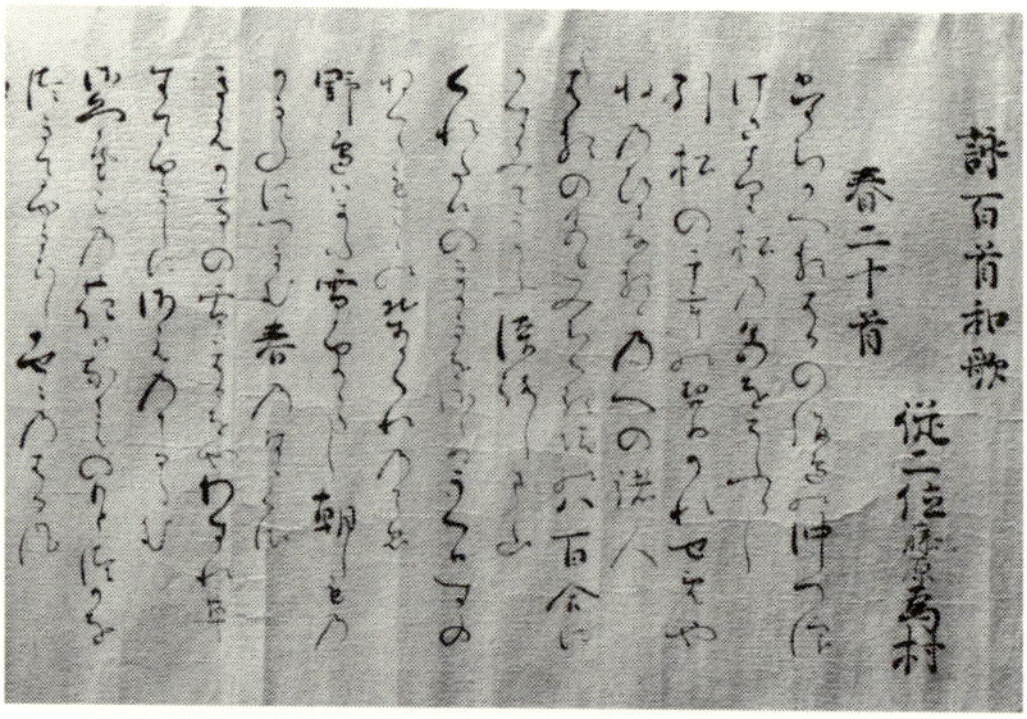

詠百首和歌

従二位藤原為村

春二十首

写真Ⅲ：「詠百首和歌」の冒頭（住吉大社蔵）

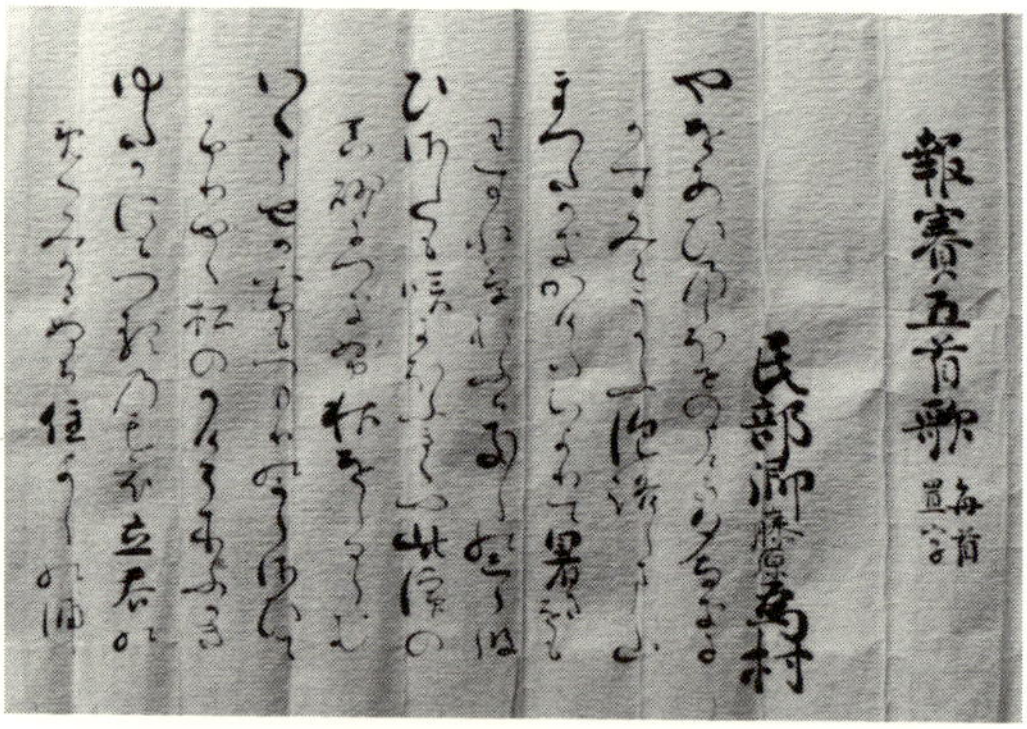

報賽五首和歌　毎首置字

民部卿藤原為村

写真Ⅳ：「報賽五首和歌」の全体（住吉大社蔵）

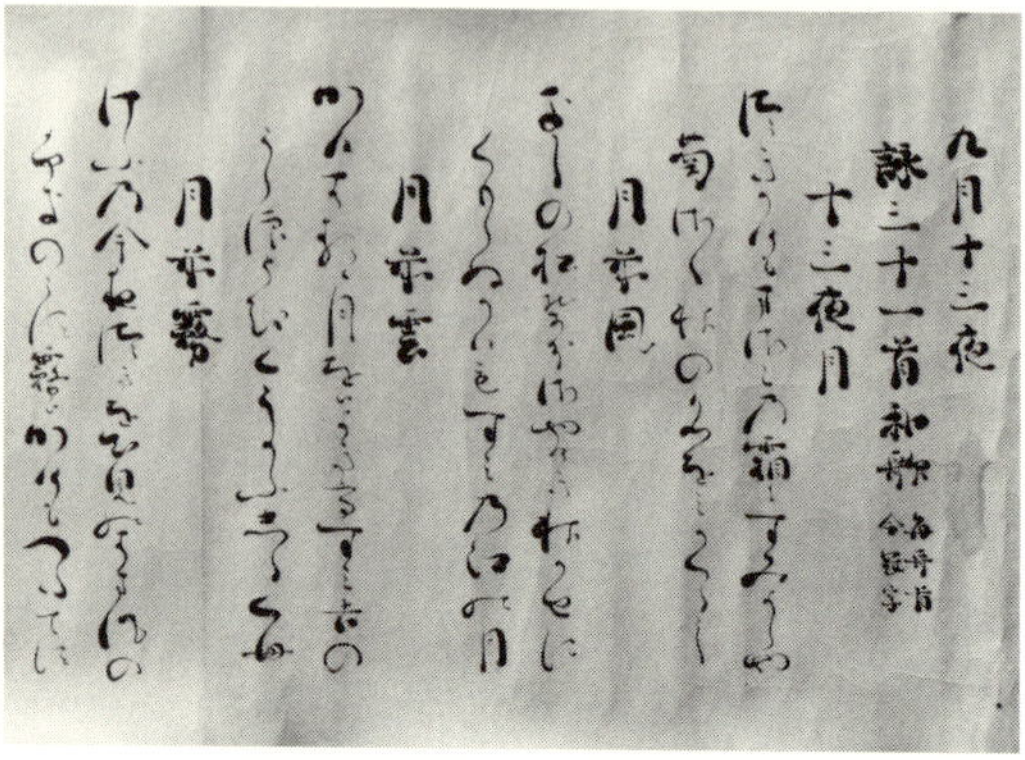

九月十三夜

詠三十一首和歌　毎首分韻字

十三夜月

写真Ⅴ：「九月十三夜　詠三十一首和歌」の冒頭（住吉大社蔵）

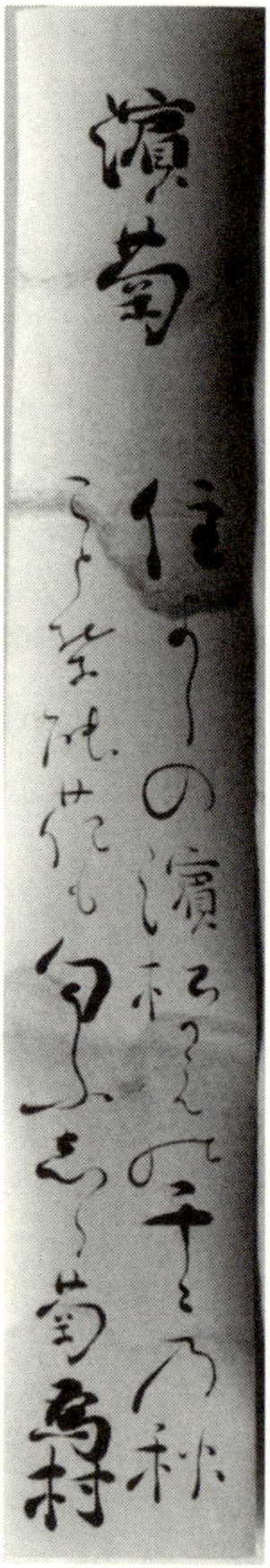

濱菊

為村

写真Ⅵ：冷泉為村「浜菊」短冊の筆跡（住吉大社蔵）

説明文中の各作品については、〈四章一節2項3項〉で既に触れているので参照のこと。

第一期…藤原定家流の〈やや扁平で丸味を帯びた〉書法を冷泉家のものとして復活させた時期である。高津柿本社に奉納した二十五歳の和歌懐紙や、住吉社と玉津島社に初めて奉納した三十三歳の、延享元年「御法楽五十首和歌」中の短冊は、既にこの書体になっている。終わりは四十一～二歳頃。代表作品は「詠百首和歌」（前頁写真Ⅲ）。

第二期…為村独自の書法となる冷泉流が確立した時期である。それは四十二～三歳頃から五十代の初め頃で、定家流の〈丸味を帯びた〉部分をより〈太く〉強調して書かれる。代表作品は、宝暦十年「御法楽五十首和歌」中の短冊、および「報賽五首和歌毎首置字」（前頁写真Ⅳ）。

第三期…第二期から第四期への移行の時期。五十代半ばから五十代終わり頃までで、〈細い線〉を強調して書いた。第二期の〈太く丸味を帯びた〉部分を強調し、かつ〈細い線〉を強調した時期である。代表作品は、明和四年「御法楽五十首和歌」中の短冊や「春日詠五十首和歌[18]」。

第四期…冷泉流書法を著しく強調した時期、つまり冷泉流の円熟期である。その書体は、〈極端に太い線〉と〈極端に細い線〉とが〈極端な丸みを帯びて〉バランスよく連なる。五十八歳頃から没する六十三歳まで。代表作品は「九月十三夜　詠三十一首和歌毎歌首令冠字」（前頁写真Ⅴ）。

さて、問題の「堂上寄合二十首」中の為村短冊、「浜菊」（前頁写真Ⅵ）に見る彼の筆跡は、写真Ⅲよりも写真Ⅳに近い。したがって、為村短冊は、書風第二期（為村四二～三歳頃から五〇代の初め頃）の作品であると推察される。そしてこれは、「堂上寄合二十首」短冊各作者の、宝暦四年当時の年齢を基に割り出した、為村四十二～三歳の時の作品、という判断と一致している。

4 その他の奉納年月不記和歌

このように、「堂上寄合二十首」の成立時期が明らかになったことによって、さらに次のことも解明される。それは前〈3項b〉の、書風第一期の作品例として掲げた「詠百首和歌」（写真Ⅲ）に関してである。

この和歌懐紙を〈四章一節3項b〉で、「奉納年月不詳、為村四十一～四十七歳の間の奉納」としたのは、「従二位藤原為村」の署名を根拠に、従二位の期間は四十一歳より四十七歳まで、と判断したからであった。しかし、次のことから、「詠百首和歌」の成立時期がさらに限定される。

- 「堂上寄合二十首」の成立と奉納は、為村四十二～三歳の時
- 「堂上寄合二十首」は、為村の書風第二期（為村四二、三歳頃～五〇代の初め頃）の作品
- 「詠百首和歌」は、為村の書風第一期（二五歳の為村は既にこの書体～四一、二歳頃）の作品
- 「詠百首和歌」には、為村の署名「従二位藤原為村」がある
- 為村が従二位であった期間は、四十一歳～四十七歳まで

右五項の事柄から、「詠百首和歌」は、書風第一期の終わり頃の成立で、為村が従二位に昇進して間もない四十一歳から四十二歳頃の作品である、ということが導き出される。また、「堂上寄合二十首」の成立は、その一年ないし二年の後ということになる。

なお、〈四章一節3項c〉に述べた「住吉社奉納和歌（為村卿二十首和歌）」も奉納年月が不詳である。「民部卿藤原為村」の署名から、彼が民部卿であった四十六歳より五十八歳を成立奉納の時期としたのであるが、この懐紙の筆跡を写真ⅢⅣⅤと比較する時、写真Ⅳに著しく似ている。つまり、第二期の成立と推察されるが、それも民部卿に任ぜられて久しくない、宝暦七年（一七五七）～八年頃、すなわち、為村四十六～七歳の頃のものと考えたい。

住吉大社に現存する冷泉為村の奉納和歌中、「詠百首和歌」「住吉社奉納和歌〈為村卿二十首和歌〉」「堂上寄合二十首」短冊の三点は、奉納時期が不詳であった。しかし、今回の検討で「堂上寄合二十首」の成立時期が解明でき、そのことによって、「詠百首和歌」の奉納時期も明らかになった。また、為村の書風の変遷に照らして、「住吉社奉納和歌〈為村卿二十首和歌〉」の成立についてもおよその目処がついた。

ここに、住吉大社所蔵の冷泉為村関係和歌の奉納時期については、一応の解決をみたことになる。

三、明石柿本社の場合

ここでは、明石柿本社に奉納された和歌および関連資料で、言語遊戯を用いた作品のうち、「桑門三余　柿本社奉納和歌」「藤原良徳　奉納和歌」の二点〈ただし前者に関連し、冷泉為村書写「柿本講式」中の為村三十一首〈かぶり歌〉を付す〉と、眼病治癒を祈願した作品「嶺良成　奉納百首」の一点を紹介しよう。

1「桑門三余　柿本社奉納和歌」

和綴本一冊。表紙外題に「柿本社奉納和歌」と記し、跋文には最終奉納の日付「享保十五庚戌暦秋八月十八日」が記される。巻頭に、

奉納三所
正一位柿本大明神　　法楽和歌
播州明石社　　五十首
石州高角社　　五十首

和州歌塚廟　　六十首

とあるごとく三部に分けて、三所の柿本人麻呂に奉納する形をとっている。作者は各々桑門三余で、「播州明石社五十首」は享保八年（一七二三）七月吉日、「石州高角社（高津柿本社）五十首」は享保十年三月吉日に詠んだ旨の各奥書がある。また、「和州歌塚廟（天理市櫟本）六十首」は享保十年正月下旬に詠まれているが、この六十首には言語遊戯が施されている。

それは、「以《テ》二藤原家隆卿《ノ》柿本講式《ノ》和歌十二首《ヲ》一准《シテ》レ題《ニ》而詠《ス》　其歌以《テ》二一首《ヲ》一分《ツ》二五句《ニ》一」と記すごとく、「柿本講式」に載る人麻呂の歌十二首の各々から、人麻呂歌の各句を借りて五首を詠むというものである。つまり、作者桑門三余の詠む五首中第一首の初句に人麻呂歌初句を、第二首の第二句に人麻呂歌第二句を、第三首の第三句に人麻呂歌第三句、第四首の第四句に人麻呂歌第四句、第五首の結句に人麻呂歌の結句を借りるという具合なのだ。具体的には、次のようにして詠まれる。

講式
- ①梅の花　②それとも見えす　③久方の　④あまきる雪の　⑤なへてふれゝは　　人麻呂

桑門　三余

01　①梅の花　めつる天みつ　神もさそ　むかしは神に　祈る言の葉
02　よし野山　②それとも見えす　雲とのみ　今も昔を　花に残して
03　木の本に　出しはあやし　③久方の　天足彦の　末も知られて
04　浦浪も　かたみやかけて　あかし潟　④あまきる雪の　島もかくさす
05　梅か香に　人のなさけも　かくとしる　たか袂にも　⑤なへてふれゝは

講式
人麻呂

・①あすからは　②若菜つまむと　③かた岡の　④あしたの原は　⑤けふそやくめる

桑門　三余

01　①あすからは　春のきぬれと　年の内の　空は霞そ　立をくれぬる
02　里のめは　②若なつまむと　春の野を　かたみに袖を　うちはへて行
03　立帰る　家路は遠し　③かた岡の　おれるわらひの　手もたゆけなり
04　いつしかと　深谷を出て　春のきし　④あしたの原は　鶯のなく
05　絶ぬるも　のほる煙は　時きぬと　峰の炭かま　⑤けふそやくめる

右のように、「柿本講式」の一首につき五首を詠むのだから、十二首で合計六十首になる。なお、作者三余の言う「柿本講式ノ和歌十二首」と、月照寺所蔵の「柿本講式」[19]中の十二首は、歌そのものに違いがある。三余の言う「柿本講式」の九番・十番・十一番歌は、次の三首だが、

09　たこの浦　底さへ匂ふ　藤浪を　かさして行かむ　みぬ人のため
10　武士の　八十うち川の　あしろ木に　いさよふ浪の　よるへしらすも
11　足曳の　山鳥の尾の　したりおの　なか〳〵し夜を　ひとりかもねん

月照寺蔵の「柿本講式」にこの三首はなく、代わりに次の三首が載っている。ただし、十番歌は三余の七番歌と一致している。

09　わきもこか　ねくたれかみを　さるさはの　いけのたまもと　みるそかなしき
11　あしひきの　やま路もしらす　しらかしの　えたにも葉にも　雪のふれゝは
12　さゝ浪や　しかのおほよと　よとむとも　むかしのひとに　又あはめやも

さて、本作品全体の跋として作者桑門三余は、「後《ヘニ》賦《シテ》二一絶《ヲ》一伸《フ》二老懐《ヲ》一」の題で一編の七言絶句を付している。また、

自身に関しては「桑門三余」「禾水堂原三余（七十四歳）」「禾水老翁」などと記す。「桑門」という語を冠しているので僧侶であったのだろう。しかし、その他のことは良くわからない。

ところで、右に引用した月照寺蔵の「柿本講式」は、明和七年（一七七〇）に、冷泉為村が書写奉納[20]したものである。本文に続き、月照寺僧孝道の奥書と為村の奥書があり、為村の奥書には、

柿本講式は、むかし東大寺に住給ひし俊恵法師の作なるへし。此たひ古巻をたつねいたして、さらに書写す。古式なれは神階のゝちの今の式には、文段のことは時にあはさる事ともあれは、恐なからところ〳〵書かへ侍る。巻軸の御歌をかしらにをき、法楽の和歌三十一首。

と記され、続いて三十一首が詠まれる。為村の三十一首は、奥書中傍点部のごとく、「柿本講式」中の人麻呂歌十二首目（最後、前頁引用の12番歌）「さゝ浪や〜」の、三十一文字を為村歌の各頭に据えて詠む〈かぶり歌〉となっている。ここにも、また冷泉為村の言語遊戯を見ることができる。

なお、月照寺には為村書写とは別の「柿本講式[21]」がある。中に引かれる人麻呂歌十二首は、為村書写の「柿本講式」と歌も配置順も同じで、桑門三余の示すものとは異なっている。

2「藤堂（藤原）良徳　奉納和歌」

和綴本一冊。表紙外題に「奉納和歌」とあり、跋に「天明二年壬寅（一七八二）仲夏」の日付と「藤原良徳」の署名がある。序文には、

ある夜の夢で人麻呂大明神から一首の和歌を賜わった。その夢想歌を一字ずつに分けて、人々に請い、自らも詠んで、明石柿本神社に奉納するのだ。

との由を言う。すなわち、夢想歌、

01 しきしまの　和歌の浦人　なれをしそ　あはれとはおもふ　としの経ぬれは

を一首目に置き、二首目からは夢想歌初句の「き」以降の各一字を和歌の頭に置いて、左のように、計三十一首を詠むのである。そこには、折句の言語遊戯が駆使されている。

　立《き》春　　貞臣
02 聞つたふ　かせも和らく　神垣の　もとつ心の　春やたつらむ
　霞《し》　　朝貞
03 しら雪は　やゝきえそめて　山のはの　霞やふかき　色をみすらむ
　梅《ま》　　正直
04 まかへみし　あまきる雪の　言の葉を　仰くも高き　春の梅かゝ
　春《の》月　　貞国
05 のとけしな　雲はのこらす　晴なから　朧月夜の　影そかすめる

また、三十一首の他にも次のごとく、序文の中に一首、三十一番歌に次いで一首、跋の中に一首と、合計三十四首が詠まれている。

　神詠にもとつき藤の題にて
・多この浦の　そこさへにほふ　それならて　あはれはかけよ　屋との藤浪　（序文中）
　筆をひかへて
・すりくるは　ひろふかひある　浦なみに　かくやもくつの　身をもわすれて　（三十一番歌の次）
　夢想の歌に、汝をしそあはれとはおもふとあるに、
　人〳〵の詠共かきはてゝ後、おもひつゝくるまゝに

かきそへて奉る
（跋文中）

・神も猶　あはれとやみる　する玉に　立ましりても　波の藻くつを

なお、良徳は序文の中に左の歌を引き、これを神詠歌、つまり人麻呂の歌であると言うが、この歌は「万葉集」では内蔵忌寸縄麻呂の歌とされる。

多祜の浦の　底さへにほふ　藤波を　かざして行かむ　見ぬ人のため　（⑲四二〇〇）

作者藤原良徳は、跋文に「前和歌所三条西悪《（ママ）》相（亜相）公福卿門人」「行年七十四歳　藤原良徳謹書之」「奉納主　藤堂将監良徳　敬白」などとあるので、藤堂氏の一族で近衛府将監だったことがわかる。この作品は七十四歳の時の奉納である（「行年」は、ここは生年の意）。また、良徳は若いころ、歌道の家で知られる三条西家の公福に師事していたようだ。

三条西公福は当代随一の歌人である。月照寺関係の資料で紹介すると、鶴崎・神道・小倉編著『月照寺明石柿本社奉納和歌集』中、13番和歌「御奉納石見明石柿本社御法楽」、18番和歌「三十六歌仙式紙」、20番和歌「桜町天皇古今伝授五十首和歌　一座短冊」にも彼の歌が見られる。「公卿補任」（『新訂増補国史大系』）によると、公福は延享二年（一七四五）九月十七日に四十九歳で亡くなっている。前権大納言、正二位であった。

3「嶺良成　奉納百首」

和綴本一冊。表紙外題に、

奉納　　愚詠百首
播州明石　人丸大明神御寺　御宝前

とあり、跋文には次のように記す（抜粋）。

・右百首和歌者、愚息良勝三十七　已三年難病兼眼疾相悩処
・奉念願　神慮新得本快眼明病難去
・延享三年丙寅八月吉良辰
・肥前島原住老生年七十七振筆　一翁嶺氏良成敬白

これによれば本和歌作品は、肥前国島原の住人嶺良成という人物が、子良勝の、三年越しで患う難病と眼病の平癒祈願をしたところ、神慮により快復することが出来た、それを深謝して百首を詠み、延享三年（一七四六）八月に奉納したものである。〈よい景色を見ると眼病が癒される〉とでもいう世俗信仰があったからか、島根県平田市の一畑薬師などが古くから眼病治癒の信仰を集めているように、風光明媚な地には同様の信仰を集める社寺が多いようだ。玉津島神社にも古くこのような信仰があって、元禄十三年（一七〇〇）正月に奉納された薩摩国堺田通節の「奉納玉津島大明神木綿襷　和歌」が残っている（この章〈一節〉参照）。彼もまた眼病を患っていた。玉津島社への奉納は和歌上達祈願であると同時に、眼病治癒の祈願でもあったのだ。

　また住吉社の方にも、一族の繁栄と眼病治癒祈願のためと思われる文書が奉納されている。それは、津守氏六十二代国崇の末子通宣の次男で、菊園家を興した貞量（自署に「菊薗信濃守　津守貞量」と記す）が、延宝二年（一六七四）に奉納した「古語拾遺」の書写である。奥書には、

住吉太神宮
　奉納　古語拾遺　一巻
　　右之一巻者眼病筆跡雖無覚束且為祈願染老筆畢
　于時延宝二甲寅年十一月日　菊薗信濃守　津守朝臣貞量　五十九歳（花押）

とあって、傍点部のごとく「眼病で筆も覚束無い」と言っている。津守貞量もまた眼病に苦しんでいたのである。た

だし、住吉大社には、ここが玉津島と同じく古昔から「万葉集」にも詠まれるような景勝地であるものの、現在眼病治癒の信仰があるということは聞かない。

さて、本「嶺良成 奉納百首」の構成は、「春」「夏」「秋」「冬」「恋」「雑」の、六つの部立になっていて、各々、春二十首、夏十五首、秋二十首、冬十五首、恋二十首、雑十首の、計百首が詠まれている。ここに、冒頭部分を紹介しておこう。

奉納
人丸大明神法楽百首和歌
春二十首
立春
01 ほの〳〵と 春にむかへは 天の戸の あくるひかりも あらたまりつゝ
朝霞
02 くもるとは 見すしも春の 朝附日 にほひ出るや かすみなるらむ
谷鶯
03 淡雪も ふるすあらしそ 春幾代 谷をめくりの うくひすの声
残雪
04 ふるとしの 雪も遠やま 富士ならて のこる俤 鹿の子またらに
若菜
05 花かたみ かた身ぬきかけ したもえの 二葉の若菜 千代や摘らん

四、高津柿本社の場合

和歌三神四社の中で、高津柿本神社に現存する資料の特徴、つまり他の神社と異なっているところは次の二点であろう。一つは、享保八年（一七二三）の柿本人麻呂千年忌に合わせ、霊元院の御意向のもと禁裏御所より、石見国高津と播磨国明石の両柿本社に祀られる柿本人麻呂に、〈正一位〉の神位と〈柿本大明神〉の神号を与える旨の宣旨が下されたが、その時の関係文書が残っている。すなわち、〈正一位柿本大明神〉の「位記」「宣命」および命令を下達する「太政官符」が、さらにこの時に、霊元法皇より授けられた「五十首和歌短冊」が現存していることである。もう一つは、延宝九年（一六八一）に高津柿本神社を現在地の高津城址に移転させた、津和野藩主亀井氏二代茲政《これまさ》の後裔となる、藩主関係の和歌作品が割りと多いことである。他の和歌三神各神社からは、当該藩関係の和歌や関連文書はそれほど見つかっていない。

以下、霊元法皇御法楽「五十首和歌」中の冷泉為村短冊、奉納和歌に見る言語遊戯、津和野の人々の人麻呂に対する意識、などについて考えてみたい。

1　霊元法皇の「五十首和歌短冊」と冷泉為村

享保八年三月十八日の柿本人麻呂千年忌に先立ち、同年二月一日、中御門天皇によって高津と明石の両柿本社に祀る人麻呂へ、〈正一位柿本大明神〉の神位神号を与える宣旨が下された。その時の位記と宣命は高津柿本社別当真福寺へ、女房奉書は明石柿本社別当月照寺へ与えられ、合わせて、両柿本社に霊元法皇が公家衆と成した「五十首和歌短冊」が授けられた。このことは、既に〈三章一節1項2項〉で詳述している。

実は、両柿本社へ初めて〈古今伝授後 御法楽五十首和歌〉が奉納された、延享元年（一七四四）の十二年前、享保十七年（一七三二）に霊元法皇は崩御している。すると、人麻呂千年忌関連の霊元法皇の御意向と、両柿本社への古今伝授後「御法楽五十首和歌」奉納とは、一見関係がないようにも見える。しかし、月照寺七世別仙の「神号神位記録」に目を通し、人麻呂千年忌に係わる出来事を考える時、そこには法皇の強い働きかけのあったことが推察される。ひいては、法皇のこの強い思いが、後の、延享元年以降の古今伝授後「御法楽五十首和歌」奉納に影響したものと推察される。

享保八年における、霊元法皇の禁裏御所への強い働きかけは、人麻呂に対する敬意や敬慕が根底にあってのことと思われる。ここでは、この時の法皇御法楽「五十首和歌短冊」中に、冷泉為村の和歌短冊が含まれていることを基に、霊元法皇から為村への、人麻呂をめぐる影響などについて探ってみたい。

a　冷泉家と霊元天皇

江戸時代初期頃の冷泉家は、『日本古典文学大辞典』（岩波書店）によれば、元和年間（一六一五〜二四）に京都所司代と武家伝奏によって文書庫に封をされる処分を受け、その後は長期間ふるわなかった。しかし、為綱（一三代）・為久（一四代）の父子が歌道に精進したので、享保六年（一七二一）にようやく許され、封を撤去することができたという。このように、為綱と為久が歌道に精進した、その後ろ盾となって係わったのが、霊元天皇（院）であったであろうことは、想像に難くない。

例えば、天和三年（一六八三）、霊元天皇が後西上皇より古今伝授を受けられた後の、住吉社奉納「御法楽五十首和歌」の詠者に、冷泉為綱は二十歳で選ばれ「擣衣」の題で一首を詠んでいる（32頁写真Ⅸ参照）。また、霊元院御所で催された六年にわたる和歌御会にも列座している。為綱二十七歳から三十三歳の時のことである。その折の和歌は、元禄三年（一六九〇）六月～同六年五月の三年間分は玉津島社へ、同六年六月～同九年五月の三年間分は住吉社へ、いわゆる〈仙洞御所月次奉納和歌〉として奉納されたが、為綱の詠んだ歌は、前者に三十七首、後者に三十五首残っている（前述〈四章一節2項ａ〉）。これも霊元天皇（院）の為綱に対する、和歌界での重用の現われであろう。そして霊元院は、為久に対しても「新類題和歌集」の編纂を命じる[22]（烏丸光栄・三条西公福らと編集）など、彼を歌道の家の一人として認め、重用している。さらに、冷泉為村に対しては、為村の十二歳時から、和歌の添削指導を行っている[23]。和歌に精進した為村は、十八歳頃から禁裏歌会の役人を勤めるようになり、二十一歳の時には、霊元院が崩御したのを機に、勅命で「霊元院御製集」を編纂している[23]。

なお、為村が霊元院の指導を受け始めたという十二歳時の和歌は、享保八年（一七二三）の人麻呂千年忌に連係する、霊元院の御法楽「五十首和歌短冊」（高津柿本社蔵）中に見られる（〈資料Ⅱの1〉および139頁写真Ⅰ参照）。中院通躬（当時五六歳）・烏丸光栄（同三五歳）・三条西公福（同二七歳）といった当代屈指の歌人たちの中に、為村が若干十二歳で選ばれ列席したことは、冷泉家にとって至上の喜びであったに違いない。

このように、冷泉家が堂上和歌界に復活する背景には、霊元天皇（院）の少なからぬ力添えがあったものと思われ、その一端を、玉津島社や住吉社、高津柿本社の各奉納和歌に見られることは、大変に感慨深い。

b　冷泉為村と霊元院と和歌三神

霊元法皇が、冷泉為村への和歌指導を為村十二歳の時から行い、後に堂上の和歌会で重用したことは、前〈ａ〉で述べた。また、人麻呂千年忌に先立ち、法皇の御意向のもと、明石と高津に祀る柿本人麻呂へ〈正一位・柿本大明神〉の神位と神号を与え、両柿本社には法皇が公家衆と成した御法楽「五十首和歌短冊」が奉納されたこと、その高津奉納分に十二歳の為村短冊が含まれることなども前述した。古昔の歌人たちが、柿本人麻呂を敬愛し歌神として敬意を払ったのと同様、霊元法皇も敬慕し歌神として敬ったがゆえに、享保八年の人麻呂千年忌に連係する様々な行事が挙行されたのを、十二歳の為村も察していたに違いない。続いて、霊元法皇の柿本人麻呂への思いが、冷泉為村の奉納和歌に影響を与えているのかどうかを探ってみたい。

和歌三神に奉納された為村の私的な和歌および関連文書は、次のとおりである。ただし、連名での私的奉納は数に入れたが、古今伝授後の各「御法楽五十首和歌」と、享保八年の霊元法皇御法楽「五十首和歌短冊」の中の、各為村短冊は除いている。

①　高津「秋日詠百首和歌」……………………………元文元年（一七三六）為村二十五歳
②　玉津「吹上八景手鑑」……………………………延享元年（一七四四）為村三十三歳
③　住吉「百首和歌（連名百首和歌）」……………宝暦二年（一七五二）為村四十一歳
④　住吉「詠百首和歌」…………………奉納年月不記（宝暦二年か三年）為村四十一～二歳
⑤　住吉「堂上寄合二十首」……………奉納年月不記（宝暦三年か四年）為村四十二～三歳
⑥　住吉「住吉社奉納和歌（為村卿二十首和歌）」…奉納年月不記（宝暦七年か八年）為村四十六～七歳
⑦　住吉「報賽五首和歌毎首置字」…………………宝暦十二年（一七六二）為村五十一歳
⑧　高津「柿本社奉納十五首和歌」…………………明和四年（一七六七）為村五十六歳
⑨　高津「春日詠五十首和歌」………………………明和五年（一七六八）為村五十七歳
⑩　住吉「春日詠五十首和歌」………………………明和五年（一七六八）為村五十七歳
⑪　明石「冷泉家柿本神像法楽和歌（柿本尊像と共に奉納か）」……明和七年（一七七〇）為村五十九歳
⑫　明石「冷泉為村　柿本尊像寄進状」……………明和七年（一七七〇）為村五十九歳
⑬　明石「冷泉為村　人麻呂神影着讃（含為村自詠一首）」…………明和七年（一七七〇）為村五十九歳

⑭ 明石「柿本講式（冷泉為村書写奉納　含為村自詠三十一首）」　…　明和七年（一七七〇）　為村五十九歳
⑮ 住吉「九月十三夜詠三十一首和歌毎歌首令冠字」……………………　安永二年（一七七三）　為村六十二歳
⑯ 高津「詠五首和歌」…………………………　奉納年月不記（安永二年〈一七七三〉）　為村六十二歳

冷泉為村が、和歌三神四社に最初に和歌を奉納したのは、享保八年の霊元法皇御法楽「五十首和歌短冊」の時、十二歳の高津柿本社奉納であった。したがって、個人的な最初はその十三年後、第一例①の二十五歳時「秋日詠百首和歌」の奉納ということになる。奉納先が高津柿本社であるのも縁があってのことだろう。

第二例、三十三歳時の②「吹上八景手鑑」は、父為久が紀州藩主徳川宗直に献上した和歌を、為久の没後に藩主宗直の依頼を受け、書写し献上したもので（〈四章一節3項g〉参照）、後日、藩主により奉納されている。為村が自ら玉津島社に奉納したという訳ではない。第三例③以降については、四十代の時は住吉社に、五十代の時は住吉社と高津柿本社に、また五十九歳の時には明石柿本社へ、そして晩年の六十二歳には住吉社と高津柿本社へと奉納が続く。

際立っているのは、明石柿本社への奉納が明和七年（為村五九歳）に限っている、それも〈人麻呂尊像〉〈人麻呂神影〉〈柿本講式〉と、柿本人麻呂に限っていることである。左に挙げた⑫番作品の序文に、月照寺僧のことが記されていて、明和七年夏に、孝道が上京したのを機に二人は「しる人」となったことがわかる。また次頁の⑬文書では、孝道が為村に、絵師住吉広守に描かせた人麻呂神影への着讃を願っていて、そのような間柄であったこともわかる。二人が出会う切っ掛けは、⑫番作品、人麻呂尊像の奉納にあったのだが、左の序文傍点部に「此度は」と言っているので、冷泉家側からすると、明石別当月照寺だけにと、特別扱いしている訳でもないようだ。

⑫ 冷泉為村　柿本尊像寄進状（明和七年夏）〈143～144頁の写真―ⅤⅥⅦ―参照〉

柿本尊像頓阿法師作去年の冬より三度に三座、おもはす感得する事あり。此度は播磨かた明石の月照しつたふる寺によせたてまつらむと、願思ふ時しもあれ、別当孝道まれに都にのほりぬときけは、幸にしる人になりて心願をかたりしかは、もりたてまつりて、かへり納め奉らむと聞かえし、あらたに御厨子つくりて安置し、すなはちかの僧に付侍る。なかくもり奉り、道の繁栄を久しくいのりあふかむの志をこめて、歌の上下の句のかたに字をならへ十八首となし、おなしく奉納す。

澄覚　上

⑬　冷泉為村　人麻呂神影着讃（含為村自詠一首）（明和七年九月）

播磨国柿本社の神影のうつし、信仰の人々にあたふる事、もとより年久し。此度別当月照寺孝道所願のゆへありて、懐におさめ、かたにかけて、人々のまもりとなしたてまつらむかため、さらに、新写のあらまし、聞えし住吉広守に画をのそみ侍るに、こまやかにうつしたてまつりてこし侍る。讃をくへきよしのそまれて、恐み〳〵、ほの〳〵の神詠をかきたてまつるとて、思ひつゝけし

うつし絵に　むかふ神影も　明石かた　いく世の浪を　かけてあふかむ

明和七年九月朔日　　ちよう覚

このような流れの許に、為村は月照寺に同年の冬、⑭番作品「柿本講式（冷泉為村書写奉納　含為村自詠三十一首）」を書写して奉納するのである。ちなみに、この作品「柿本講式」は、〈為村の書写〉〈孝道の跋〉〈為村の跋と和歌〉という順で書かれていて、[24]ここにも為村と孝道の間柄を知ることができる。

つまり、明石柿本社と為村の関係は、霊元法皇の影響を受けての同社信仰というよりも、別当月照寺僧孝道との係わりによるもので、深い信仰からではなかったと考える。奉納が明和七年（為村五九歳）のみであること、和歌三神他社と比べ人麻呂関係のみの奉納であること、さらに為村が、別当ゲッショウジをガッショウジと勘違いしていたこ

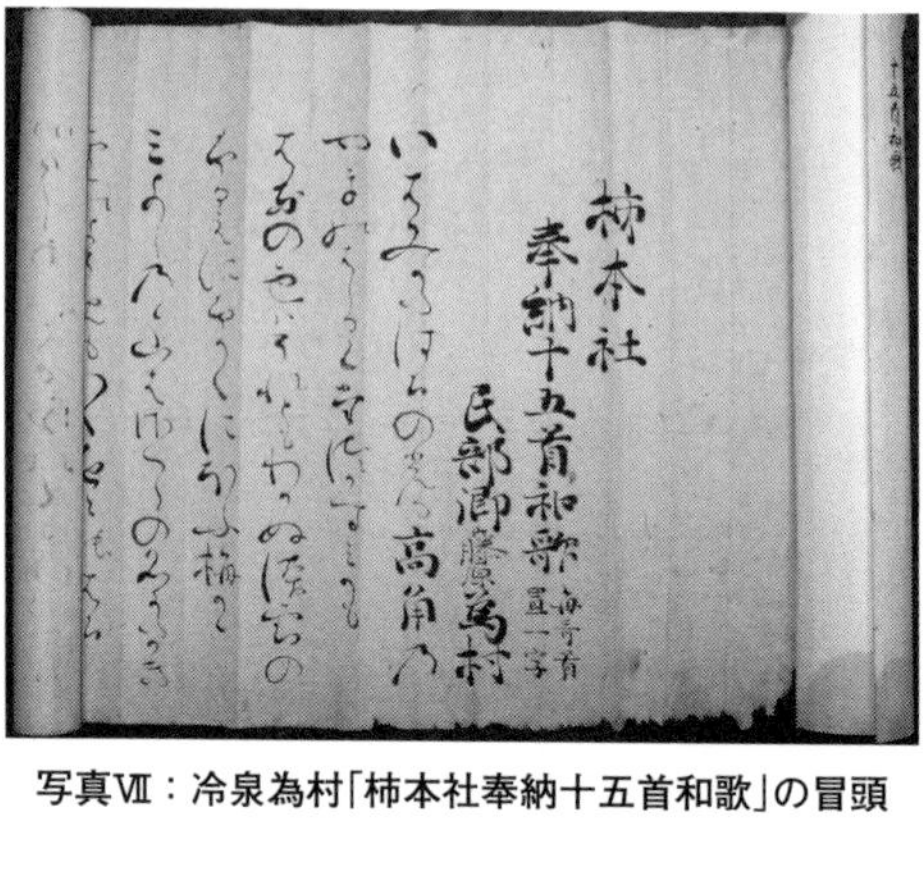

写真Ⅶ：冷泉為村「柿本社奉納十五首和歌」の冒頭

と（〈四章四節〉148頁参照）などは、このことを裏付けていよう。

一方、為村は高津柿本社の別当真福寺僧良栄とも関係が深かったようで、⑧番和歌「柿本社奉納十五首和歌」（前頁写真Ⅶ参照）の跋には、次のように記されていて、為村が月照寺僧孝道と知り合う三年前の明和四年七月、真福寺僧良栄は為村に入門を乞い面謁していたことが知られる。

明和四年七月十日、真福寺良栄来入朝、幸時之故即吟清書。翌十一日、彼僧歌道入門面謁之次、附之捧幣代。

冷泉為村の、和歌三神四社における最初の奉納が、十二歳時の高津柿本社であったこと、私的な奉納の最初も二十五歳時の高津柿本社であること、一時的にではなく五十六歳・五十七歳・六十二歳の時にも奉納していること、真福寺僧良栄が為村の門人であったこと等々を考えると、為村は、明石柿本社よりも高津柿本社の方に重きを置いていたように感じられる。これは、霊元法皇の御意向のもとに下された、人麻呂千年忌の際の〈正一位柿本大明神〉の神位神号の位記と宣命が真福寺へ、女房奉書が月照寺へ与えられたのと同じ理由からくるものであろう。

前述〈三章一節1項〉「神号神位記録の意訳」の④⑤で（81〜82頁参照）、月照寺僧別仙と真福寺僧は、霊元院御所へ召された時に鳥山上総介らと面会し、神社の様子や祭祠の様子などについて尋ねられている。真福寺僧は、毎年七月二十八日から八月五日まで神事があって大勢が参加する旨を申し上げたが、月照寺僧別仙は返答に窮してしまった。明石の方には祭礼と言えるものがなかったからである。また、神輿等はあるかと問われ、真福寺僧は、城主から神輿・神具ともに寄付されて不足のない旨を答えた。月照寺僧別仙が神輿のない旨を答えたところ、神輿がなくては祭礼らしくないので、ぜひ神輿はあってほしいものだ、と言われている。

つまり、柿本人麻呂に対する藩主や藩民の盛り上がりが、明石に比べて高津の方が高かったのである。そのような情況下において、高津に正式な形で位記と宣命が下されたのは当然のことであった。すなわち、津和野藩主をはじめとする藩民の人麻呂に対する敬虔な気持が、享保八年時の仙洞御所や禁裏御所を動かし、後にまた、冷泉為村の気持をそうさせたのである。

だが、為村が一番身近に感じていたのは住吉の神ではなかったか。すでに〈四章一節3項df〉などで確認済みではあるが、⑦番和歌「報賽五首和歌毎首置字」（宝暦十二年）や、⑮番和歌「九月十三夜詠三十一首和歌毎歌首令冠字」（安永二年）からは、病の快復を感謝し、また遠祖定家を思う、その胸中を住吉明神に吐露する為村を感じ取ることができる。奉納の数も四十代で四点、五十代で二点、六十代で一点、計七点と一番多い。

さて、霊元法皇は柿本人麻呂を歌神として敬い、〈正一位〉の神位と〈柿本大明神〉の神号を与えるべく、中御門天皇に強く御意向を示された。その強い思いが為村の、明和七年明石柿本社への〈人麻呂尊像〉〈人麻呂神影〉〈柿本講式〉奉納、そして安永二年の⑯番和歌、人麻呂千五十年忌の際の「詠五首和歌」へと継承されて行ったのではないか、という予測の許に為村奉納和歌を見てきた。しかし、明石と高津に奉納された作品に、霊元法皇の影響と明確に言えるようなものは見当たらない。⑪番資料で、冷泉家が柿本尊像の御法楽を行ったりするのも、三条西実隆が正月一日の恒例行事として、人麻呂画像の前で和歌を詠み上達を願ったのと（〈序論一節1項〉参照）、また、霊元法皇が人麻呂を敬慕したのと同じ心情であったと考える。人麻呂千五十年忌の折に⑯番和歌を奉納したのも、同じ気持からであった。ここでは、冷泉為村の明石と高津両柿本社への係わりは、霊元法皇の影響を受けてのものではない、と見ておきたい。

2　人麻呂千年忌と津和野藩主

a　人麻呂年忌の奉納和歌

享保八年三月十八日の柿本人麻呂千年忌以降、五十年ごとの年忌（次頁参照）において、明石柿本社と高津柿本社には、多くの和歌や関連文書が奉納された。それ等をまとめると、次のようになる。ただし、一部に、和歌と関連文書以外のものを含んでいる。

- 千　年　忌　…………　享保八年（一七二三）三月十八日
- 千五十年忌　………　安永二年（一七七三）三月十八日
- 千百年忌　…………　文政六年（一八二三）三月十八日
- 千百五十年忌　……　明治六年（一八七三）三月十八日
- 千二百年忌　………　大正十二年（一九二三）三月十八日

▼《明石柿本社（月照寺）》

禁裏御所　仙洞御所からの奉納

- 享保八年二月十八日＝人丸神位神号の「女房奉書」
- 享保八年二月十八日＝霊元院御所からの「五十首和歌短冊」（現存せず）
- 享保十一年六月六日＝霊元院御所からの「三十六歌仙式紙」

その他からの奉納

- 享保八年二月＝奉納百首　藤原喬直
- 享保八年三月十八日＝正一位柿本大明神社奉納和歌　詠三十二首和歌
- 享保八年三月十八日＝御奉納　石見・播磨　柿本社御法楽
- 享保八年三月十八日＝奉納三十二首　岸部延
- 享保八年季秋良辰＝奉納五十首和歌　伊勢御師中西常直

右、人麻呂千年忌にあたる

- 安永二年三月十八日＝奉納和歌三十二首　川井立斎　他

- 安永二年三月＝奉納五十首和歌　奥平正慶
- 安永二年三月＝奉納十首　豊前国中津藩　菅沼定易

右、人麻呂千五十年忌にあたる

▼《高津柿本社（真福寺）》

禁裏御所　仙洞御所からの奉納

- 享保八年二月十八日＝人丸神位神号の「宣命」
- 享保八年二月十八日＝人丸神位神号の「位記」
- 享保八年二月十八日＝霊元院御所からの「五十首和歌短冊」

その他からの奉納

- 享保八年三月十八日＝奉納百首和歌　洛　不遠斎長隣
- 享保八年三月十八日＝柿本大明神社奉納和歌　沙門快信　他
- 享保八年三月十八日＝柿本社奉納百首和歌　益田町　藤井平治郎
- 享保八年三月十八日＝石見国奉納人麿大明神和歌一首　三河国藤川郷士　藤原良尚
- 享保八年三月十八日＝高角山　奉納和歌千首　石州津城主　臣　岩手将曹　越智盛之
- 享保八年十一月＝高角山柿本社頭三百首和歌　梅月堂尭真宣阿

右、人麻呂千年忌にあたる

- 安永二年三月十八日＝柿本社奉納百首和歌　重格　他
- 安永二年三月十八日＝柿本社千五十年御祭祀詠百首和歌　雲州　百忍庵常悦
- 安永二年三月十八日＝詠五首和歌　冷泉為村

・安永二年三月十八日＝石州高角柿本大明神社奉納　和歌・序詞・発句　西川堂
・安永二年三月十八日＝柿本大明神広前奉納和歌（二巻）　藤原義居・藤原一麿

右、人麻呂千五十年忌にあたる

・文政五年三月十八日＝柿本社千一百年御祭祀詠五十首和歌　清水有慶（前年の奉納）
・文政六年三月十八日＝石見国高角山柿本社奉納和歌　藩主　大隅守源朝臣茲尚
・文政六年三月十八日＝柿本社奉納和歌三十首　出雲宿祢尊孫
・文政六年三月十八日＝当座探題和歌
・文政六年三月十八日＝奉納百首和歌　撰者　源芳章
・文政六年三月十八日＝柿本社奉納和歌集　世話頭取　河田弥兵衛　他
・文政六年三月十八日＝柿葉集　石見津和野　中村安由
・文政六年三月十八日＝柿本社千百年神忌奉納和歌　善法寺権僧正　他
・文政六年三月十八日＝奉納和歌五十首　防州花岡八幡宮大宮司村上基豊
・文政六年三月十八日＝奉納和歌十首　長州須佐　澄川正方
・文政六年三月十八日＝柿本社奉納和歌四季五十首　藤原久命　他
・文政六年三月十八日＝奉納倭歌　鳥越明神神主鏑木権次　他
・文政六年三月十八日＝柿本人麻呂事跡考　弁　石見　岡真人熊臣
・文政六年三月十八日＝「奉納倭歌」と表書きする黒塗箱　藩主亀井茲尚（中にあるべき和歌作品は現存しないが、箱蓋裏書から、この折の和歌を入れて奉納したものと判断される）

右、人麻呂千百年忌にあたる

・明治六年三月一日＝「柿本神社一千百五十年大祭 奉納歌会集」「奉納和歌短冊五十枚」「奉納歌会の寿詞」亀井茲監 幟仁親王 他
・明治六年三月十八日＝春日詠五首和歌　冷泉為理
右、人麻呂千百五十年忌にあたる
・大正十二年四月＝奉納和歌　全国の歌人からの奉納
・年月不記＝柿本神社一千二百弐年大祭奉納歌　第一集
右、人麻呂千二百年忌にあたる
以上が、明石と高津の両柿本社に奉納された和歌および関連文書である。それ等をまとめると合計四十三点で、その内訳は次のようになっている。

千　年　忌（享保八年）…………高津九点　・　明石八点
千五十年忌（安永二年）………高津五点　・　明石三点
千百年忌（文政六年）…………高津十四点　・　明石なし
千百五十年忌（明治六年）……高津二点　・　明石なし
千二百年忌（大正一二年）……高津二点　・　明石なし

両者の違いは、明石柿本社への奉納が〈千五十年忌（安永二年）〉で終わるのに対して、高津柿本社への奉納は〈千二百年忌（大正一二年）〉まで続くところにある。また奉納の数も、明石の十一点に対し高津は三十二点と、三倍ほどの違いがある。この他にも高津柿本社には、人麻呂の年忌に際して奉納された〈人麻呂画像〉二点があるので紹介しておこう（〈六章〉123番作品・127番作品を参照）。

▼柿本人麻呂画像（座像）その一

・一幅　縦二五九・五cm × 横五一一七・〇cm
・本紙（絹本着色）縦一二八・〇cm × 横一〇二・一cm
・本紙右下に落款「永叔画　朱印」がある。讃はない。
・箱蓋表書に「歌聖人麿朝臣之像　狩野永叔筆」と記す。
・高津柿本神社の社伝によれば、享保八年二月に、禁裏御所から同社で祀る柿本人麻呂に〈正一位柿本大明神〉の神位神号が贈られた時に、藩主亀井茲親が狩野永叔に依頼して描かせたという。
・同神社所蔵の〈絵画類〉十六点の中では、最も大きい〈人麻呂画像〉である。
・享保八年は〈柿本人麻呂千年忌〉にあたる。

▼柿本人麻呂画像（座像）その二

・一幅　縦一五一・〇cm × 横七六・〇cm
・本紙（ベージュの織物）縦五〇・六cm × 横三三・三cm
・本作品は筆による絵ではなく、軸木以外の全てが織って描かれた、織物である。
・落款はない。上方に讃があり「武士の　やそうぢ川の　あじろ木に　いさよふなみの　ゆくへしらずも」と織って記す。
・漆塗の箱蓋表書に「詞聖神影之織物」とあり、同裏書に「文政六年癸未　春三月吉辰　奉納　居田進九郎　中島嘉助」とある。
・文政六年は〈柿本人麻呂千百年忌〉にあたる。

さて、明石と高津の、両柿本社への奉納の差はどこからくるのか。前〈1項b〉でも確認したが、それは、高津柿本社の鎮座する津和野藩の藩主、亀井氏の人麻呂に対する敬虔な気持、ひいては藩民の、人麻呂への敬愛敬慕の心がもたらしたものであると考える。

b 亀井茲監の人麻呂千百五十年忌奉納和歌会

ア この和歌会の概要

江戸時代、和歌に携わっていた人々の間に、享保八年（一七二三）三月十八日は〈柿本人麻呂千年忌〉にあたる、との考えがあった。千年忌の行われた享保八年三月から数えて百五十年目にあたる、明治六年（一八七三）三月一日に、津和野藩最後の藩主であった亀井茲監《これみ》は、東京で〈高津柿本神社 千百五十年大祭 奉納和歌会〉を開催した。その時の「奉納歌会集」「奉納和歌短冊」「奉納歌会の寿詞」が、後日、亀井家ゆかりの人物によって高津柿本神社に奉納された。

先ず「奉納歌会集」だが、これは〈高津柿本神社 千百五十年大祭 奉納和歌会〉の歌を記録し冊子にまとめたものである。「兼題（松色春久）」四十七首、「兼題追加」十四首、「探題（春季）」五十首、計百十一首の和歌が記録され、その後ろに「着列名簿」および「第三月一日歌会次第」を付している。冊子表紙の外題には「石見国高角 柿本神社一千百五十年大祭 奉納歌会集」とある。

次に「奉納和歌短冊」は、同和歌会の折の自筆短冊、「探題（春季）」五十枚中の三枚である。いずれも「奉納歌会集」に記録された「探題（春季）」中の歌と一致しているので、この和歌会の〈当座〉として詠み、講師により披講されたものだとわかる。三枚の自筆短冊は、有栖川宮幟《たか》仁《ひと》親王・熾《たる》仁《ひと》親王の父子の短冊が各一枚、もう一枚は蜂屋丹鶴のもので、「奉納歌会集」に挟んで保管されている。しかし、三枚のみの奉納というのは、あまりにも不自然だ。同じ奉納するのならば、切りのいい数にするのが通例であろう。それにも増して不思議なのは、三枚中に亀井茲監の短冊が含まれていないことだ。前「探題（春季）」の五十首目には、この歌会の主催者であった元藩主亀井茲監の歌が記されている。それにも拘わらず短冊の方がない。高津柿本神社とは縁の浅くなかった元藩主の短冊が奉納されなかったというのは、得心がいかない。

では、和歌短冊が五十枚奉納されたのだとして、他の四十七枚はどうしたのか。実はこれが重要なのだが、このことについては、次の〈イ〉で述べる。

続いて「奉納歌会の寿詞」は、同和歌会の折の寿詞である。「奉納歌会集」中に付記された「第三月一日歌会次第」の最終項目「次 各退散」の前に「次 寿詞」と記されているので、同和歌会の締めくくりとして、祝寿の意をもって述べられたのもであることがわかる。これも「奉納歌会集」に挟んで保管されている。

ついでながら、当時の和歌会の様子を簡単に説明しておこう。和歌会の歌は、事前に出題されている歌題によって詠む〈兼題〉（兼日題）によるものが多く、同時に、和歌会当日の〈探題〉などによる〈当座〉の歌が詠まれることもあった。このようにして詠まれた歌の発表は、講師の披講によって行った。つまり、音調をつけて読み上げたのである。〈兼題〉は、あらかじめ題者の選定した歌題が記され、配付されている短冊に、詠者が各々自歌をしたため、和歌会当日に持参して提出する。〈当座〉は、歌会当日に出された歌題のもとに詠むのだが、出題は〈探題〉による場合もあった。例えば、歌題の記された短冊などを各自が籤引のごとく引いたのである。

イ　この和歌会の自筆短冊五十枚について

高津柿本神社の文書調査を始めた頃、〈ア〉で触れた「奉納歌会集」「奉納和歌短冊」「奉納歌会の寿詞」の、一連の資料とは別場所に、四十八枚の和歌短冊を挟んだ折本が保管されていた。当初それに「幕末・明治初期名士和歌短冊帖」と名付けた（〈六章〉69番作品参照）。この資料と、後日調査した、前述〈高津柿本神社 千百五十年大祭 奉納和歌会〉との関係を、引き続き考えてみよう。

この折本の表紙中央には、外題用の紙が貼ってあるものの、何も記されていない。その上、各丁に挟まれた和歌短冊を知るための情報も一つとしてなかった。ゆえに、短冊に記された詠者名などを考慮して、この作品名を「幕末・明治初期名士和歌短冊帖」としたのである。確かに、津和野藩主であった亀井茲監をはじめ、幕末から明治にかけて活躍した、いわゆる名士たちの短冊なのだが（女性の短冊四枚を含む）、同時に、不審な点もいくつかあった。

それは、一つに、短冊四十八枚中一枚だけが異種短冊であること。他の四十七枚は、いわゆる〈打曇〉の短冊で、上部が青色雲形で下部が紫色雲形の色違いである（写真Ⅷ「四十八枚中〈亀井茲監短冊〉」参照）。しかし、この一枚は上下ともに青色の同色〈打曇〉で、かつ金箔を帯状に施した〈打曇金箔〉の短冊である。棚引く雲の位置も微妙に違っている（写真Ⅸ「四十八枚中〈異種短冊〉」参照）。もう一つに、四十七枚の〈打曇〉短冊は、全て上部にその歌の題が書かれていること。つまり兼題なのだが、この〈打曇金箔〉短冊には歌題がかかれていない。さらに加えて、四十七枚または四十八枚という中途半端な数であること。同種短冊が四十七枚あるということは、例えば神社奉納など、何かの意図のもとに催された和歌会で成されたことを想像させる。しかし、そのような場合には五十首（短冊五十枚）など、まとまった数になるのが通例である。

右のような疑問はあったものの、この時には、高津柿本神社前宮司中島匡英氏が、津和野藩主亀井茲監ゆかりの人々の短冊を〈名士短冊帖〉として折本に挟んでまとめたもの、と判断したのであった。

しかし、後日の調査によって、この四十七枚の短冊に関連する資料が見つかった。それは前述〈ア〉の、〈高津柿本神社　千百五十年大祭　奉納和歌会〉の際に奉納された、

写真Ⅷ：「四十八枚中〈亀井茲監短冊〉」

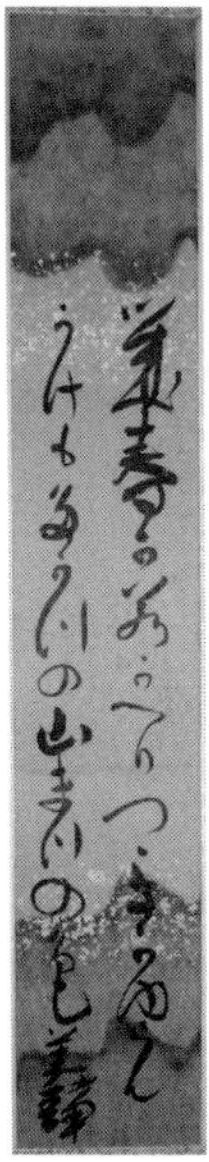

写真Ⅸ：「四十八枚中〈異種短冊〉」

「奉納和歌短冊」の三枚である。この三枚はともに〈打曇〉の自筆短冊で、歌題「夕青柳」は有栖川宮幟仁親王、「朝山霞」は有栖川宮熾仁親王の父子の各短冊、もう一枚の「杜霞」は蜂屋丹鶴のものである。そして、この三枚の短冊と同じ歌題・和歌・詠者を、〈高津柿本神社 千百五十年大祭 奉納和歌会〉の「奉納歌会集」中、「探題（春季）」五十首に見いだせること、前述のとおりである。

さて、〈名士短冊帖〉として扱った折本、四十八枚中の短冊には、一枚だけ異種の短冊があった。他の四十七枚は、幟仁親王・熾仁親王・丹鶴の各短冊と同種の〈打曇〉短冊である。この三枚の〈打曇〉短冊と合わせれば、ちょうど五十枚になるではないか。そこで、両者の短冊を写真で並べてみると、雲形の色も棚引く幅も同じ具合で、両者は同じ時に漉かれた紙を裁断した短冊であることがわかった。さらに、この四十七枚の短冊を、「探題（春季）」五十首と照らし合わせてみると、歌題も和歌も詠者も一致することが確認できた。

実は、別々の場所に保管されていた、〈和歌短冊三枚〉と〈折本に挟んだ和歌短冊四十七枚〉は、〈高津柿本神社 千百五十年大祭 奉納和歌会〉の際に奉納された「探題（春季）」の、自筆和歌短冊五十枚であったのだ。

では、折本に挟んだ四十八枚の和歌短冊中、歌題の書かれていなかった異種短冊は、どのようなものなのだろう。先ほどの写真Ⅸ「四十八枚中〈異種短冊〉」（前頁）に目を遣ると、

幾春か 若かへりつゝ さかゆらん かけもたかつの 山まつの色　美静

のごとく記されている。詠者の美静は、前掲「奉納歌会集」の記載によれば「従四位 福羽美静」のことで、〈高津柿本神社 千百五十年大祭 奉納和歌会〉の和歌の優劣を判定した〈点者〉であった。「探題（春季）」五十首（自筆短冊）の中には、彼の和歌短冊「春曙月」が含まれている。また、同「奉納歌会集」は、この和歌会の「兼題（松色春久）」四十七首も記録していて、その中に右の異種短冊（美静短冊）「幾春か」の歌が記されている。短冊に歌題が書かれていないのは、兼題が共通の題（「松色春久」）であったからだ。しかし残念なことに、「兼題（松色春久）」四十七首

のうち、美静短冊以外の和歌短冊四十六枚、および「兼題追加」十四枚は所在不明である。

なお、本書〈六章〉「高津柿本神社蔵書目録と書誌」中の、69番・105番・106番・107番の各作品を参照のこと。

3　高津柿本社奉納和歌に見る言語遊戯

高津柿本社奉納和歌の内、言語遊戯を用いての奉納は、冷泉為村、桑門慈延、越智盛之の三名で、その数は四点である。彼らの折句に準じた言語遊戯は、明石柿本社奉納和歌などで見た定番のもの、すなわち「古今和歌集」が人麻呂の作としている、

ほのぼのと　明石の浦の　朝霧に　島がくれ行く　舟をしぞ思ふ

という和歌の三十一文字を、自詠歌の頭に置いて三十一首を詠む、というものとは異なっている。以下に、彼らの言語遊戯を用いた奉納和歌を紹介しよう。

a　冷泉為村の言語遊戯

先ず、冷泉為村の和歌を見てみよう。為村は高津柿本社へ四点の和歌懐紙を奉納している。享保八年（一七二三）二月、人麻呂千年忌の折に霊元法皇の奉納した「五十首和歌短冊」中の、「紅葉」短冊が為村の最初の奉納短冊で、その時に彼は十二歳であったから、十三年後の奉納再開となる。

①「秋日詠百首和歌」　元文元年（一七三六）十一月奉納　二十五歳
②「柿本社奉納十五首和歌」　明和四年（一七六七）七月奉納　五十六歳
③「春日詠五十首和歌」　明和五年（一七六八）二月奉納　五十七歳
④「詠五首和歌」　年月不記〈安永二年（一七七三）奉納〉　六十二歳

為村の言語遊戯に関しては、既に〈四章四節〉で詳述した。ここでは簡単な紹介に止どめる。言語遊戯が見られる作品は、第二例②「柿本社奉納十五首和歌」と、第四例④「詠五首和歌」の二点である。各々内題の部分に、②番和歌は「毎哥首置一字」と記し（この節〈1項b〉240頁写真Ⅶ参照）、④番和歌の方は虫損で正確にはわからないが、内題「詠五首」の下に、恐らく「和歌毎首置字」と記してある（左写真X参照）。つまり〈かぶり歌〉になっているのだ。両者の歌の、各頭の文字を拾ってみると、

②番和歌　…　いはみのくにしむふくしにおさむ（石見国真福寺に納む）

④番和歌　…　千《ち》いそとし（千五十年）

という語句になる。④番和歌の奉納年月日は不記であるが、「千《ち》いそとし」の語を折り込んでいることにより、柿本人麻呂千五十年忌の折の奉納、つまり、安永二年（一七七三）三月の奉納であったとわかる。

b　桑門慈延の言語遊戯

次に、桑門慈延の奉納和歌である。彼は、信濃国の出身で俗姓は塚田、京都に住む天台宗僧であったが、隠遁し冷泉為村の門弟となり、為村門下四天王と呼ばれた。

この作品は和綴本で、蓋の表に「奉納三百首和歌　慈延」と書いた木箱に入れて保管されている。綴本の表紙に外題はない。内題には「詠三百首和歌　　桑門慈延」とあるものの、跋はなく奉納年月も不詳である。内容は、三部構成になっていて、各々「古今集仮名題百首」「後撰集仮

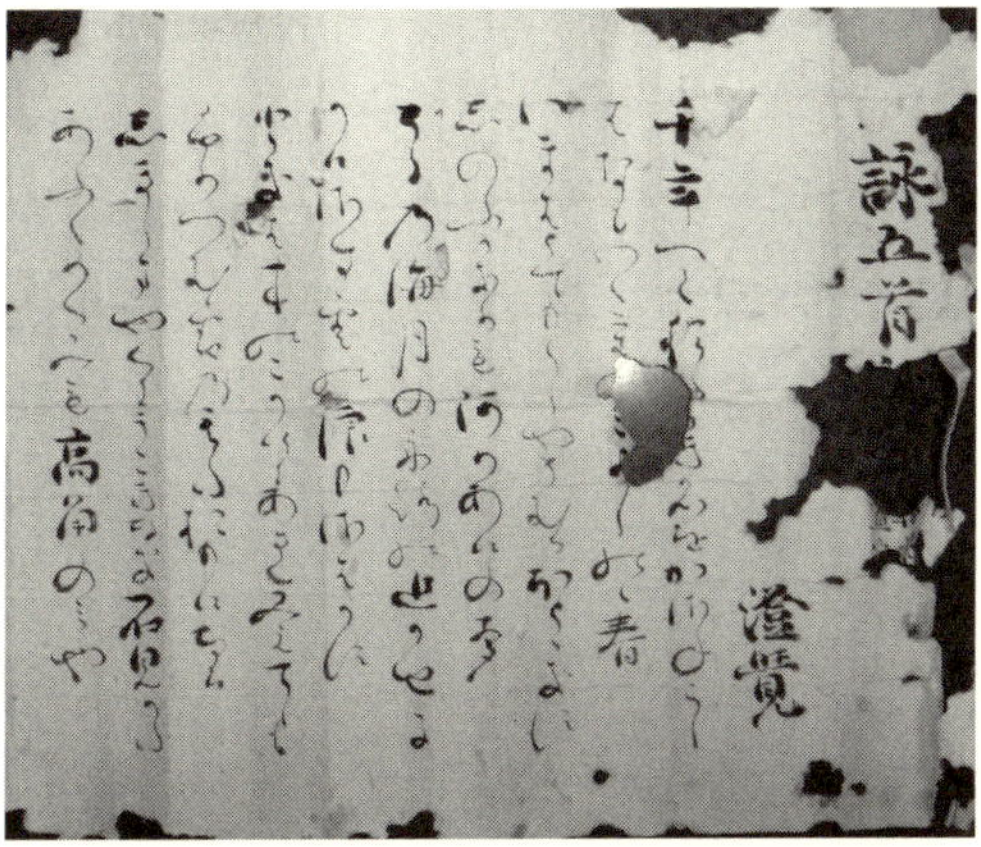

写真X：冷泉為村　高津柿本社奉納「詠五首和歌」

名題百首」「拾遺集仮名題百首」という題が付いている。合計三百首を詠んでいるが、各冒頭を二首ずつ見てみよう（写真Ⅺ～ⅩⅢ参照）。

・古今集仮名題百首

春たつけふの

雪のうちも　春たつけふの　峯の松　まつひとしほの　色や見す覧

とくる氷の

なかれてや　四方にみつらむ　谷陰に　とくる氷の　末の深水

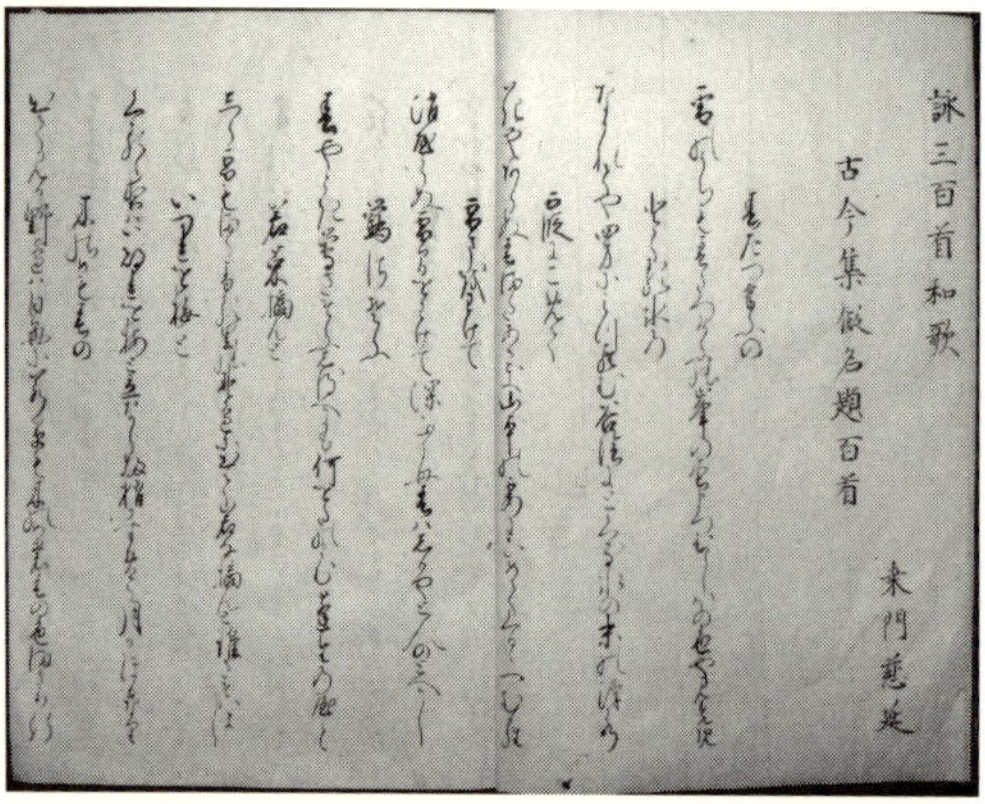

写真Ⅺ：桑門慈延「古今集仮名題百首」冒頭

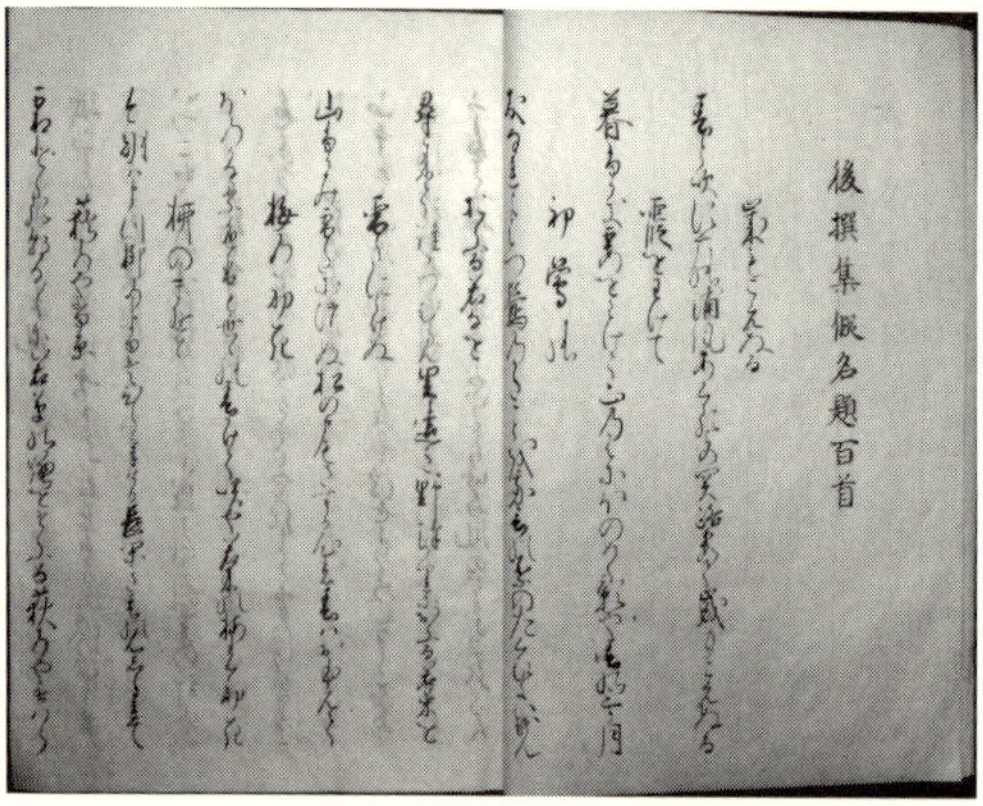

写真Ⅻ：桑門慈延「後撰集仮名題百首」冒頭

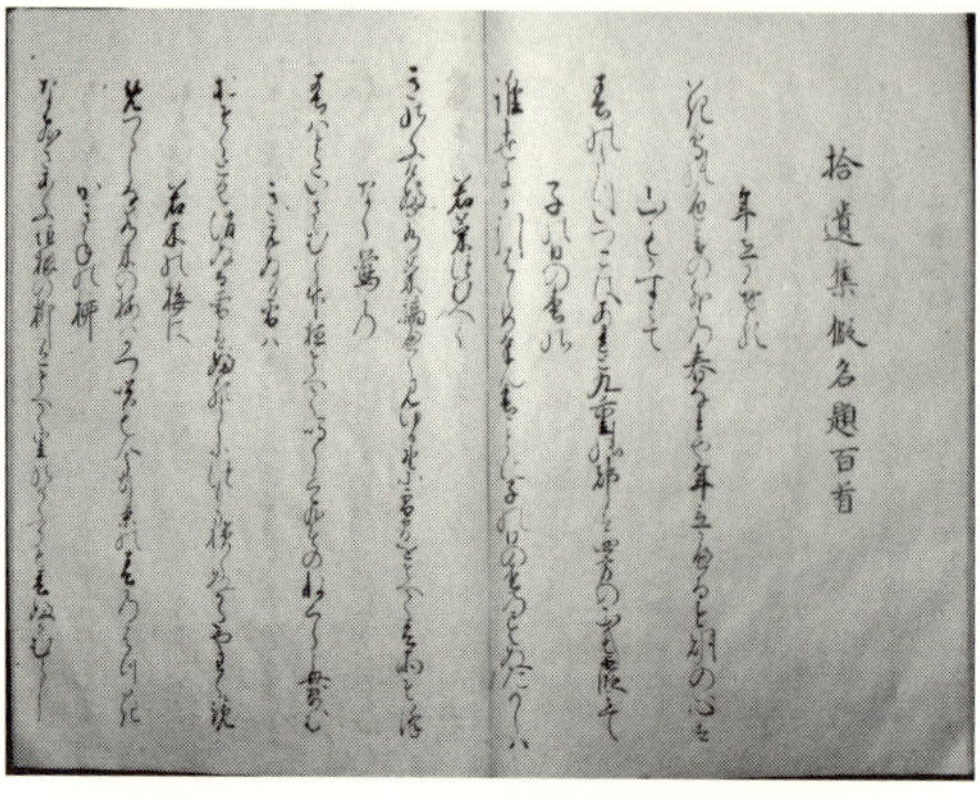

写真ⅩⅢ：桑門慈延「拾遺集仮名題百首」冒頭

・後撰集仮名題百首

　歳もこえぬる

春と吹　す磨の浦風　あくるよの　関路霞て　歳もこえぬる

　霞をわけて

暮ふかき　霞をわけて　山のはに　ほのめく影や　春の三か月

・拾遺集仮名題百首

　年立かへる

花鳥の　色音の外の　春なれや　年立かへる　今朝の心は

　山も霞みて

春のたつ　いつこはあれと　九重の　都は四方の　山も霞みて

各々の仮名題は、「古今和歌集」「後撰和歌集」「拾遺和歌集」の古歌から、七文字句を借りたもので、それを自歌に折り込んでいるのだ。右に引用した仮名題の本歌は、次のとおりである（『新編国歌大観』ＣＤ―ＲＯＭ版　角川書店）。

・古今和歌集

袖ひちて　むすびし水の　こほれるを　春立つけふの　風やとくらむ　紀貫之

谷風に　とくるこほりの　ひまごとに　うちいづる浪や　春のはつ花　源まさずみ

・後撰和歌集

あらたまの　年もこえぬる　松山の　浪の心は　いかがなるらむ　元平のみこのむすめ

山高み　霞をわけて　ちる花を　雪とやよその　人は見るらん　よみ人しらず

・拾遺和歌集

あらたまの　年立帰る　朝より　またるる物は　うぐひすのこゑ　素性法師

はるたつと　いふばかりにや　三吉野の　山もかすみて　けさは見ゆらん　壬生忠岑

この桑門慈延の言語遊戯は、前〈三節1項〉で見た明石柿本社奉納和歌の、桑門三余の言語遊戯によく似ている。三余の場合は、人麻呂歌の各句を借りて五首を詠むというものであった。つまり、三余の詠む五首中第一首の初句に人麻呂歌初句を、第二首の第二句に人麻呂歌第二句、第三首の第三句に人麻呂歌第三句、第四首の第四句に人麻呂歌第四句、第五首の結句に人麻呂歌の結句を借りるというものである。古歌の句をそのまま引用して自歌を詠むという点は共通しているが、言語遊戯という面で見れば、慈延の方法に比べ、三余の方が工夫を凝らしていて面白いと考える。

c　越智盛之の言語遊戯

続いて、越智盛之の和歌を紹介しよう。この作品は巻子で、木箱に入れて奉納された。箱蓋と跋文に、

・箱蓋表

奉納和歌　本理院競

・箱蓋内側

寛保二壬戌六月廿二日

石国津城主　臣　岩手将曹越智盛之

行歳八十九綴書之

・跋文

寛保元辛酉歳
八月二十二日
俗　名　岩手将曹越智盛之
致仕後　本理院競
行歳八十八叟　自詠自書之（印）

と記す。これによれば、津和野藩に仕えていた越智盛之（本理院競）という人物が、辞職後の八十八歳の年、寛保元年（一七四一）八月にこれを成した。そして翌二年六月、八十九の歳に奉納したのである。

この巻子の中には、三編の自詠和歌、合計百首が見られる。そして各編の初めに、題と、どのように詠むかの説明が施されている。

①岩手越智本理院競八十八之賀和歌百首、と云真名字十七字を、仮名字二十八字にやはらけ、歌の上句毎一字つゝならへ、和歌二十八首をつゝりぬ（写真XIV参照）。

傍点部を「いわておちほむりいむきほふはちしうはちの賀《か》わかひやくしゆ」という文字に置き換え、それを各歌の頭に据えて二十八首の〈かぶり歌〉を詠む。

②石見之国高角戸田之里柿本正一位大明神奉納、と云真名字二十字を、仮名字三十六字にやはらけ、歌の上句の頭毎に一字つゝならへて、和歌三十六首をつゝりぬ（写真XV参照）。

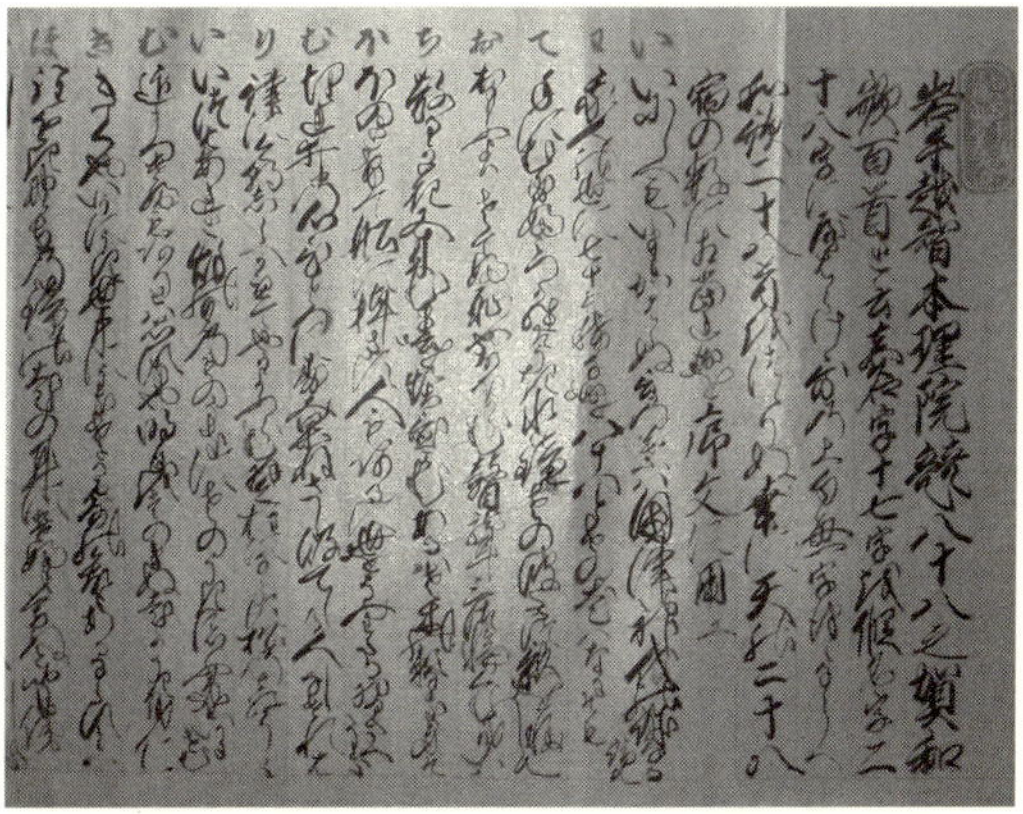

写真XIV：越智盛之（本理院競）の奉納和歌①

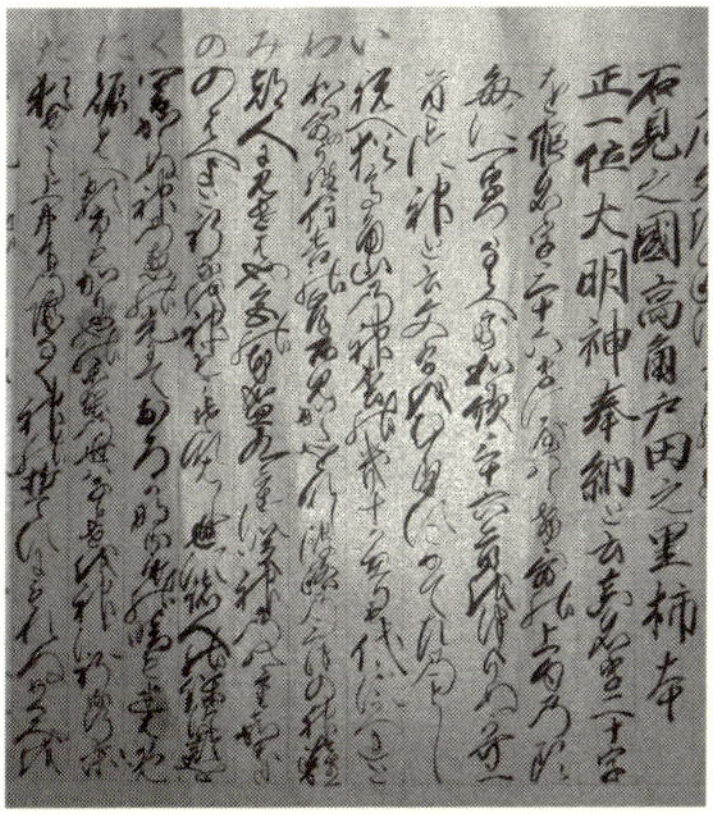

写真XV：越智盛之（本理院競）の奉納和歌②

傍点部を「いわみのくにたかつのとたのさとかきのもとしやういちいたいめうしむほうのう」という文字に置き換え、それを各歌の頭に据えて三十六首の〈かぶり歌〉を詠む。

③恐れありと云へとも、愚老か出生の年号支幹月日、幷誕生之人と云四つの文字を、真名字仮名字取更て、歌の上句の頭毎に一字つゝならへて二十四首を綴りぬ。　承応三年甲午二月二十二日誕生之人

傍点部を「せうをうさむねむ甲午《きむ》にくわつにしうににち誕生《のお》の人《ひと》」という文字に置き換え、それを各歌の頭に据えて二十四首の〈かぶり歌〉を詠む。

そして、第三例③の和歌に続いて左のように記し、さらに十二首を添える。

④右二十四首（筆者注…③の二四首）を、序（同…①の二八首）跋（同…②の三六首）の和歌六十四首に加て、八十八首を年賀の数として謝したてまつる。年賀によせて、十二ケ月の和歌に人を祝ひ身をも祝ひ、折に触れことによせつゝ、老の心はせを四季にわかちてつゝりぬ。

右の説明の許、十二ケ月に各歌題を設けて十二首を詠む。各々の題と歌の頭の文字は、次のごとくである。歌題の下〔　〕内は、歌の最初の文字で、つなぐと「はちしうはちとしのいわい（八十八歳の祝）」となり、これも〈かぶり歌〉である。

・正月＝立春〔は〕　・二月＝桜〔ち〕　・三月＝桃〔し〕　・四月＝うの花〔う〕
・五月＝菖蒲〔は〕　・六月＝祓〔ち〕　・七月＝七夕〔と〕　・八月＝名月〔し〕
・九月＝きく酒〔の〕　・十月＝神無月〔い〕　・十一月＝衾〔わ〕　・十二月＝歳暮〔い〕

右の①②③が八十八首、④が十二首なので、合計百首を詠んだことになる。これが、「越智盛之（本理院競）奉納和歌」のあらましである。大変に手の込んだ言語遊戯と言える。なお、彼には本作品の他、九十歳の賀を〈かぶり歌〉の手法で詠んだ四十三首があり、後年、子越智之通により「奉納和歌二百首」として奉納された。

4　津和野藩の人々の人麻呂意識

享保八年（一七二三）の人麻呂千年忌の折に〈正一位柿本大明神〉の神位神号を与える宣旨が下され、その時の位記と宣命は高津柿本社に、女房奉書は明石柿本社に与えられた。なぜ、位記と宣命が高津柿本社だったのか、その理由は津和野藩主と藩民の、人麻呂に対する敬虔な心情が大変に強かったからだということを、この節〈1項b〉や〈三章一節1項2項〉などで、再三述べてきた。また、この節〈2項a〉では、人麻呂千年忌関連の両柿本社への奉納和歌が、明石では千五十年忌で終わるのに対して、高津では千二百年忌（大正一二年）まで続くこと。奉納数も明石の十一点に対し高津は三十二点と、三倍ほどの違いがあること。このような人麻呂信仰の盛り上がりは、津和野藩主や藩民の人麻呂を敬愛する心から来ているものであること、等々を述べてきた。

ここでは、江戸時代における津和野の人々の人麻呂意識について、高津柿本神社が所蔵する資料の紹介を兼ねながら考えてみよう。

高津柿本神社拝殿の前には、益田市教育委員会が平成八年三月に作成した、「島根県指定有形文化財・指定 昭和五十七年六月十八日」の記載を持つ案内板「柿本神社本殿」がある。そこには、

柿本神社の祭神は柿本人麿で、その起源は人麿の終焉地鴨島に勅命により建立された社殿といわれています。鴨島は万寿三年（一〇二六年）の大地震により海中に没しましたが、その時に人麿像が松崎に漂着したので、現在地より北の松崎の地に社殿が再建されました。その後、近世に入り慶長十三年（一六〇八年）に徳川秀忠の命により、石見銀山奉行大久保長安によって造営され、寛文十一年（一六七一年）には津和野藩主亀井茲政《これまさ》によって宝殿、拝殿、楼門が修理されました。

そして、延宝九年（一六八一年）に茲政は風波を避けて神社を現在地の高津城跡に移転しました。（後略）

と記されている。人麻呂の終焉地鴨島に建立された社殿は、鴨島が平安時代の大地震により海中に沈んだので、松崎の地に再建された。その後、石見銀山奉行大久保長安や津和野藩主亀井茲政の造営修理などの庇護を経て、藩主茲政により現在地の高津城跡に移転した、という伝承のあることが知られる。

先ず、柿本人麻呂が没した時期について確認しておく。江戸時代の歌人たちの考えに従えば、千年忌が享保八年三月十八日に当るのだから、没年は千年前の七二三年ということになる。しかし、人麻呂は六位以下の下級役人であったようで、彼についての詳細を正式な記録の中に探すのは困難である。ただし、「万葉集」には多くの歌が残されていて、そこから判断すると、天武朝・持統朝・文武朝に活躍したことがわかる。つまり、常識的に考えて人麻呂の没年は、平城京に遷都する七一〇年の前後頃、とするのが妥当であろう。

次いで、人麻呂の詠んだ石見国に関連する万葉歌に、石見国府から国司の任を終え上京する時の歌、鴨山での辞世歌などがある。それは左のとおりである。

▼　柿本朝臣人麻呂、石見国より妻を別れて上り来る時の歌二首　幷せて短歌

石見の海　角の浦廻を　浦なしと　人こそ見らめ　潟なしと　人こそ見らめ　よしゑやし　浦はなくとも　よしゑやし潟はなくとも　いさなとり　海辺をさして　にきたづの　荒磯の上に　か青く生ふる　玉藻沖つ藻　朝はふる　風こそ寄せめ　夕はふる　波こそ来寄れ　波のむた　か寄りかく寄る　玉藻なす　寄り寝し妹を　露霜の　置きてし来れば　この道の　八十隈ごとに　万度　かへり見すれど　いや遠に　里は離りぬ　いや高に　山も越え来ぬ　夏草の　思ひしなえて偲ふらむ　妹が門見む　なびけこの山　（②一三一）

反歌二首

石見のや　高角山の　木の間より　我が振る袖を　妹見つらむか　（②一三二）

笹の葉は　み山もさやに　さやげども　我は妹思ふ　別れ来ぬれば　（②一三三）

写真XVI：「石見名所集 全」の〈高角山〉

写真XVII：戸田柿本神社〈人麻呂誕生縁起〉

写真XVIII：「石見名所集 全」の〈昔の鴨山〉

▼

柿本朝臣人麻呂、石見国に在りて死に臨む時に、自ら傷みて作る歌一首

鴨山の 岩根しまける 我をかも 知らにと妹が 待ちつつあるらむ

（②二二三）

では、江戸時代において津和野藩の人々は、「万葉集」に詠まれた右の人麻呂関連の地を、どのように捉えていたのだろうか。高津柿本社へ奉納された文書中に、安永三年（一七七四）九月の奥書を持つ「石見名所集 全」がある。これは平景隆と大江景憲が成したもので、各名所の色絵図に解説を施している。これによって確認してみよう。

第一例の反歌に詠まれた「高角山」であるが、「石見名所集 全」の〈高角山の項〉には、

高角山は美濃郡 ぞくに高津といふ 正一位柿本大明神の鎮座 云々

という説明を施し、前頁の人麻呂歌「石見のや高角山の～」を引用している。つまり、高角山は人麻呂大明神が鎮座する山だと言う（写真XVI）。しかし、今この山は「丸山」と称されている。また、「人麿社古図」（高津柿本神社蔵）にも、御本社の裏手北西海側にある山に「小丸山」と書き付けている。御本社のあるこの山は元々「丸山」と呼ばれていたのだ。それを、人麻呂の歌にこじつけて「高角山」と言ったのである。高津柿本社に奉納された和歌に、「高角山奉納和歌千首」

「高角神社奉納和歌」「高角社人麿太明神奉納和歌」「高角柿本社奉納和歌百首」などと「高角」を冠したものがあることからも、御本社のある山と高角山とを結び付けるのは当時一般的であったようだ。

ところが、この一首「石見のや高角山の〜」には、引用第一例のごとく題詞が付され、傍点部「石見国より〜上り来る時の歌」とあって、石見国から上京する時に詠まれたことがわかる。石見国司着任後に現地付近で娶った妻と別れての上京と考えられている。すると、反歌に詠まれるこの歌の「高角山」は、石見国府（浜田市下府町付近）より都に近い東の方角に位置しなければならない。だが高津柿本社の鎮座する丸山は、石見国府よりも遥か西にある。また、高津柿本神社には、戸田柿本社の〈人麻呂誕生縁起〉を表装した「戸田柿本神社縁起」（前頁写真XVII）という一幅が奉納されていて、それを見ると人麻呂は戸田（現益田市戸田町）の地で誕生したという。こうした伝承が古くからこのあたりにはあったのだ。したがって、人麻呂は国司の任を終えた後に古里に立ち寄ったのだ、と考える立場もあるかも知れない。しかし、当時の役人たちが公務に就く場合は、当然「律令」に従って行動しなければならないのだから、人麻呂が帰還の途中に高津地方へ寄道をするなどということは考えにくい。

それにも拘わらず、人麻呂が石見の妻に最後の歌を吟じ捧げた「高角山」を、〈高津の山＝その代表である柿本社の鎮座する山〉とするのは、人麻呂が生誕し最期をとげたのは高津の地である、だから人麻呂歌に見える地は、大体は高津に関係があるのだと、我が田へ水を引くがごとき言い分に等しい。でも、津和野の人側から見れば、人麻呂への敬愛の気持がそうさせていること言うまでもない。

続いて第二例、人麻呂の辞世歌を見てみよう。題詞と本文の傍点部にあるとおり「万葉集」では、人麻呂の終焉地を石見国の「鴨山」としている。「石見名所集　全」は「鴨山の項」に、

鴨山は高角の沖にあり　今は鴨島といふ　此島昔ハ大なる島にて人麿の社　木像ありける　云々

との説明を施して、人麻呂の辞世歌を引用する。現高津川河口沖にあり万寿三年（一〇二六）の大地震で海中に沈ん

だと伝える鴨島の古称が鴨山であると言うのだ（261頁写真XⅧ）。人麻呂の終焉場所については、万葉の時代から既に山間や野原や海などとする伝承があった(25)。津和野藩民たちは、それを海と見て鴨島と結び付けているのだ。これも牽強付会に過ぎないとは言うものの、津和野の人々の人麻呂に対する深い思いは十分に伝わってくる。

さて、柿本人麻呂に関連する石見国の万葉歌を思う時、先ず浮かぶ言葉は「高角山」であり「鴨山」である。また人麻呂の訃報を聞いて妻依羅娘子が吟じた歌の「石川」である（267頁注（25）の歌を参照）。「石見名所集 全」も人麻呂と石見国、特に高津との結び付きを配慮して、三十七項目の名所の内、第一に「高角山」を、第二に「石川」を、そして第三に「鴨山」を配置している。この配慮は撰者平景隆と大江景憲の心であると同時に、津和野藩民みなの思いであったと考える。

注

（1）藤本清二郎「近世玉津島社をめぐる紀州徳川藩と朝廷」（『和歌山大学　紀州経済史文化史　研究紀要』平成三年八月号）

（2）「日本書紀」（『日本古典文学大系』岩波書店）神功皇后摂政元年二月条に次のように記されている。

亦表筒男・中筒男・底筒男、三の神、誨へまつりて曰はく、「吾が和魂をば大津の渟中倉の長峡（筆者注…現住吉大社の地）に居さしむべし。便ち因りて往来ふ船を看さむ」とのたまふ。是に、神の教の随に鎮め坐ゑまつる。則ち平に海を渡ることを得たまふ。

（3）『住吉松葉大記』（皇學館大学出版部）氏族部十六　手搓足尼条に次のように記されている。

今按是住吉神主始　津守氏之祖也　手搓足尼　日本紀神功皇后紀　作二田裳見宿禰一　賜二津守氏一　始為二神主一

（4）「津守氏古系図」は津守家所蔵。住吉大社には写真版があるが、ここでは、加地宏江「津守氏古系図について」

（『人文論究』三七の一　関西学院大学）中の、「津守氏古系図翻刻」による。下同。

（5）保坂都『津守家の歌人群』（武蔵野書院）による。

（6）保坂都、注（5）同書も同様の捉え方をしている。

（7）この作品の奉納事情は〈四章五節5項〉に述べた。またこれに関した、稲田利徳の論考「正轍の『住吉百首』について」（住吉大社研究論集『すみのえ』一七一号）がある。

（8）「和字正濫鈔」に「かひ（甲斐）」の例は見えない。しかし、『時代別国語大辞典 上代編』（三省堂）の説く、「かひ（甲斐）」は「替ふ」の名詞形ということに従えば、「かふ」の連用形なのだから「かひ」、つまり、契沖仮名遣でも「かひ」と表記されたはずである。

（9）「下官集」と「仮名文字遣」に「めづ（愛・感）」の例は見えない。しかし、定家自筆書写「古今和歌集」（『冷泉家時雨亭叢書』）中の「めで（愛・感）」を、定家は「めで」（二二六番歌〈連用形〉および八七九番歌〈未然形〉の例）と書写している。当然のことながら、終止形も「めづ」と表記されたはずである。

（10）契沖仮名遣をまとめた「和字正濫鈔」（『国語学大系（第六巻）』）には、本章中に引用した語例のうち、「さかえ（栄）」「とをに（撓）」「をちかへる（復返）」「およふ（及）」「おひ風（追）」の五例が見えない。それ等については、歴史的仮名遣によって判断した。

（11）この語「うらは（浦は＝浦廻）」が、上に「住吉の（住之江の）」という五音を冠る時に、詠者が「住吉－の－浦廻」と詠んでいるのか、「住吉－の－浦－は（ハは係助）」と詠んでいるのか、判断出来ない場合がある。したがって、ともすると十八という数は減るかもしれない。

（12）本奉納和歌の主宰者、有賀長収の定家仮名遣（ヲ・オの書き分けおよび特徴的なもの）について見ておこう。和歌中に関しては、

《定家仮名遣独特な表記（合致している例）》

とをく（遠1）・をくるる（遅1）・おり（折1）・しゐて（強1）・おしめ（惜1）・をのか（己2）・ゆふはへ（夕映1）・たはめ（撓1）・おし（惜1）

《定家仮名遣と契沖仮名遣の共通表記（合致している例）》

おちくり（落栗1）・おもひ（思3）・おもふ（思2）・おもる（重1）・みをつくし（澪標1）・おひ（生1）のごとく、和歌の中には定家仮名遣に外れた例は見えない。しかし、長収の署名が施された自序の中には、異例仮名も用いられている。続いて、自序の中の語を確認する。

《定家仮名遣独特な表記（合致している例）》

をしはから（推量1）・をくれ（遅1）・をこたら（怠1）

《定家仮名遣と契沖仮名遣の共通表記（合致している例）》

さかえ（栄1）…契沖仮名遣。定家仮名遣では主にサカへとハ行が用いられるが、サカエも認められる。

《定家契沖の両仮名遣に合致しない異例表記》

とをる（通1）…定家仮名遣トオル・トホル、契沖仮名遣トホル。つまり、トヲルは異例仮名である。

さて、事前に指導を行ったのは、長収や津守国礼であったと思われるが、両者ともに、異例仮名の例を認められるのである。なお、国礼の異例仮名については本文中に論じる。

（13）住吉社各奉納和歌で、三十首以上が詠まれているものの、定家仮名遣合致率・非合致率は、前者「〈高〉四二%～〈低〉一二%」、後者「〈高〉一五%～〈低〉〇%」となっている。〈四章五節5項〉参照。

（14）本章では、「うら半」「浦半」の「半」を仮名表記（「は」）扱いにして数え、ウラハの例を十八としている。

（15）「近代御会和歌集」（前出）は、天皇や上皇主催の御会和歌を集大成したものである。例えば、寛文四年（一六六四）六月一日に住吉と玉津島両社に奉納された、各「御法楽五十首和歌」を「近代御会和歌集（十一）」（内閣文庫蔵写真複製）で確認すると、前者住吉社、後西上皇の歌は、第一首目「立春」、第十七首目「梢蟬」、第三十九首目「忍恋」のように順番どおりに並んでいる。しかし、奉納された短冊を見ると、後西上皇の歌は、「後西天皇御宸筆御短冊 三枚 寛文四年六月一日 御法楽分」と表書きした懐紙に包まれ、他は「熙房卿以下公卿短冊 四十七枚 寛文四年六月一日 御法楽分」の懐紙に包まれている。

後者玉津島社、後西上皇の歌は、第一首目に「浦霞」、第三十七首目に「松雪」、第四十三首目に「寄枕恋」と並ぶが、奉納されたものは、この三枚を上に置いて懐紙に包んである。

(16) 延宝六年正月十九日「禁裏御会始」、同年正月二十五日「聖廟御法楽和歌廿首」、両者ともに「近代御会和歌集（十九）」（内閣文庫蔵　写真複製）による。

(17) 久保田啓一「堂上和歌の伝統と文化圏」（『日本の近世12 文学と美術の成熟』中央公論社）、および『日本古典文学大辞典』（岩波書店）による。

(18) 「春日詠五十首和歌」は時期的には第三期に入る。しかし、筆跡については、第二期のものと異なっているようにも思われない。つまり第三期は、明和四年「御法楽五十首和歌」中の短冊に見る書体と、「春日詠五十首和歌」に見る、第二期同様の書体とが混在する時期なのである。その意味で、この期は第二期から第四期への移行の時期と言える。

(19) 鶴崎裕雄・神道宗紀・小倉嘉夫編著『月照寺明石柿本社奉納和歌集』（和泉書院）中の42番作品を参照。なお、桑門三余の当該部分は、同書中の19番作品を参照。

(20) 月照寺所蔵の、この「柿本講式」は、冷泉為村が書写奉納したものを、さらに杉本祐之が書写したものである。本作品の裏書にその旨が記され、署名に「杉本　正六位下相模守平祐之謹誌」とある。注（19）同書、解題42番を参照。

(21) 注（19）同書、42番作品の〔参考〕、および同書の解題42番を参照。

(22) 『和歌大辞典』（明治書院）による。

(23) 『日本古典文学大辞典』（岩波書店）による。

（24）詳細は、注（19）同書中42番作品と、解題42番を参照。

（25）次の万葉歌などにより、当時既に、人麻呂の終焉場所については色々と言われていたことがわかる。

柿本朝臣人麻呂が死にし時に、妻依羅娘子が作る歌二首

今日今日と　我が待つ君は　石川の　貝に〈一に云ふ、「谷に」〉交じりて　ありといはずやも　（②二二四）

直に逢はば　逢ひかつましじ　石川に　雲立ち渡れ　見つつ偲はむ　（②二二五）

丹比真人　名欠けたり　、柿本朝臣人麻呂が心に擬してはかりて、報ふる歌一首

荒波に　寄り来る玉を　枕に置き　我ここにありと　誰か告げけむ　（②二二六）

或本の歌に曰く

天離る　鄙の荒野に　君を置きて　思ひつつあれば　生けるともなし　（②二二七）

第六章　高津柿本社奉納和歌の書誌的考察

はじめに

高津柿本神社（島根県益田市高津町）所蔵文書の調査は、宮司中島匡博氏の御厚意のもと、筆者神道宗紀・鶴崎裕雄・小倉嘉夫の三名が、国文学研究資料館調査員として行った。平成十六年一月の予備調査に始まり、同十九年九月の調査まで、延べ十二日ほどで、和歌作品を中心とした主な資料の調査が終了した。本章は、その時の調査データおよび撮影した写真を基にまとめたものである。鶴崎氏と小倉氏のご指導ご協力によるところが大きい。記して感謝したい。

なお、我々の文書調査と並行して、奈良女子大学による、人麻呂の肖像画を主とする調査があったと聞く。したがって、重複するものもあるかと思う。

凡　例

一、これは、高津柿本神社（中島匡博宮司　島根県益田市高津町）が所蔵する、和歌や関連文書類百十一点と、絵画類十六点の目録および書誌である。

二、この目録および書誌は、国文学研究資料館の調査員として、神道宗紀（帝塚山学院大学教授）・鶴崎裕雄（帝塚山学院大学名誉教授）・小倉嘉夫（大阪青山短期大学准教授）が平成十六年・十七年・十八年・十九年に調査した、調査カード、および撮影した写真を基に作成した。
三、配列は、調査を行った資料の順に従った。
四、各作品の頭の番号（例えば「01　奉納和歌五十首　長州萩　連中」の「01」）は、調査時に各々の作品に挟んだ付箋の番号に一致している。
五、作品名の他に、書誌的な説明や作品の解説などを少し加えた。また、絵画の部分で「左を向く・右後方に」などという表現をしたが、これは向かって左、右、の意味である。
六、調査に当たり、寸法を計測しなかった作品がある。その場合は「縦◇◇・◇cm × 横◇◇・◇cm」のごとく記した。

高津柿本神社蔵書目録と書誌

01　奉納和歌五十首　　長州萩　連中

文政三年（一八二〇）八月
短冊（鳥の子・打曇）五一枚
縦三五・五cm × 横六・〇cm

02　柿本社奉納百首之和歌　　岡忠栄

享和二年（一八〇二）八月

一巻（楮紙）
縦二六・四㎝×横四六八・五㎝

03　奉納和歌百首　中島正甫
寛延四年（一七五一）
一巻（鳥の子・金箔金砂子散らし）
縦二九・二㎝×横一〇九七・六㎝

04　詠百首和歌　一枝軒蘭翁
享保一九年（一七三四）仲秋
一巻（鳥の子）
縦二七・八㎝×横一〇一〇・〇㎝
05番和歌と同じ箱に入るが、04・05共に箱の表書とは違うものである。

05　奉納三十首和歌　藤村伴雄
享保九年（一七二四）三月
一巻（鳥の子・裏打）
縦一七・八㎝×横二七三・二㎝
04番和歌と同じ箱に入るが、04・05共に箱の表書とは違うものである。

06　詞書六歌仙
年月不記（江戸初期〜中期か）
一巻（鳥の子・金銀泥下絵）

縦三三・〇cm × 横三二六・〇cm
古今和歌集の仮名序を抜粋したもの。
07番作品と同じ箱に入る。

07　昭和御大典絵巻

昭和三年（一九二八）一一月
一巻（鳥の子・印刷本）
縦◇◇・◇cm × 横◇◇◇・◇cm
昭和天皇御即位の絵巻。
06番作品と同じ箱に入る。

08　柿本社奉納百首和歌　邑子 他

安永五年（一七七六）三月
一巻（鳥の子）
縦二五・七cm × 横八二六・二cm
09番和歌と同じ箱に入る。

09　柿本社奉納三十首和歌　吉仲競

寛政二年（一七九〇）初夏
一巻（鳥の子）
縦三〇・一cm × 横一八一・一cm
08番和歌と同じ箱に入る。

10　柿本社奉納百首和歌　　重格 他

安永二年（一七七三）三月

一巻（鳥の子・罫を引きその中に各々の歌を書く）

縦二五・八㎝ × 横九一五・〇㎝

柿本人麻呂千五十年忌にあたる。

11　柿本講式

天和三年（一六八三）三月

一巻（鳥の子）

縦三三・〇㎝ × 横四一八・一㎝

12　高角柿本社奉納和歌百首　　本藩 保々光等

文久二年（一八六二）一〇月

一冊（楮紙）一七丁

縦二五・六㎝ × 横一八・四㎝

13　詠三百首和歌　　桑門慈延

年月不記（冷泉為村の頃か）

一冊（楮紙）三五丁

縦二九・五㎝ × 横二〇・八㎝

古今和歌集・後撰和歌集・拾遺和歌集の各々百首から七文字句を引用して詠む。慈延は冷泉為村の弟子で、為村門下四天王と呼ばれた。

14　奉納和歌八十首　　波多野信美

宝暦八年（一七五八）秋

一巻（鳥の子）

縦二七・〇cm × 横五五〇・〇cm

信美の子波多野信統が、父の詠歌百首中から八十首を選び奉納したもの。巻末に信統の一首を添える。

15　柿本社千一百年御祭祀詠五十首和歌　　雲州　清水有慶

文政五年（一八二二）三月

一巻（鳥の子）

縦二六・四cm × 横二二四・五cm

柿本人麻呂千百年忌（一八二三年）の前年にあたる。

16　高角社奉納十首組題和歌　　源永経

年月不記

短冊（鳥の子 他）異種の短冊四九枚

寸法　種々

短冊と箱は別のものと思われる。

17　石見国高角山柿本社奉納和歌　　藩主　大隅守源朝臣茲尚

文政六年（一八二三）三月

一冊（楮紙）二八丁

縦三一・八cm × 横二一・八cm

柿本人麻呂千百年忌にあたる。

18　春日詠五首和歌　冷泉為理

年月不記（明治六年〈一八七三〉か）

一巻（楮紙）

縦三二・四cm × 横九三・〇cm

和歌中に「千百年五十ふるとも」とある。

柿本人麻呂千百五十年忌（一八七三年）にあたる。

19　柿本社奉納和歌三十首　出雲宿祢尊孫

文政六年（一八二三）三月

一冊（鳥の子）一六丁

縦二一・四cm × 横一六・八cm

柿本人麻呂千百年忌にあたる。

20　高角社人麿太明神奉納和歌　小野尊道・平井寛敬

文政五年（一八二二）

二巻（鳥の子）

縦二四・〇cm × 横三〇二・〇cm

縦二四・〇cm × 横三〇一・五cm

小野朝臣尊道と平井源寛敬の奉納した各巻が同じ箱に入り、両巻とも十首が詠まれている。

21　奉納百首和歌　洛　不遠斎長隣

享保八年（一七二三）三月

一冊（鳥の子）四四丁

縦二五・〇cm × 横一八・〇cm

序文の祝詞は玉木正英が記す。

柿本人麻呂千年忌にあたる。

22　奉納三十六歌仙　防州　作間四郎右衛門

年月不記

一冊（楮紙）二丁

縦一九・五cm × 横五二・〇cm

三十六歌仙を奉納した各筆者の折紙目録。

23　宣命・位記・官符

享保八年（一七二三）二月

①宣命

一紙（鳥の子・黄紙）

縦三六・五cm × 横五四・五cm

②位記

一巻（鳥の子・藍紙）「天皇御璽」朱方印あり

縦二六・三cm × 横一四一・五cm

③官符

一通（奉書紙・礼紙付）「天皇御璽」朱方印あり

縦三七・八cm × 横六二・三cm

三点共に、柿本人麻呂千年忌の折に〈正一位〉の神位と〈柿本大明神〉の神号を与える旨の宣旨が下された時のもの。なお、同じ箱に②③の写し（朱で読みを付す）が入っている。

24　霊元法皇ほか奉納和歌五十首

享保八年（一七二三）三月

一帖（折本に短冊を挟む）七丁

縦四一・三cm × 横一八・〇cm

短冊（鳥の子・打曇）五〇枚

縦三六・六cm × 横五・八cm

柿本人麻呂に〈正一位柿本大明神〉の神位と神号が与えられた時に下されたもの。同じ時に明石にも下されたが、今、明石柿本神社にも月照寺にも見当たらない。

25　桜町天皇ほか奉納五十首

延享元年（一七四四）八月

一帖（折本に短冊を挟む）七丁

縦四一・〇cm × 横一八・〇cm

短冊（鳥の子・打曇金霞金泥下絵）五〇枚

縦三六・八cm × 横六・〇cm

延享元年五月、桜町天皇が烏丸光栄より古今伝授を受けられた後の高津柿本社御法楽である。

住吉社御法楽・玉津島社御法楽は、同六月に催されている。

26 桃園天皇ほか奉納和歌五十首

宝暦一〇年（一七六〇）五月
一帖（折本に短冊を挟む）七丁
縦四一・〇cm × 横一八・〇cm
短冊（鳥の子・打曇）五〇枚
縦三六・六cm × 横六・二cm

宝暦十年二月、桃園天皇が有栖川宮職仁親王より古今伝授を受けられた後の高津柿本社御法楽である。

住吉社御法楽・玉津島社御法楽は、同三月に催されている。

27 後桜町天皇ほか奉納和歌五十首

明和四年（一七六七）五月
一帖（折本に短冊を挟む）七丁
縦四一・二cm × 横一八・〇cm
短冊（鳥の子・打曇金霞）五〇枚
縦三六・四cm × 横五・八cm

明和四年二月、後桜町天皇が有栖川宮職仁親王より古今伝授を受けられた後の高津柿本社御法楽である。

住吉社御法楽・玉津島社御法楽は、同三月に催されている。

28　光格天皇・後桜町上皇ほか奉納和歌五十首

寛政一〇年（一七九八）三月

一帖（折本に短冊を挟む）七丁

縦四一・四cm×横一八・〇cm

短冊（鳥の子・打曇金霞金泥下絵）五〇枚

縦三六・三cm×横五・五cm

寛政九年九月、光格天皇が後桜町上皇より古今伝授を受けられた後の高津柿本社御法楽である。住吉社御法楽・玉津島社御法楽は、同九年十一月に催されている。

29　仁孝天皇ほか奉納和歌五十首

天保一四年（一八四三）六月

一帖（折本に短冊を挟む）一三丁

縦四一・〇cm×横一八・〇cm

短冊（鳥の子・打曇金霞金泥下絵）五〇枚

縦三六・二cm×横五・五cm

天保十三年五月、仁孝天皇が光格上皇より古今伝授を受けられた後の高津柿本神社御法楽である。実は、光格上皇はこれより二年前、天保十一年十一月に崩御されているが、その直前、古今伝授を遺された。住吉社御法楽・玉津島社御法楽は、同十三年十二月に催されている。

30　当座探題和歌

文政六年（一八二三）三月

短冊（鳥の子・型押し模様一四枚を主に、打曇金霞・銀箔銀砂子散らし等種々）一二〇枚
縦三六・四cm × 横六・〇cm を主に種々
柿本人麻呂千百年忌にあたる。

31　詠百首和歌
年月不記
一巻（鳥の子）
縦二五・四cm × 横九三六・三cm
奉納者・詠者・奉納年月に関する記載が全くない。

32　柿本社千五十年御祭祀詠百首和歌　雲州　百忍庵常悦
安永二年（一七七三）三月
一巻（鳥の子）
縦二六・七cm × 横一〇四九・〇cm
軸端に柿の木を使用。柿本人麻呂千五十年忌にあたる。

33　和歌一巻　津和野家中　三浦氏
明和五年（一七六八）三月
一巻（鳥の子）
縦一八・五cm × 横六四八・五cm

34　奉納百首　亀井茲監
慶応三年（一八六七）三月

一巻（鳥の子）
縦二四・〇cm×横四八六・〇cm
藩主亀井茲監が奉納した百首和歌。

35　人丸縁起
永正四年（一五〇七）四月書写
一巻（鳥の子・上下銀界）
縦一八・〇cm×横三九〇・〇cm
跋文に言う書写年については検討が必要。36・37番和歌と同じ箱に入る。

36　奉納和歌三十首　大谷幸隆
寛延元年（一七四八）九月
一巻（鳥の子）
縦一八・〇cm×横二一〇・五cm
四季部と恋部の一部欠損。35・37番作品と同じ箱に入る。

37　奉納柿本大明神御広前組題百首和歌　河野良直
宝暦三年（一七五三）六月
一巻（鳥の子）
縦一九・八cm×横六七一・四cm
35・36番作品と同じ箱に入る。

38　奉納百首和歌　　撰者　源芳章

文政六年（一八二三）三月

一巻（鳥の子）

縦二一・一cm × 横七八二・二cm

石見・出雲の歌人たちによる奉納和歌。全文が冷泉流書体によって書かれる。筆者は出雲宿祢順孝。

柿本人麻呂千百年忌にあたる。

39　秋日詠百首和歌　　冷泉為村

元文元年（一七三六）一一月

一巻（楮紙・奉書）

縦三二・七cm × 横八四五・五cm

40・41・42番和歌（共に為村作品）と同じ箱に入る。

40　春日詠五十首和歌　　冷泉為村

明和五年（一七六八）二月

一巻（楮紙）

縦三二・六cm × 横◇◇・◇cm

39・41・42番和歌（共に為村作品）と同じ箱に入る。

41　柿本社奉納十五首和歌　　冷泉為村

明和四年（一七六六）七月

一巻（楮紙）

縦三二・七cm × 横◇◇・◇cm

折句の言語遊戯を用いる。十五首の各頭をつなぐと「いはみのくにしむふくしにおさむ（石見国真福寺に納む）」になる。

39・40・42番和歌（共に為村作品）と同じ箱に入る。

42　詠五首和歌　冷泉為村

年月不記（安永二年〈一七七三〉か）

一枚（楮紙）

縦三二・五cm × 横=破損著しく測定不可能

折句の言語遊戯を用いる。五首の各頭をつなぐと「千《ち》いそとし（千五十年）」となり、柿本人麻呂千五十年忌の折の奉納と思われる。

39・40・41番和歌（共に為村作品）と同じ箱に入る。

43　柿本社奉納和歌集　世話頭取　河田弥兵衛　他

文政六年（一八二三）

一冊（楮紙）四四丁

縦二二・八cm × 横一五・六cm

序の部分に、享保八年（一七二三）三月に霊元上皇より下された五十首和歌（24番和歌）を載せる。これを「中御門天皇御法楽和歌五十首」としているのは誤り。

柿本人麻呂千百年忌にあたる。

44　柿本集・赤人集　多胡真益

寛文元年（一六六一）九月

二冊（鳥の子）柿本集四七丁・赤人集四一丁

柿本集　縦二六・〇cm × 横一八・八cm

赤人集　縦二六・〇cm × 横一八・八cm

45　三十六歌仙色紙并筆者目録

明和九年（一七七二）九月

色紙（鳥の子・金泥下絵）三六枚

縦一五・四cm × 横一四・四cm

三十六歌仙筆者目録を付す。

46　武家伝奏名一覧

文化一二年（一八一五）一月

一枚（楮紙）

縦三三・〇cm × 横四五・五cm

47番作品と同じ封筒に入る。封筒の表に「『古文書切』とあるものにて書写済」と記す。

47　書状一通

年不記　五月一五日

一枚（楮紙）

縦一六・六cm × 横四五・〇cm

48　書状一通

年不記　四月二日
一枚（楮紙・折紙）
縦一五・七㎝ × 横四八・〇㎝
真福寺から牧村四郎治宛の書状。仙洞御所から命ぜられた御祈禱が済んだことを知らせたもの。46番作品と同じ封筒に入る。封筒の表に「『古文書切』とあるものにて書写済」と記す。

49　書状一通

年月不記
一枚（楮紙）
縦◇◇・◇㎝ × 横◇◇・◇㎝
菩提院僧正から人丸寺御房に宛てたもの。本書状を入れる封筒の表に「慶安年間カ」とペン書きする。
御祈禱・御撫物などに関する書状。差出人および宛名欠。本書状を入れる封筒の表に「寛政十年六月」とペン書きする。

50　書状一通

年不記　一〇月一五日
一枚（楮紙・折紙）
縦一八・二㎝ × 横四九・〇㎝
法皇崩御に関する書状。岡本右近・荻左衛門から真福寺に宛てたもの。

51　書状一通

本書状を入れる封筒の表に「法皇崩御なれども上京せざるを諒す　享保十七カ」とペン書きする。

年月不明

一枚（楮紙）後半部欠損

縦一五・五㎝ × 横七三・〇㎝

書状の後半部分が欠損のため、差出人と宛先および日付など不明。

本書状を入れる封筒の表に「古今伝授関係　安永三年五月十五日」とペン書きする。

52　歌仙色紙

年月不記

色紙（鳥の子・金霞金箔散らし）三九枚

縦二一・〇㎝ × 横一九・三㎝

一枚の色紙に歌仙名と和歌一首を書く。筆者は公家で、一人一枚を担当。

53　奉納和歌二百首　越智盛之・之通　父子

宝暦六年（一七五六）三月

一巻（鳥の子）

縦三五・一㎝ × 横九二三・五㎝

54　柿葉集　石見津和野　中村安由

文政六年（一八二三）三月

一冊（鳥の子）六〇丁

縦三四・〇cm × 横二二・五cm
京都の公家をはじめ全国の人々から寄せられた和歌をまとめたもの。
柿本人麻呂千百年忌にあたる。

55 高角山柿本社頭三百首和歌　梅月堂尭真宣阿

享保八年（一七二三）一一月
一冊（鳥の子）四〇丁
縦二四・一cm × 横一八・二cm
柿本人麻呂千年忌の年にあたる。
56番和歌と同じ箱に入る。

56 柿本大明神社奉納和歌　沙門快信 他

享保八年（一七二三）三月
一冊（鳥の子）一八丁
縦二四・一cm × 横一八・二cm
柿本人麻呂千年忌にあたる。
55番和歌と同じ箱に入る。

57 岩手越智本理院八十八之賀百首　越智盛之

寛保元年（一七四一）八月　奉納は翌年六月
一巻（鳥の子・雲母引）
縦三一・〇cm × 横一一五四・八cm

折句の言語遊戯を用いる。

58　柿本社千百年神忌奉納和歌　善法寺権僧正 他

文政六年（一八二三）三月

懐紙と短冊（楮紙・鳥の子）二二一枚

寸法　種々

柿本人麻呂千百年忌にあたる。

59　御法楽和歌写　真福寺

書写年月不記

一冊（楮紙）三六丁

縦三二・六cm × 横二二・二cm

享保八年三月の五十首（24番和歌）・延享元年八月の五十首（25番和歌）・宝暦十年の五十首（26番和歌）・明和四年五月の五十首（27番和歌）を書写したもの。

60・61・62番作品と同じ箱（「禁裏御所　御代々御法楽和歌」）に入る。

60　御奉納和歌之内書〔虫損〕

書写年月不記

一冊（楮紙）八丁

縦三五・六cm × 横二四・六cm

宝暦十年二月の五十首（26番和歌）を書写したもの。

59・61・62番作品と同じ箱（「禁裏御所　御代々御法楽和歌」）に入る。

61　享保八年・延享元年　御法楽和歌写

書写年月不記

一冊（楮紙）一九丁

縦二八・四cm×横二一・八cm

享保八年三月の五十首（24番和歌）・延享元年八月の五十首（25番和歌）を書写したもの。

59・60・62番作品と同じ箱（「禁裏御所　御代々御法楽和歌」）に入る。

62　石見国柿本社御法楽五十首　天保十三年六月廿六日

書写年月不記

一冊（楮紙）九丁

縦三二・六cm×横二二・四cm

天保十三年五月に仁孝天皇が光格上皇より古今伝授を受けられた後の、高津柿本神社御法楽（29番和歌）を書写したもの。表紙に「天保十三（虫損あり）年六月廿六日」と記すが、同社御法楽は天保十四年六月十一日。住吉社・玉津島社御法楽は、同十三年十二月に催されている。

59・60・61番作品と同じ箱（「禁裏御所　御代々御法楽和歌」）に入る。

63　高角神社奉納和歌　竹内道厚

天明三年（一七八三）九月

一巻（楮紙）

縦三四・〇cm×横三三五・四cm

五十首の組題和歌。

64　柿本大明神奉納和歌七十首　藤井貞躬

寛政七年（一七九五）六月

一巻（楮紙・打曇）

縦一七・八cm × 横五五四・六cm

65　八雲神詠口訣　和歌三神口訣　源慶安

享保一〇年（一七二五）三月

一冊（鳥の子）一〇丁

縦二七・〇cm × 横一九・六cm

66番作品と同じ箱（「和歌三神伝　八雲神詠口訣　和歌三神口訣」）に入る。

66　和歌三神伝記　源慶安

享保九年（一七二四）一二月

一冊（鳥の子）一八丁

縦二四・四cm × 横一八・〇cm

65番作品と同じ箱（「和歌三神伝　八雲神詠口訣　和歌三神口訣」）の中に、表書「和歌三神伝」の箱があり、そこに入る。

67　奉納一日百首詠和歌　牧村光享

文化一〇年（一八一三）閏一一月

一巻（薄様）

縦一七・八cm × 横八一五・九cm

68 柿本神社一千二百弐年大祭奉納歌　第一集

年月不記（大正一二年〈一九二三〉か）

一帖（折本に短冊を貼る）一三丁

縦三九・〇cm × 横一七・八cm

短冊（鳥の子・打曇金霞金箔金砂子散らし）五十四枚。

柿本人麻呂千二百年忌（一九二三年）にあたる。

69 柿本神社一千百五十年大祭　奉納和歌短冊（五〇枚中の四七枚）

明治六年（一八七三）三月一日

一帖（折本に短冊を挟む）一三丁

縦四六・〇cm × 横二〇・〇cm

後述105番作品に見る、石見国津和野藩の最後の藩主亀井茲監が主催した、柿本神社奉納歌会の折の自筆短冊、「探題（春季）」五十枚中の四十七枚である。106番和歌の短冊三枚と同じものなのだが、別々に保管されているので項目が別れた。

実は、本作品の短冊数は四十八枚である。しかし内四十七枚は、106番和歌の三枚と同じ〈打曇〉の短冊。残り一枚は〈打曇金箔〉の異種短冊なので、誤って混入したことがわかる。四十七枚中には藩主亀井茲監の自筆短冊「春神祇」が含まれる。

この年は〈柿本人麻呂千百五十年忌〉にあたる。105番作品および106番和歌を参照。

なお、この和歌作品には調査当初「幕末・明治初期名士和歌短冊帖」と名付けた。後に標題のごとく変更したが、詳細は〈五章四節2項bイ〉を参照。

70　日本名所並国名和歌集　全　平川一往之次

正徳三年（一七一三）八月

一冊（薄様）一〇七丁

縦二七・二cm × 横二〇・二cm

名所八百八十七箇所を伊呂波順に並べ、その下に当該国名を記して、各々の名所に一首～三首の自詠和歌を載せる。

71　奉納和歌五十首　防州花岡八幡宮大宮司村上基豊

文政六年（一八二三）三月

一巻（鳥の子）

縦三八・四cm × 横四七七・四cm

柿本人麻呂千百年忌にあたる。

72　奉納和歌十首　菅井靖字宥卿

文化八年（一八一一）盛夏

一巻（楮紙）現在は糊が剝がれて五紙に分かれる

縦三九・〇cm × 横二四九・〇cm

73　鴨山社頭奉納一軸　平田徳庵

正徳四年（一七一四）一月

一巻（鳥の子）

縦三〇・二cm × 横二一一・二cm

74　仏光寺裏方御短冊　渋谷蓬子

大正一二年（一九二三）四月

短冊（鳥の子）一枚

縦三六・二cm × 横六・〇cm

75　短冊九葉

年月不記

短冊（鳥の子・金箔散らし他）異種の短冊九枚

縦三六・五cm × 横六・〇cm 等

大和宇多在住者の短冊も含む。

76　黒塗箱　藩主亀井茲尚

文政六年（一八二三）三月

黒箱（漆塗）一合

縦四五・八cm × 横二四・六cm × 高一四・六cm

箱蓋表に「奉納倭歌　藩主大隅守源朝臣茲尚」と、箱蓋裏には「文政六年癸未春三月十八日」とある。藩主亀井茲尚が、柿本人麻呂千百年忌の際に奉納した和歌を納めた箱であろう。しかし、茲尚の和歌は見つかっていない。

77　奉納柿本神社和歌　常陸国鹿島神宮宮司　大谷秀実

明治二三年（一八九〇）八月

短冊（鳥の子・打曇 他）異種の短冊一五枚

縦三六・二cm × 横六・四cm 等

78　柿本社奉納独吟一千首和歌　　津和野城下　木村包元

文化三年（一八〇六）春

一巻（鳥の子）

縦三八・五cm × 横二八〇〇・二cm

79　奉納　和歌百首・俳諧百韻・名録百句　　中原昭興

天明七年（一七八七）五月

一巻（鳥の子）

縦三三・〇cm × 横一二二一・二cm

一巻の中に「和歌百首」「俳諧百韻」「四季名録百句」の三点をおさめる。

80　戸田柿本神社縁起

年月不記

刷物（楮紙）一枚

縦五三・〇cm × 横二六・二cm

戸田柿本神社の「人麻呂誕生縁起（刷物）」を掛軸に表装したもの。掛軸の寸法は次の通り。

縦一二五・〇cm × 横三五・四cm

81　奉納三十六歌仙

年月不記

短冊（鳥の子・打曇）三〇枚

縦三五・二cm × 横五・五cm

82　奉納和歌十首　長州須佐　澄川正方

文政六年（一八二三）三月

短冊（鳥の子・打曇）一一枚

縦三六・〇cm × 横六・〇cm

柿本人麻呂千百年忌にあたる。

83　柿本社奉納百首和歌　益田町　藤井平治郎

享保八年（一七二三）三月

一巻（鳥の子）

縦二五・四cm × 横◇◇・◇cm

奉納主の名は、汚れで見にくいものの、箱蓋表に「平治郎」とあり、巻軸部分の裏書には「平次良」とある。

柿本人麻呂千年忌にあたる。

84　人丸社御宝前奉納和歌短冊　久留米藩　平佐不一勝峯

安政四年（一八五七）閏五月

短冊（鳥の子・打曇・銀霞 他）異種の短冊三八枚

縦三六・二cm × 横六・〇cm 等

箱蓋裏に「八雲紙短冊五十枚」とあるので、元々は八雲地方で作られた同種の短冊五十枚が入っていたのだろう。ちなみに、不一の短冊は〈鳥の子〉で〈打曇〉の模様である。

85　伊素志の屋歌抄　　亀井茲監

明治二一年（一八八八）五月
一冊（楮紙）一九丁
縦二四・〇㎝×横一六・八㎝
藩主亀井茲監の和歌遺稿集

86　石州高角柿本大明神社奉納　和歌・序詞・発句　　西川堂

安永二年（一七七三）二月
一帖（折本・鳥の子）五丁
縦一九・六㎝×横一七・四㎝
87・88番作品と同じ箱に入る。

87　柿本社奉納歌仙　　芦塘連中

柿本人麻呂千五十年忌にあたる。
宝暦九年（一七五九）三月
一冊（鳥の子）一〇丁
縦二一・八㎝×横一六・八㎝
86・88番作品と同じ箱に入る。

88　奉納三十首和歌　　都築嘯風

享保一七年（一七三二）秋
一冊（楮紙）一三丁

縦二一・四cm × 横一六・二cm
86・87番作品と同じ箱に入る。

89　柿本社奉納和歌四季五十首　藤原久命 他

文政六年（一八二三）五月
一巻（鳥の子）
縦三三・四cm × 横七五五・九cm
柿本人麻呂千百年忌にあたる。

90　奉納倭歌　鳥越明神神主鏑木権次 他

文政六年（一八二三）三月
短冊（鳥の子・打曇 他）異種の短冊一九〇枚
寸法　種々
柿本人麻呂千百年忌にあたる。

91　諸氏奉納短冊　松平定信・亀井茲尚 他

文政五年（一八二二）四月
短冊（鳥の子・打曇金霞 他）異種の短冊八一枚
寸法　種々
堂上・諸侯・旗本等からの短冊を包紙ごとに入れる。
表に「社頭紅葉　諸侯」と記す包紙の中に、松平定信の隠居後の号である「楽翁」と読める短冊がある。また、表に「奉納和歌　源茲迪・源茲温」と記す包紙の中には、藩主亀井茲尚の短冊（「社頭松」）がある。

92　石見国奉納人麿大明神和歌一首　　三河国藤川郷士　藤原良尚

享保八年（一七二三）三月
懐紙（楮紙）一枚
縦三九・六cm × 横五三・〇cm
柿本人麻呂千年忌にあたる。

93　柿本大明神広前奉納和歌　　藤原義居・藤原一麿

安永二年（一七七三）三月
二巻（楮紙）
縦三三・二cm × 横七二・八cm
縦三三・二cm × 横四七・四cm
藤原義居と藤原一麿の奉納した各巻が同じ箱に入り、前者は九首、後者は五首が詠まれている。
柿本人麻呂千五十年忌にあたる。

94　柿本大明神奉納和歌十六首　　澄川閑野女

寛政七年（一七九五）九月
短冊（鳥の子・金霞金泥下絵金砂子散らし朱地 他）異種の短冊五枚
縦三五・四cm × 横六・〇cm 等
箱蓋表書には「奉納和歌十六首」とあるが五首（五枚）のみが入る。

95　三十首和歌　　純一・信幸 他

年月不記

短冊（鳥の子・打曇）三〇枚
縦三六・〇cm × 横五・七cm
96番和歌と同じ箱に入る。

96 十五首和歌　氏房・信義 他
元文五年（一七四〇）六月
短冊（鳥の子・打曇）一五枚
縦三六・〇cm × 横五・五cm
95番和歌と同じ箱に入る。

97 奉納和歌
大正一二年（一九二三）四月
短冊（鳥の子・墨流金砂子散らし 他）異種の短冊多数
寸法　種々
柿本人麻呂千二百年忌に際して、全国の歌人から奉納されたもの。

98 人麻呂奉納和歌幷詩類　平川之信
享保一七年（一七三二）一一月
一巻（楮紙・藍色地）
縦三七・三cm × 横三九六・七cm
打曇の和歌短冊三十枚を貼って一巻としたもの。

99　人麻呂万歳台

宝暦一一年（一七六一）九月

一冊（楮紙）九三丁

縦二二・〇cm×横一六・〇cm

100　曹洞略流幷三十番仏神　高津村　水月庵主無轍

享保一三年（一七二八）一〇月

一冊（楮紙）二八丁

縦二三・八cm×横一七・〇cm

101　石見名所集　全　平景隆・大江景憲

安永三年（一七七四）九月

一冊（楮紙）四五丁

縦二六・八cm×横一九・八cm

各名所の絵図（色絵）と説明。

102　石見名所集　全　平景隆・大江景憲

文化八年（一八一一）九月

一冊（楮紙）四三丁

縦二四・二cm×横一七・〇cm

各名所の絵図（墨絵）と説明。

103 **柿本人麻呂伝記　施主亀井茲政　撰井筆昌三**

慶安五年（一六五二）三月吉日

一巻（鳥の子）

縦二九・二cm × 横三三六・五cm

巻子の外題と内題には「柿本人麻呂伝記」とあるが、「人麿縁起」と金泥字で書かれた黒漆塗の箱に入っている。内箱の底に「高津柿本社所蔵人麿縁起」の紙を貼る。また、内箱側面、箱紐付根の箇所には、亀井家の家紋を象った金色の菱形金具が施されている。本作品の跋に「施主　亀井能登守茲政朝臣」とあるので、津和野藩主であった亀井茲政による奉納である。

本作品の外題と箱の表書とが一致しない。しかし、高津柿本神社から「人麿縁起」と題する資料は見つかっていない。

104 **高角山　奉納和歌千首　石州津城主　臣　岩手将曹　越智盛之**

享保八年（一七二三）三月一八日

四帖（折本、鳥の子・表紙絹帖―黄色―）

第一帖～二帖＝各七八丁　第三帖～四帖＝各五四丁

各　縦二九・六cm × 横七・八cm

四帖を覆う帙の表右上に「高角山　奉納和歌　千首」と記す。各折本の外題は文字が擦れて消えているが、第二帖と第三帖から判断すると「奉納和歌　千首之内　□□之部□百首」のごとく書かれているようだ。

第一帖は春部二百首と夏部百首の計三百首が詠まれ、第二帖には秋部二百首と冬部百首の計三百首が詠まれている。第三帖は恋部二百首が詠まれて、第四帖には雑部二百首と「奉追加誹諧歌三首」の計二百三首が詠まれる。合計、千三首である。

この年は〈柿本人麻呂千年忌〉にあたる。江戸時代の頃、享保八年三月十八日は人麻呂の千年忌にあたるとする考えがあった。これに合わせて、禁裏御所から石見高津と播磨明石で祀る両柿本人麻呂に、同年二月、〈正一位〉の神位と〈柿本大明神〉の神号が贈られている。

105　石見国高角　柿本神社一千百五十年大祭　奉納歌会集　亀井茲監

明治六年（一八七三）三月一日
一冊（楮紙）二二丁
縦二七・〇㎝×横一八・八㎝

明治六年は、享保八年（一七二三）三月〈柿本人麻呂千年忌〉の百五十年後で、人麻呂の〈千百五十年忌〉にあたる。

石見国津和野藩の最後の藩主であった亀井茲監が、明治六年三月一日に、東京で「石見高角柿本神社一千百五十年大祭奉納歌会」を主催した時の歌集である。「兼題（松色春久）」四十七首「兼題追加」十四首、「探題（春季）」五十首、計百十一首の和歌が記録され、その後ろに「着列名簿」・「第三月一日歌会次第」を付している。冊子表紙には「石見国高角　柿本神社一千百五十年大祭　奉納歌会集」と記す。

亀井家ゆかりの人物によって後日奉納されたものであろう。69番和歌・106番作品・107番作品　参照。

106　柿本神社一千百五十年大祭　奉納和歌短冊　幟仁親王　他

明治六年（一八七三）三月一日
短冊（鳥の子・打曇）三枚
縦◇◇・◇㎝×横◇◇・◇㎝

前105番作品、柿本神社奉納歌会の折の自筆短冊、「探題〈春季〉」五十枚中の三枚である。いずれも前作品中の歌と一致しているので、この歌会の〈当座〉として詠み、講師により披講されたものだとわかる。この時の五十枚の短冊は、ともに高津柿本神社に奉納されたのだが、その内の四十七枚は、前述69番和歌の中にある。この69番和歌は、四十八枚の自筆和歌短冊を十三丁の折本に挟んだものであるが、内一枚は〈打曇金箔〉の異種短冊で、残りの四十七枚が本和歌作品の三枚とセットになる。

本作品の三枚の自筆短冊は、有栖川宮幟仁親王と熾仁親王の、父子の短冊が二枚で、もう一枚は蜂屋丹鶴のものである。前105番作品に挟んで保管されている。

この年は〈柿本人麻呂千百五十年忌〉にあたる。69番和歌・105番作品・107番作品　参照。

107　奉納歌会の寿詞　歌会主催者　亀井茲監

明治六年（一八七三）三月一日

一枚〈鳥の子〉

縦三二・六cm × 横一三七・〇cm

右105番作品、〈高角柿本神社一千百五十年大祭　奉納歌会〉の折の寿詞である。同作品中に付記された「第三月一日歌会次第」の最終項目「次　各退散」の前に「次　寿詞」と記されているので、歌会の締めくくりとして、祝寿の意をもって述べられたのもであることがわかる。

105番作品に挟んで保管されている。

108　紙漉重宝記　全　製紙印刷研鑽会

大正一四年（一九二五）七月二八日

一冊〈鳥の子〉三三丁

縦二三・〇cm × 横一五・六cm

国東治兵衛撰の「紙漉重宝記」（寛政一〇年（一七九八）四月吉旦）を製紙印刷研鑽会が復刻したもの。

大正十四年六月三十日発行、編者 堀越寿助、印刷者 三省堂、発行所 製紙印刷研鑽会。

「大正十四年七月二十八日　奉納柿本神社　製紙印刷研鑽会長　堀越寿助」と記す。

109

贈正一位柿本朝臣人麿記事　益井忠恕

明治四三年（一九一〇）一一月二五日

一冊　四七丁

縦二二・四cm × 横一五・四cm

明治四十三年十一月二十五日発行、編者 益井忠恕、印刷者 伊藤政吉。地元益田での出版物である。

110

柿本人丸事跡考　完　真如禅寺沙門　顕常

明和九年（一七七二）一一月

一冊（鳥の子・版本）二二丁

縦二六・八cm × 横一八・〇cm

跋文に、明和九年十一月、京都の近江屋庄右衛門、江戸の植村藤三郎、大坂の浅野弥兵衛が刊行した旨を記す。

本作品の後半には、高津柿本神社拝殿右傍の石碑〈正一位柿本大明神祠碑銘幷序〉（僧顕常撰書）の碑文が転載されている。また、本作品には編者が記されていないものの、本文中「何レニテモ道理ニ害ナケレバ余ガ碑文□□（虫損）縁起ノ説ニシタガフ」などの表現から、編者は碑文を撰書した人物と同じ僧顕常であると推察される。

なお、本作品の見返しに、奉納者の筆で「柿本人丸事跡考　壱冊　明治三十四年九月　柿本神社　宝庫ニ納ム佐伯利麻呂」と書かれている。

111　柿本人麻呂事跡考　弁　石見　岡真人熊臣

文政六年（一八二三）三月

一冊（鳥の子）五二丁

縦二五・八cm×横一八・四cm

この年は〈柿本人麻呂千百年忌〉にあたる。前110番作品と同じ人物が奉納していて「明治四十二年八月奉納佐伯利麻呂」とある。

112（絵01）　柿本人麻呂画像（座像）

一幅　縦一八三・二cm×横五八・一cm

本紙（紙本着色）

縦九六・〇cm×横四三・五cm

座像。左膝を立て、右前腕を脇息に置いてもたれ掛かる。体を右斜め前方に向け、顔は左方を振り仰ぐ。烏帽子姿で口髭と顎髭は淡い黒。筆と懐紙は持たない。

落款もなく讃もない。

箱蓋表書に「柿本大明神之御神影　画師二代目土佐筆」とあり、箱蓋裏書には次のごとく記す。

享保七壬丑《ママ》（一七二二）二月朔日　禁裏陣座　宣下

柿本人麻呂寺　宣命勅使　吉田侍従兼雄
正一位柿本大明神也
磨敏謹書之　花押

また、箱の中には極札一枚と覚書一通が入っている。前者は「人丸　土佐筆　朱印」とする短冊（縦一二・三cm×横二・三cm）で、「土佐筆　狩野永真　外題」と書かれた包紙の中にある。後者は「口上之覚　土佐筆一人丸之画　壱幅代金三枚」とする紙（縦一七・二cm×横一六・〇cm）で、「土佐筆人丸絵壱幅　代付有」と書かれた包紙の中にある。

113

（絵02）柿本人麻呂画像（座像）

一幅　縦二〇〇・〇cm × 横五四・二cm
本紙（絹本着色）
　縦一二〇・五cm × 横四一・〇cm

座像。立てた右膝に右手を置いて筆の穂先を立てるように持ち、懐紙を持った左手は左膝に置く。体は左斜め前方を向き、遠くを仰ぎ見る。烏帽子姿で口髭と顎髭は白。

本紙右下には落款「正臣拝讃　朱印」がある。同じく上方には讃があり「つぬさはふ 石見の人に かみつくる 道をしへしや ことのはの神」と記す。

この軸を入れる箱はない。

114

（絵03）柿本人麻呂画像（胸像）

一幅　縦一九九・〇cm × 横六五・〇cm
本紙（絹本着色）

縦一〇八・七cm × 横五〇・五cm

胸像。白く円形に着色した中に上半身を描く。筆の穂先を上方右に傾けて持った右手を、胸部に置いた左手に添える。懐紙は持たない。体を左斜め前方に向け、遠くを仰ぎ見る。烏帽子姿で口髭と顎髭は白。

本紙右下に落款「傚信実朝臣筆　源応震謹写　朱印（白文）」がある。讃はない。

箱蓋表書に「人麿神影　傚信実朝臣筆　円山応震模」と記す。箱の中に紙片があり、表に「和歌三人ノ壱人人丸大明人《ママ》　三月十八日」、裏には「三月十八日」と記す。

115 （絵04） 柿本人麻呂画像（座像）

一幅　縦一七二・五cm × 横五一・〇cm

本紙（絹本淡彩）　縦八七・五cm × 横三八・二cm

座像。筆の穂先を上方右に傾けて持った右手を、立てた右膝に置く。懐紙を持った左手は左膝に置く。体は左斜め前方を向き、遠くを仰ぎ見る。烏帽子姿で口髭はなく顎髭は白。

本紙右下に「隠岐守源朝臣矩賢斎戒再拝謹図且賛於管内高角　神祠併書　朱印　朱印（白文）」とあり、上方の右と左に讃がある。前者は、

寛政十二年庚申（一八〇〇）三月五日

小子奚一辞賛

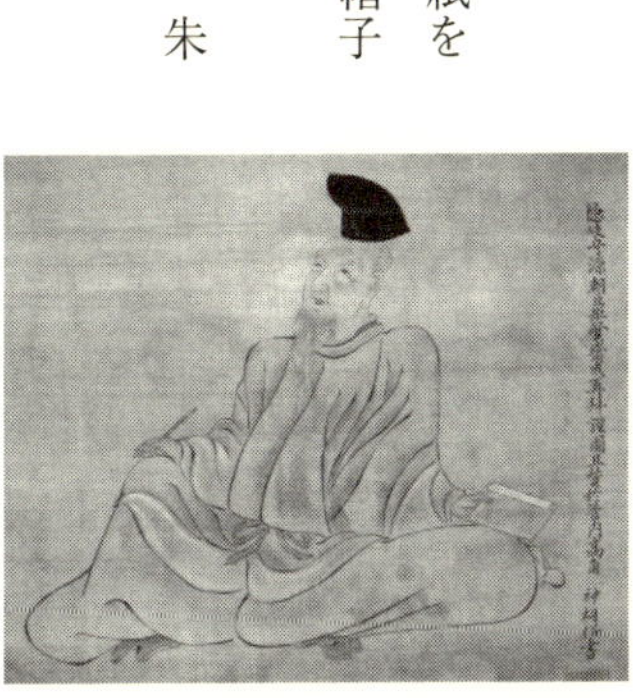

国　神徳伝道弘基後学

天師護

のごとくで、後者は次のとおり。

万代

褒典

倭歌之聖文献之規　一品

朱印（白文長方）

箱蓋表書に「矩賢公親筆　人磨《ママ》呂尊像　小納戸預」と記す。また、箱蓋表の左上に「歴代筆跡ノ第弐拾四番」、中央に「亀井公」と書いた押紙がある。箱蓋表書の「矩賢公」は、津和野藩第八代藩主亀井矩賢のこと。

116（絵05）和歌三神図（三幅対）―人麻呂・玉津島明神・赤人―

三幅　共に　縦一八六・五cm × 横五四・六cm

本紙（三幅共に紙本着色）

縦　三幅共に　一〇二・二cm

横　柿本人麻呂像　四〇・四cm

横　玉津島明神図　四〇・八cm

横　山部赤人像　四〇・六cm

①柿本人麻呂像

座像。筆の穂先を上方右に傾けて持った右手を、立てた右膝に置く。左手は懐紙を持ち肘を左膝に置く。体を左斜め前方に向け、遠く仰ぎ見る。烏帽子

姿で口髭と顎髭は白。組んだ足の前には硯箱が置かれ、背景の海には船と島が浮かぶ。

本紙右下に、三幅に共通した落款「法橋洞淵益成画朱印　朱印（白文）」がある。讃なし。

②玉津島明神図

和歌浦を前景にして松林の中の玉津島明神を描いた。背景に山と雲が描かれる。鳥居の横額に「玉津島明神」と書かれている。

本紙左下に三幅に共通した落款がある。讃なし。

③山部赤人像

座像。筆の穂先を下にして持った右手を、安座した右膝内側に置く。左手は懐紙を持ち左膝内側に置く。体を右斜め前方に向け、遠く前方を眺めている。烏帽子姿で黒く短い口髭と顎髭がある。組んだ足の前には硯箱が描かれ、背景に海辺の葦間から飛び立つ鳥（ナベヅルか）と山が描かれる。

本紙左下に三幅に共通した落款がある。讃なし。

三幅ともに箱はない。

なお、〈和歌三神〉は、一般的には〈住吉明神・玉津島明神・柿本人麻呂〉を言う。しかし、〈住吉明神・玉津島明神・天満天神〉、〈柿本人麻呂・山部赤人・衣通姫（玉津島明神）〉とする説などもある。

117（絵06）有賀長伯画像（座像）

一幅　縦一九六・〇cm × 横五四・八cm
本紙（紙本着色）
　縦八一・〇cm × 横四四・〇cm
座像。冊子・硯・墨・水注・筆などを置いた文台を左に配し、敷物に安座して両手の指を腹の前で組んでいる。体を左斜め前方に向け、遠く前方を眺める。左膝許には刀と扇のごときものが小さく描かれている。

落款はない。本紙の上に長伯の筆と思われる懐紙を貼る。懐紙の寸法は、縦三〇・七cm × 横四四・〇cmで、詞書と和歌が次のごとく書かれる。（　）内は筆者。

　三五の天　はれやらねども　識《しり》つゝぬ（寝）べき　月ならねば　　長伯

　かきくらし　ふるともこよひ　いかゞせむ　雨こゝろある　月はうらみじ

箱蓋表書に「以敬斎長伯画像　一幅　五十五号」とあり、同裏書には「寛保三癸亥歳（一七四三）六月良辰石州于真福寺納之　以敬斎会中」とある。

有賀長伯（一六六一～一七三七）は江戸中期の歌人。京都の人で、晩年は大坂に住んだ。二条派の歌風を伝え、「和歌世々の栞」「春樹顕秘増抄」などを著した。箱蓋表書の「以敬斎」は彼の号。

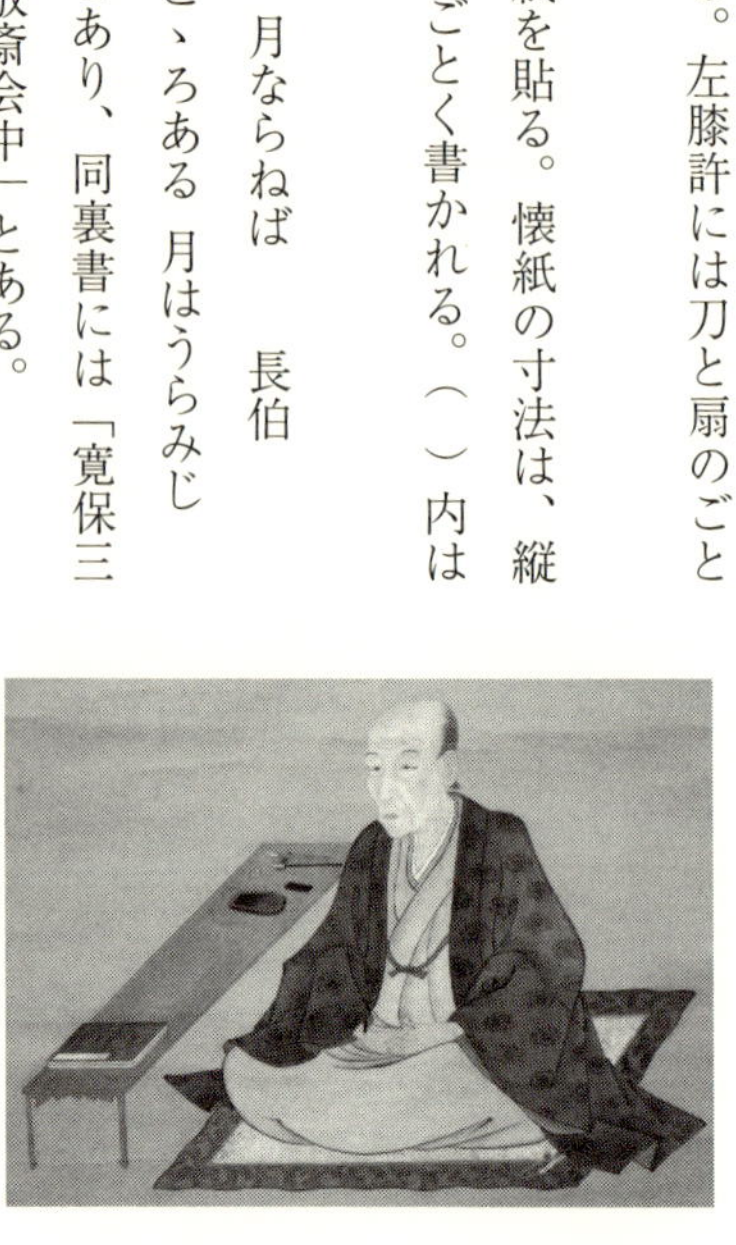

118

（絵07）「人丸六才」（墨書）

一幅　縦一三三・〇cm × 横三九・七cm

本紙（紙本）　縦五〇・〇cm × 横二九・五cm

墨書。「人丸六才」と縦書きされている。落款はない。

本作品は絵ではないものの、軸装なので、今は絵画類に入れておいた。この軸を入れる箱はない。

119

（絵08）「人麿社」（墨書）

一幅　縦一八一・〇cm × 横一〇〇・五cm

本紙（紙本）

縦四一・〇cm × 横八六・七cm

墨書。「人麿社」と右から横書きされている。第一字「人」の右肩に朱印（「平泉余流（白文）」）があり、第三字「社」の左にも朱印（「守全（白文）」）がある。

現在、高津柿本神社の拝殿正面に掲げられる額「人麿社」の原本である。作者は、次の箱書きに従えば、輪王寺宮守全法親王である。

内箱と外箱があり、本作品の入った内箱は黒漆塗になっている。箱蓋表書には、金泥字で、

高角人麿社額本文字

奉驚

輪王寺二品守全親王之高聴　貞享元年甲子（一六八四）五月日

忝拝受　石州鹿足郡津和野亀井源朝臣茲親

御自筆之人麿社三大字奉納　社中

長祈領地安穏記之如件

と書かれている。外箱（塗箱）の蓋表書も金泥字で右と同様に書かれてある。外箱の金具は桜花形。

本作品は絵ではないものの、軸装なので、今は絵画類に入れておいた。

120（絵09）柿本人麻呂画像（立像）

一幅　縦一七八・六cm × 横五六・〇cm

本紙（紙本）

縦九五・〇cm × 横四九・八cm

立像。水墨画。筆の穂先を上方左に傾けて持った右手を右脇前に置く。懐紙を持った左手の肘は、曲げて左腰あたりに添える。体を右斜め前方に向け、顔は左方を振り仰ぐ。烏帽子姿で口髭と顎髭は白く長い。
本紙右下に朱印を二箇所捺した形跡はあるが、擦り消えていてよく読めない。讃はない。
この軸を入れる箱はない。

121（絵10）柿本人麻呂画像（座像）
一幅　縦一二九・一cm × 横三六・一cm
本紙（絹本着色）
縦六九・二cm × 横三三・四cm
座像。筆の穂先を上方右に傾けて持った右手を、立てた右膝に置き、懐紙を持った左手は左膝に置く。体を左斜め前方に向け、やや上方を遠く眺める。烏帽子姿で口髭と顎髭は黒くて短い。正面には硯箱が置いてある。
本紙右下に朱印（「真定」）がある。讃はない。
この軸を入れる箱はない。

122（絵11）柿本人麻呂画像（座像）
一幅　縦一九〇・六cm × 横五二・六cm

本紙（紙本）

縦一一二・一cm × 横四二・二cm

座像。水墨画。筆の穂先を内側やや上方に傾けて持つ右手の肘を、立てた右膝の内側に置く。左手には懐紙を持ち、その前腕を左膝に置く。体は左斜め前方を向いて、遠く仰ぎ見る。烏帽子姿で口髭はなく顎髭は黒。

本紙右下に、「嘉永五年（一八五二）」の日付と落款「隆正謹写　拝讃　朱印（白文）」があり、上方の讃には「やまのはも　なびかしつべき　しらべにて　かみのふるごと　よみたまひけり」と記す。

落款中の「隆正」は大国隆正のことで、津和野藩の著名な国学者である。幕末から明治初年かけて活躍し、特に、藩主亀井茲監らとともに、神仏分離や廃仏毀釈などの運動に力を注いだ。本作品の絵と讃は大国隆正の手による。

この軸を入れる箱はない。

123　（絵12）　柿本人麻呂画像（座像）

一幅　縦一五一・〇cm × 横七六・〇cm

本紙（ベージュの織物）

縦五〇・六cm × 横三三・三cm

座像。安座し、右前腕を脇息に置いてもたれ掛かる。体を右斜め前方に向け、顔は左方を振り仰ぐ。烏帽子姿で口髭と顎髭は黒く各二

筋。筆と懐紙は持たない。

上方に讃があり「武士の　やそうち川の　あしろ木に　いさよふなみの　ゆくへしらすも」と記す。落款はない。

本作品は、軸木以外の全てが織物である。

漆塗の箱蓋表書に「詞聖神影之織物」とあり、同裏書に「文政六年癸未（一八二三）春三月吉辰　奉納　居田進九郎　中島嘉助」とある。

文政六年は〈柿本人麻呂千百年忌〉にあたる。

124（絵13）柿本人麻呂画像（座像）

一幅　縦一四八・〇cm × 横四二・一cm

本紙（紙本着色）　縦六六・五cm × 横三〇・四cm

座像。筆の穂先を上方に向けて持った右手を右胸に置き、左掌を安座した左太股横の畳に突く。懐紙は持たない。体を左斜め前方に向け、前方やや下を遠く見やる。烏帽子姿で口髭と顎髭は黒く長い。

本紙上方に讃があり「しき島や　このみちさして　しる事は　天上天下　唯我独尊」と記す。落款はない。

軸木に柿の材を用いる。

箱蓋表書に「歌聖像　常徳院義尚公自画讃　一幅」とあり、同裏書に「金龍山中　藐庵珍蔵　（花押）」とある。箱蓋表書の「常徳院義尚」は、室町幕府第九代将軍足利義尚のこと。

125　**（絵14）柿本人麻呂画像（座像）**

一幅　縦一七〇・四cm × 横四八・七cm

本紙（紙本着色）

縦六六・三cm × 横三七・八cm

座像。安座した右の膝に右掌を置く。左手は左膝に置いているようだが、袖に隠れている。筆と懐紙はともに持っていない。体を左斜め前方に向け、前方やや下を遠く見やる。烏帽子姿で口髭と顎髭は白。背景に、海の波と大きな松が描かれている。

落款も讃もない。

この軸を入れる箱はない。

126　**（絵15）柿本人麻呂画像（座像）**

一幅　縦一四七・八cm × 横二九・四cm

本紙（紙本）

縦七二・九cm × 横二〇・三cm

座像。拓本風。筆の穂先を斜め下方に持った右手の肘を、立てた右膝に置く。左手は懐紙を持って左膝に置く。左右の足裏を合わせて安座しているように見える。体はやや左斜め前方を向いていて、筆の穂先をみているかのようである。烏帽子姿で口髭と顎髭がある。口髭は黒で細長く、顎髭は黒で短い。

本紙右中ほどに「柿本人丸」とあり、左下に「篁謹自造之」とある。上方には和歌らしきものがあるが文字がうまく浮き出ていない。

箱蓋表書に「小野篁作人麿朝臣像」と記す。

127（絵16）柿本人麻呂画像（座像）

一幅　縦二五九・五cm × 横五一一七・〇cm
本紙（絹本着色）
　縦一一八・〇cm × 横一〇二・一cm

座像。筆の穂先を上方に向けて持った右手を、立てた右膝に置く。懐紙を持った左手は左膝あたりで浮かせている。体はやや左斜め前方を向き、遠く正面を見やる。烏帽子姿で口髭と顎髭は白く長い。

本紙右下に落款「永叔画　朱印」がある。讃はない。

箱蓋表書に「歌聖人麿朝臣之像　狩野永叔筆」と記す。

高津柿本神社の社伝によれば、享保八年（一七二三）二月に禁裏御所から同神社で祀る柿本人麻呂に〈正一位〉の神位と〈柿本大明神〉の神号が贈られた時に、藩主亀井茲親が狩野永叔に依頼して描かせたものという。

同神社所蔵の〈人麻呂画像〉の中では最も大きい。

なお、享保八年は〈柿本人麻呂千年忌〉にあたる。

資料

Ⅰ　古今伝授後　玉津島社　住吉社　御法楽五十首和歌　資料

鶴﨑裕雄・佐貫新造・神道宗紀編著『紀州玉津島神社奉納和歌集』（平成四年一二月　玉津島神社）、および、神道宗紀・鶴﨑裕雄編著『住吉大社奉納和歌集』（平成一一年三月　東方出版）の各解題より抜粋した。なお、天和三年と寛文四年と延享元年の御法楽については本文中に触れたので、ここでは省略した。

ア　宝暦十年三月廿四日　御法楽五十首和歌

宝暦十年（一七六〇）二月、桃園天皇が有栖川宮職仁親王より古今伝授を受けられた後の住吉社・玉津島社両社御法楽である。「御湯殿の上の日記」宝暦十年二月十九日条に、

古今集御伝授有。中務卿宮より御出門御しらせ申入られ、御かゝり有。中務卿宮御参。く御御ひきなをし、御ひとへめさるゝ。古今集御伝授あり。御伝授すみまいらせられ、常の御所ニて御さかつき三こんまいる。中務卿宮へも御三こんの御こんいつる。

とある。広橋兼胤の「八槐記」同年正月十三日条に、

二月十九日主上有古今御伝授之儀。中務卿職仁親王被奉授之（親王自去年閏七月八日所労。其後今日始出仕被伝申之）、

のように記している。

イ　明和四年三月十四日　奉納五十首和歌

明和四年（一七六七）二月、後桜町天皇が有栖川宮職仁親王より古今伝授を受けられた後の住吉社・玉津島社両社御法楽である。「御湯殿の上の日記」明和四年二月十四日条には、

ひる時分一品宮成、御かゝりめさるゝ、御がくもん所へ出御成、上段に御かまへ出来、一品宮御前へ御参、御伝しゆ申入らるゝ、御伝授すませられ候、つねの御所にて御たいめん成、御さかつき三献まいる、一品宮へも御三献かさねられまいる。

と見え、広橋兼胤の「八槐記」には、

午斜一品職仁親王参上、有和歌御灌頂之儀古今集御伝授也、訖親王退去、更召常御所賜三献初饅頭二、鰭三一物、訖退去。

のごとく見える。

ウ　寛政九年十一月廿六日　御法楽五十首和歌

寛政九年（一七九七）九月、光格天皇が後桜町上皇より古今伝授を受けられた後の住吉社・玉津島社両社御法楽である。この直後、有栖川宮織仁親王・閑院宮美仁親王も古今伝授を受けた。「院中評定日次案」寛政九年九月十五日条に、

今日主上古今集自上皇御伝授、因茲午刻御幸。

とある。また、織仁親王・美仁親王の古今伝授については、同二十五日条に、

今日古今和歌集御伝授于中務卿宮辰刻（略）同上御伝授于弾正尹宮未刻（略）中務卿宮・弾正尹宮等御伝授御対面御盃等之事被恭謝。

のように記され、正親町公明の「公明卿記」寛政九年十一月廿六日条には、

禁中、住吉・玉津嶋両社御法楽。各賜題二首勅題也、且奉納云々。付日野前大納言・飛鳥井大納言詠進了

とある。

エ　天保十三年十二月十三日　御法楽五十首和歌

天保十三年（一八四二）五月、仁孝天皇が光格上皇より古今伝授を受けられた後の住吉社・玉津島社両社御法楽である。実は、光格上皇はこれより二年前、天保十一年十一月に崩御されているが、その直前、古今伝授を遺された。山科言成の「言成卿記」天保十一年十一月十九日条には、

仙洞御不例遂次御養生不被為叶云々、動哭々々、回文到来封付、自仙洞昨夜此御所え古今集御伝授被為在候に付、今日中、禁中斗可有参賀、不及献物事、仙洞不及参賀之事。

と記す。服喪のため二年後に仁孝天皇が伝授を受けられたのである。「新清和院女房日記」天保十三年四月二十日条に、

御所より夕かた杉はら御文にて、一昨年冬、光格天皇様より古今集御伝しゆあらせられ候に付、来月廿三日より三ヶ日に御覧あらせ候まゝ御吹てう仰られ候よし仰られ候故、此御所より御よろこひ仰られ候、杉はら二枚かさね御文にて仰られ候。

とあり、「言成卿記」天保十三年五月四日条には、

一昨年冬被遂古今御伝授、無程諒闇、今度自来廿三日御伝授御品々叡覧被為在候に付、来廿六日参賀献物可為寛政九年九月御灌頂之節通事。

のごとく、また、橋本実麗の「実麗卿記」同年五月二十六日条にも、

自去廿三日到昨日、古今御伝授後御伝受之御品々叡覧、無滞被為済恐悦申上去年依諒闇今。御延引云々

と記している。

Ⅱ　「御奉納石見播磨柿本社御法楽」と他本の校合

凡　例

一、本和歌作品「御奉納石見播磨柿本社御法楽」（月照寺蔵）を底本（本文）とし、高津柿本社に奉納された霊元法皇他の自筆「五十首和歌短冊」（A本）と比較して、異同のある場合には本文の右に傍線を施し、その右に〈自筆A本〉での表記を添えた。また、芦田耕一[1]翻刻の高津柿本社奉納「人麿御奉納百首和歌」（B本）とも比較して、異同のある場合には本文を**ゴシック活字**で示し、その左に〈芦田B本〉での表記を添えた。

二、便宜の上から、「1　御奉納石見国柿本社御奉納の分」と「2　御奉納播磨国柿本社御奉納の分」の二つに分けて示す。

三、〈芦田B本〉は濁音を交えて翻刻しているが、便宜上、清音に直した。

四、詠者の下に置いた〔　〕内は、〈芦田B本〉の記載内容である。

五、各本の符号において、例えば03「空(に)さそひて」は、底本が「空」と「さ」の右に「に」を補っていることを示す。

六、各本の符号において、例えば04「梅かゝを(お)くれ」は、底本が「を」をミセケチにして、右に「お」を補っていることを示す。

七、各本の符号において、例えば40「行末とをく(○ち)きることの葉」は、底本が「とをく」と「きる」の間にマル符を施して、右に「ち」を補っていることを示す。

八、各本の符号において、例えば19「ふけゆくまてもきく」（に〔も〕）の「〔も〕」は、〈芦田B本〉が施している〈自筆A本〉での表記である。

1　御奉納石見国柿本社御法楽の分

御奉納石見国柿本社御法楽

享保八年三月十八日

立春　　院御製　〈〈自筆A本〉〈芦田B本〉は記さず〉

01　此《この》《この》道の　ひかり《光》《光》もそひて　のとけさを　世に敷島《しきしま》《しきしま》の　春は来にけり

竹鶯　　阿計丸　〔有栖川阿計麿〕

02　春《はる》ことの　やとりにしめて　くれ《呉》竹の　千代《世》《世》をこめたる　鶯《うくひす》《うくひす》のこゑ《声》

春雪　　綱平　〔二条関白左大臣従一位綱平　五十二歳〕

03　風ゆるき　空(に)さそひて　あはゆき《雪》《雪》の　ふる《降》もつもらぬ　春のの《、》《、》とけさ

梅風　　公通　〔正親町前権大納言従一位公通　七十一〕

04　手むけ《向》《向》する　神の木下《のもと》《のもと》　とを《遠》くとも　梅《むめ》かゝ《香》を(お)《を》くれ《送》　山あひの風《かせ》

05　柳露　俊清〔坊城前権大納言正二位俊清　五十七〕

さほ**ひめ**《姫》《姫》の　かさしの玉と　みたれけり　柳の髪の　**けさ**《今朝》《今朝》の**あさ**《朝》露《つゆ》

06　春月　致季〔西園寺権大納言正二位致季　四十一〕

いつ《出》《出》るより　**くも**《雲》《雲》はへたてぬ　山《やま》の**は**《端》も　**ひかり**《光》おほろに　かすむ月影

07　山花　実陰〔武者小路前権中納言実陰　六十三〕

みよし**の**《野》《野》は　花に**に**《丶》《丶》ほはぬ　**みね**《峯》《嶺》もなし　**くも（ゝ）**《雲も》さくらの　色に**なる**《成》ころ《比》

08　野花　公澄〔滋野井権大納言正二位公澄　五十四〕

思《おも》ふとち　猶**こ**《木》《木》の下《もと》に　やとりして　あすも野中の　花にくらさ**ん**《む》《む》

09　苗代　光栄〔烏丸参議左大弁従三位光栄　三十五〕

たねまきて　**幾日**《いくか》《いくか》になりぬ　苗代の　水もみとりに　すめるあら小田

10　松藤　兼親〔中山権大納言正二位兼親　四十〕

年ことの　春にもこえて　**松**《まつ》か**枝**《え》に　**さき**《咲》こそかゝれ　池の藤なみ

11 更衣 家久〔近衛左大臣正二位家久 三十七〕

夏衣 けさ《今朝》さはやかに しらかさね とりかさねても うすきたもと《袂》《袂》や

12 郭公 公詮〔今出川権中納言従二位公詮 三（二カ）十八〕

たち花《はな》《はな》の かほる軒はは《、》 あかすとや 山ほとゝきす すき《過》かてになく《鳴》

13 盧橘 為信〔藤谷前参議正三位為信 四十九〕

軒ちかく 植《うへ》て年《とし》ふる《経》 立花《たちはな》《たちはな》や むかし《昔》のまゝに 猶にほふらん《む》《む》

14 早苗 頼胤〔葉室蔵人右中弁正五位上頼胤 二十七〕

ゆたかなる 御代の恵《めくみ》《めくみ》は つきせしと 数とりそふる 小田のわか《若》なへ《苗》《苗》

15 夏月 景忠〔藤浪正三位大中臣景忠 七十七〕

いわ《は》《は》みかた 秋にを《を》（お）とらて 夏（の）月 高角《すみ》山に すめるさやけさ

16 窓螢 雅季〔清水谷参議左近衛中将従三位雅季 四十〕

まとちかく てらす螢《ほたる》は ふみ《文》も見《み》《み》ぬ わかを《を》《を》（お）こたりを いさめてやとふ

17 納涼 通晴 〔愛岩（宕カ）正三位源通晴 五十一〕

音にきく それさへすゝ《涼》《涼》し 立《た》ちよりて むすはゝいかに 瀧のしら糸

18 早秋 輔実 〔九条前関白左大臣従一位輔実 五十五〕

あふき《扇》《扇》をも はやを《お》く計《はかり》《はかり》 秋きぬと けさ《今朝》音すゝ《涼》《涼》し 荻の上風《うはかせ》《うは》

19 夜荻 尚房 〔万里小路権中納言従二位尚房 四十二〕

荻の風 手まくら《枕》ちかく そ《所》よく夜は ふけ《更》ゆく《行》までも《に〔も〕》 きくにねられぬ

20 暁鹿 通夏 〔久世前参議従二位源通夏 五十四〕

すむ月に 夜やおしむらし 妻《つま》《つま》恋の 鹿のねなから あく《明》るしのゝめ

21 秋夕 信方 〔七条左近衛中将正四位下信方 四十七〕

野へ《辺》ふかき 草葉に秋《あき》の ところえて ゆふ《夕》へを時と むすふ《結》しら《白》露

22 駒迎 資時 〔日野蔵人頭右大弁正四位上資時 三十四〕

相坂《あふさか》《あふ》の 山《やま》ひき《引》こへ《え》《え》て くも《雲》《雲》の上《うへ》《うへ》に 今宵《こよひ》《こよひ》そいつる《出》 もち月《望》の駒《こま》《こま》

23
嶺月　　隆春〔四条左近衛中将従四位上隆春　三十五〕
すみのほる　影は千里《さと》の　そらの月　くまなきみね《嶺》《嶺》に　むかふさやけさ

24
杜月　　久季〔梅園左近衛中将正四位下久季　三十五〕
枝しけき　森《杜》の木末《すゑ》《梢》は　もりくるも　ひかり《光》すくなき　夜半《は》の月影

25
朝霧　　実岑〔押小路正三位藤原実岑　四十五〕
山もとの　里《さと》の煙《けふり》の　それならて　そなたにみるは　秋の朝きり《あさ霧》《霧》

26
紅葉　　為村〔上冷泉侍従五位上為村　十二〕
神かき《垣》に　染《そむ》る紅葉を　山《やま》ひめの　たむけ《手向》にを《を》（お）れる　にしき《錦》《錦》とやみん《見》《見む》

27
暮秋　　雅香〔飛鳥井左近衛中将従四位上雅香　廿一〕
したふそよ　霧立《たち》《たち》こめて　ゆく《行》かたは　いつことわかぬ　秋のわかれち《路》

28
残菊　　尊祐〔尊祐〕
こと草は　色なき庭に　一本《もと》の　残（る）もあかぬ　はな《花》《花》の白きく《しら》《しら菊》

29
湊氷　　　公野〔武者小路従三位藤原公野　三十六〕
つなかぬも　氷にとちて　みなと入《いり》の　**あし**《芦》まの舟の　行**方**《かた》もなし

30
冬月　　　基雄〔持明院　基雄〕
冬の夜は　**隈**《くま》なく**み**《見》えて　すむ月の　**あらし**《嵐》にさゆる　**かけ**《影》はすさまし

31
千鳥　　　兼敬〔吉田従二位卜部兼敬　七十一〕
すむ月も　明石《あかし》の**浦**《うら》に　うかれてや　かよふ千**鳥**《とり》の　**よは**《夜半》に鳴ら**ん**《む》

32
篠霰　　　隆成〔櫛笥参議左中将従三位隆成　四十八〕
ぬきとめぬ　玉とあられの　音たてゝ　風《かせ》の吹《ふき》しく　野路《辺》の**篠原**《しのはら》

33
里雪　　　師季〔阿野左近衛中将正四位下師季　廿四〕
末なひく　竹一むらの　おく**み**《見》えて　**ゆき**《雪》にまかはぬ　遠の山**里**《さと》

34
炭竈　　　惟永〔竹内正三位源惟永　四十六〕
炭**焼**《やき》は　雪も**嵐**《あらし》も　さゆる日を　**まち**《待》えて**峯**《嶺》に　煙たつらし

35 初恋 邦永 〔伏見中務卿一品邦永親王〕

われ《我》なから あやしや何を けふよりは 思ひそめてか そて《袖》《袖》の露けき

36 祈々 恋〈自筆A本〉〈芦田B本〉 宗建 〔難波左近衛中将正四位下宗建 廿七〕

うき人は なひくとなきに いつまてか 杜《森》のしめなわ《は》《縄》 かけていの《祈》らん《む》《む》

37 尋々 恋〈自筆A本〉〈芦田B本〉 重季 〔高松右近衛中将従四位下重季 廿六〕

とひえすや けふもかへ《帰》らん《む》《ぬ〔む〕》 いつこにも あらぬやと《宿》《宿》なる いらへを《お》そ聞《き》《き》く

38 聞々 恋〈自筆A本〉〈芦田B本〉 隆典 〔油小路権中納言兼左衛門督従二位隆典 四十〕

なかれての 逢瀬《あふせ》《あふせ》もあれな 妹背《いもせ》《いま〔も〕せ》川 音きくのみに 袖はぬるとも

39 見々 恋〈自筆A本〉〈芦田B本〉 氏孝 〔水無瀬前権中納言従二位氏孝 四十九〕

しけり行《ゆく》 恋路《こひち》そまとふ 初《はつ》草の はつかに見《み》へ《え》し 雪間《ゆきま》《ま》なからに

40 契々 恋〈自筆A本〉〈芦田B本〉 兼栄 〔日野西左少弁正五位上兼栄 廿八〕

たのむそよ 千々（の）社の 神《かみ》かけて 行末とをく （○ち）きる《契》こと《言》の葉《は》

41
逢々《遇》恋〈自筆A本〉〈芦田B本〉　泰章〔倉橋中務権大輔従四位下安部泰章　三十七〕
夢ならて　夢《ゆめ》なる物《もの》は　つゆ《露》《露》はかり　かはすちきり《契》《契》の　よは《夜半》《夜半》の手枕

42
偽々恋〈自筆A本〉〈芦田B本〉　宣顕〔中御門正三位藤原宣顕　六十二〕
いつはりと　思《おも》ひもしらて　契り《契》てし　人のことは《葉》を　なに《何》たのみけん《む》《む》

43
変々恋〈自筆A本〉〈芦田B本〉　定喬〔梅小路左兵衛佐正四位下定喬　三十四〕
ひたすらに　かはる心の　かゝりせは　あたなる人と《よ》（2）　何《なに》ちきり《契》けん《む》《む》

44
久々恋〈自筆A本〉〈芦田B本〉　有藤〔六条前権中納言従二位源有藤　五十二〕
さりともと　たのむにまけて　いたつらに　年月のみを　かそふるはうき

45
古寺　尊昭〔尊昭〕
いの《祈》れ猶《なを》　ふりぬる寺の　庭《には》にしも　道ある御代を　千世《代》万代《世》と

46
山家　公福〔三条西権中納言従三位公福　廿七〕
誰《たれ》も世に　いてゝ《出て》つかふる　時なれや　すむ人まれゆ（に）　見ゆる山里《さと》

47　　田家　　　宣誠　〔中御門右少弁正五位下宣誠　三十三〕
よそめされ（へ）淋《さひ》しくもあるか　賤か**住**《すむ》《すむ》　かた山**かけ**《やま陰》《陰》の　小田のかり**いほ**《庵》

48　　旅宿　　　隆長　〔鷲尾前権大納言正二位隆長　五十二〕
何かうき　草の枕《まくら》の　一**よ**《夜》《夜》とて　これも**おも**《思》ふに　やとなら《宿》ぬかは

49　　述懐　　　光顕　〔外山前権中納言正二位光顕　七十二〕
千**とせふる**《年経》　**恵**《めくみ》《めくみ》は今《いま》そ　およひ《及》なき　身《み》にたにあふく　敷島の道

50　　祝言　　　通躬　〔中院権大納言正二位源通躬　五十六〕
此《この》ときに　あへるを神も　**悦**《よろこ》《よろこ》ひに　**まもらん**《守》**末**《むすゑ》《むすゑ》は　千とせ**よろつ**《万》《万》代

題者　　藤谷前宰相

奉行　　三條中納言**公福**〈芦田B本〉なし

注

（1）　芦田耕一「島根大学附属図書館蔵『人麿御奉納百首和歌』―紹介と翻刻―」（『山陰地域研究』八号　平成四年三月　島根大学山陰地域研究総合センター刊）の翻刻部分を用いた。

（2）　43番歌の第四句「あたなる人と、」の「と」は、〈自筆A本〉には「与」で表記されている。仮名「与」は一般的に「よ」を表す字母として用いられるが、時には「と」の仮名としても用いるので、ここもその例として見ておく。

2　御奉納播磨国柿本社御法楽の分

引き続き、「御奉納石見播磨柿本社御法楽」の「明石柿本社御法楽」を載せておく。この部分は、前掲「高津柿本社御法楽」と較べ〈芦田B本〉との異同が殊に多いように思われる。底本の本文を基にして、異同部分の右に傍線を施し、その右に〈芦田B本〉での表記を載せておく（明石奉納の自筆短冊は所在不明）。

なお、本文中に例えば、02「里（本ノマ、）」とあるのは、「里」の右に傍注「本ノマ、」があることを示す。

御奉納播磨国柿本社御法楽

享保八年三月十八日

霞始聳　　院御製〔〈芦田B本〉は記さず〕

01　あかし《明石》潟　春とはかりに　立そめて《たち初》　しまもかくれぬ　朝かすみかな

鶯出谷　　吉忠〔二条右大臣正二位吉忠　三十五〕

02　長閑《栄》なる　春を待えて　幾度か《出きつゝ》　声《こゑ》里（本ノマ、）なから《なるゝ》　谷のうくひす《鶯》

03
梅遠薫　直仁〔直仁〕
木のもと《本》は　遠《とを》き垣ねの　梅《むめ》か丶も　さそへはちかき　まと《窓》の春風

04
岡早蕨　通躬〔中院権大納言正二位源通躬　五十六〕
をか《岡野》の辺に　やかて咲へき　花ならぬ　わらひは折も　人はとかめす

05
夕春雨　惟通〔久我権大納言正二位惟通　三十七〕
夕暮《くれ》は　いと丶霞の　立《たち》そひて　しつく《雫》もみへ《見え》ぬ　軒の春雨

06
江春月　共方〔梅小路前権大納言正三位共方　七十一〕
いひしらす　梅《むめ》か丶かほる　難波江に　月も霞《かすみ》て　影そ更行

07
湊帰鴈　公福〔三条西権中納言従三位公福　廿七〕
行《ゆく》鴈は　こ丶をとまりと　おも《思》はてや　暮も《暮る丶》みなとを　よそにすく《過》らん《む》

08
花初開　幸教〔九条権大納言兼右近衛大将正三位幸教　廿四〕
桜花《さくら》　咲そめ《初》けりな　しら雲の　か丶る嶺《みね》より　かほる春風《かせ》

09　花満山　常忍〔常忍〕
をちこち《遠近》も　ひとつさかり《盛》の　花にして《も》　雲はお《を》のへに　たちもまよはぬ《まかはす》

10　花随風　重孝〔庭田参議従三位右近衛中将源重孝　三十二〕
あたなりと　みすや軒はに　吹かよふ　風にまかする　花のこゝろは

11　河款冬　資時〔日野蔵人頭右大弁正四位上資時　三十四〕
河《川》水に　うつろ《移》ふ影も　いひしらぬ　色をふかむる　ゐ《井》手の山吹

12　藤埋松　光和〔外山刑部卿正三位光和　四十四〕
かけ《陰》たかき　松のみとりも　みへ《見え》ぬまて　藤咲《吹》かゝる　はな《花》そいろ《色》こき

13　郭公頻　邦永〔伏見院一品邦永〕
待侘《わひ》し　それかあらぬか　この比《ころ》は　山ほとゝきす　こゑ（〇の）隙《ひま》なき

14　早苗多　常雅〔花山院権中納言従二位常雅〕
植《うへ》わたす　千町をひろ《広》み　はる〳〵と　緑《みとり》につゝく　小田のわかなへ《若苗》

15　簷盧橘　　師香（石山正三位藤原師香　五十五）

思《おも》ひ出る　むかし《昔》は遠《とを》く　へ（○た）てし《て》も　ちかき軒はに　匂ふ立花《橘》

16　杜夏草　　有統（千種従三位源有起（統カ）　三十七）

あけまきも　わけ《分》こぬ杜《森》の　下かけ《した陰》は　夏の草葉《は》の　しけるまゝなる

17　夏月涼　　実全（滋野井右近衛中将正四位下実全　廿四）

夕立の　なこりの露の　草村《むら》に　やとるもすゝし《涼》　庭の月かけ《影》

18　嶺夕立　　俊将（坊城蔵人権右中弁正五位上俊将　廿五）

時の間《ま》に　こなたは晴《は》れて　嶺遠《みねとを》く　くもるとみるや　夕立の空

19　螢似露　　総長（高辻文章転（博カ）士正三位藤（菅カ）原総長　三十六）

散《ちり》まかふ　光はおなし　たまさゝ《玉笹》の　露吹風に　螢《ほたる》とふかけ

20　新秋風　　兼熙（鷹司前関白前左大臣従一位兼熙　六十五）

きのふけふ　軒端《は》の松に　~~お~~（を）と《音》かへて　めにみぬ秋も　風にしらるゝ

21
織女契　豊忠〔広幡前権大納言前右大将正二位源豊忠　五十八〕
神代より いかに一夜と さためてか かはらぬほし《星》の ちきり《契》なるらん《む》

22
荻鷺夢　通夏〔久世前参議従二位源通夏　五十四〕
露のみか むすふとすれは 手枕の 夢もみたるゝ 荻の上かせ《うは風》

23
萩如錦　従久〔錦織弾正大弼従四位下卜部従久　廿八〕
行帰《かへ》り わくる《分》にしき《錦》の たてぬきに 心もうつる 野辺《へ》の 秋はき《萩》

24
秋田露　長義〔桑原前参議式部権大輔従二位 菅原長義　六十二〕
とをつ国《くに》 あまねき君か 恵《めくみ》をは 田面にみてる 露《ま》にてもしれ

25
鹿声遠　乗具〔岩倉前中納言従二位源乗具　五十八〕
山風の つてにこそきけ 峰遠く《嶺とを》 紅葉《もみち》みたれて 鳴鹿の声《こゑ》

26
虫近枕　俊平〔壬生左近衛中将正四位下俊平　三十〕
声《こゑ》ちかく かたらひあか《明》せ きり〱す 夜さむはおなし 秋の枕に

27
月出山　　為香〔藤谷従五位上侍従為香　十八〕
さしのほる 光そあかぬ くるゝより またれし山の 秋のよ《夜》の月

28
松間月　　雅季〔清水谷参議左中将従三位雅季〕
待《まち》出る 尾上《をのへ》の月も 高砂の 松の葉わけ《分》の 影はえならぬ《す》

29
水郷月　　為範〔五条文章博士従三位菅原為範　三十六〕
こよひしも 淀《よど》の渡《わたり》に 舟出《船だ》して 光くまなき 月にあかさん《む》

30
紅葉深　　幽海〔幽海〕
幾度《たび》の 時雨《しぐれ》に染て 色深《ふか》き 紅葉《もみち》の梢 峰《嶺》にみゆらん《む》

31
暮秋霧　　重季〔高松左近衛中将従四位下重季　廿六〕
立とまる 色に見《み》るへき 夕霧も くるゝをいそく 秋の別路《わかれ》

32
夜時雨　　貞建〔貞建〕
手枕の 夢はむすはて 更る夜に 風の時雨《しくれ》を いく度《幾たひ》かきく《聞》

33
橋落葉　　公緒〔阿野権中納言公緒　五十八〕
吹おろす　峰《みね》の嵐に　ちり《散》わたる　紅葉もふかき　谷のかけはし

34
寒草霜　　徳忠〔藤浪神祇大副正三位大中臣徳忠　五十四〕
百草を　わけ《分》つる野へ《辺》も　冬き《来》ては　霜の花のみ　見へ《え》てさひ《淋》しき

35
冬月冴　　有起〔六条左近衛中将従四位上源有起　廿三〕
雲はらふ　嵐はけしき（く）　さえ〳〵て　更行月の　影はすさまし

36
潟千鳥　　宣誠〔中御門右少弁正五位下宣誠　三十二〕
明石かた《潟》　月もこほれる　波間《浪ま》より　塩風《しほかせ》さむみ　ちとり《千鳥》鳴声《こゑ》

37
狩場雪　　公野〔武者小路従三位藤原公野　三十六〕
さゆる日も　あかぬ狩《かり》場に　引すへて　袖さへ雪の　ましろ《ら》ふのたか《鷹》

38
市歳暮　　為信〔藤原（谷カ）前参議正三位為信　四十九〕
今《いま》はとて　帰《かへ》る市路の　あき人に　とまらぬ年（本のまゝ）も　つれて行年《らし》

寄雲恋　　　尊祐〔尊祐〕

39 行ゑなき　おもひは空に　浮《うき》雲の　はれぬもさそと　人はしらしな

寄河恋　　　氏孝〔水無瀬前権中納言従二位氏孝　四十九〕

40 河とみ《見》て　わたらぬ中に　もるゝなよ　みれ《我》（本のまゝ）やはあさ《浅》く　人につゝみし

寄木恋　　　実峰〔押小路正三位藤原実岑　四十五〕

41 幾年《とせ》か　人の心の　つれなきは　まつ《松》のみさをゝ（ほを）　いつならい《ひ》けん《剣》

寄草恋　　　雅香〔飛鳥井左近衛中将従四位上雅香　廿一〕

42 月草の　うつろ《移》ひ行《ゆく》は　しら《知》て我《わか》　おも《思》ひ染《初》しも　今さら《更》にうき

寄鳥恋　　　徳光〔北小路従三位藤原徳光　四十一〕

43 いつまてか　待《まつ》夜かさねて　逢こと《あふ事》は　遠《とを》山鳥の　つらき独ね

寄衣恋　　　治房〔清閑寺権中納言従三位治房　三十四〕

44 恨のみ　かさぬ《な》る夜半の《は》　からころも《衣》　かへしてまたむ《ん》　夢たにもなし

45　隣家鶏　兼香〔一条内大臣正二位兼香　三十二〕
中垣の　そなたの鳥は　たか《誰》ためか　また夜ふかきに　驚《おとろ》かすらん

46　遠村竹　国久〔岡崎前参議従二位国久　六十五〕
すみなるゝ　民の家居も　末遠《すへとを》く　つゝく緑《みとり》の　くれ《呉》竹のかけ《陰》

47　田家路　光栄〔烏丸参議左大弁従三位光栄　三十五〕
あと《跡》ゝ《と》めて　民はくろ《畔》をも　ゆつるよ《世》に　かへるや小田の　里の中道

48　夕旅行　兼廉〔広橋権大納言従二位兼廉〕
とひよらむ　里《さと》やはるけき　夕日影　のこるにいそく　野への旅人

49　浦眺望　基長〔東園権大納言正二位基長　四十九〕
へたてなく　なかめをよせて　晴(る)《はるゝ》日に　み《見》ぬ島うかふ　浦の遠方《潟》

50　寄道祝　実陰〔武者小路前権中納言従二位実陰　六十三〕
身をあはせ　千世につたへて　君も臣も　やはらく道そ　大和言の葉

題者　｜飛鳥井 雅香朝臣

奉行　日野中納言

〈芦田B本〉なし

右御短冊ニ　題　名乗　被遊し故　御官位等　無之者也

Ⅲ 「有賀長収ほか奉納和歌」中の津守国礼六十四首

有賀長収の主催したこの〈奉納和歌会〉は、寛政三年（一七九一）から文化二年（一八〇五）までの十五年間、計三十五回に亙り行われた。〈奉納和歌会〉の日には、同時に〈同日当座和歌会〉も行われたので、毎回参加していれば、七十首の歌を残すことになる。それ等の和歌は、巻子十五巻に分けて収められ住吉社に奉納された。主催者長収は七十首を詠んでいるが、津守国礼の場合は、歌題と詠者名「国礼朝臣」が書かれているものの、和歌は記されず空白である部分が六箇所ある。それは左の歌番号中A～Fを施した箇所である。したがって、国礼の歌は計六十四首になる。

▼寛政三年「二月七日・五月廿二日・九月廿日」三回六首

寛政三年二月七日奉納和歌「社頭祝言」

01 住よしと　宮居せしより　しきしまの　みちひろき世を　まもるかみかき

当座十五首「初春霞」

02 住の江や　まつの千とせの　初春に　かすみてゆるき　うらかせそふく

同年五月廿二日「郭公数声」

03 住の江に　をちかへりなく　ほとゝきす　かみにたむけの　こゑやおしまぬ

当座十五首「早苗多」

04　賤のめか　千まちのさなへ　とるてにも　あまるめくみの　ときやたのしむ
　　　同年九月廿日「月夜逢友」
05　月かけの　めくりあひぬる　こよひこそ　かたりあはさん　ことの葉のとも
　　　当座廿首「萩」
06　朝なゆふな　こゝろの色も　さく萩の　わかむらさきに　移してそみむ
▼寛政四年「二月廿日・六月九日・九月廿日」三回六首
　　　寛政四年二月廿日奉納和歌「春情有鶯」
07　鶯の　はつねきくより　のとけきは　はるのこゝろや　あひにあふらむ
　　　当座廿首「霞知春」
08　春をしる　野山もあれと　住よしや　うらはの波の　かすむ初しほ
　　　同年六月九日「雲間夏月」
09　涼しさも　ひときはそひて　夕立の　なこりの雲間　月そもりくる
　　　当座十五首「朝新樹」
10　夏の色を　またきわか葉の　露散て　あさとて涼し　庭の木かくれ
　　　同年九月廿日「風送菊香」
11　わけ入て　またみぬうちも　菊にほふ　やまちの秋そ　かせにしらるゝ
　　　当座十五首「行路萩」
12　秋風の　たえまも袖の　行すりに　つゆそこほるゝ　野ちの萩はら
▼寛政五年「二月六日・五月廿一日・九月廿日」三回六首

寛政五年二月六日奉納和歌「霞添春色」
13　住よしの　松にもみゆる　春の色を　そへてかすみの　たてるのとけさ
同当座十五首「早春山」
14　消あへぬ　ゆきもいつしか　咲はなの　おもかけかすむ　山のはつ春
同五月廿一日「螢照水草」
15　とふほたる　細江のあしの　よひ〳〵に　みをつくしてや　思ひもゆらん
同当座廿首「海郭公」
16　ほとゝきす　夏のうみつら　行舟の　ほのかにきくも　あかぬ一こゑ
同九月廿日「海辺擣衣」
17　秋ふくる　うら風さむみ　ねぬよさへ　つもりのあまや　衣うつらむ
同当座十五首「秋風」
18　さやかなる　月の夜ころは　秋かせの　こゑもやわきて　すみまさるらん
▼寛政六年「二月四日・五月廿日・九月廿日」三回六首
寛政六年二月四日奉納和歌「多年愛梅」
19　年ことに　まさる色かに　なをあかて　のきはのむめを　めつるいく春
同当座廿首「朝鶯」
20　春の日の　うらゝに声も　聞ゆなり　かすむあさけの　そのゝ鶯
同五月廿日「採早苗」
21　岡のへの　田面にちかく　住賤や　かへさいそかて　早苗とるらん

同当座十五首「五月雨晴」
22 はれそめて あつさにうつる 日のかけも しはしは涼し さみたれのあと
同九月廿日「聞鴈」
23 稲葉ふく あき風さむき よひ〳〵に たれをたのむの 鴈はなくらむ
同当座十五首「野鹿交萩」
24 秋の野の 花にこもれる つましあれや まはきをわけて 鹿の鳴らむ

▼寛政七年「二月四日・五月廿日・九月廿日」三回六首
寛政七年二月四日奉納和歌「春松久緑」
25 春ことに いやさかへます 住の江の まつはいくよの みとりなるらむ
同日当座十五首「若水」
26 住吉の 神の御まへに 汲そめて けさそたむくる 春の若水
同年五月廿日「五月雨雲」
27 山のはに 一むらたつと みし雲も ちさとにはれぬ さみたれの空
同日当座十五首「夏朝」
28 朝戸出の たもとなからに やすらひて そともにすゝむ ならの下かけ
同年九月廿日「夕紅葉」
29 日のかけは うすくなりても 紅葉はに しはしゆふへを のこす山のは
同日当座十五首「暁出月」
30 秋の月 あかつきかけて 出るにそ いくよなれみし ほともしらるゝ

▼寛政八年「三月廿日・九月廿日」二回四首

31 貝ひろひ いそなつみにと こし人も まつむかへるや 霞む海つら
　　寛政八年三月廿日奉納和歌「海辺春望」

32 はるもまた 浅沢小野に うちいて、 雪まのわかな つむそすくなき
　　同日当座「名所若菜」

33 見つ、行 ちくさにうつる 心まて むへもはてなき 武蔵野のあき
　　同八年九月廿日奉納和歌「野経秋望」

34 初秋の 日かけに残る あつさをも しはしわする、 つきのよひ〳〵
　　同日当座「初秋月」

▼寛政九年「三月廿日・九月廿日」二回四首

35 此はるは ふかくもわけぬ 山さくら こそ見しほかの 陰もとひ来て
　　寛政九年三月廿日奉納和歌「毎年愛花」

36 出るより かすめる空の 朝つく日 くもるやはるの 光なるらむ
　　同日当座「春朝天」

37 神垣に たか植をきて はふくすも もみちも秋の 色を見すらし
　　寛政九年九月廿日奉納和歌「秋植物」

38 くれのこる 秋の夕日の 峰の雲 心なしとも 見えぬあはれさ
　　同日当座「秋夕」

▼寛政十年「三月廿日・九月廿日」二回〇首

A　寛政十年三月廿日奉納和歌「海辺春夕」
（歌　な　し）　作者名「国礼朝臣」のみあり

B　同日当座「春日遅」
（歌　な　し）　歌題「春日遅」と作者名「国礼朝臣」のみあり

C　同年九月廿日奉納和歌「擣衣到暁」
（歌　な　し）　作者名「国礼朝臣」のみあり

D　同日当座「秋日」
（歌　な　し）　歌題「秋日」と作者名「国礼朝臣」のみあり

▼寛政十一年「三月廿日・九月廿日」二回二首

寛政十一年三月廿日奉納和歌「花下忘帰」

39　心あれや　家路わすれて　見る花に　またてふとりも　あひやとりして

同日当座「氷解」

40　池みつの　みきはのこほり　ふき解て　なみのあやなす　春のはつ風

寛政十一年九月廿日奉納和歌「晩秋興」

E　（歌　な　し）　作者名「国礼朝臣」のみあり

同日当座「野外薄」

F　（歌　な　し）　歌題「野外薄」と作者名「国礼朝臣」のみあり

▼寛政十二年「三月廿三日・九月廿日」二回四首

寛政十二歳三月廿三日奉納和歌「桜柳交枝」

41　ことのはも　さかふる門と　いつもとの　やなきにはなの　えたやさしそふ
　　同日当座「江霞」
42　むめかほる　はるはなにはの　江村に　かすみのあみも　かけてほすらし
　　寛政十二歳九月廿日奉納和歌「秋菊盈枝」
43　この比は　しもにほこれる　いろ見えて　えたもたはゝに　匂ふしらきく
　　同日当座「萩映水」
44　さくはなの　色をうつして　そめ河の　名にやなかれん　はきの下みつ
▼亨和元年「三月廿日・九月廿五日」二回四首
　　亨和元年三月廿日奉納和歌「暮春花」
45　ひと木なを　さきてや春を　とゝむらむ　外のさくらは　ちりしみきりに
　　同日当座「霞」
46　春のいろを　みさほはかりに　のほる日の　かけもうらゝに　霞む山のは
　　亨和元年九月廿五日奉納和歌「秋視聴」
47　秋このむ　庭のちくさの　夕つゆに　またふりいつる　すゝ虫のこゑ
　　同日当座「秋朝雲」
48　冬ちかき　ほともしられて　朝さむみ　しくれもよほす　風のうき雲
▼亨和二年「三月廿八日・九月廿日」二回四首
　　亨和二年三月廿八日奉納和歌「藤懸松」
49　佐保姫の　手そめのきぬの　松かさね　ふち咲まつの　色に見ゆらし

同日当座「早春雪」
50 神かきや　つもれる雪に　あとつけて　まつ初春の　宮めくりせむ
同年九月廿日奉納和歌「紅葉映日」
51 かた山に　うつる夕日の　てりまして　きゐるはやしの　もみち色こき
同日当座「初秋月」
52 一葉ちる　柳の木のま　あらはにも　はれゆく月の　秋はきにけり
▼享和三年「三月廿日・九月廿日」二回四首
亨和三年三月廿日奉納和歌「夕野遊」
53 神垣も　ちかきあたりと　ゆふかけて　あさ沢小野に　遊ふ春の日
同日当座「鶯」
54 冬聞し　千鳥にも似す　住の江の　はる長閑なる　鶯のこゑ
同年九月廿日奉納和歌「松不知年」
55 むかしたに　いく世経ぬらむ　とはかりの　きしかた遠き　住よしの松
同日当座「暁立秋」
56 一とせも　さよもなかはを　過ぬとや　むへも身にしむ　秋のはつ風
▼文化元年「三月廿日・九月廿日」二回四首
文化元年三月廿日住吉社奉納和歌「春浦松」
57 住よしの　うらはの松の　いつはあれと　はるの海辺の　色やまさらむ
同日当座「氷始解」

58 とくるより 先打出る 波の花の 下ひもなれや はるの氷は
同年九月廿日奉納和歌「江月聞鴈」
59 なには江の 月に鳴なり 鴈かねの 身をつくしこし 旅のあはれを
同日当座「秋日」
60 かりあけて 稲葉かけほす 住よしの きし田に晴る 秋の日の影
▼文化二年「三月廿日・九月廿日」二回四首
文化二年三月廿日住吉社奉納和歌「春雑物」
61 高麗笛を たか吹ならし 住吉の みきはの春に こゝろうかれて
同日当座「江上霞」
62 あま人の あさりせる間も 江の村に 春ほすあみや 霞成らむ
同年九月廿日奉納和歌「社辺紅葉」
63 此比は さかきにかへて 手折はや かみのゐかきの 秋のもみちを
同日当座「暮秋荻風」
64 夢かとよ くれぬる秋を 驚かす 夜半のまくらの かせの下荻

Ⅳ　和歌三神各社蔵書（分野別）一覧

ここでは、和歌三神各社すなわち玉津島神社・住吉大社・月照寺（明石柿本神社）・高津柿本神社が所蔵する、近世期の和歌および関連文書（ただし、一部近代のものも含む）を紹介しよう。なお、高津柿本神社所蔵文書に関しては〈六章〉で既に詳述している。重複することにはなるが、一部を除き再度載せておく。

便宜上、〈古今伝授後御法楽五十首和歌〉関係、〈仙洞御所月次御法楽和歌〉関係、〈堂上歌人の個人的な奉納和歌〉、〈柿本人麻呂千年忌関係の奉納和歌〉、〈諸家からの奉納和歌〉、つごう五分野（表Ⅰ～Ⅴ）に分けて紹介する。

▼表Ⅰ〈古今伝授後御法楽五十首和歌〉関係

①寛文4年（一六六四）5月の古今伝授

5月…後水尾法皇が後西上皇・烏丸資慶・中院通茂・日野弘資に古今伝授

6月…後西上皇他、御法楽五十首和歌を玉津島社・住吉社に奉納

・【右、玉津島神社・住吉大社に現存】

②天和3年（一六八三）4月の古今伝授

4月…後西上皇が霊元天皇に古今伝授

6月…霊元天皇他、御法楽五十首和歌を玉津島社・住吉社に奉納

・【右、玉津島神社・住吉大社に現存】

③延享元年（一七四四）5月の古今伝授

5月…烏丸光栄が桜町天皇・有栖川宮職仁親王に古今伝授

6月…桜町天皇他、御法楽五十首和歌を玉津島社・住吉社に奉納

8月…桜町天皇他、御法楽五十首和歌を高津柿本社に奉納

8月…桜町天皇他、御法楽五十首和歌を明石柿本社に奉納

・【右、玉津島神社・住吉大社・高津柿本神社・月照寺に現存】

④宝暦10年（一七六〇）2月の古今伝授

2月…有栖川宮職仁親王が桃園天皇に古今伝授

3月…桃園天皇他、御法楽五十首和歌を玉津島社・住吉社に奉納

5月…桃園天皇他、御法楽五十首和歌を高津柿本社に奉納

6月…桃園天皇他、御法楽五十首和歌を明石柿本社に奉納

・【右、玉津島神社・住吉大社・高津柿本神社に現存。月照寺・明石柿本神社にはない】

⑤明和4年（一七六七）2月の古今伝授

2月…有栖川宮職仁親王が後桜町天皇に古今伝授

3月…後桜町天皇他、御法楽五十首和歌を玉津島社・住吉社に奉納

5月…後桜町天皇他、御法楽五十首和歌を高津柿本社に奉納

6月…後桜町天皇他、御法楽五十首和歌を明石柿本社に奉納

・【右、玉津島神社・住吉大社・高津柿本神社・明石柿本神社に現存】

⑥寛政9年（一七九七）9月の古今伝授
9月…後桜町上皇が光格天皇・有栖川宮織仁親王・閑院宮美仁親王に古今伝授
11月…光格天皇他、御法楽五十首和歌を玉津島社・住吉社に奉納
寛政10年3月…光格天皇他、御法楽五十首和歌を高津柿本社に奉納
寛政10年3月カ…光格天皇他、御法楽五十首和歌を明石柿本社に奉納
・【右、玉津島神社・住吉大社・高津柿本神社に現存。月照寺・明石柿本神社にはない】
⑦天保13年（一八四二）5月の古今伝授
5月…光格上皇が仁孝天皇に古今伝授
実は、光格上皇はこれより二年前、天保十一年十一月に崩御されているが、その直前、古今伝授を遺された。
12月…仁孝天皇他、御法楽五十首和歌を玉津島社・住吉社に奉納
天保14年6月…仁孝天皇他、御法楽五十首和歌を高津柿本社に奉納
天保14年6月…仁孝天皇他、御法楽五十首和歌を明石柿本社に奉納
・【右、玉津島神社・住吉大社・高津柿本神社・明石柿本神社に現存】

▼**表Ⅱ〈仙洞御所月次御法楽和歌〉関係**

「玉津島社月次御法楽和歌」（巻子上下・千八百五十首）
《元禄三年六月〜同六年五月の三年間の月次歌会は三十七回》
3年…6月8日・7月2日・8月21日・9月16日・10月10日・11月4日・12月23日

4年…正月29日・2月11日・3三月17日・4月12日・5月18日・6月13日・7月8日・8月2日・閏8月21日・9月16日・10月10日・11月28日・12月23日
（以上　上巻）
5年…正月17日・2月11日・3月18日・4月12日・5月18日・6月13日・7月8日・8月14日・9月21日・10月16日・11月10日・12月17日
6年…正月23日・2月17日・3月11日・4月6日・5月24日
（以上　下巻）

・【右、玉津島神社に現存】

「住吉社月次御法楽和歌」（巻子上下・千八百五十首）
《元禄六年六月～同九年五月の三年間の月次歌会は三十七回》
6年…6月29日・7月25日・8月8日・9月26日・10月21日・11月16日・12月10日
7年…正月17日・2月11日・3月17日・4月12日・5月6日・閏5月12日・6月7日・7月1日・8月8日・9月2日・10月9日・11月3日・12月3日
（以上　上巻）
8年…正月17日・2月11日・3月18日・4月12日・5月18日・6月25日・7月7日・8月14日・9月8日・10月2日・11月9日・12月3日
9年…正月10日・2月4日・3月23日・4月30日・5月12日
（以上　下巻）

・【右、住吉大社に現存】

▼表Ⅲ〈堂上歌人の個人的な奉納和歌〉

【玉津島社】〈禁裏御所・仙洞御所からの奉納〉

年　月　不　記……御奉納五十首和歌　後桜町天皇（上皇カ）

【玉津島社】〈公家衆からの奉納〉

正徳4年8月晦日……中院通躬詠歌

延享元年夏…………吹上八景手鑑　冷泉為久詠・同為村筆

・【右、全て玉津島神社に現存】

【住吉社】〈禁裏御所・仙洞御所からの奉納〉

年　月　不　記……御奉納五十首和歌　後桜町天皇（上皇カ）

【住吉社】〈公家衆からの奉納〉

享保6年8月………奉納夏日詠二十首和歌　烏丸光栄

享保6年8月………奉納十首和歌　烏丸光栄

宝暦2年9月………奉納連名百首和歌　冷泉為村ほか

宝暦12年5月………報賽五首和歌　冷泉為村

明和5年2月………春日詠五十首和歌　冷泉為村

安永2年9月13日……奉納三十一首和歌　沙弥澄覚（冷泉為村）

年　月　不　記……奉納二十首和歌　中院通躬

年　月　不　記……奉納三十首和歌　中院通躬

年　月　不　記……奉納百首和歌　冷泉権中納言為久

年　月　不　記……住吉社奉納二十首和歌　従二位冷泉為久
年　月　不　記……奉納二十首和歌　下冷泉宗家
年　月　不　記……奉納三十首和歌　下冷泉宗家
年　月　不　記……奉納百首和歌　従二位冷泉為村
年　月　不　記……奉納二十首和歌　冷泉為村
年　月　不　記……奉納堂上寄合二十首和歌　冷泉為村ほか
年　月　不　記……奉納十五首和歌　冷泉為理
年　月　不　記……奉納三首和歌　冷泉為紀

・【右、全て住吉大社に現存】

【月照寺・明石柿本社】〈禁裏御所・仙洞御所からの奉納〉
年　月　不　記……伝正親町天皇宸筆和歌一首
年　月　不　記……伝正親町天皇宸筆和歌一首

【月照寺・明石柿本社】〈公家衆からの奉納〉
明和7年4月13日……冷泉家柿本神像法楽和歌
明和7年夏……柿本尊像寄進状　冷泉為村（為村自詠十八首を含む）
明和7年9月1日……人麻呂神影着讃由来　冷泉為村（為村自詠一首を含む）
明和7年冬……柿本講式　冷泉為村書写奉納（為村自詠三十一首を含む）

・【右、全て月照寺に現存】

【高津柿本社】〈禁裏御所・仙洞御所からの奉納〉

該当作品なし

【高津柿本社】〈公家衆からの奉納〉

元文元年11月…………秋日詠百首和歌　冷泉為村

明和4年7月…………柿本社奉納十五首和歌　冷泉為村

明和5年2月…………春日詠五十首和歌　冷泉為村

年　月　不　記…………歌仙色紙三九枚　筆者は公家衆で一人一枚を担当　前中納言藤原基康　他

・【右、全て高津柿本神社に現存】

▼表Ⅳ〈柿本人麻呂千年忌関係の奉納和歌〉

【月照寺・明石柿本社】〈禁裏御所・仙洞御所からの奉納〉

享保8年2月18日……人丸神位神号の「女房奉書」

享保8年2月18日……霊元院御所からの「五十首和歌短冊」

享保11年6月6日……霊元院御所からの「三十六歌仙式紙」

・【右、第二例「五十首和歌短冊」は月照寺・明石柿本神社にない。他は現存】

【月照寺・明石柿本社】〈その他からの奉納〉

享保8年2月…………奉納百首　藤原喬直

享保8年3月18日……正一位柿本大明神社奉納和歌　詠三十二首和歌

享保8年3月18日……御奉納　石見・播磨　柿本社御法楽

享保8年3月18日……奉納三十二首　岸部延

享保8年季秋良辰……奉納五十首和歌　伊勢御師中西常直
（以上、人麻呂千年忌にあたる）
安永2年3月18日……奉納和歌三十二首　川井立斎　他
安永2年3月………奉納五十首和歌　奥平正慶
安永2年3月………奉納十首　豊前国中津藩　菅沼定易
（以上、人麻呂千五十年忌にあたる）

・【右、全て月照寺に現存】

【高津柿本社（真福寺）】〈禁裏御所・仙洞御所からの奉納〉
享保8年2月18日……人丸神位神号の「宣命」
享保8年2月18日……人丸神位神号の「位記」
享保8年2月18日……霊元院御所からの「五十首和歌短冊」

・【右、全て高津柿本神社に現存】

【高津柿本社（真福寺）】〈その他からの奉納〉
享保8年3月18日……奉納百首和歌　洛　不遠斎長隣
享保8年3月18日……柿本大明神社奉納和歌　沙門快信　他
享保8年3月18日……柿本社奉納百首和歌　益田町　藤井平治郎
享保8年3月18日……石見国奉納人麿大明神和歌一首　三河国藤川郷士　藤原良尚
享保8年3月18日……高角山　奉納和歌千首　石州津城主　臣　岩手将曹　越智盛之
享保8年11月………高角山柿本社頭三百首和歌　梅月堂尭真宣阿

年月不記……………柿本人麻呂座像（絵）　狩野永叔筆　藩主亀井茲親奉納
（以上、人麻呂千年忌にあたる）
安永2年3月18日……柿本社奉納百首和歌　重格 他
安永2年3月18日……柿本社千五十年御祭祀詠百首和歌　雲州 百忍庵常悦
安永2年3月18日……詠五首和歌　冷泉為村
安永2年3月18日……石州高角柿本大明神社奉納 和歌・序詞・発句　西川堂
安永2年3月18日……柿本大明神広前奉納和歌（二巻）　藤原義居・藤原一麿
（以上、人麻呂千五十年忌にあたる）
文政5年3月18日……柿本社千一百年御祭祀詠五十首和歌　清水有慶（前年の奉納）
文政6年3月18日……石見国高角山柿本社奉納和歌　藩主 大隅守源朝臣茲尚
文政6年3月18日……柿本社奉納和歌三十首　出雲宿祢尊孫
文政6年3月18日……当座探題和歌
文政6年3月18日……奉納百首和歌　撰者 源芳章
文政6年3月18日……柿本社奉納和歌集　世話頭取 河田弥兵衛 他
文政6年3月18日……柿葉集　石見津和野 中村安由
文政6年3月18日……柿本社千百年神忌奉納和歌　善法寺権僧正 他
文政6年3月18日……奉納和歌五十首　防州花岡八幡宮大宮司村上基豊
文政6年3月18日……奉納和歌十首　長州須佐 澄川正方
文政6年3月18日……柿本社奉納和歌四季五十首　藤原久命 他

文政6年3月18日……奉納倭歌　鳥越明神神主鏑木権次 他
文政6年3月18日……柿本人麻呂事跡考 弁　石見 岡真人熊臣
文政6年3月18日……「奉納倭歌」黒塗箱　藩主亀井茲尚（和歌作品はないが、箱蓋裏書からこの折の和歌を入れて奉納したものと判断）
文政6年3月吉辰……柿本人麻呂座像（織物絵）居田進九郎・中島嘉助
（以上、人麻呂千百年忌にあたる）
明治6年3月1日……柿本神社一千百五十年大祭 奉納歌会集・奉納和歌・短冊五十枚・奉納歌会の寿詞　亀井茲監・幟仁親王 他
明治6年3月18日……春日詠五首和歌　冷泉為理
（以上、人麻呂千百五十年忌にあたる）
大正12年4月……奉納和歌　全国の歌人からの奉納
年　月　不　記……柿本神社一千二百弐年大祭奉納歌　第一集
（以上、人麻呂千二百年忌にあたる）
・【右、文政6年3月の藩主亀井茲尚「奉納倭歌」を除き、他は高津柿本神社に現存】

▼表Ⅴ〈諸家からの奉納和歌〉

【玉津島社】
寛文8年7月…………詠歌　徳川頼宣
元禄13年正月…………木綿襷和歌　薩摩国堺田通節

享保17年初夏……………詠歌百首　藤原有量
元文3年秋………………詠歌十首　坂光淳等
寛政9年9月……………詠歌　栄調・敬忠・道高等
明治4年初冬……………詠歌　徳川則子

・【右、全て玉津島神社に現存】

【住吉社】

寛文3年1月……………住吉社宝前詠百首和歌　釈卞海
寛文5年2月……………奉納三十首和歌　津守国治
貞享3年仲春……………奉納独吟名所百首和歌　河瀬菅雄
貞享3年仲春……………奉納独吟名所百首和歌　恵藤一雄
貞享3年仲春……………奉納連名三百参拾三首和歌　河瀬菅雄 他
正徳2年正月……………奉納五十首和歌　津守国教
享保5年9月……………奉納連名百首和歌　有賀長伯 他
享保15年5月……………夏日侍住吉社宝前詠十首和歌　藤原氏房
延享元年3月……………奉納十首和歌　津守国輝
寛延3年12月……………奉納十首和歌　津守国輝
寛政3年～文化2年…奉納和歌　有賀長収・津守国礼 他
文化6年…………………奉納「文安六年　正徹百首」　松平定信奉納
文化6年12月……………奉納百首和歌　松平定信

文化13年正月……奉納百首和歌　秦広永
文政3年……奉納六首和歌　松浦肥前守
文政7年春……奉納三首和歌　松浦肥前守
年　月　不　記……奉納二十首和歌　広橋兼胤
年　月　不　記……奉納十首和歌　中臣光知
年　月　不　記……奉納十首和歌　中臣延樹
年　月　不　記……奉納百首和歌　源雅

・【右、全て住吉大社に現存】

【月照寺・明石柿本社】

寛永13年季秋……松花堂卅六歌仙巻　松花堂昭乗
慶安3年9月……和歌折本　樋口信孝
延宝2年8月……明石浦人麻呂社法楽　賦御何連歌　西山宗因の独吟百韻
天和3年3月……明石人丸社奉納百首和歌　含俳諧発句　吉岡信元
宝永8年3月……奉納　人丸太明神社頭三十首和歌　梅月堂宣阿撰
宝永8年3月……奉納　人丸太明神社頭二十首和歌　梅月堂宣阿撰
享保8年3月以降……人麿御影供和歌五十首　飛鳥井雅脩
享保8年7月……奉納百首和歌　明石藩主松平直常及び家中
享保15年8月……柿本社奉納和歌　桑門三余
延享3年8月……奉納百首　嶺良成

宝暦8年3月……奉納五十首和歌　長信治
宝暦10年3月……播州明石浦柿本御社奉納五十首和歌　敬義斎長川 他
寛政4年閏2月……奉納柿本社千首和歌　源盛香大田氏　奉納は子の大田盛弘
天明2年仲夏……奉納和歌　藤原良徳
年 月 不 記……一首懐紙　明石藩主松平直明
年 月 不 記……和歌短冊　明石藩主松平直明
年 月 不 記……鎮西探題（平野山何連歌）今川了俊
年 月 不 記……三十六歌仙和歌巻　作者不詳
年 月 不 記……八十三首和歌　作者不詳
年 月 不 記……奉納三十首　作者不詳
年 月 不 記……奉納和歌五十首　作者不詳
年 月 不 記……播州明石柿本神社奉納和歌　作者不詳

・【右、全て月照寺に現存】

【高津柿本社（真福寺）】

永正4年4月……人丸縁起の書写　作者不詳
寛文元年9月……柿本集・赤人集　多胡真益
天和3年3月……柿本講式
正徳3年8月……日本名所並国名和歌集 全　平川一往之次
享保9年3月……奉納三十首和歌　藤村伴雄

享保9年12月……和歌三神伝記　源慶安
享保10年3月……八雲神詠口訣 和歌三神口訣　源慶安
享保17年秋……奉納三十首和歌　都築嘯風
享保17年11月……人麻呂奉納和歌幷詩類　平川之信
享保19年仲秋……詠百首和歌　一枝軒蘭翁
元文5年6月……十五首和歌　氏房・信義 他
寛保元年8月……岩手越智本理院八十八之賀百首　越智盛之
寛延元年9月……奉納和歌三十首　大谷幸隆
寛延4年……奉納和歌百首　中島正甫
宝暦3年6月……奉納柿本大明神御広前組題百首和歌　河野良直
宝暦6年3月……奉納和歌二百首　越智盛之・之通 父子
宝暦8年秋……奉納和歌八十首　波多野信美
宝暦9年3月……柿本社奉納歌仙　芦塘連中
宝暦11年9月……人麻呂万歳台　作者不詳
明和5年3月……和歌一巻　津和野家中 三浦氏
明和9年9月……三十六歌仙色紙幷筆者目録　作者不詳
安永5年3月……柿本社奉納百首和歌　邑子 他
天明3年9月……高角神社奉納和歌　竹内道厚
天明7年5月……奉納 和歌百首・俳諧百韻・名録百句　中原昭興

寛政2年初夏…………柿本社奉納三十首和歌　吉仲競
寛政7年6月…………柿本大明神奉納和歌七十首　藤井貞躬
寛政7年9月…………柿本大明神奉納和歌十六首　澄川閑野女
享和2年8月…………柿本社奉納百首之和歌　岡忠栄
文化3年春……………柿本社奉納独吟一千首和歌　津和野城下　木村包元
文化8年盛夏…………奉納和歌十首　菅井靖字宥卿
文化10年閏11月……奉納一日百首詠和歌　牧村光享
文政3年8月…………奉納和歌五十首　長州萩　連中
文政5年4月…………諸氏奉納和歌短冊　松平定信・藩主亀井茲尚　他
文政5年………………高角社人麿太明神奉納和歌　小野尊道・平井寛敬
安政4年閏5月………人丸社御宝前奉納和歌短冊　平佐不一勝峯
文久2年10月…………高角柿本社奉納和歌百首　保々光等
慶応3年3月…………奉納百首　藩主亀井茲監
明治21年5月…………伊素志の屋歌抄　藩主亀井茲監
明治23年8月…………奉納柿本神社和歌　常陸国鹿島神宮宮司　大谷秀実
年　月　不　記…………（江戸初期～中期か）詞書六歌仙　作者不詳
年　月　不　記…………（冷泉為村の頃か）詠三百首和歌　桑門慈延
年　月　不　記…………短冊九葉　大和宇多在住者　他
年　月　不　記…………三十首和歌　純一・信幸　他

年　月　不　記……………戸田柿本神社縁起　作者不詳

年　月　不　記……………奉納三十六歌仙　作者不詳

年　月　不　記……………奉納三十六歌仙　作間四郎右衛門

年　月　不　記……………詠百首和歌　作者不詳

年　月　不　記……………高角社奉納十首組題和歌　源永経

・【右、全て高津柿本神社に現存】

V　勅撰集における津守氏歌人の歌数および個人別歌数

各和歌集の頭の数字は成立順を示す。ア～ヒの各人物は一応時代順に並んでいるが、フ～マは津守氏古系図に名が見えない。セの国顕と寂信は同一人物である。また○で囲んだ数字は、各和歌集の詠み人知らずの歌の中で、各々の作者に判明した歌を示し、「・」付きの数字は、勅撰和歌集に入集していながら津守和歌集には漏れている歌を示している。

歌人＼勅撰集		4 後拾遺	5 金葉	6 詞花	7 千載	8 新古今	9 新勅撰	10 続後撰	11 続古今	12 続拾遺	13 新後撰	14 玉葉	15 続千載	16 続後拾遺	17 風雅	18 新千載	19 新拾遺	20 新後拾遺	21 新続古今	個人別計
ア	国基	3	3	2		1			1	2				1	1	1		1	1	17
イ	有基				1	1														2
ウ	量基				1															1
エ	国光				1															1
オ	経国						1	1		2	3		2	1		1		1		12
カ	性瑜										·1									1
キ	国平							1	1	2	3		3	1		1	1	1	·1	15
ク	国景															1				1
ケ	国助									4 ①	18	1	21 ·1	10		13	2	7	4	82
コ	宣平										①		1							2
サ	棟国										1		1	1		1		1		5
シ	国藤										①		1	1						3
ス	国冬										4 ①	1	10	7		12	5 ·1	10	6	57
セ	国顕							①			①									2
セ	寂信												1							1
ソ	国兼										①									1
タ	国道										1	1	6	5		6	1	2	1	23
チ	国助女										1		3	1		1				6
ツ	国任										①									1
テ	国夏							①					4	3	3	7	2	8	2	30
ト	国実														1			1		2
ナ	国量															2		7	1	10
ニ	国貴																	3		3
ヌ	量夏																	1		1
ネ	国久																	3		3
ノ	国廉																	1		1
ハ	国豊																		3	3
ヒ	国博																		1	1
フ	長村										①									1
ヘ	備遍										①									1
ホ	暁勝																	1		1
マ	寿暁										②		1	1		1	·1	1		7
勅撰集別計		3	3	2	3	2	1	4	2	11	42	3	55	32	5	47	13	49	20	297

各章で用いた論文の初出

ここには、各章で利用した拙稿の初出を載せた。例えば、第二章で用いた論文を第三章でも利用した、という場合もあるので、重複するものも多い。

何かの折に、あわせてご利用いただけるならば、幸甚の至りです。

序　論

・神道宗紀　鶴崎裕雄「歌神　住吉明神―和歌三神と古今伝授・奉納和歌―」〈共同執筆 pp.21～26〉
（大阪市立美術館編『住吉さん―住吉大社一八〇〇年の歴史と美術』平成二一年一〇月　同美術館他）

第一章

・鶴崎裕雄　佐貫新造　神道宗紀　編著『紀州玉津島神社奉納和歌集』中の解題
（平成四年一二月　玉津島神社）

・神道宗紀「玉津島社奉納和歌の背景―冷泉為村・為泰父子和歌短冊の場合―」
（『帝塚山学院短期大学研究年報』四五号　平成九年一二月）

・神道宗紀「住吉社御法楽五十首和歌に添えられた歌題目録―天和三年奉納の御法楽五十首和歌について―」
（『帝塚山学院短期大学研究年報』四六号　平成一〇年一二月）

・神道宗紀　鶴崎裕雄　編著『住吉大社奉納和歌集』中の解題
（平成一一年三月　東方出版）

・神道宗紀「寛文四年玉津島社奉納の和歌について―古今伝授後御法楽五十首和歌中の異種短冊―」
（住吉大社研究論集『すみのえ』二三五号　平成一二年一月）

第二章

・神道宗紀「禁裏古今伝授における御祈禱―人麿山月照寺新文書が語るもの―」（『帝塚山学院大学日本文学研究』三五号　平成一六年二月）

・神道宗紀「近世における奉納和歌について―玉津島社・住吉社・明石柿本社・高津柿本社の場合―」（『帝塚山学院大学日本文学研究』四一号　平成二二年二月）

・鶴崎裕雄　神道宗紀　小倉嘉夫　編著『月照寺明石柿本社奉納和歌集』中の解題（平成二三年八月　和泉書院）

第三章

・神道宗紀「禁裏古今伝授における御祈禱―人麿山月照寺新文書が語るもの―」（『帝塚山学院大学日本文学研究』三五号　平成一六年二月）

・神道宗紀「柿本人麻呂と神位神号―月照寺蔵『神号神位記録』を基に―」（『帝塚山学院大学日本文学研究』三六号　平成一七年二月）

・神道宗紀「月照寺蔵本『御奉納石見播磨柿本社御法楽』成立の背景」（『帝塚山学院大学日本文学研究』三九号　平成二〇年二月）

・鶴崎裕雄　神道宗紀　小倉嘉夫　編著『月照寺明石柿本社奉納和歌集』中の解題（平成二三年八月　和泉書院）

第四章

・神道宗紀「冷泉為村と住吉社奉納和歌」（『皇學館論叢』二八巻三号　平成七年六月）

・神道宗紀「冷泉為村の奉納和歌―住吉社・玉津島社奉納和歌とその書風―」

・神道宗紀「冷泉為村の奉納年月不明和歌―住吉社奉納『堂上寄合二十首』の場合―」（『帝塚山学院短期大学研究年報』四三号　平成七年一二月）
・神道宗紀「冷泉為村に見る定家仮名遣―住吉社奉納和歌を資料として―」（住吉大社研究論集『すみのえ』二一九号　平成八年一月）
・神道宗紀「冷泉為村の月照寺奉納和歌―明和七年奉納和歌をめぐって―」（『日本語学』一五巻一〇号　平成八年九月　明治書院）
・神道宗紀　鶴﨑裕雄　編著『住吉大社奉納和歌集』中の解題（『帝塚山学院大学文学部研究論集』三九集　平成一六年一二月）（平成一一年三月　東方出版）

第五章

・鶴﨑裕雄　佐貫新造　神道宗紀　編著『紀州玉津島神社奉納和歌集』中の解題（平成四年一二月　玉津島神社）
・神道宗紀「津守貞量本『古語拾遺』について」（『帝塚山学院短期大学研究年報』四一号　平成五年一二月）
・神道宗紀「冷泉為村の奉納年月不明和歌―住吉社奉納『堂上寄合二十首』の場合―」（住吉大社研究論集『すみのえ』二一九号　平成八年一月）
・神道宗紀「住吉神主　津守家の人々と古典文学」（住吉大社研究論集『すみのえ』二三九号　平成一〇年七月）
・神道宗紀「住吉神主　津守国治・国教・国輝　の和歌―各奉納和歌に見る仮名遣を資料として―」（『皇學館大学神道研究所紀要』一五輯　平成一一年三月）
・神道宗紀「住吉社神主　津守国礼の和歌―『有賀長収ほか奉納和歌』中の国礼和歌仮名遣から―」（『帝塚山学院大学人間文化学部研究年報』二号　平成一二年一二月）

・神道宗紀「高津柿本神社蔵書目録補遺」（『帝塚山学院大学日本文学研究』四〇号　平成二一年二月）

・神道宗紀「近世における奉納和歌について—玉津島社・住吉社・明石柿本社・高津柿本社の場合—」
（『帝塚山学院大学日本文学研究』四一号　平成二二年二月）

・鶴崎裕雄・神道宗紀・小倉嘉夫　編著『月照寺明石柿本社奉納和歌集』中の解題
（平成二三年八月　和泉書院）

・神道宗紀「人麻呂終焉の地と津和野の人々—万葉集および高津柿本社奉納文書から—」〈分担執筆 pp.295～309〉
（鶴崎裕雄編『地域文化の歴史を往く—古代・中世から近世へ—』平成二四年八月　和泉書院）

第六章

・神道宗紀「高津柿本神社蔵書目録」（『帝塚山学院大学日本文学研究』三七号　平成一八年二月）

・神道宗紀「高津柿本神社蔵書目録補遺」（『帝塚山学院大学日本文学研究』四〇号　平成二一年二月）

索　引

凡　例

①人名の読みは、訓を主とする慣用の読みとした。読みの判然としない場合は、音読みとした。

項目中の用例

・赤人(→山部—)

※山部赤人の項目も参照。

・輝教(津守—)

※津守の姓であることを示す。

②「定家仮名遣」や「契沖仮名遣」の、定家や契沖は人名として扱った。

③「玉津島姫」や「人麻呂大明神」など、神名も人名として扱った。

④書名(作品名)の読みは、通行のものに従って掲げた。

人名索引

あ　行

か　行

た行

な行

は 行

ま 行

や行

ら行

わ行

書名索引

あ行

か行

あとがき

私は、皇學館大学および同大学院修士課程在籍中、西宮一民先生のご指導の許に、主として〈万葉集〉や〈上代語〉の研究を行った。修士課程修了後も言葉への興味は変わることがなく、先生のお教えをいただき、研究の方向も変わることはなかった。

しかし、帝塚山学院短期大学に勤務していた時に、ある和歌短冊と出会った。それは玉津島神社の所蔵する短冊だった。折も折、和歌山市和歌浦の玉津島神社は御社殿と御神庫の改築修理中であって、完成する平成四年十一月に合わせ、所蔵の奉納和歌を翻刻編集して出版する予定を立てていた。その時に遠北明彦宮司からのご依頼をいただき、帝塚山学院短期大学の鶴﨑裕雄教授と佐貫新造教授そして私が携わることになった。

私は、江戸時代の天皇や上皇をはじめとする、堂上歌人たちの奉納した美しい短冊と、そこにしたためられた美しい筆跡に、すっかり心を奪われてしまった。奉納和歌の分野にも立ち入るようになった瞬間である。また、これを機縁として、帝塚山学院に〈奉納和歌研究会〉が発足することとなる。

次に行なった調査は、住吉大社所蔵の和歌資料である。同大社文教課の川嵜一郎氏（当時）が私と大学の同級生、敷田年博宮司（当時）は父と神宮皇學館の同級生、というようなこともあり、調査においては本当に便宜を図っていただいた。残念なことにお二人とも長逝されたが、改めて感謝する次第である。

住吉大社所蔵和歌の中では、冷泉為村の奉納和歌が印象深い。翻刻された活字本での〈かぶり歌〉については知っていたが、自筆におけるこの言語遊戯に初めて出会い心が震えたのを覚えている。十五代為村の作り上げた独特な書体は、玉津島神社の方で経験していたものの、ずっと後の、二十代為理や二十一代為紀にまでも受け継がれているのを実際に目にして、少なからず驚かされた。この書体は〈定家流〉とか〈定家様《よう》〉と言われているが、定家の書体とは著しく異なるので、私は〈冷泉流〉や〈冷泉流書体〉、〈冷泉流書法〉〈冷泉流書風〉という語を用いた。

そして調査は、明石市の月照寺（柿本神社）へと続く。ここは風光明媚な地で、月照寺の建つ人丸山の頂からは、正面に明石海峡と淡路島、左に明石海峡大橋、その遥か奥に生駒葛城の連山と和泉山脈が、大阪湾に浮ぶ島のごとく見渡せる。まさに人麻呂の詠んだ「天離る　夷の長道ゆ　恋ひ来れば　明石の門より　大和島見ゆ」のとおりである。人丸山の中腹には天文科学館があり、灯台のように高く大きな時計塔が立っていて、山頂からの景観を邪魔しているかの感もする。明石市を日本標準時となる子午線（東経一三五度）が通っていることはわかっていた。しかし、それが人丸山の月照寺と柿本神社の間を通っていることなど、当初は知る由もなかった。実はこの時計塔こそがその象徴であったのだ。市街地で目にするマンホールの蓋にはこの塔のデザインと〈１３５〉の文字が刻まれている。

月照寺二十六世間瀬元道住職（当時）、および同寺護持会中村元氏・網順三氏には本当にお世話になった。同寺文書と和歌の編集にあたっては、確認のため何度も資料の出し入れをお願いすることになったが、快くお見せくださったことに感謝申し上げたい。

島根県益田市高津町の、高津柿本神社での調査にも思い出深いものがある。島根県へ向かう早朝、車で中国山地を山陰側に越えるや否や、カーラジオからハングルが飛び込んで来て、どう選局してもＮＨＫ以外はみな韓国語の放送であったこと、これには大変な衝撃を受けた。また、高津柿本神社宮司で医師でもある中島匡博氏の母堂、若い時には小学校の教員をしていたというが、その手振り身振りの話し方には、なぜだか人を説き伏せてしまう力があった。

高津柿本神社の和歌資料は〈宝物殿〉に保管されているが、管理状態はあまりよくない。湿気は大敵とばかり除湿しているためだろうか、〈継紙〉などの作品は糊が剝がれて、一枚一枚の紙になってしまっているものも少なくなく、和歌三神四社の各資料の中では一番気を遣い、扱いにくかった。

宝物殿の中には立派な神輿が所狭しと置かれている。これは、〈三章一節1項〉「神号神位記録の意訳」の⑤で述べた、明石月照寺僧と高津真福寺僧が、霊元院御所に召された時、役人たちの質問「神輿等はあるか」に対して、高津の僧は「城主から神輿・神具ともに寄付されて不足はない」と答える、その神輿に違いない。以前、明石月照寺で実際に目にした文書の、「御役人中御挨拶ニ神輿等茂在之候哉与御尋之処」という文言、そこに出て来た神輿とおぼしきものが、今、高津柿本神社で、私の目の前にあるのだ。

色々な思い出とともに、このように楽しく文書調査を行えたことが、ひいては調査や研究を十五年以上の長期に渡らせることにもつながった。そしてその結果、和歌三神四社、玉津島社・住吉社・月照寺（明石柿本社）・高津柿本社の各社に奉納された和歌と関連資料の、全てに目を通すことが出来た。本当に幸せであった。


最後になりましたが、本書への写真掲載と翻刻の掲載をご快諾くださり、資料調査時にもお世話をくださった和歌三神各社の皆様に、および、調査研究に際してご指導ご協力をいただいた鶴﨑裕雄先生、佐貫新造先生、小倉嘉夫先生に心からお礼を申し上げます。

なお、本書は、平成二十五年度に皇學館大学へ提出した博士（文学）学位請求論文を基にしたものです。ご指導くださった深津睦夫先生、高倉一紀先生、松本丘先生、ならびに、学位論文に挑戦するという私の無思慮な話を親身に聞いてくださった、同級生でもある同大学半田美永先生と櫻井治男先生に心より感謝いたします。また、出版にあたっては、和泉書院にお願いすることにしました。お世話になった廣橋研三編集長にお礼を申し上げます。

平成二十七年五月吉日

神道宗紀

■**著者紹介**

神道宗紀（しんどう むねのり）

昭和二十三年　群馬県生まれ

昭和五十三年　皇學館大学大学院修士課程修了

文学修士・博士（文学）（皇學館大学）

現在　帝塚山学院大学教授

研究分野　近世奉納和歌・上代文学・国語学

〔著書論文〕

『紀州玉津島神社奉納和歌集』（共編著　玉津島神社）

『住吉大社奉納和歌集』（共編著　東方出版）

『月照寺明石柿本社奉納和歌集』（共編著　和泉書院）

その他、奉納和歌関係および万葉集関係の論文多数

研究叢書461

和歌三神奉納和歌の研究

二〇一五年九月二五日初版第一刷発行

（検印省略）

著者　神道宗紀

発行者　廣橋研三

印刷所　亜細亜印刷

製本所　渋谷文泉閣

発行所　有限会社和泉書院

大阪市天王寺区上之宮町七－六

〒五四三－〇〇三七

電話　〇六－六七七一－一四六七

振替　〇〇九七〇－八－一五〇四三

ISBN978-4-7576-0747-7 C3395

研究叢書

近世武家社会における待遇表現体系の研究 桑名藩下級武士による『桑名日記』を例として	佐藤志帆子著	451	一〇〇〇〇円
平安後期歌書と漢文学 真名序・跋・歌会注釈	鈴木徳男 北山円正著	452	七五〇〇円
天野桃隣と太白堂の系譜並びに南部畔李の俳諧	松尾真知子著	453	八五〇〇円
現代日本語の受身構文タイプとテクストジャンル	志波彩子著	454	一〇〇〇〇円
対称詞体系の歴史的研究	永田高志著	455	七〇〇〇円
心敬十体和歌 評釈と研究	島津忠夫監修	456	一八〇〇〇円
語源辞書 松永貞徳『和句解』本文と研究	土居文人著	457	一一〇〇〇円
拾遺和歌集論攷	中周子著	458	一〇〇〇〇円
『西鶴諸国はなし』の研究	宮澤照恵著	459	一三五〇〇円
蘭書訳述語攷叢	吉野政治著	460	一三〇〇〇円

（価格は税別）